齐鲁工业大学"人文社科优秀成果培育计划"

重新审视俄罗斯白银时代的文学批评理论

杨 旭 著

中国社会出版社

国家一级出版社·全国百佳图书出版单位

图书在版编目（CIP）数据

重新审视俄罗斯白银时代的文学批评理论 / 杨旭著
. -- 北京：中国社会出版社，2018.7
ISBN 978-7-5087-6048-3

Ⅰ．①重… Ⅱ．①杨… Ⅲ．①俄罗斯文学—文学研究
—近代 Ⅳ．① I512.06

中国版本图书馆 CIP 数据核字（2018）第 171927 号

书　　名：	重新审视俄罗斯白银时代的文学批评理论
著　　者：	杨　旭

出 版 人： 浦善新
终 审 人： 李　浩
责任编辑： 陈　琛

出版发行： 中国社会出版社　　　　　　**邮政编码：** 100032
通联方式： 北京市西城区二龙路甲 33 号
电　　话： 编辑部：（010）58124835
　　　　　　邮购部：（010）58124848
　　　　　　销售部：（010）58124845
　　　　　　传　真：（010）58124856
网　　址： www.shcbs.com.cn
　　　　　　shcbs.mca.gov.cn
经　　销： 各地新华书店

中国社会出版社天猫旗舰店

印刷装订： 天津雅泽印刷有限公司
开　　本： 710mm×1000mm　1/16
印　　张： 15
字　　数： 300 千字
版　　次： 2018 年 10 月第 1 版
印　　次： 2018 年 10 月第 1 次印刷
定　　价： 60.00 元

中国社会出版社微信公众号

作者简介

　　杨旭，女，内蒙古呼和浩特人，毕业于山东师范大学文艺学专业，获文学博士学位，现为齐鲁工业大学教师，主要研究方向为文艺理论、汉语国际教育。

内 容 简 介

　　俄罗斯近现代文学影响深远，尤其是 19 世纪末 20 世纪初被誉为"白银时代"的俄罗斯文坛。在这一时期，俄罗斯的文学批评理论变得格外活跃，许多知识分子开始反思传统与现代的关系。本书系统介绍了一大批白银时代的俄罗斯文学批评理论家，并从不同视角重新审视了他们的理论，为读者清晰勾勒出俄罗斯白银时代文学批评思想的内涵和特点，从而进一步阐明了这一理论对文艺发展理论所做出的贡献。

内容摘要

19 世纪末 20 世纪初的俄罗斯处在一段非常特殊的历史时期，其特殊性体现在政治、文化和文学艺术等多个领域。在政治方面，俄罗斯面临着沙皇统治的解体和苏维埃政权的建立，剧烈的社会变革将俄罗斯原有的社会价值体系彻底颠覆；在文化方面，西方的思潮和理论早在沙皇彼得改革时就逐渐被引入俄罗斯，到 19 世纪末 20 世纪初，向西方学习的文化热潮再次席卷俄罗斯大地，许多知识分子在西化的过程中变得茫然，开始反思传统与现代的关系。在文学艺术方面，"白银时代"这一术语的诞生标志着该时期文学艺术的再次繁荣，与此同时，与文学艺术紧密联系的文学批评理论也变得格外活跃。在众多文学批评观点中，基于俄罗斯独特信仰体系下的白银时代文学批评思想因其与东正教神学思想的紧密结合，而显得与众不同。目前，对于这一理论流派的系统研究在我国俄罗斯文论的研究领域中尚显不足，为此，本书将宗教文学批评观作为研究对象，力图在俄罗斯深厚的哲学和文化的背景上，结合具体的文学作家和作品，发掘宗教文学批评思想的内涵和特点。

本书包括八个部分，其各部分具体内容概括如下：

导论部分主要论述了选题缘由和意义。本书将宗教文学批评观作为研究对象，有两方面的原因：一方面，由于该思想在当前的俄罗斯本国和西方世界都占据着重要的研究地位，它开辟了俄罗斯文学批评的新视野。另一方面，我国目前对这一批评思想的研究还有待深入，多数研究成果停留于表面的介绍和综述。之后，进一步将该领域的研究现状和相关文献资料进行整理和归纳，并对相关的研究思路和研究方法，以及总体框架进行概要说明。

第一章系统梳理了宗教文学批评产生的历史和文化背景。本章首先对"白银时代"这一专门术语进行深入阐述，通过对其来源、时间范围和所涉及的领域等方面的研究，认为这一术语代表着19世纪末20世纪初俄罗斯文学艺术和批评理论达到了一个高峰。其次，这一时期剧烈变革的政治形态却与文学艺术领域的繁荣形成鲜明对比，封建沙皇统治、西方资本主义和布尔什维克的社会主义成为此时相互角力的三方政治力量。受其影响，俄罗斯本国经历了多次政变、起义和血腥屠杀。政局的纷繁复杂，导致这一时期众多知识分子陷入深刻的精神危机，同时也促使他们寻找改革国家现状、改良民族精神文化的道路。最后，这一时期在精神文化领域开始出现全面的文化复兴，各种文学流派纷纷形成并壮大，并且在向西方学习的过程中，逐渐认识到俄罗斯民族传统文化的重要价值，正是在对传统文化的继承与反叛中，宗教文学批评的理论形态初具规模。

第二章着重论述了宗教文学批评产生的宗教和哲学渊源，并且分析了东正教影响下的宗教文学批评的基本特点。本章认为，宗教文学批评最为重要的两个理论来源就是东正教神学思想和传统宗教哲学理论。首先，东正教神学思想决定了宗教文学批评观的基本话语体系。东正教自从传入俄罗斯，就成为俄罗斯人民精神信仰的主要对象，并且已经形成一套带有俄罗斯民族特色的神学话语和理论，受其影响，宗教文学批评创新性地使用大量神学主题，例如神人论、聚合性、末世论、索菲亚学说等，将这些理论作为宗教文学批评对抗西方理性主义的工具，并进而形成带有宗教特色的文学批评理论。其次，代表俄罗斯传统哲学理论的宗教哲学为宗教文学批评提供了深厚的理论基础。俄国哲学从18世纪产生，发展到19世纪的斯拉夫主义哲学思想，它在吸收西方哲学理论养料的同时，深受本国宗教传统的影响，最终在索洛维约夫的诠释下形成了较为系统的宗教哲学理论。宗教文学批评中的众多代表人物基本都受到索洛维约夫哲学的启发和影响，由此，索洛维约夫也被宗教文学批评者奉为精神上的导师。

第三章主要考察了宗教文学批评观的思想内涵，本章认为其思想内涵主要体现在对神人性学说的探索和阐述上。神与人的关系既是东正教神学的基本主题，同时也是宗教文学批评观的核心思想。这一学说的主要意义在于高度肯定人自身的精神价值，将神性赋予人性之上，宗教文学批评正是在此基础上开展对作家和作品的解读。首先，本章分析了神人关系在宗教、哲学和文学中的具体体现。一方面，阐述了白银时代对黄金时代文学传统的吸收与再评价，认为二者之间既有联系也有明显的差异，白银时代更加重视从宗教视野来解读文学作品。另一方面，分析了俄罗斯文学中的神人理想，并以陀思妥耶夫斯基为例进行深入论述。其次，神人性学说在具体的宗教文学批评观中体现为对个性自由的重视。在这一部分，主要论述了别尔嘉耶夫、舍斯托夫和罗赞诺夫对神人性学说的不同理解。最后，宗教文学批评将带有神人特性的创造理论引入具体的批评实践中，别尔嘉耶夫将创造看作是人摆脱客观奴役的唯一方法，舍斯托夫则从陀思妥耶夫斯基的作品中看到了从神人到地下室人的创造过程。

第四章主要阐述了宗教文学批评独特的思维方式。聚合性既是东正教独特的神学主题，也是宗教文学批评观对待文学艺术和哲学理论的思维方式。首先，本章论述了这一思想产生的背景和基本内涵，它从宗教层面逐渐发展到哲学和美学层面，形成了以爱和自由为核心的基本内涵。其次，宗教文学批评将聚合性中多种因素有机统一的思维方式作为评价文学作品的认知模式。这一部分着重论述了布尔加科夫索菲亚崇拜、别尔嘉耶夫对美的认识和罗赞诺夫以"性"为聚合点的批评理论。最后，在聚合性思维的影响下，宗教文学批评形成了独特的文学批评标准，其中的代表性理论包括布尔加科夫的"宗教—美学文艺批评标准"和别尔嘉耶夫的"整体精神现象"批评理论。

第五章主要围绕宗教文学批评所提出的"新宗教意识"进行相关论述，认为这一思想的提出标志着宗教文学批评观从文学建构向文化建构的进一步发展。首先，象征主义的批评理论本身就属于宗教文学批评的范畴，受到索洛维约夫哲学理论和象征主义文学的影响，宗教文学批评将外在现实与内在精神世界进行比较，认为优秀的文学创作就是在突破客观现实束缚的同时，展现出主体的精神世界和宗教信仰。其次，宗教文学批评对"新宗教意识"的探索建立在批判传统东正教会和确立"基督与反基督"命题的基础之上，其中罗赞诺夫作为"新宗教意识"的重要代表人物，认为新宗教既与东正教传统精神紧密相连，同时也要批判地继承这一宗教思想。梅列日科夫斯基是"新宗教意识"的主要倡导者，受到罗赞诺夫的影响，梅列日科夫斯基的"基督与反基督"的命题就代表着精神与肉体的对立与融合。再次，梅列日科夫斯基的象征主义文学建构正是在"新宗教意识"的引领下进行的，灵与肉的对立和融合成为其小说创作的基本主题。同时，梅列日科夫斯基的文学批评思想认为一切文学作品都具有象征的因素，并且将灵与肉的二元对立思想作为评价所有作品的出发点。在此基础上，梅列日科夫斯基将这种二元对立的思想与俄罗斯的民族本性相结合，使其文学评论带有更为明显地向文化评论发展的倾向。最后，宗教文学批评在文化建构上的认识通过别尔嘉耶夫的文化复兴思想得以最终完善。

第六章从宏观视角阐述了对宗教文学批评的历史反思及其研究价值。受到宗教神秘主义的影响，该理论在具体的批评实践中建立了一种审视文学作品的新视角。同时，随着分析视角从外在转向内里的变化，其审美体验也发生了改变。布尔加科夫提出的"灵性之美"成为宗教文学批评审美体验的终极目标。不过，宗教文学批评的局限性也不容忽视，本书尽量从客观的视角，通过对批评内容、批评方法的论述指出该思想存在的主要问题。此外，本章还分析了宗教文学批评对我国文学批评的借鉴价值和重要意义。

结语部分认为历史上宗教文学批评观早已离我们远去，但其理论生命却依然顽强，并且对于当代俄罗斯文学艺术和民族文化仍然具有一定的指导作用。白银时代的文学艺术及其宗教批评思想作为俄罗斯传统文化的重要组成部分在当代依然焕发出旺盛的生命力。

目 录

导　论

一、选题缘由和意义

（一）选题缘由

19 世纪末 20 世纪初的俄罗斯处在危机与变革的旋涡中心，相对于落后的政治体制和凋敝的经济现状，俄罗斯的精神领域却表现出前所未有的创造热情与繁荣局面。一方面，西方思想在此时纷纷传入俄罗斯本土，包括叔本华、尼采、博格森等人的理论被众多俄罗斯学者接纳和吸收；另一方面，出于对抗西方思潮的涌入，也包括与本土理论相结合的目的，许多思想家、哲学家和文学家开始从本国的传统文化中汲取养料，将俄国东正教的神学思想与俄罗斯当前社会、文化和文学的研究相结合，提炼出一系列宗教色彩浓郁的观念和理论，并将其运用于具体的文学批评与实践中，形成了具有俄罗斯特色的宗教文学批评观。这一批评观在 19 世纪末到 20 世纪初的俄罗斯文学批评领域占据着重要的位置，也为我们重新审视这一时期的俄罗斯文论提供了重要的参考。

本书所研究的对象正是 19 世纪末 20 世纪初的俄罗斯宗教文学批评观，针对这一时期带有明显宗教和哲学特征的文学批评思想，我国目前尚无明确的名称界定，本书认为，对它的界定主要包括两个部分，即"宗教文学批评"和"宗教文学批评观"。首先，从这一批评思想的内在特点来看，将其命名为"宗教文学批评"较为合适。此前，我国曾有学者将其笼统地归为"现代主义文学批评的滥觞"[①]，认为它以宗教批评、哲学批评和象征主义批评为具体的表现特征，这样的界定虽然把握住了该思想与现代主义文学批评之间的内在联

[①]　刘宁主编：《俄国文学批评史》，上海·上海译文出版社，1999 年版，第 545 页。

系，但却无法准确地阐明这一批评思想的独特价值；也有学者将其直接命名为"宗教文化批评"①，尽管这一名称较为切近该思想的理论内核，但由于"文化"一词太过宽泛，因而也就使得文学批评独有的理论特征变得界限模糊。介于对以上几种命名方式的借鉴，同时结合具体批评文本的研读，提出主要从文学批评角度来阐述该思想的理论观点。这一批评思想的代表人物包括19世纪末至20世纪上半期俄罗斯的部分宗教哲学家和文学家，其中尤其以别尔嘉耶夫、舍斯托夫、罗赞诺夫、布尔加科夫和梅列日科夫斯基的思想为主要特色。综观他们的批评文本，可以发现其中既有宗教批评的内容，同时也涉及具体的文学批评思想，而对于二者之间的关系问题，美国宗教批评家哈罗德·布鲁姆就曾在其作品中指出宗教批评与文学批评在研究对象、研究方法和研究范畴等方面都具有深刻的内在联系②。由此，我们认为"宗教文学批评"的名称界定既能说明该批评思想具有深刻的宗教批评基础，同时也指出它的文学批评特征。其次，从这一批评思想的外在表现形式来看，最终提出"宗教文学批评观"的提法。从严格意义上来说，这一时期所出现的宗教文学批评思想尚不能算作一种成熟的批评理论，因为其代表人物本身并未形成一支固定的理论队伍，他们对文学的具体批评也都分散在众多哲学著作中，相对统一的理论观点和架构则更是无从谈起。不仅如此，许多宗教文学批评者还力图使自己的批评思想避免理论逻辑性和系统性，这就使得宗教文学批评缺少了理论上的可靠性。由此，本书以"批评观"的提法来代替"批评理论"，即试图从概念界定上来指出这一批评思想所存在的理论不足。但从另一个角度来看，恰恰是因为缺少了理论形态的严格束缚，才使得众多宗教哲学家和文学创作者从自我的真实感受出发，将俄罗斯民族传统的宗教精神作为分析作家和作品的评价依据，从而丰富了论说中的独特个性和自由度。由此，本书选择将俄罗斯白银时代宗教文学批评观作为研究对象的缘由主要包括以下几点：

1. 宗教文学批评观在俄罗斯近代文学理论史上的重要地位。

19世纪末20世纪初是俄罗斯思想文化史上的一段重要时期，20世纪20年代的俄罗斯学者将这一时期命名为"白银时代"，用以区别19世纪初以普希金、莱蒙托夫、果戈理等代表的文学艺术领域的"黄金时代"，因为俄罗斯著名思想家别尔嘉耶夫在自己的作品中较多地使用这一词语，从而为西方和世界所熟知。"白银时代"在其外延上经历了由小到大的发展过程，最初，

---

① 张杰、汪介之：《20世纪俄罗斯文学批评史》，南京·译林出版社，2000年版，第75页。

② 曾洪伟：《哈罗德·布鲁姆的宗教批评》，载《世界文学评论》，2010年第1期。

这一词语主要用于评价 19 世纪末到 20 世纪初在俄罗斯兴起的现代主义诗歌流派（象征主义诗歌流派），逐渐外延不断扩展到整个文学艺术领域，别尔嘉耶夫称其为俄罗斯的"文艺复兴"。尽管"白银时代"在整个俄罗斯文化历史上维持的时间并不长，并且之后由于政治原因长期在苏联境内销声匿迹，但毋庸置疑，这一时期出现了俄罗斯文学和思想史上的第二次高峰，甚至造就了俄罗斯哲学思想上的"黄金时代"，其中尤以宗教哲学思想更为突出。

俄罗斯的宗教哲学思想具有深刻的民族特性，它以俄罗斯传统的东正教神学为宗教基础，在深刻反省西方现代理性思维缺陷的同时，积极回溯到俄罗斯本民族的非理性思想传统之中。而作为宗教哲学思想在文学批评领域的重要体现，白银时代的宗教文学批评观便呈现出了不同于同时代其他批评流派的独特景观。

首先，拥有众多在世界范围产生重要影响的批评家。

虽然，从严格意义上讲，俄罗斯宗教文学批评观并没有形成一套严整的文学理论批评体系，可是 19 世纪末 20 世纪初确实出现了一大批以宗教哲学为理论基础、以俄罗斯优秀文学作品为批评内容进行批评实践的思想家和哲学家。尽管，他们的批评实践多以哲学著作和思想著作的面貌示人，但众多思想深刻的文学批评思想也贯穿其中。这些代表人物包括最早将宗教哲学探索引入文学批评领域的索洛维约夫，也包括此后在世界范围内产生重要影响的别尔嘉耶夫、舍斯托夫和梅列日科夫斯基，同时也包括在不同领域拓展宗教文学批评思路的罗赞诺夫、洛斯基、布尔加科夫、弗兰克等人。可以说，从这个层面我们会惊奇地发现，尽管缺少统一的章程和严密的逻辑体系，但这丝毫不能减弱宗教文学批评观作为白银时代批评理论代表的重要意义。

其次，提出了一系列具有本土特色的概念，为俄罗斯传统文学批评理论开辟了一条崭新的道路。

宗教文学批评观最大的特点在于，它将俄罗斯传统的东正教神学思想深埋于自己的理论躯干中，并由此开发和创造了一系列诸如"聚合性""索菲亚""弥赛亚""末日论""三位一体"等具有神学色彩和本土特色的观念与理论。同时，批评家运用本人对文学作品的直觉理解将这些概念从传统的神学体系中剥离出来，并"空降"到具体的作品分析上，进而形成不同于此前从文学本身或社会现实的角度来研究文学作品的单一视角。而且值得注意的是，神学术语的内涵也在这一过程中发生了变化，有些甚至与其原有的宗教内涵大相径庭，它们成为批评者阐述自己独特理念的有力工具。批评者的目的并不是要探寻玄妙的宗教彼岸世界，而是借用这些神学术语来阐发自己的思想和主张。此外，重直觉、重非理性也是俄罗斯宗教文学批评的主要特点，这一方面来源于西方直觉主义理论的影响；另一方面也是受到了俄罗斯东正教神学思想的启发，他们认为只有凭借非理性和直觉的领悟才能理解真理的意义。不过，俄罗斯宗教文学批评思想不同于西方直觉主义的根本之处在于，宗教文学批评在看重审美直觉和非理性的同时，并不排斥理性的作用，而且认为只有将理性和非理性、现实世界和彼岸世界相结合，才能找到一条更好的探索真理的道路。

2. 对这一时期俄罗斯文艺理论的研究，在我国传统的俄苏文论研究中较为薄弱。

由于受到各种外在因素的制约，很长一段时间，白银时代的宗教哲学和文学批评理论在苏联境内被屏蔽了，这也直接影响到我国对这一领域的接受和研究。中华人民共和国成立后我国大量翻译和引进苏联的文艺著作，其中基本上都属于现实主义的文学理论与批评。因此在许多人眼中，内容丰富的19世纪俄国文论变成了别林斯基、车尔尼雪夫斯基和杜勃罗留波夫等少数人批评理论观点的简单相加，殊不知除此之外还有许多丰富的内容被我们所遗漏，这其中就包括白银时代的文学批评及其相关理论。进入20世纪80年代，伴随着苏联在相关文化艺术领域的逐步解禁，尤其是90年代之后的国家剧变，白银时代的哲学和文化艺术理论才逐渐在俄罗斯本国得以回归，俄罗斯白银时代以及随后的侨民文学也逐渐进入我国学术界的视野，随着译著和研究成果的不断增多，白银时代的文学全貌得以较为清晰地呈现在国人面前。但相对于文学作品的研究成果而言，针对白银时代的文论研究尚处在起步阶段，缺乏系统性和宏观性，这也是选择该题目作为研究内容的重要原因之一。

（二）选题意义

1. 弥补了俄罗斯文论研究的一个缺憾。

正如前面所论述的，我国一直以来对俄苏文论的认识更多地限制在现实主义的文学理论与批评之中，直到20世纪80年代中期，俄国形式主义和巴赫金的诗学理论开始被国内学界所关注，从而丰富了我们对俄苏文论的认识。但即便这样，我们对待20世纪俄苏文学理论的摄取还是存在很多缺失，这其中就包括作为本书选题的宗教文学批评观。这一思想经历了从19世纪末到20世纪初期的创立和短暂繁荣，再到苏联政府执政时期的销声匿迹和同时期享誉西方学术界，直至苏联解体后重新在俄罗斯国内焕发生机。可以说，对宗教文学批评观的研究为我们打开了一扇重新认识俄罗斯社会和民族的窗户。可遗憾的是，这一份丰厚的批评成果，在整个20世纪的进程中，却几乎完全被我们所忽略。

2. 开辟了文学研究的新领域。

综观俄罗斯整个 20 世纪的文学批评理论可以发现，在 20 世纪初和 20 世纪末，宗教文学批评观都成为俄罗斯文学艺术界关注的重点，在这一过程中，很多白银时代的理论家成为俄罗斯和西方学界研究的热点。从宗教文化的角度来重新评论俄罗斯经典作家的创作，探讨他们与基督教文化之间的联系，已成为当代宗教文学批评的主要任务。而更重要的是要坚持俄罗斯民族精神和民族文化传统，重新审视俄罗斯文化遗产，力图"回归"到斯拉夫主义、象征主义，以及东正教的宗教神学思想中去，并寻找到理论依据，以建立起能与西方文化影响相抗衡的理论体系，这也说明了宗教文学批评思想在当代的俄罗斯依然具有很高的学术价值，而且已经不仅仅限于学术领域，其中还蕴含着巨大的社会意义。

3. 引入了全新看待宗教与文学关系的新视角。

综观中西文学发展史我们可以发现，宗教一直对文学的创作起着潜移默化的影响作用。而且，在西方文学中，宗教问题的研究也始终是一个热门课题。但是，涉及具体的文论领域，除却中世纪基督教神学文艺思想，就鲜有从宗教角度研究文学规律的文论流派。在这一点上，可以说俄罗斯白银时代的宗教文学批评观具有自身鲜明的特色。但是，与中世纪神学文艺思想的区别在于，"宗教"在这里并不等同于历史上具有严密教义的宗教体系，而更多地被赋予了一种信仰的含义，处在世纪之交的特殊历史时期，思想更迭频繁，面对同时存在的各种诱惑与困惑，人类更需要信仰的支撑，这也是俄罗斯宗教文学批评观在当今俄罗斯国内重获关注的重要原因。同时，研究这一批评思想对我国当代的思想理论界也具有深刻的启发意义。

二、研究现状和文献综述

（一）国外研究现状

国外对俄罗斯宗教文学思想的研究分为西方和俄罗斯本国两个方面。

1. 西方研究领域的持续关注

西方对俄罗斯文学批评观的重视，一方面与政治意识形态的影响有关，苏俄时期对待宗教文学批评的全盘否定无形中吸引了西方文化界的关注；另一方面，20 世纪 20 年代初发生的"哲学船"事件[①]，使得包括别尔嘉耶夫在内的大批宗教哲学家流亡西方，他们的宗教文学批评思想也因此转移至西方，

---

① 20 世纪俄国规模最大的一次对于知识分子的集体流放事件。

并在那里持续发生影响。其中，梅列日科夫斯基曾经于1933年被提名为诺贝尔文学奖的候选人，虽然最终并未获奖，但也足见其文学造诣已经在西方社会文化界产生不小的影响。别尔嘉耶夫在巴黎创办了杂志《路》，并且与海德格尔、胡塞尔、雅斯贝尔斯、罗曼·罗兰等人过从甚密。此后英国剑桥大学还授予别尔嘉耶夫名誉神学博士学位。此外，包括舍斯托夫、布尔加科夫等俄罗斯众多宗教哲学思想家都在巴黎开始自己后期的创作，并且很多重要著作在此时出版发行，可以说，正是这些流亡西方的俄罗斯宗教哲学家们开启了欧洲对白银时代哲学、美学思想的早期研究。舍斯托夫的创作高峰就主要集中在其侨居巴黎的这段时期，在舍斯托夫人生中最后的这段时间，他的论文《克服自明性——纪念陀思妥耶夫斯基百年诞辰》（1922年），著作《死亡的启示——论列夫·托尔斯泰的晚期著作》（1923年）、《钥匙的统治》（1926年）、《在约伯的天平上》（1929年）、《旷野的呼告》（1935年）、《雅典与耶路撒冷》（1938年）等重要作品相继问世。舍斯托夫在这些论文和著作中既系统总结了自己对白银时代哲学、文学和社会的看法，并且更加明确地提出了自己对西方理性主义和科学主义的质疑，也由此被西方学者归为存在主义的哲学阵营。与舍斯托夫相似的别尔嘉耶夫也被西方学者看作是基督教存在主义的代表，他在流亡法国期间所著的《俄罗斯思想》就将白银时代比作俄罗斯的文艺复兴，并且从文化、社会、人道主义、宗教等多个视角分析俄罗斯独特的思想文化特征，这其中就包括白银时代的宗教哲学和文艺特征。除此之外，1986年和1987年分别于意大利、法国出版了由艾菲姆·埃特肯德、乔治·尼瓦特等西方斯拉夫学者联合撰写的专著七卷本《20世纪俄罗斯文学史：白银时代》，其中对"白银时代的俄罗斯宗教哲学探索"进行专章论述，弗洛连斯基、布尔加科夫、别尔嘉耶夫和舍斯托夫等批评家成为被研究的重点，主要以冷静、客观的视角对这些代表人物的思想进行全面论述。这本书于1995年被译成俄文，在俄罗斯国内出版。

2. 俄罗斯本国对待白银时代宗教哲学思想的研究也经历了一个曲折的过程

在十月革命之后的最初一段时间里，俄罗斯国内对于宗教文学思想的态度较为宽松，这一时期包括别尔嘉耶夫、伊凡诺夫、别雷、勃洛克在内的诸多理论家、作家和思想家都在各自的领域继续探索宗教思想。但随后不久，由于俄罗斯国内意识形态的影响，一大批宗教哲学家、思想家被迫远离祖国，许多优秀的文学家和思想家纷纷被捕入狱，并因此失去生命。自此，苏联学界在很长一段时间内只对白银时代的文学作品作文学史性质的研究，例如索科洛夫的《19世纪末20世纪初俄罗斯文学史》（莫斯科大学出版社和高校出版社，1974年、1984年、1988年）、苏联科学院世界文学研究所出版的《19

世纪末—20世纪初俄罗斯文学的美学观念》（1975年），但是对传统东正教神学思想的影响只字不提。

对宗教哲学思想的大规模研究起始于苏联解体后。这一时期在俄罗斯国内出现了研究宗教文化思想的热潮。面对国家体制和意识形态的巨大变革，俄罗斯人的信仰在此刻出现了危机，大家迫切需要一个能够支撑俄罗斯民族的精神支柱。在这种精神背景作用之下，人们将目光重新聚焦于早已束之高阁的传统宗教思想，希望能从本民族传统的宗教思想中找到治疗当今精神危机的"解药"。具体表现在文学思想研究方面，就出现了重视文学宗教特征、对文学进行宗教阐释的研究热潮。与此同时，一大批白银时代的著名宗教哲学思想家和评论家的著作再一次出版发行、得见天日。这其中的代表有1989年出版的《索洛维约夫两卷集》、90年代别尔嘉耶夫的《俄罗斯的命运》《自由精神哲学》《精神王国与恺撒王国》；舍斯托夫的《舍斯托夫两卷集》、洛斯基的《感性的、理智的和神秘的直觉》等专著。近些年，对于白银时代的众多文学流派、艺术家、思想家和哲学家的研究著作和文章不断增加。

首先，开始对白银时代的诗歌和诗人进行研究介绍，其中也包括对整个文化领域的艺术家和思想家的研究。如巴维尔的《白银时代：19世纪到20世纪的文化英雄的肖像画廊》（Павел Фокин：《Серебряный век. Портретная галерея культурных героев рубежа XIX–XX веков》M.2007）一书共分三卷本，全面介绍了白银时代的诗人、作家、艺术家的个体经历，其中主要涉及白银时代的众多诗人，还有文学艺术批评者的基本介绍，覆盖面较广，但对具体的作家和批评家的介绍还仅限于介绍性的描述。相形之下，古斯米娜的《二十世纪俄罗斯文学的历史：白银时代的诗歌》（С. Ф. Кузьмина：《История русской литературы XX века. Поэзия Серебряного века. Учебное пособие》M.2010）则对白银时代的诗歌特征和美学发展倾向给予更深入的剖析，不仅分析现代主义颓废的诗歌风格，而且还深入论述了白银时代象征主义诗歌的理论源头——索洛维约夫的象征理论，在此基础上，该著作进一步论述了白银时代各个诗歌流派的代表性诗人和作品。

其次，近年来对于白银时代宗教哲学家和宗教文学批评学者的个人研究专著和论文日益增多，这些论文不仅梳理了白银时代宗教哲学家的个人思想，而且将他们的理论与欧洲文化和本国现代文化思想相结合，试图在更为广大的文化哲学的背景下来审视白银时代思想家的理论价值，从而探索在俄罗斯现代文化思想中如何继承和发展下去的可能性。

在这一方面，对于尼古拉·别尔嘉耶夫的研究始终是一个关注的重点。2006年发表于《哲学问题》上的《别尔嘉耶夫的"俄罗斯思想"怎样成为俄罗斯知识分子遗产？》（"Русскаяидея"НиколаяБердяквакакнаследиерусской интеллигенции？）就是其中的代表，这篇论文的第一作者是俄罗斯当代学者、历史学博士叶甫盖尼·格利高里耶维奇·普利马克（1925—2011），在文章中作者就明确指出别尔嘉耶夫思想的价值，认为别尔嘉耶夫看到了"俄罗斯的虚无主义"，并且深刻地研究了俄罗斯的革命精神，同时以其"存在主义神学"的哲学视野解读了俄罗斯思想的内在含义。作者认为别尔嘉耶夫所提出的"文化复兴"对于当今的俄罗斯依然具有重要的启发意义。弗拉基米尔编著的《别尔嘉耶夫与欧洲精神的统一》（Под редакцией Владимира Поруса：《Н. А. Бердяев и единство европейского духа》М.2007）一书，共收录26位学者的相关研究论文，所涉及的内容包括20世纪欧洲哲学背景下的别尔嘉耶夫研究、宗教神学研究、末世论研究、个性创作理论，以及别尔嘉耶夫的话语理论研究。可以说，这些学者更多地将视野聚焦于别尔嘉耶夫在整个欧洲文化思想和哲学理论中的地位和特点，并将其代表性的创造、个性和末世论学说进行详细论述。古达耶夫博士的《尼古拉·别尔嘉耶夫创造美学的悲剧》（А. Е. Кудаев：《Трагедия творчества в эстетике Николая Бердяева》М.2014）一书，是俄罗斯近几年研究别尔嘉耶夫美学思想的重要著作，这本书将创造性的悲剧美学作为研究的重点，而且着重从别尔嘉耶夫对美学和艺术的观点方面进行探索，较之前边的几部研究成果来说，这本书所探讨的内容更为集中和具体。

近年来，对舍斯托夫的研究同样也吸引了越来越多的俄罗斯学者。其中，弗拉基米尔的《舍斯托夫的人文主义》（Лашов, Владимир Владимирович：《Гуманизм Льва Шестова》М. 2002）一书，较早在俄罗斯国内开始研究舍斯托夫的人文主义思想，作者试图在人类思想史的高度来评价舍斯托夫的理论，提出舍斯托夫看似充满怀疑主义的思想实则是对人文精神的高度认可，他是真正尊重人的个体价值，并且全身心地投入这项事业。作者在这本书中主要将舍斯托夫对个体价值的思想与现代人文精神相结合，着重阐述舍斯托夫思想的现代意义。此外，2016年出版的《列夫·舍斯托夫和他的法国追随者》（Ворожихина, Ксения Владимировна：《Лев Шестов и его французские последователи》М.2016）则主要研究了舍斯托夫在欧洲流亡期间的理论创作和思想贡献，这也填补了白银时代海外流亡者哲学家研究的一个空白。该书认为舍斯托夫的思想对法国许多思想家都产生了重要的影响。

梅列日科夫斯基的作家身份使得很多研究著作更倾向于他的创作过程和特点。其中，达吉雅娜的《梅列日科夫斯基：身份和历史认知背景下的创作过程》（Полевик,Татьяна Николаевна：《Д.С. Мережковский: личность и творческий процесс в контексте восприятия истории》Челябинск, 2005） 一 书，主要通过白银时代众多知识精英的身份特征和价值评判的视角入手，通 过他们的理论和创作，来更好地理解 19 世纪末 20 世纪初俄罗斯的社会文化 特征。在这个意义上，作者认为梅列日科夫斯基在当时的俄罗斯思想文化界 是一位举足轻重的作家、批评家和学者，因此将他的创作经历、个人思想发 展经历作为研究对象，并以此来管窥时代大环境中知识分子个体的精神发 展历程。与此相反，奥利佳的《梅列日科夫斯基的在 19 世纪到 20 世纪世界 观下的哲学意识》（ Пчелина, Ольга Викторовна：《Философские взгляды Д.С. Мережковского в контексте мировоззренческих поисков рубежа XIX-XX веков》М.2013） 一书则认为，长期以来对梅列日科夫斯基文学创作方面的研 究遮盖其哲学思想方面的光辉，作者在这本书中试图提炼出梅列日科夫斯基 创造意识背后的哲学理念，并通过对梅列日科夫斯基经历的白银时代、苏联 时代和国外流亡时期的不同阶段，来分析其哲学意识的发展变化。

最后，这一时期还出版了对白银时代整个文学风貌的研究成果。俄罗 斯科学院高尔基世界文学研究所集体编写四卷本《俄罗斯白银时代文学 史　1890 年代—1920 年代初》较为系统地研究了白银时代文学艺术理论方面 的代表人物和流派。此外俄联邦出版委员会 1995 年还资助翻译出版了西方专 著《20 世纪俄罗斯文学史·白银时代》（ Жорж Нива и т.д. История русской литературы：XX века：Серебрянный век.Москва：Издательская группа 《прогресс》-《Литера》.1995.），其中白银时代宗教哲学领域的探索就被 列为专章论述。

（二）国内研究现状

应该说，我国对俄罗斯白银时代的关注与其本身的形成和发展时间是基 本同步的，并且最早进入中国人视线的是这一时期的文学活动。对此，《俄 罗斯白银时代文学史　1890 年代—1920 年代初》一书就曾指出，"早在 1909 年鲁迅跟周作人一起编《域外小说集》的时候，书中就收入了当时的俄罗斯 作家弗·迦尔洵、列昂尼德·安德烈耶夫、费奥德尔·索洛古勃等人的作品"[①]。 在这一时期，由于受到时代和政治的影响，中国现代文学艺术界形成了第一 次 "俄国文学热"，主要代表作有田汉的《俄罗斯文学之一瞥》、沈雁冰的《俄 国近代文学杂谈》、周作人的《文学上的俄国与中国》、瞿秋白的《赤都心史》 等文章和著作，有些人甚至亲身前往感受俄罗斯的文化思想，鲁迅在其《祝

---

① 俄罗斯科学院高尔基世界文学研究所集体编：《俄罗斯白银时代文学史　1890 年代—1920 年 代初》，谷羽，王亚民，译．兰州·敦煌文艺出版社，2006 年版，第 3 页。

中俄文字之交》一文中就明确提出"俄国文学是我们的导师和朋友"①。

但是，中国早期"俄国文学热"所关注的焦点是俄罗斯 19 世纪到 20 世纪初的文学作品，而且由于两国传统文化之间的巨大差异和革命热情的驱使，中国学者对于俄罗斯文学和理论中所渗透进的东正教的宗教理念基本采取集体回避的态度，一方面将其作为帝国主义的落后思想加以排斥；另一方面只关注俄罗斯文学现实主义和革命主义的创作特征，所以对于托尔斯泰、陀思妥耶夫斯基、果戈理等人作品的分析也存在一定程度的误读。直至中华人民共和国成立后，虽然我国文学理论的起步和发展依然深受苏联的影响，但基本上仅限于唯物主义、现实主义的文艺观，别林斯基、车尔尼雪夫斯基、杜勃罗留波夫成为这一时期俄国文学批评的"三驾马车"。这种情况在 20 世纪 90 年代开始发生变化。随着俄罗斯国内对白银时代宗教文学批评的再度关注，俄罗斯的文学以及哲学思想，以及不同思想倾向的文学理论著作重新又引起我国学术界的关注，并从 20 世纪 80 年代开始陆续将该领域的论著进行翻译和研究。与 20 世纪初的"俄国文学热"不同的是，这一时期由于受到现代主义和后现代主义思想的影响，我国学术界对待西方和俄罗斯文学理论的态度更为审慎和客观，尤其是对被苏联时期人为封锁的宗教哲学和文学批评理论，格外重视。到目前为止，已有一大批相关领域的专著被引进到国内，而且越来越多的研究者对其中的代表人物和理论著作进行研究，成果卓著。我国目前对白银时代的文学及思想的研究情况主要归结为以下几点：

首先，注重与神学和哲学思想相联系的经典原著的翻译与研究。

1989 年董友教授翻译的白银时代宗教哲学家列夫·舍斯托夫的作品《在约伯的天平上》成为国内首部俄罗斯宗教哲学名著的汉语译著。1991 年刘小枫教授主编的译作集《二十世纪西方宗教哲学文选》（上、中、下）正式出版，其中收录了索洛维约夫、弗兰克、别尔嘉耶夫、舍斯托夫、梅列日科夫斯基、托尔斯泰和洛斯基的 13 篇作品。从 90 年代至今，我国集中翻译出版了一大批宗教哲学家的理论文集和文学作品。这其中包括索洛维约夫、别尔嘉耶夫、舍斯托夫、弗兰克、梅列日科夫斯基、洛斯基、罗赞诺夫和布尔加科夫等人在内的哲学专著和思想文集，也有他们自己的文学作品。

其中，索洛维约夫的《神人类讲座》（北京：华夏出版社，2000 年）一书可谓是其代表著作，他的许多重要宗教哲学观点都在这部著作中得以体现。别尔嘉耶夫的著作在我国翻译数量最多，可以说他的每一部翻译过来的作品都是一个俄罗斯文化的深刻注脚。在其众多被翻译过来的著作中，《文化的

① 鲁迅：《南腔北调集》，北京·中央编译出版社，2012 年版，第 50 页。

哲学》（上海：上海人民出版社，2007 年）、《俄罗斯灵魂》（上海：学林出版社，1999 年）和《俄罗斯思想》（北京：生活·读书·新知三联书店，第 1 版 1995 年，第 2 版 2004 年）这三部著作不仅包括作者对俄罗斯社会文化的独特看法，同时也有许多针对作家和作品的文学批评。而《陀思妥耶夫斯基的世界观》（桂林：广西师范大学出版社，2008 年）一书则更是别尔嘉耶夫对陀思妥耶夫斯基文学创作进行详细分析的一部批评专著。舍斯托夫被翻译过来的作品在近年也呈现逐渐增长的趋势，其中较有代表性的是"舍斯托夫文集"丛书（共 5 册，上海：上海人民出版社，2004—2005 年），这些翻译文集大多偏于哲学思想，其中所涉及的文学批评较少。在罗赞诺夫的作品中，对于宗教文学批评研究最有价值的翻译著作就是他的《陀思妥耶夫斯基的"大法官"》（北京：华夏出版社，2002 年），该书以《卡拉马佐夫兄弟》的一个章节为研究对象，通过对其中人物和情节的独特论述，来展现其与众不同的宗教哲学观点。布尔加科夫被翻译成中文的相关著作较少，目前只有两本。相比之下，《亘古不灭之光——观察与思辨》（昆明：云南人民出版社，1999 年）一书，较多涉及对文学价值和文学地位的论述。

与前面几位不同的是，梅列日科夫斯基本身作为白银时代象征主义文学流派的代表人物，他的首要身份是一位作家。因此，梅列日科夫斯基被翻译过来的著作首要的是文学作品，这其中最有代表性的是他的"基督与反基督"三部曲丛书（共 3 册，哈尔滨：北方文艺出版社，2002 年），而且目前我国对他的研究也主要针对其文学作品的解读展开。具体到宗教文学批评方面，梅列日科夫斯基最有价值的研究著作包括《先知》（北京：东方出版社，2000 年）、《托尔斯泰与陀思妥耶夫斯基》（两卷本，北京：华夏出版社，2009 年）、《果戈理与鬼》（北京：华夏出版社，2013 年）等，这些论著由于其所涵盖的作家和作品都相当丰富和深刻，因此具有较高的研究价值。

以上的翻译著作主要以宗教哲学思想为主题，宗教神学和哲学阐述的内容占据主要部分。不过，这其中也有相当一部分带有文学批评的性质，罗赞诺夫和梅列日科夫斯基在这方面的倾向更明显一些。此外，我国学者对这一时期哲学思想的研究也不断深入。其中，具有一定代表性的研究专著包括以下几部：刘小枫的《走向十字架的真》（上海：上海三联书店，1995 年）和《圣灵降临的叙事》（北京：生活·读书·新知三联书店，2003 年）。前者较早地从神学和宗教的视角来研究舍斯托夫的思想历程，开创了研究白银时代宗教哲学家思想的先河。后者则涉及梅列日科夫斯基的创作和理论，以梅列日科夫斯基的思想来探索俄罗斯白银时代象征主义的宗教意识。张百春《当代东正教神学思想》（上海：上海三联书店，2000 年）则更倾向于对俄罗斯神学思想的系统梳理和归纳，其中不仅详细论述了东正教神学的教义和特点，同时将神学家按照不同阵营进行分类论述。该书最有价值的地方在于总结了东正教神学思想的几个代表性的主题，并从神学和哲学相结合的视角来对其进行研究。徐凤林的《俄罗斯宗教哲学》（北京：北京大学出版社，2006年）和《索洛维约夫哲学》（北京：商务印书馆，2007年）主要探讨白银时代的哲学思想，前者以不同的代表人物为例，分别阐述其哲学观点，值得一提的是，这本书中还将陀思妥耶夫斯基的哲学思想作专章论述，开拓了研究陀氏的新视角。后者则针对索洛维约夫的哲学思想进行系统论述。此外，"俄罗斯哲学研究丛书"（共5册，哈尔滨：黑龙江大学出版社，2010—2014年）则分别对舍斯托夫、别尔嘉耶夫、索洛维约夫、费奥多罗夫等人的宗教哲学思想进行研究。

与此同时，以白银时代宗教哲学为研究对象的理论文章和学位论文也逐渐增多。其中博士论文包括王萍的《俄罗斯白银时代宗教哲学的文化批判与重建》（哈尔滨：黑龙江大学，2010年），其论文试图从文化哲学的视角来对白银时代的众多宗教哲学理论进行批判和解读，着力探讨宗教哲学中的文化主题。周来顺的《白银时代宗教哲学家视野中的俄罗斯现代化之路》（哈尔滨：黑龙江大学，2010年）则是通过宗教哲学家对马克思主义的接受和质疑，力图探究他们对社会现代化由外而内的精神追求，认为白银时代宗教哲学的主要特点在于建构了乌托邦的社会愿景，他们对于马克思主义和宗教神学的探索都是基于实现这一愿景的必要过程。还有一些博士论文是针对具体的宗教哲学家进行专人研究，如陈红的《别尔嘉耶夫人学思想研究》（哈尔滨：黑龙江大学，2004年）、李昕的《索洛维约夫法哲学思想研究》（长春：吉林大学，2010年）、杨振宇的《悲剧与拯救——舍斯托夫哲学研究》（哈尔滨：黑龙江大学，2012年）、李璀的《别尔嘉耶夫对欧洲人道主义的批判》（长春：吉林大学，2012年）、丁海丽的《弗兰克基督教人道主义思想研究》（哈尔滨：黑龙江大学，2014年）等。在期刊发表方面，马寅卯的《白银时代俄罗斯宗教哲学的思想路向和主要贡献》（《浙江学刊》，1999年第6期）较早地将白银时代宗教哲学的产生背景和主要理论观点进行梳理，较为全面地解读了宗教哲学的理论价值，对于进一步理解宗教文学批评起到了很好的理论引导作用。

此后，更多的学者通过宗教哲学中的某一个理论主题进行专门论述，诸如隽鸿飞的《神人论：俄罗斯白银时代宗教哲学的人学主题》（《世界哲学》，2006年第6期），徐凤林的《理性自由与神性自由——论舍斯托夫的自由思想》（《浙江学刊》，2004年第2期），周来顺《理论的继承与路径的探索——

俄罗斯白银时代宗教哲学家视域中的马克思主义研究》（《云南大学学报》，
2013 年第 4 期）等。

其次，注重对白银时代具体文学作品及文学流派的研究。

可以说，白银时代不仅形成了比较成熟的俄罗斯哲学系统，这一时期更
重要的意义在于其文学方面的繁荣和复兴，这也是本书所要依托的基础。在
这一方面，我国近些年的研究成果相当丰硕，出版了一系列翻译作品、研究
专著以及理论文章。石国雄等翻译出版了弗·阿格诺索夫主编的《白银时代
俄国文学》（上海：译林出版社，2001 年），谷羽、王亚民等翻译出版了由
俄罗斯科学院高尔基世界文学研究所集体编写的《俄罗斯白银时代文学史》（共
4 册，兰州：敦煌文艺出版社，2006 年），尤其是后者较为全面系统地将白
银时代各种流派和代表作家进行详细的研究，成为我国研究这一时期文学活
动的重要参考资料。

与此同时，我国也对白银时代的文学作品进行归类整理，并且出版了相
关的研究著作，如顾蕴璞编选的《俄罗斯白银时代诗选》（广州：花城出版社，
2000 年）就将白银时代的各个流派的主要代表人物及其代表作品进行收集整
理，并且在附录部分还将这一时期的代表性理论文章进行节选，成为研究相
关文学流派的重要资料。周启超主编的《俄罗斯白银时代精品文库》（共 4 册，
北京：中国文联出版公司，1998 年）则更为细致地分别从诗歌、小说、名人
回忆录和散文随笔等四个方面全方位介绍白银时代的文学风貌。张冰的《白
银时代俄国文学思潮与流派》（北京：人民文学出版社，2006 年）尽管也是
根据不同流派进行分门别类的论述，但对于每一派文学思潮的阐述视角都与
众不同，能够将其主要理论指向进行准确把握和提炼。

近些年，对于白银时代文学研究的论文数量也呈上升趋势。较早发表的
论文倾向于对白银时代文学进行整体的概念解读和流派分类，如汪介之的《关
于俄罗斯文学的"白银时代"》（《俄罗斯文艺》，1996 年第 4 期），周忠
和的《俄罗斯"白银时代"文学回眸》（《俄罗斯文艺》，1997 年第 1 期），
李辉凡的《"白银时代"与现代派文学》（《文艺理论与批评》，1998 年第 6 期）
等。此外，一部分论文倾向于从总体上探讨白银时代的宗教转向与文学之间
的相互联系，如刘锟的博士论文《东正教精神与俄罗斯文学》（哈尔滨：黑
龙江大学，2004 年），宫月丽的博士论文《从俄罗斯文学透视俄罗斯的宗教
哲学理念》（长春：吉林大学，2007 年），安宁的《审美乌托邦与宗教乌托
邦的角力——以俄罗斯文学巨匠果戈理、梅列日科夫斯基为例》（《马克思
主义美学研究》，2014 年第 1 期）；还有一部分论文则针对具体的文学流派
和作家作品进行研究，如李志强的博士论文《索洛古勃小说创作中的宗教神

话主题》（哈尔滨：黑龙江大学，2005 年）、郝若琦的博士论文《勃洛克抒情诗研究》（上海：上海外国语大学，2012 年）、张杰的《俄罗斯文学"白银时代"现代主义文学流派——三大流派的内在联系及共同特征》（《辽宁大学学报》，2003 年第 4 期）、陈方的《试论白银时代俄国女性文学的崛起》（《外国文学评论》，2010 年第 3 期）等。

通过这些翻译著作和研究论文，使我们对于白银时代俄罗斯众多文学流派和代表作家有了全方位的认识。此外还有几篇论文涉及白银时代文学在我国的接受和传播，如汪介之的《白银时代俄国文学在中国的接受》（《中国比较文学》，1999 年第 4 期）、李延龄的《论哈尔滨俄侨白银时代文学》（《俄罗斯文艺》，2011 年第 3 期）、刘芳的《俄罗斯白银时代精英对中国传统文化的吸纳》（《理论观察》2013 年第 5 期）、姚晓萍的博士论文《境界与精神——中俄"象征派"诗歌美学比较研究》（杭州：浙江大学，2012 年）等。

最后，我国对白银时代文学理论和批评的研究仍有待深入。

从 19 世纪 90 年代到十月革命前将近 30 年的这段时期，除了哲学思想和文学作品的极大丰富，在文学理论与批评方面的成就也不容小觑。该时期的文论主要包括我们较早接触到的现实主义和早期马克思主义的文学批评，除此以外还有长期被我国忽视的象征主义理论批评、宗教文学批评、阿克梅派文论，以及未来主义的语言学诗学主张。事实证明，它们不仅是 20 世纪俄罗斯文学理论与批评的伟大开端，同时也为后来诸多批评流派的形成与发展奠定了基础。我国自 20 世纪末期开始陆续翻译出版了四套介绍俄罗斯白银时代文学批评和文化理论的思想丛书，它们是"俄罗斯白银时代文化丛书""白银时代俄国文丛""俄罗斯思想文库""俄罗斯白银时代精品文库"，其中涵盖了包括别尔嘉耶夫、舍斯托夫、索洛维约夫等著名思想家和批评家在内的多篇批评理论文章。但尽管如此，我国学术界对这一领域的研究尚处在浅层次的阶段。一方面，相关的研究著作和文章数量较少，见诸于世的综合性研究专著包括刘宁、程正民合著的《俄苏文学批评史》（北京：北京师范大学出版社，1992 年），刘宁主编的《俄国文学批评史》（上海：上海译文出版社，1999 年），张杰、汪介之的《20 世纪俄罗斯文学批评史》（上海：译林出版社，2000 年），汪介之的《俄罗斯现代文学批评史》（北京：中国社会科学出版社，2015 年），这些著作的共同特点在于覆盖范围大，理论切入不够深，纵向的理论承袭和流派分立比较清晰，但具体的阐释力度均显不足。另一方面，涉及白银时代宗教文学批评观方面的著作和文章就更加稀缺，其中的代表性著作有张杰的《走向真理的探索：白银时代俄罗斯宗教文化批评理论研究》（北京：北京大学出版社，2012 年），该书将宗教文化批评作为研究重点，从整体上对白银时代宗教文化代表人物的观点进行了详细介绍，这在目前俄罗斯文论研究领域中尚属首次，但是其不足也十分明显，即仅仅停留在代表人物的生平和主要观点的介绍性阐述，缺乏深入的理论开掘和评价分析。此外，目前这一领域的相关研究论文也较少，其中研究别尔嘉耶夫美学和文艺批评思想的论文相对多些，如耿海英的博士论文《别尔嘉耶夫与俄罗斯文学》（上海华东师范大学，2007 年）就较为详细地对别尔嘉耶夫和白银时代的其他文学流派及其代表人物进行深入研究，其中不仅论述了别尔嘉耶夫的文艺批评理论，还涉及罗赞诺夫、梅列日科夫斯基等人的思想。相关的期刊论文还包括张百春的《别尔嘉耶夫与陀思妥耶夫斯基》（《博览群书》，2002 年第 4 期），王克琬的《美是对精神之召唤的回应——别尔嘉耶夫美观初探》（《襄樊学院学报》，2007 年第 12 期），耿海英的三篇论文《别尔嘉耶夫论俄罗斯文学的末日论意识》（《中州大学学报》，2008 年第 4 期）、《一个反诗意的存在——别尔嘉耶夫论季·尼·吉皮乌斯》（《中州大学学报》，2012 年第 6 期）、《别尔嘉耶夫论陀思妥耶夫斯基》（《中州大学学报》，2015 年第 4 期），李一帅的《超越生活之上——别尔嘉耶夫艺术创造论评析》（《浙江社会科学》，2015 年第 10 期），张璐的《思想家和艺术家之外的托尔斯泰——宗教哲学家别尔嘉耶夫眼中的托尔斯泰》（《河南社会科学》，2011 年第 5 期）。相比于别尔嘉耶夫，对于白银时代其他宗教文学批评学者的研究相对较少，经过检索，以罗赞诺夫文艺思想为主题的论文 9 篇；以舍斯托夫文艺思想为主题的论文 5 篇（其中包括一篇硕士论文）；以梅列日科夫斯基文艺批评思想为主题的论文 7 篇；以布尔加科夫的文艺批评思想为主题的论文仅有 1 篇。这些论文由于受到篇幅限制，所研究的范围有限，有的论文主要以某种具体的美学观和批评思想为研究对象，而相当一部分的论文则从他们对某一位作家或某一部作品的批评文本出发，来进行具体分析与阐释。这就使得目前对于宗教文学批评者的研究缺乏统一的理论视野，研究内容也变成了只见树木不见森林的单打独斗，迫切需要将这些研究与俄罗斯深厚的宗教传统和哲学文化底蕴进行联结。

总之，以上所列举的论文和著作，尤其是在国内的范围，基本上是目前研究俄罗斯白银时代及其宗教文学批评方面的所有成果。由此我们可以看出，尽管近年来我国学界对白银时代宗教哲学和文学批评的研究水平逐年提升，学术著作、科研论文、博硕士论文的数量不断增多，学者们纷纷从哲学、宗教学和文学等方面开展扎实的研究工作，但不可否认的是，截至目前，针对文艺理论方面的具体研究仍显不足。对此，我们不仅要将研究视角聚焦于具体的批评文本，发掘宗教思想家的文学批评观点，同时还要着力提炼宗教文学批评的整体理论特点，进而在更为广阔的理论背景和深厚的文化传统中对白银时代宗教文学批评观进行系统探索和理论建构。

三、研究思路和方法

（一）研究思路

对于"白银时代宗教文学批评观"的论题，尽管在我国当前学术界的研究还处于起步阶段，但是相关的介绍性材料和著作也已基本将这一领域的重要代表人物及思想进行了不同程度的阐述，对此，本书在写作之始并不想重蹈前人的研究路径，分门别类、分人立项地进行逐一论述。相反，本书力求抓住俄罗斯白银时代宗教哲学中的几个重要主题，以此为文眼，一方面，在论文总体的线索上将对人自我的认识（神人）、人与外在客体之间的关系（聚合性），以及进一步发展到人与社会文化大背景之间的关系（新宗教意识）联系成为整部论文纵向发展的经线。另一方面，在不同的论说主题下，将白银时代几位重要的宗教文学批评学者的思想进行相应阐述，并且力求结合具体的文学作品，做到既联系社会、思想和哲学理念，同时又紧贴具体的文学活动，使之构成整篇论文的纬线，经纬交叉编织成结构规整、论述深入的博士论文。

（二）研究方法

首先，本书在具体的研究过程中注重宏观把握与微观切入相结合的研究方法。对于特殊时代、特殊人物和特殊经历的批评代表人物和代表作品，本书既注重分析其产生的社会历史背景，同时聚焦于具体的理论本身，通过文本细读的方法来阐述批评家独特的思想理论。其次，本书注重将理论梳理与实际文学创作和作品分析相结合的方法，将重点放在批评家的文本批评方面，同时兼顾理论的哲学和美学基础。再次，由于许多批评家的著作翻译数量有限，本书在充分研读我国相关翻译作品的基础上，还借鉴了相当一部分的俄文原版著作，为本书写作收集了许多一手的资料。最后，由于本选题也与一定的社会文化大背景紧密相关，因此在具体的论述上更多注重文化批评的分析方法，力图做到视野开阔，论述全面。

四、逻辑框架

本书除导论和结语外共分六章，以白银时代宗教文学批评为研究对象，各章之间按照由总到分再到结语部分的总结为整个文章架构，其基本逻辑结构如下：

导论部分主要介绍本书的选题缘由和意义，国内外在该领域的研究现状与综述，本书的研究思路和具体研究方法，以及逻辑架构和内在联系。

第一章全面梳理了俄罗斯白银时代社会背景、文化现状以及具体的文学发展情况，从宏观上把握这一特定时代的总体特征，为接下来宗教文学批评观的进入奠定了社会文化基础，以此更为系统地阐释宗教文学批评产生的原因。

第二章从东正教神学思想、俄罗斯哲学思想和文学传统三个方面，详细阐述俄罗斯白银时代宗教文学批评的基本特点，阐述其产生的理论来源，其中着力分析索洛维约夫的哲学理论对宗教文学批评的重要影响。

第三章以俄罗斯宗教神学和哲学思想中的神人论为切入点，同时这也是宗教文学批评观中的一个基本主题，并进而阐述别尔嘉耶夫、舍斯托夫、罗赞诺夫等人对待神人关系的不同看法，以及他们由神人性的视角来审视俄罗斯的作家和文学作品。

第四章通过对聚合性理论的阐述，论述俄罗斯宗教批评中以自由和爱为基础形成从宗教层面来消除物我对立的思维，通过对聚合性理论多种统一思维方式的解读，来剖析宗教文学批评在具体的美学观和文学批评方面的具体体现。

第五章以新宗教意识为理论基础，主要论述了俄国象征派文学及批评理论和梅列日科夫斯基的新宗教意识，指出俄罗斯宗教文学批评逐步由文本批评上升到社会文化批评的内在发展过程，并且通过对梅列日科夫斯基和别尔嘉耶夫等人的分析，将宗教文学批评在文化批评层面的理论进行深入分析。

第六章从宏观的视角和理论的高度对宗教文学批评观的意义、价值和理论局限进行了相对客观的阐述。

结语部分主要论述宗教文学批评观形成的整体风貌，并且阐述了其对我国文学批评理论的重要启示。

第一章　白银时代文学批评的历史文化语境

美国学者伊丽莎白·福克斯－杰诺韦塞曾指出："本文不是存在于真空中，而是存在于给定的语言、给定的实践、给定的想象中。语言、实践和想象又都产生于被视为一种结构和一种主从关系体系的历史中。"[①] 尽管这段论述主要针对的是新历史主义文学批评，但应该说对于任何一种文学理论都同样适用。尤其是当整个社会处于剧烈变革的特殊时期，居于其中的文学艺术则会更多地受到来自外部社会文化环境的影响，俄罗斯宗教文学批评观的生成与发展就是其中的典型代表。这一理论诞生的时代正值俄罗斯19世纪末20世纪初的世纪之交，在俄罗斯文学的发展史上被命名为白银时代，而在历史上则被表述为俄国人民解放运动的第三时期，即无产阶级时期。社会政治的剧烈变革带来了整个民族精神文化的断裂与迷茫，旧传统与新思潮的矛盾冲撞着俄罗斯每一个知识分子的神经，正是在这个危机与机遇并存的特殊时代，带有俄罗斯宗教传统信仰特点同时又吸收了西方诸多哲学理念的宗教文学批评观出现在众多著名思想家和文学家的著作中，形成了俄罗斯世纪之交蔚为壮观的从现实主义批评向宗教神秘主义批评发展的文论转向。

第一节　白银时代的历史语境

19世纪末到20世纪初的俄罗斯正处于历史发展的巨变之中，面对西方文明思想的涌入和本国知识分子启蒙现代化的觉醒，封建沙皇的统治变得岌岌可危。中央政权的疲弱使得整个社会固有的文化形态结构发生松动，甚至

---

① 张京媛主编：《新历史主义与文学批评》，北京·北京大学出版社，1993年版，第62页。

是垮塌，众多知识分子纷纷站到历史的前台，开出自己救济社会的不同药方。这一阶段，类似于我国历史上的春秋战国和魏晋南北朝等时期，尽管政权纷乱却客观上促进了文化的繁荣，尤其是对于长期处于沙皇高压统治的俄国来说，这一段思想上"百花齐放"的时期迎来了俄罗斯民族的"文艺复兴"。所谓的白银时代正是对这一时期的形象比喻。

一、白银时代的概念界定

白银时代这一术语来自古希腊诗人赫西俄德的长诗《工作与时日　神谱》，其中诗人描述了奥林匹斯山上的诸神相继创造了五代种族的人类，即"黄金种族""白银种族""青铜种族""英雄种族"和"黑铁种族"，而这些种族相应生活的时代就是黄金时代、白银时代、青铜时代、英雄时代、黑铁时代。赫西俄德的诗歌中将这五代人类种族描述为依次落后的发展状态，其中"奥林波斯诸神创造了第二代种族，一个远远不如第一代种族优秀的白银种族，在肉体和心灵两方面都一点不像黄金种族。"[①] 从这段诗歌的表述可以看出，"白银种族"与"黄金种族"具有不同层级的比较关系，而且黄金时代被古希腊比喻为人类高级文化最为发达的阶段。20 世纪的俄罗斯作家和批评家们借鉴了古希腊文学中的这一术语，并且主要运用于文学艺术领域，所以以白银时代从其严格意义上来说是用于界定文学艺术的一个时代术语。其中，将 19 世纪前半期以普希金、莱蒙托夫的诗歌作品为代表的俄罗斯文学繁荣时期称作俄罗斯文学史上的"黄金时代"，近年俄罗斯学界也倾向于将黄金时代的时间延续到整个 19 世纪。根据 20 世纪 90 年代俄罗斯学者的研究，白银时代这一术语的使用最早是由别尔嘉耶夫提出，此后"它被确切地指定使用于俄国现代主义诗歌，则是尼古拉·奥楚普的《俄罗斯诗歌的"白银时代"》（1933）一文问世之后的事"[②]。

对于白银时代具体起止时期和包括的范围而言，也存在诸多争议。对于这一时期的起止时间目前世界上和俄罗斯本国存在几种观点，即有些学者认为是从 19 世纪 90 年代到 1917 年十月革命；另一些学者认为应该将结束时间推迟到 20 世纪的 20 年代；也有部分学者倾向于将结束时间确定为 20 世纪 30 年代。[③] 可以说，白银时代开始于 19 世纪 90 年代这一说法得到了普遍的认

---

① ［古希腊］赫西俄德：《工作与时日　神谱》，张竹明，蒋平，译. 北京·商务印书馆，1991 年版，第 5 页。

② 汪介之：《远逝的光华——白银时代的俄罗斯文化》，南京·译林出版社，2003 年版，前言第 4 页。

③ 林精华：《西方视野中的白银时代》，北京·东方出版社，2001 年版，前言第 1 页。

可，而对于其结束的时间存在异议的主要原因就在于，部分学者认为 1917 年十月革命后建立了苏维埃政权，标志着此前以唯心主义和神秘主义为主要特征的文化艺术被唯物主义和现实主义所全面替代。而将截止时间定于 20 世纪 20 年代是由于 1922 年的"哲学船"事件，这一事件在 1990 年之后被俄罗斯国内学术界逐步解密，以别尔嘉耶夫为代表的众多著名哲学家和知识分子被苏联政府行政驱逐出境，致使长期流亡西方，再没有回到祖国，因为他们是"分别乘坐两艘德国船'哈肯船长号'和'普鲁士号'出境的，于是，1922 年夏天开始的苏俄政府对旧知识分子的驱逐行动被 1880—1890 年代研究这一专题的俄罗斯史家以'哲学船事件'代指，'哲学船'遂成为俄国哲学史和俄国历史的一个新术语沿用开来"①。包括别尔嘉耶夫、布尔加科夫、弗兰克、洛斯基等在内众多宗教哲学家和批评家也在被驱逐之列，而像梅列日科夫斯基、舍斯托夫等人也相继于 20 年代前后离开俄罗斯侨居于巴黎。自此，在俄罗斯国内，包括宗教哲学和文学艺术领域，乃至于科学技术领域在内的总计 217 人被驱逐出境，白银时代的影响也从此在苏联国内戛然而止。当然，也有部分学者认为这些侨居海外的俄罗斯哲学家和思想家并没有就此中断自己的研究与创作，并在西方产生了巨大影响，例如别尔嘉耶夫就在 1922 年于柏林旅居期间建立了"宗教—哲学科学院"，并在巴黎创办了杂志《路》，结交了胡塞尔、海德格尔、雅思贝尔斯、罗曼·罗兰、纪德等众多哲学家和文学家，并且其学术研究也在此后的二十多年的时间中进入创作高峰期。谢·布尔加科夫自 1925 年开始，就担任巴黎东正教神学院教长和神学教授。梅列日科夫斯基还曾于 1933 年被提名为诺贝尔文学奖的候选人。也正是在这个意义上，学者们认为应该将白银时代最终结束的时间再延续十年。不过，正如我国学者张冰先生所指出的，"在俄国文化发展史上，这是一个非常特殊的时期。我们没必要准确确定白银时代的起止日期，因为那既不可能也没有多大意义"②。因为单纯的时间界定对于白银时代带给俄罗斯和世界的文化反思并没有太多价值，我们不光要从其外部形态上了解白银时代的基本信息，更应该深入其内里，感受这一时期所体现出的独特精神魅力。

从严格意义上来说，狭义的白银时代就是针对 19 世纪末 20 世纪初的俄罗斯诗歌创作而言的。从 19 世纪末开始，受到来自法国象征主义和西方现代派文艺思潮的影响，俄罗斯的诗歌创作从 40 年代以后的低谷中走出，出现了

---

① ［俄］别尔嘉耶夫等：《哲学船事件》，伍宇星，译．广州·花城出版社，2009 年版，前言第 4 页。

② 张冰：《白银时代俄国文学思潮与流派》，北京·人民文学出版社，2006 年版，前言第 1 页。

继普希金的黄金时代之后的所谓"后普希金时期的诗歌"繁荣期，由此，不论是黄金时代，抑或白银时代，二者出现的首要表现形式就是诗歌。可以说，相比于普希金、莱蒙托夫诗歌所营造的巨大光环，白银时代的诗歌创作也不乏优秀的作家和作品，象征派、阿克梅派、未来派、新农民诗歌等众多流派纷纷登上俄罗斯的文学舞台，安德烈·别雷、安娜·阿赫玛托娃、奥西普·曼德尔施塔姆、谢尔盖·叶赛宁等众多享有世界盛誉的诗人崭露头角。与此同时，与"黄金时代"相类似的就是白银时代的外延也从最开始的诗歌领域向整个文学甚至是文化领域扩展，可以说，白银时代这一术语"用来概括一系列文学现象——以象征主义创作为开端的 19 世纪末 20 世纪的文学和艺术。"[①] 这其中也包括了除诗歌之外的小说、戏剧，甚至还有绘画和音乐，而众多宗教哲学家和思想家的哲学著作和相应的文学批评也被包括在内。由此可以看出，白银时代更像是对整个一段历史时代文化艺术特征的总体代表，伴随着其外延的逐渐扩大，白银时代展现着俄罗斯 20 世纪初社会文明的独特价值。而这一特殊的历史时期对于俄罗斯来说又具有重要的历史意义。

二、政治形态的剧烈变革

19 世纪末到 20 世纪初展现在世人面前的俄罗斯首先是一个政治上发生剧烈变革，社会上动荡不安的历史时期。包括落后的封建沙皇专制统治、西方传入的资本主义和以布尔什维克为代表的社会主义在内的不同社会政治形态在这一时期同时登上了俄罗斯的政治舞台。它们所带来的矛盾冲突也在很短的时间内被迅速激化，人民与沙皇统治之间的矛盾、社会主义与封建专制之间的矛盾，以及资产阶级与封建沙皇和无产阶级之间的矛盾成为横在俄罗斯前进道路上的十字路口。

从 1547 年 1 月 19 日，伊凡四世在克里姆林宫的圣母升天大教堂举行加冕仪式成为俄国历史上的第一位沙皇之后，俄罗斯的君主专制统治就开始确立起来，它主要以落后的农奴制为统治手段，大部分的人民生活在社会的底层，过着贫苦的生活。在经历了几百年的封建统治之后，"17 世纪，俄国工业由手工业小商品生产发展为简单的资本主义协作，出现了工场手工业，开始采用雇佣劳动，这是资本主义关系的萌芽"[②]。此后，尽管国家依旧掌握在少数

① 俄罗斯科学院高尔基世界文学研究所编：《俄罗斯白银时代文学史 1890 年代—1920 年代初 1》，谷羽，王亚民，译．兰州·敦煌文艺出版社，2006 年版，第 11 页。

② 刘祖熙：《改革和革命——俄国现代化研究（1861—1917）》，北京·北京大学出版社，2001 年版，第 89 页。

贵族特权的手中，但作为底层的工人和农民，以及越来越多的贵族阶层和知识分子开始纷纷表达对沙皇专政统治的不满，1825 年的"十二月党人"起义就是贵族军官希望通过西方政体来改革沙俄现状的极端做法。此后，这种不满情绪逐渐演化成农民、工人的起义和罢工。在 19 世纪八九十年代，起义和罢工就达到了几百次，其中尤以 1905 年发生的第一次人民革命最为激烈。由于沙皇俄国在 1914 年参加了第一次世界大战，同时为了转移国内日渐激烈的阶级矛盾和向外攫取利益，1905 年与日本在中国东北发动了日俄战争。但是，日俄战争并未如沙皇政权所设想的方向发展，相反，遭到重创的国民经济引起更大规模的人民起义，并最终在 1905 年 1 月 9 日（星期日）制造了俄国历史上著名的"流血星期天"的事件，大批起义工人遭到沙皇政府的血腥屠杀。这一事件导致了沙皇政权在俄国开始逐步失去人民的拥护，尽管此后尼古拉二世也相继颁布了《10 月 17 日宣言》等一系列法律文件，希望能尽可能地挽回民心，但列宁领导的布尔什维克党的崛起无疑在此时更加顺应俄国历史的发展趋势，他们发动了推翻沙皇专制的革命运动，终于在 1917 年推翻了沙皇统治，并于同年 10 月建立了无产阶级领导下的苏维埃政权，新的国家——苏联自此诞生。

应该说，19 世纪末到 20 世纪初的这二三十年时间中，既是世界上发生"一战"经历整个世界格局变化的关键时期，同样也是曾经强大的沙皇俄国面临土崩瓦解的动荡阶段，时局的剧烈变化不仅给国民经济带来重创，同时也将俄罗斯人民的精神带入了万劫不复的深渊。落后的俄国该如何发展，建立一种什么样的国家政权成了世纪之交的首要问题。伴随着从 17 世纪西方思想的逐渐涌入，尤其是 19 世纪 40 年代俄国开始了工业革命，使得西方资本主义的国家发展模式开始被俄罗斯人所重视。而与此同时，社会主义思想也从西方逐渐传播到落后的俄国，伴随着无产阶级的不断壮大，工人起义的日渐高涨，更多的有识之士开始认为只有依靠工人阶级才能建立一个强大的党和国家。由此可以看出，纷繁复杂的社会形势虽然带来了社会经济的混乱，但也促使社会文化的多元发展，尤其是催生出一大批饱含着社会责任感的知识分子，他们以各自不同的视角来表达对国家人民未来发展命运的独特见解。

第二节　白银时代的文化语境

社会政治的动荡多变不仅没有影响世纪之交俄罗斯的社会文化发展，相反还催生出白银时代这样一个特殊的并且享誉世界的文化艺术现象，成为俄罗斯近现代历史上继黄金时代之后又一段焕发独特思想光辉的历史阶段。对此，别尔嘉耶夫曾深情感慨："那个时代充斥着创造热情的沉醉、创新、张力、奋斗和挑战。在那些岁月里，俄罗斯送出了许多天才。这是俄罗斯的一个觉醒时代，催生了独立的哲学思想、诗歌的繁荣、审美感觉的敏锐、宗教的不安与探索、对神秘主义和通灵术的兴趣。"[①] 可以说，白银时代的文化特征既表现为知识分子的精神探索和文化思想的多元化，同时也表现为对传统文化的继承与革新方面。

一、知识分子的精神探索

面对国家动荡的局势和人民痛苦的生活，原有的精神价值标准瞬间坍塌，众多知识分子因此陷入深刻的精神危机之中。而且，面对此前封建沙皇的专政统治，许多大胆的知识分子也早已开始了自己的精神斗争："从 18 世纪末起，俄罗斯的知识分子，从拉吉舍夫（Радищев）开始就被君主专制的国家机构所窒息，因而寻找社会生活的自由和真理。整个 19 世纪知识分子都在与帝国做斗争，他们信奉没有国家、没有政权的理想，创造着无政府主义思想体系的极端形式。"[②] 作为俄国社会精神文化的集中代表，俄罗斯知识分子的自我命运始终与国家民族的大命运紧密相连，这既源于俄罗斯复杂的民族性，也有其自身的发展过程。

不论是地理条件的制约，还是历史文化的发展，俄罗斯在东西方文明世界的关系上始终处于比较微妙的位置，它既不属于东方，也与西方存在明显差异，"俄国在文明归属、文化模式、价值观认同等方面是不属于西方系统的，进而导致无论是文学创作或接受的惯例还是人文学科研究之趋势，都以表达民族诉求、民族共同体形象之塑造为主导"[③]。表现在具体的社会形态上就体现为俄罗斯最为基本的村社制度，这一制度意味着在劳动分配上的平均主义，民意上的集体主义原则，追求绝对平等的议事程序，反对超越集体的个人观点，强调本土文化的重要性，并且本能地对外来文化采取排斥态度，同时受到东方文明的影响，俄罗斯民族更重视非理性的形象思维。可以说，村社制作为俄罗斯民族的基本社会生产形态也深刻地影响着俄罗斯民族的性格特征——重视传统与民族集体意识，反对西方文化，强调俄罗斯文明的独特性。但这

---

① ［俄］别尔嘉耶夫：《自我认知——哲学自传的体验》，汪剑钊，译. 昆明·云南人民出版社，1998 年版，第 121 页。

② ［俄］别尔嘉耶夫：《俄罗斯思想》，雷永生，邱守娟，译. 北京·生活·读书·新知三联书店，1995 年版，第 144 页。

③ 林精华：《想象俄罗斯》，北京·人民文学出版社，2000 年版，第 126 页。

并不能说明俄罗斯民族特性的形成是完全与西方世界相隔绝的，事实证明，公元 10 世纪基督教的传入和 18 世纪彼得一世的改革都是大量学习西方文明的过程。可是从另一方面来看，东正教的传入反而加深了俄罗斯作为"第三罗马"的民族自信心，而彼得一世的改革所带来的直接结果就是由于普通人民利益遭受了极大的损失，反而造成知识分子和普通大众对西方资本主义思想的敌对情绪，并开始反思延续民族传统的可贵性，这一反思一直持续到了白银时代。受到这种民族本性的影响，俄罗斯的知识分子始终将集体的命运、民族和国家的发展作为自己思考世界和个人的根本出发点，而很多知识分子都在其著作中考察了俄罗斯这一独特的民族性。在这一过程中，众多知识分子也感受到自身与西方世界中知识分子的不同之处，正如别尔嘉耶夫所说的："俄罗斯的知识分子是完全特殊的，只存在于俄罗斯的精神和社会之中的构成物。"[①] 在意识到这一点之后，俄罗斯知识分子开始积极参与到对社会制度和文化等各个层面的讨论中，尤其是从 19 世纪中后期开始，"知识分子是一股特殊的社会力量，发挥了规划者、鼓动者以及领导者的不可或缺的作用"[②]。

正如前文所引别尔嘉耶夫的文字，从堪称俄国知识分子第一人的拉吉舍夫开始，俄罗斯知识分子就走上了一条反抗外在强权、守护民族本性发展的道路。18 世纪的拉吉舍夫所创作的《从彼得堡到莫斯科旅行记》一书就大量揭露了当权专政制度的黑暗，以及对底层人民的盘剥。而 19 世纪出现的十二月党人，在受到拉吉舍夫和恰达耶夫等人思想的影响下，这些贵族出身的青年军官在与法国作战的过程中，逐渐了解到西方的自由思想，也看清了沙皇统治的愚昧落后，终于在 1825 年底发动了十二月党人起义。尽管这次由思想到军事上的反抗行动最终以十二月党人的牺牲为代价，但却进一步提升了俄罗斯知识分子在人民心目中的地位。自此，俄罗斯的知识分子不但没有因沙皇的集权统治而退缩，反而有更多的人站到俄罗斯精神文化舞台的前面，积极发表自己的见解。在这一过程中，出现了西方派和斯拉夫派两大阵营，前者认为俄国应该抛弃传统思维，积极向西方先进的科学文明学习，恰达耶夫的《哲学书简》就是这一派知识分子的代表，恰达耶夫在以书信为形式的著作中这样描述自己的祖国："任何人都没有一个特定的生活范围，任何事都没有良好的习惯，任何事都没有规则……我们没有任何我们思维得以立足其上的个性的东西；而且奇怪的命运使我们孤立于人类全球性的进程之外，我

---

① ［俄］别尔嘉耶夫：《俄罗斯思想》，雷永生，邱守娟，译. 北京·生活·读书·新知三联书店，1995 年版，第 25 页。

② 张建华：《俄国知识分子思想史导论》，北京·商务印书馆，2008 年版，第 3 页。

们也没有从人类的代代相袭的思想中接受到任何东西。"①从这里可以看出，恰达耶夫对俄罗斯充满了失望，尽管他的言论较为偏激，但无疑也是为处于迷茫时期的俄罗斯知识分子指出了一条出路。也许正是在西方派的启发下，包括霍米雅科夫、基列耶夫斯基、科舍廖夫、萨马林等人在内的斯拉夫派作为与西方派对立的另一大知识分子阵营开始积极表达对国家民族发展前途的看法。在沙皇专政和农奴制的问题上，斯拉夫派也与西方派意见一致，尽管他们大多出身于贵族阶层，但却极力反对封建统治。与此同时，斯拉夫派不同意西方派全盘西化的改革举措，"他们尖锐地批评资本主义社会是产生利己主义和个人主义的温床；坚决拒绝俄国照搬西欧制度和生活准则，主张走俄国特有的发展道路"②。可以说，西方派和斯拉夫派之间的争论正代表了19世纪前半期俄罗斯知识分子开始谋求国家发展道路的探索。斯拉夫派的这一观点得到了此后大多数知识分子的赞同，基本上在整个白银时代包括哲学家、思想家、文学家和神学家在内的知识分子都是沿着斯拉夫派的基本方向发展自己的理论。但是，相比于斯拉夫派极力美化俄国原有传统制度（村社制）的思想，白银时代的诸多知识分子既看到了俄国传统文明的强大生命力，同时也注意到了其中长期存在的深刻矛盾。例如，索洛维约夫在直接继承霍米雅科夫聚合性思想的基础上，就看到了俄国传统宗教制度的弊端，他在《俄罗斯思想》一文中就写道："实际是宇宙统一和团结的坚若磐石的教会，对俄国来说则成了狭隘民族分立主义的保护神，有时甚至是利己主义和复仇政策的消极工具。"③并在此基础上，提出了他的"新基督教意识"，就是希望在改革俄罗斯原有宗教片面性的基础上建立一个完整统一的宗教信仰系统，并以此来改革当下社会。可以说，白银时代的知识分子，尤其是深受宗教哲学思想影响的哲学家和思想家们，都不约而同地经历了由向西方学习到回归俄罗斯传统文化，由研究唯物主义转而探索唯心主义和神秘主义的思想转变过程，别尔嘉耶夫、布尔加科夫等人都有类似的思想经历，他们并不是为了信仰而信仰，而是始终在努力探寻一剂医治当下社会痼疾的良方。

二、精神文化的全面复兴

白银时代的"文化复兴"这一提法是由别尔嘉耶夫所提出的，他认为这一时期俄罗斯的各种思潮不断涌现，不同价值取向的知识分子数量众多，而

---

① [俄] 恰达耶夫：《哲学书简》，刘文飞，译．南京•译林出版社，2014年版，第6-8页。

② 刘宁主编：《俄国文学批评史》，上海•上海译文出版社，1999年版，第201页。

③ [俄] 索洛维约夫等：《俄罗斯思想》，杭州•浙江人民出版社，2000年版，第169页。

这些也恰恰是白银时代文化复兴的主要标志。应该说，白银时代文化复兴相比于 19 世纪的主要区别就在于知识分子群体具有根本不同的精神价值取向。从前面的论述我们可以清楚地看到，为了反抗封建沙皇的专制统治，也为了寻求一条解决国家落后现状的发展道路，大批知识分子通过组建党派、发表文章，甚至是不惜采用恐怖暗杀的方式来体现自己的思想，其中比较突出的是 70 年代的民粹主义运动，包括赫尔岑、早期的陀思妥耶夫斯基和一部分斯拉夫主义者都属于民粹主义者，"尽管民粹主义者（Народники）认为自己植根于人民，尽管他们仍然认为俄国农民是无组织的和盲从的，但是他们相信自己的力量，相信农民具有'天生的社会主义者'的本能"①。可以说，民粹主义者在很大程度上继承了别林斯基和车尔尼雪夫斯基的"农民革命"思想，拉夫罗夫在《周报》上发表了《历史信札》，米哈伊洛夫在《祖国纪事》上发表了论文《什么是进步》，这些文章都系统表述了他们的社会主义的理想，由此民粹派的主要目标就是要"到民间去"，发动更多的农民参与革命斗争，甚至在日后发展为民意党的恐怖暗杀活动。斯拉夫主义者也在思想上部分地沿袭了民粹主义者的思想，他们的文化均偏重于解决社会现实问题。此外，伴随西方科学主义、实用主义和实证主义思潮的涌入，19 世纪的俄罗斯文化思想也受到极大的影响，功利主义的思想在当时甚嚣尘上。

对于社会文化中的这一现象，白银时代的诸多知识分子意识到其中的弊端，在他们看来这种功利主义的文化价值观从根本上忽视了人自身价值的存在，人沦为了社会的工具，于是"他们开始以新的眼光审视本民族历史和文化，在人文科学和艺术各领域展开了富有开拓性的创造活动。俄罗斯民族的现代意识和创造潜能被唤醒了，积攒了许久的热情和精力似乎一下子发挥了出来"②。而他们的主要功绩就在于使白银时代的俄罗斯文化从原有的功利主义的文化价值中解放出来，进而将目光聚焦于人类个体的自我需求与自由发展，他们不再认可所谓的现实主义或是自然主义，转而更倾向于象征主义、理想主义和神秘主义，也正是在这个意义上后人将白银时代的文化作为俄罗斯现代主义文化的开端。由此，新的文化精神催生了大量主张精神自由的知识分子，他们在哲学、文学和艺术等各个领域创作并发表了大量风格独特、思想自由的作品，也在这一时期涌现出一大批文学团体和沙龙，众多杂志、出版物竞相面世，其中比较著名的包括《北方导报》《新路》《北方纪事》《生活问题》《金羊毛》等杂志，这些杂志成为白银时代知识分子阐述自己理念

---

① 张建华：《俄国知识分子思想史导论》，北京·商务印书馆，2008 年版，第 384 页。

② 汪介之：《远逝的光华——白银时代的俄罗斯文化》，南京·译林出版社，2003 年版，第 3 页。

的重要阵地，许多文学作品和文章都是首先经由这里展示给世界的。

具体表现在文学艺术方面，这一时期呈现出流派众多并且彼此之间相互影响和交融，形成了文学与文本、文学与文化、文学与政治之间的紧密联系，从而造就了许多影响深远的文学巨匠。

（一）象征主义

象征主义文学流派最为核心的代表就是象征主义诗歌，它是俄罗斯白银时代最早登上文坛的现代派诗歌流派，也是持续时间最长、影响范围最大的一个流派。同时，这一流派还拥有众多优秀的诗人和作家，目前中外学界普遍认可的是将象征主义作家群分为"年长一代"和"年青一代"，前者认为象征是一种创作方法，而后者则偏重于认为象征是一种世界观。其中，最为主要的代表人物包括勃留索夫（1873—1924）、索洛古勃（1863—1927）、梅列日科夫斯基（1865—1941）、吉皮乌斯（1869—1945）、勃洛克（1880—1921）、别雷（1880—1934）、伊万诺夫（1866—1949）等人。在俄国象征派诗歌的发展过程中，西方思想无疑是促使其产生的重要源泉，叔本华和尼采的唯心主义，以及法国象征主义文学在思想倾向和具体创作方法上被俄国象征派诗歌直接借鉴过来，"重估一切价值"的崭新口号令处在精神危机中的俄国知识分子眼前为之一亮，而突破物质世界、主张艺术与宗教间的神秘联系、高扬艺术至上的文学主张成为他们逃避现实、追求自我价值实现的另一条出路。当然，对于象征派诗人来说，从其19世纪登上文坛之时就坚决否认自己继承了法国象征主义文学的衣钵，而认为俄国传统的宗教信仰和以索洛维约夫为代表的宗教哲学才是象征派诗歌产生的根本原因。

俄国象征主义文学流派由于代表人物众多，他们之间的文艺观点也不完全一致，但是基本上具有相对统一的美学主张。梅列日科夫斯基于1893年发表的《论当代俄国文学的衰落原因及其新兴流派》一文被认为是俄国象征派的宣言书，在这篇文章中，梅列日科夫斯基就明确提出象征艺术的三大要素——"神秘的内涵、象征和艺术感染力的扩展"[①]。这三大要素基本上涵盖了俄国象征主义文学的主要特征，而其中最为根本的就是"神秘的内涵"，因为只有神秘的，甚至是充满宗教启示的精神世界才是人类文学作品最应该表达的领域，而且这一表达的过程只能是自然而然地呈现在读者面前，并不是围绕某一目的或是阐述某一思想所进行的文学创作。这一观点成为俄国象征派文学的主要标准，勃留索夫的《预感》，巴尔蒙特的《上帝与魔鬼》《消

---

① 顾蕴璞编选：《俄罗斯白银时代诗选》，广州·花城出版社，2000年版，第535页。

逝中的暗影》等作品，还包括其他象征派诗人的大部分诗歌都充满了对宗教神秘主义的暗示和象征。而且，发展到后期，象征派文学突破了前期远离现实生活的文学态度，而是将现实世界也纳入象征体系之中，成为象征系统中最低级的层次，诗歌成为弘扬个性价值和自我意识的手段，"与产生于社会决定论思想、以阶级之争为代价而实现的均产论纲领相反，象征主义者号召精神和道德方面的革新，即革新宗教、道德、创作以及人与人之间的关系"①。不过，这一流派随着十月革命的胜利逐渐瓦解，内部发生了分裂，随着代表人物的出走他国、转移流派阵地，或是死亡，终于在1910年前后退出历史舞台。

（二）阿克梅主义

阿克梅主义是继象征主义之后产生的另一个白银时代的现代主义文学流派，而且阿克梅主义就是从象征主义中分离出来，许多阿克梅主义的代表诗人最早都属于象征主义的诗歌阵营，但是从1910年开始，这一崭新的文学流派开始脱离象征主义的创作思路，发出自己独立的声音。阿克梅主义在此后的俄罗斯和世界也产生极大的影响，这源于其诸位代表人物的个人文学魅力，古米廖夫、阿赫玛托娃、曼德尔施塔姆、戈洛杰茨基等人在今天的世界文坛依然占有一席之地。

1913年，发表于《阿波罗》杂志上的《象征主义的遗产与阿克梅主义》（古米廖夫）和《当代俄罗斯诗歌的若干流派》（戈洛杰茨基）标志着阿克梅主义正式从象征主义中独立出来，这两篇文章也成为阿克梅主义的纲领。在《象征主义的遗产与阿克梅主义》中，古米廖夫明确表示阿克梅主义是作为象征主义的替代物出现的，象征主义已经进入自己生命的尾声，在其著作中古米廖夫写道："取代象征派的是一个新的流派，不管它叫什么；叫阿克梅派也好（源自希腊文，意为某物的最高阶段，鼎盛时期），叫亚当派也好（意为勇敢坚定和明确的生活观），至少比起象征派来，它要求力量更平衡，更准确地了解主客体之间的关系。"② 由此可以看出，相比于象征主义追求非理性主义、神秘主义、彼岸世界的宗教启示观来说，阿克梅主义又将自己的文学触角转移到现实生活中来，象征主义含混模糊的特征被阿克梅主义相对准确明快的诗歌语言所代替，在阿克梅主义的诗歌中既有象征意味的抒情和

①　俄罗斯科学院高尔基世界文学研究所编：《俄罗斯白银时代文学史　1890年代—1920年代初2》，谷羽，王亚民，译．兰州·敦煌文艺出版社，2006年版，第197页。

②　［俄］尼古拉·古米廖夫等：《复活的生活：俄罗斯文学大师开禁文选》，乌兰汗，等，译．广州·广州出版社，1996年版，第19页。

描述，同时也融入大量对现实生活的描述。作为阿克梅主义最早的代表人物，古米廖夫曾经是象征主义诗人勃留索夫的学生，但是他却极力反感勃洛克和别雷的诗歌风格，同为白银时代诗人的霍达谢维奇就曾在回忆录中描述，古米廖夫与勃洛克彼此敌视，"勃洛克诗歌中主要的东西，它的'隐秘的动力'和它的灵魂——令古米廖夫难以接受。……而勃洛克则在古米廖夫身上发现了'空洞''无用'和'肤浅'的特点"①。可以说，象征主义和阿克梅主义对彼此的评价都是相当苛刻的。

　　曾经与古米廖夫有过八年婚姻的安娜·阿赫玛托娃是阿克梅主义诗歌流派中成绩斐然的女诗人。阿赫玛托娃的人生经历了曲折离奇的命运，童年受肺结核的困扰、中年遭遇亲人去世，而前夫（古米廖夫）因"反革命叛乱罪"被枪决（1921年），使得女诗人后半生长期遭到不公正的待遇。作为阿克梅主义的代表人物，同时也源于曲折丰富的人生经历，阿赫玛托娃的作品虽多为抒情诗歌，但却紧贴现实生活，将真实经历与丰富情感、现实生活与哲理思考在自己的创作中融为一体。诗人早期的抒情诗带有明显的女性情感特色，忧郁、苦恋、失恋、背叛等情绪成为她诗歌的主要基调，这种被认为是"室内抒情"的诗歌创作源于诗人巧妙地将现实生活中的细节进行准确生动的描述，从而使得真切、细致、充满着女性敏感体验的意象呼之欲出。如她的诗歌《最后会晤之歌》中所写到的：

> 我的脚步是那样飘摇，
> 心房变得紧张又冰凉。
> 我竟然把左手的手套，
> 给套到了右手的指上。……②

　　戴错手套这一生活中小小的细节，将女性那种细腻、敏感的内心世界渲染得淋漓尽致。此后，阿赫玛托娃将抒情的对象从室内转移到了更广阔的社会生活中，例如20世纪40年代以卫国战争为题材的《胜利》《誓言》《悼亡友》等，以及60年代的《祖国土》，都充满了对祖国、民族的强烈情感，也具有了更为开阔的现实视野，而在受到苏维埃当局不公正的待遇和评价后，其诗作中更增加了作者深沉的哲理思索，她死后才发表的遗作《安魂曲》成为这一时期的代表。正是由于女诗人敏锐的观察、生动的细节和丰富的情感，

---

① ［俄］弗拉季斯拉夫·霍达谢维奇：《大墓地——霍达谢维奇回忆录》，袁晓芳，朱霄鹏，译．上海·学林出版社，1999年版，第91页。

② ［俄］A. 阿赫玛托娃：《阿赫玛托娃诗文集》，马海甸，徐振亚，译．合肥·安徽文艺出版社，1999年版，第11页。

她进而被后世评价为俄罗斯诗歌的月亮，太阳则是普希金。

曼德尔施塔姆是阿克梅主义中有一位颇具争议的诗人，在经历了不公正的判决后，惨死于监狱，直到 20 世纪 60 年代才被苏联政府平反。而作为阿克梅主义的重要代表人物，曼德尔施塔姆对于这一流派的成熟和发展功不可没，俄罗斯学者普遍认为，"阿克梅派 1912 年的'反叛'，在曼德尔施塔姆那里有机地成熟起来，不可避免地要走出朦胧的、不定型的世界，但绝不是朝向'最高现实'，而是朝向准确清楚、结构定型的此岸世界"[1]。在曼德尔施塔姆的诗歌创作中，现实世界变得越来越清晰，诗人与现实生活之间的关系也是越来越紧密，他明确提出"存在，就是一个艺术家最高的自尊心"[2]。在重视诗歌本身简洁线条美和雕塑感的同时，曼德尔施塔姆的作品中充满了对历史和现实的深切关怀，"他证实现实，但总是以历史的胸怀，他反顾历史，但用的是现实的眼光"[3]。由此，在曼德尔施塔姆这里现实与历史交织在了一起，历史与文化内化为整体，所以他的许多诗歌洋溢着对古希腊文化的浓厚兴趣。另一方面，他也从漫长宽广的历史视角中来审视当下的现实生活，既敏感、又深沉，既怅惘过去、又感慨现在，使得曼德尔施塔姆的诗歌作品就像他所描绘的"石头"这一意象一样，坚硬且执着，"去做花边吧，石头，变成一个蛛网，用一枚漂亮的针，刺破这虚空"[4]。

（三）未来主义

相比于阿克梅主义是象征主义的"变体"而言，未来主义不仅与象征主义、阿克梅主义发生根本的决裂，同时与俄罗斯一切文学传统也一并断绝。这一流派内部构成复杂，许多代表人物彼此之间的观点也各有不同，其中较有影响的也是日后文坛所普遍认可的一派就是"立体未来派"。从本质上来说，俄罗斯的未来派就是要否定一切文学传统，这个传统中既包括内容也涵盖形式。在内容的表现上，未来主义并不认可普希金、托尔斯泰等人的文学价值，而是认为应该开辟新的创作领域，他们在 1912 年发表的《给社会趣味一记耳光》一文就明确表达出这一主张。在诗歌形式方面，未来主义则极力创造新

①　俄罗斯科学院高尔基世界文学研究所编：《俄罗斯白银时代文学史　1890 年代—1920 年代初 4》，谷羽，王亚民，译. 兰州·敦煌文艺出版社，2006 年版，第 53 页。

②　［俄］曼德尔施塔姆：《时代的喧嚣》，刘文飞，译. 兰州·敦煌文艺出版社，2014 年版，第 87 页。

③　顾蕴璞：《时代的"弃儿"　历史的骄子——试论苏联现代悲剧诗人曼德尔什塔姆》，载《外国文学评论》，1990 年第 4 期。

④　［俄］曼德尔施塔姆：《曼德尔塔姆诗选》，扬子，译. 石家庄·河北教育出版社，2003 年版，第 21 页。

词语和新语法，在自己的诗歌创造中使用大量自造的新词，并将原有的词语内涵进行丰富和改变，"如果说象征主义和阿克梅主义信奉的是唯美主义、艺术至上论的话，那么，未来主义则似乎是站到了反美学的立场上，否定审美意识与实际事物之间的界限，把词的意义归之于可感知的现实，把文艺创作完全等同于写生画、招贴艺术"①。可以说，同为俄罗斯现代主义的文学流派，未来主义则更注重形式和内容上的独树一帜，但是这一派盲目追求形式上的标新立异往往使自己的诗歌变成令人难以理解的"语言实验"。例如他们将俄文字母中的元音和辅音相分离，并分别用以代表时间、空间、声、色、味道等因素，然后再将这种赋予了崭新含义的字母进行重新组合，产生的诗歌宛如内容晦涩的呓语，令读者无所适从。

（四）主流思潮外的其他流派

可以说，象征主义、阿克梅主义和未来主义虽然在具体的文学主张和创作方法上大相径庭，但它们都标志着俄罗斯文学迈进了现代主义的大门，与此前以现实主义为主的文学流派具有根本不同的内涵和主旨。当然，在白银时代全面复兴的文学舞台上，并不仅仅有现代主义文学的身影，还出现了主流思潮之外的其他文学流派。

其中比较有代表性的就是新农民诗歌和新现实主义文学。农民阶层的出身使得俄国新农民诗歌具有了不同于知识分子诗歌的另一种清新风貌，亲近大自然、诗文充满了质朴，清新的田园气息，将俄罗斯农村的真实生活场景展现出来，这在当时可算是文学界一股清新的风气。作为新农民诗歌的主要代表人物，叶赛宁是一位土生土长的农民的儿子，幼年在乡村中成长的经历塑造了叶赛宁敏感、细腻的情感，他能从山间、田园和溪流中体会出自然流转的美妙体验，并且将这些体验浓缩于自己的笔尖。相比于现代主义诗歌或隐晦、或创新的诗文特征，叶赛宁更注重诗歌语言的声韵美，他的很多诗歌作品都是集真实的情感、丰富的意象和朗朗上口的词语表达为一体。此外，这一时期出现的新现实主义文学主要体现在小说创作领域。以高尔基、布宁、库普林、什缅廖夫等人为代表的新现实主义较之于以托尔斯泰、契诃夫等老一辈现实主义文学家而言，他们既坚持了老一代现实主义的文学创作传统，同时还在具体的表现手法上借鉴了现代派的技巧，从而形成不同于传统现实主义的作品风格。

---

① 李辉凡、张捷：《20世纪俄罗斯文学史》，青岛·青岛出版社，1998年版，第85页。

三、对传统文化的继承与反叛

尽管白银时代的文化价值取向与此前俄罗斯的主流文化特点相比发生了根本性的转折，但白银时代并没有因此断绝与民族传统文化的联系，而且可以说，这种联系以一种新的方式和新的视角被重新吸收了。

首先，白银时代开始转向对宗教神秘主义的探索。伴随着 19 世纪如火如荼的民粹主义运动、十二月党人起义以及 19 世纪 80 年代后半期马克思主义思想的传入，唯物主义无神论逐渐成为这一时期社会文化中的主导因素。尤其是发展到 19 世纪后半期，以别林斯基、车尔尼雪夫斯基、杜勃罗留波夫为代表的革命民主派提出了"为人生而艺术""为人民而艺术"的文化主张，认为不论是文学创作还是艺术创造都应该完全遵循现实主义和批判现实主义的原则。并且，早在 19 世纪上半期别林斯基就为这种原则奠定了基调："我们要求的不是生活的理想，而是生活本身，像它原来的那样。不管好还是坏，我们不想装饰它，因为我们认为，在诗情的描写中，不管怎样都是同样美丽的。因此也就是真实的，而在有真实的地方，也就有诗。"[1] 由此，他对陀思妥耶夫斯基的《穷人》极为赞赏，认为这部小说反映了真实的社会生活。不过，这种现实主义的文化思潮发展到白银时代却出现了短暂的"断裂"，许多知识分子重新回到俄罗斯东正教的文化传统中，并将宗教信仰和神秘主义的探索作为自己思想探索的主要目标。应该说，这种转向在白银时代之前就已经出现了，最为显著的代表就是曾经被别林斯基高度评价的陀思妥耶夫斯基。继《穷人》之后，他陆续创作了《双重人格》《地下室手记》，并且逐渐从别林斯基忠实的拥护者转变为其对立面。在他发表于《作家日记》上的《老一代人》中，详细叙述了自己与别林斯基间的思想矛盾，尤其表现在对宗教传统的不同认识上："别林斯基作为社会主义者，必须推倒基督的学说，说它的博爱是虚伪的，愚昧的，受到现代科学和经济学说谴责；但是这位神人的光辉面貌，他道德上的不可企及，他那无与伦比的神奇的美依然岿然不动。"[2] 可以说，从《地下室手记》开始，陀思妥耶夫斯基的创作思想进入了一个新的阶段，他对生活真实性和对宗教道德的认识也发生了根本的变化。不得不承认，陀思妥耶夫斯基的这种思想对白银时代的知识分子产生了重要的影响。在这一影响下，白银时代的众多知识分子纷纷经历了自己思想历程

---

① ［俄］别林斯基：《别林斯基选集》第 1 卷，满涛，译．上海·上海译文出版社，1979 年版，第 154 页。

② ［俄］陀思妥耶夫斯基：《作家日记》（上），陈燊主编，张羽，张有福，译．石家庄·河北教育出版社，2010 年版，第 12 页。

中的巨大转变，即由唯物主义向唯心主义，由社会主义向宗教神秘主义的思想转变，而这一点也直接导致了他们中的很多人在苏维埃政权建立之后被驱逐出境，并面临长期不公正的待遇。

这种回归根源于早期斯拉夫主义继承俄罗斯民族传统的文化主张，同时也与俄罗斯民族根深蒂固的宗教性紧密相关，宗教信仰对于俄罗斯人就像生命之于空气一样不可或缺。这种对宗教理想的重新肯定经由索洛维约夫、别尔嘉耶夫、布尔加科夫和梅列日科夫斯基等人的努力，逐渐形成了具有宗教色彩的文化批评潮流，本书所论述的宗教文学批评观就是直接根源于这一文化思潮。而且，作为俄罗斯真正意义上的哲学系统建立的主要标志，就是白银时代确立的宗教哲学理论，它对于俄罗斯哲学的意义正如别尔嘉耶夫所言："宗教哲学要求把理论理性和实践理性结合在一起，达到认识的完整性。这是从总体上而不是只从理性上认识宗教的力量。"①

其次，白银时代对 19 世纪黄金时代文化传统的继承。

对于黄金时代和白银时代关系的具体解读本书会在第三章进行详细阐述，此处主要概括说明白银时代在文化方面对 19 世纪传统文学精神的继承和发展。本书前面也曾提到，19 世纪后半期，实证主义、市侩主义、理性主义等文化倾向甚嚣尘上，到了 19 世纪末 20 世纪初，很多哲学家和思想家意识到这些思想对俄国传统文化的影响，并进而开始提出不同的见解。但从另一方面来看，他们虽然反对之前的社会文化主流，但是却异口同声地高度评价了普希金等众多黄金时代的诗人和文学家，在他们看来，普希金的价值无法简单地用浪漫主义或是现实主义来进行概括，其中所蕴含的对生命和个体自由的深切关注，远远超越了单纯的客观现实。对于白银时代的文化活动家们来说，黄金时代无疑代表着此前俄罗斯文化艺术发展中的最高峰，普希金、莱蒙托夫、果戈理，甚至是托尔斯泰和陀思妥耶夫斯基都在世界文化艺术史上占据着重要的地位，他们对于黄金时代的崇敬与向往，实际上就是对自己民族传统文化的向往。尽管此时西方文化早已开始融入俄罗斯的社会文化肌体中，不论是古希腊的艺术和哲学，德国古典主义的康德二元论和黑格尔的辩证观，还是近代的叔本华和尼采的非理性主义，都对白银时代的哲学、文化和文学产生深刻的影响，但是回到民族本性、回到俄罗斯传统的呼声依然是白银时代众多知识分子的共同心声。"白银时代的文化活动家们正是把寻找与过去

---

① ［俄］别尔嘉耶夫：《俄罗斯思想》，雷永生，邱守娟，译．北京·生活·读书·新知三联书店，1995 年版，第 157 页。

理想的相似的民族意识的传统这种内容纳入了'白银时代'的概念"①。可以说黄金时代在这一吸纳和传承的过程中，也反向证明了白银时代的民族独特本质，所以，从根本上来说，白银时代的文化发展倾向还是向传统文化的回归。

最后，白银时代的文化反叛。

当然，白银时代对于传统文化的回归并不代表要完全复制传统思想，相反白银时代的回归还带有变革和发展的色彩，其更为直接地表述就是反叛。这种反叛的具体体现就是"一些知识分子要以新的思维和方法去重新评价俄罗斯的传统文化，以新的价值观和思想观认识传统文化的各种现象，这些人是俄罗斯传统文化的反叛者……"②从这一点出发可以发现，尽管白银时代的知识分子高举宗教和黄金时代文学艺术的大旗，但他们的理解和评价早已将其变为支撑自己理论大厦的承重墙，这种回归注定是在不同层次和不同认识视角之上的再创造。对于在漫长时间中居于俄罗斯社会文化统治地位的东正教神学思想来说，尽管这一时期众多思想家和哲学家纷纷从西方唯物主义和马克思主义的阵营中转移过来，但他们中的大部分人并没有选择成为一个忠实的东正教徒，起码不是教会认可意义上的东正教徒。例如白银时代著名的宗教哲学家和批评家罗赞诺夫，就是一个典型的对传统基督教会提出质疑的代表。他不仅批驳历史教会的僵化的教义和刻板的教规，同时还针锋相对地提出以"性爱"为核心的宗教文化思想，甚至认为新人结婚后的第一晚都要在教堂中度过。可以说，他对基督教义的理解早已不同于现实和历史过程中的教会。除此之外包括索洛维约夫、梅列日科夫斯基、别尔嘉耶夫等人在内的宗教文化批评家们也都提出了建立"新基督教意识"的思想，诸如索洛维约夫的"神人论""索菲亚学说"，梅列日科夫斯基的"基督与敌基督"，布尔加科夫的"四位一体"等提法都是"新"的体现。与此同时，白银时代对于黄金时代文化的接受也是一种崭新的阐释，在这一过程中，曾经被世人关注的现实主义传统逐渐淡化，随之而起的是对其中的神秘主义和宗教博爱精神的深度开掘，并且由于受到西方非理性和直觉主义的影响，黄金时代作家的心理动因和精神困惑成为白银时代关注的焦点。在他们那里，"地下室人"和"宗教大法官"都被赋予了新的含义，普希金的现实主义诗歌成了对末日论未来的魔力感召，从而展现了一个既熟悉又陌生的传统文化世界。

---

① 朱秋达、周力：《俄罗斯文化论》，重庆·重庆出版社，2004年版，第272页。

② 任光宣：《俄罗斯文化十五讲》，北京·北京大学出版社，2007年版，第157页。

第二章　白银时代文学批评的哲学来源

　　作为白银时代俄罗斯众多文学批评中的一种，白银时代以宗教为主要特征的文学批评因其独特的宗教文化视角和深邃的宗教哲学理论为背景，来对具体的文学作品和作家进行独特阐释，在宗教文学批评学者的眼中，作家及其作品已然挣脱个人思想界限的樊篱，而一跃成为整个民族甚至是整个国家深层意识的代言者，而且在某些宗教批评家看来，这种代言还带有预言的成分。以此为前提，俄罗斯宗教文学批评尝试将文学与整个俄罗斯文化进行联结，着力探索其中所蕴藏着的深厚的民族文化情结，这可以说是 20 世纪文学批评理论进行文化转向在俄罗斯的早期体现。当然，尽管白银时代俄罗斯的宗教文学批评从严格意义上来说，并不算是一个独立的批评流派，它没有相对统一的理论主旨和固定的批评阵营，而且其中诸多代表人物如别尔嘉耶夫、舍斯托夫、罗赞诺夫、布尔加科夫、梅列日科夫斯基等人在具体的批评实践中都形成了各自相对独立的批评理论，在一些批评家之间认同与争论并存，但是他们的共同之处都在于充分吸收了俄罗斯传统的东正教神学和哲学思想，以及 19 世纪黄金时代中文学艺术作品的熏陶，其中尤以陀思妥耶夫斯基的影响更甚。可以说，东正教的神学思想、20 世纪俄罗斯宗教哲学思想，以及陀思妥耶夫斯基的文学作品成为白银时代俄罗斯宗教文学批评的三大理论来源，正是以此为基础，形成了这一时期俄罗斯文学艺术领域充满宗教情结且孕育着独特民族色彩的文化阐释语境。

第一节　俄罗斯独特信仰体系的影响

　　艾略特曾在自己的文章中作出重要断言："没有任何一种文化的产生和

发展不伴随着某种宗教的产生和发展。"① 在提出这一论断的同时，艾略特将宗教看作是一种生活方式和实践形式，它不仅有着固定的教义和组织，同时更是普通人日常生活所遵循的行为准则，从而"赋予生活以明显的意义，赋予文化以结构框架并防止人民陷入厌倦和绝望的境地"。② 可以说，艾略特对于文化与宗教之间相辅相成关系的分析，对于白银时代的俄罗斯来说，显得格外贴切。白银时代的宗教文学批评正是建立在俄罗斯独特信仰体系之上，着力将宗教思想与具体的文学艺术、哲学思想，甚至是社会革新意识相结合的突出代表，在这些宗教文学批评学者看来，艾略特所谓的"基督教社会"才是其文学艺术赖以存在的理想社会形态。

一、东正教在俄罗斯的传播与特点

俄罗斯对于基督教的接受是建立在原始多神教信仰和相对落后的生产关系基础之上的。公元 10 世纪之前，仍然带有鲜明原始氏族色彩的斯拉夫人，逐渐由原始分散的社会关系发展为相对统一的以公国统治为主要形式的政治形态，原始落后的生产方式造就了斯拉夫民族多神教的宗教信仰，天地万物，甚至是生产工具都成为他们尊崇的对象，应该说这种遍及众多原始民族所共同拥有的原始多神信仰模式，深刻地体现着这一时期斯拉夫民族落后的生活生产现状，同时也塑造了他们将宗教信仰与现实生活紧密联系的实用主义的宗教民族性格，这也同样影响到他们对基督教的接受和理解。

公元 10 世纪开始，伴随着基辅罗斯公国与当时东正教的统治中心君士坦丁堡之间频繁的战争与议和，东斯拉夫的统治者越来越意识到原有的多神教信仰无法统一分散落后的各个公国，想要建立强盛的封建政权就需要统一、强大的宗教信仰作为精神上的支撑，可以说，传统的多神教与来自拜占庭的基督教之间最初的斗争就从基辅公国的上层统治者们开始的。这种统一的趋势终于在公元 988 年，伴随着基辅公国大公弗拉基米尔·斯维亚托斯拉维奇的受洗入教而最终完成，即便如此，作为统治阶级普遍认可并大力推广的基督教还是遭遇到了来自民间的多神教的反抗，但最终人民还是在统治阶级的威胁下被迫在第聂伯河中接受了基督教的洗礼，这一事件被俄罗斯本国的宗教界和思想界形象地比喻为"罗斯受洗"，自此，作为基督教重要分支的东正教从土耳其拜占庭发展到了俄罗斯，并成为俄罗斯的国教。"罗斯受洗

---

① ［英］T.S. 艾略特：《基督教与文化》，杨民生，陈常锦，译．成都·四川人民出版社，1989年版，第 85 页。

② 同上，第 107 页。

的意义在于，罗斯接受基督教是一种社会进步现象。罗斯原始公社制度瓦解后，为它服务的意识形态——多神教必然退出历史舞台。而罗斯封建社会确立后，需要有为自身服务的意识形态，这就是作为一神教的基督教。这种基督教优越于落后的多神教，它能促进当时先进的封建关系的巩固，推动社会向前发展"。① 可以说，经历了"罗斯受洗"之后的俄罗斯，不论是沙皇的封建统治，还是日后苏联执政时期，以及苏联解体后的今天，尽管在不同的政治制度中遭遇到了截然不同的对待，但是东正教对于俄罗斯民族来说早已不仅仅是一种单纯的宗教信仰，而积淀为该民族内在的精神文化气质，使得俄罗斯民族成为一个带有鲜明宗教性的民族，与此同时，原始的多神信仰也融入了东正教神学思想中，使得俄罗斯式的东正教拥有了自己与众不同的独特魅力。

索洛维约夫在提到俄罗斯东正教文化传统时这样认为："俄罗斯从拜占庭所接受的东正教，是 10 世纪和 11 世纪的拜占庭基督教形式；俄罗斯在接受基督教的同时，也接受了拜占庭精神，也就是教会的永恒的本质形式同暂时的偶然形式的混合物，教会的普世传统和地方传统的混合物。"② 应该说，东正教在进入俄罗斯社会文化的过程中，便具有了鲜明的俄罗斯地方传统，而且在拜占庭被土耳其人攻陷之后，俄罗斯更是将建立"第三罗马"作为自己民族的责任和使命，这种使命感促成了俄罗斯东正教神学信仰的特点。一方面，受到拜占庭时期东正教的影响，俄罗斯的东正教在教义和教规方面具有浓重的神秘主义色彩，这一点也根植于东正教不同于西方天主教的顽固保守性上，在对待传统教义方面，俄罗斯东正教仅信仰《圣书》（包括《旧约全书》和《新约全书》）、《圣传》（即口头传说、使徒圣传、教会圣传），以及基督教 7 次大公会议所通过、补充和修订的《信经》，相比于天主教和新教，东正教更加严守传统教义和教规，不允许有丝毫的变化，并且，在对于上帝"三位一体"教义的认识上，东正教也反对天主教提出的圣灵产生于圣父和圣子的观点，认为这是否定圣"三位一体"教义的异端邪说。在他们看来，圣父、圣子、圣灵都是上帝的三个平等的位格，并且在俄罗斯东正教神学这里，圣灵的意义显得更为突出。

由此，俄罗斯东正教的神秘主义色彩也更加浓重，"虔诚的信徒有一种内在的经验、体验或感觉，这种内在的经验、体验或感觉使信徒从心灵上去

---

① 乐峰：《东方基督教探索》，北京·宗教文化出版社，2008 年版，第 172 页。
② ［俄］索洛维约夫：《俄罗斯与欧洲》，徐凤林，译. 石家庄·河北教育出版社，2002 年版，第 56 页。

接触神的世界或彼岸世界，使信徒内在地、而不是外在地认识上帝的王国"①。内在信仰和神秘直觉领悟成为俄罗斯东正教徒们认识世界、认识自我的重要渠道，并且转化为其民族深层的精神通路，以至于形成俄罗斯哲学思想中重直觉、重体悟的思想特征。另一方面，受到本国原始多神教信仰的影响，俄罗斯的东正教神学思想不仅仅是高居于庙堂之上远离大众的玄妙教义，同时更成为普通大众用以面对实际生活问题的精神慰藉，从而带有更为明显的实用主义倾向，尤其是发展到20世纪初期的白银时代，东正教神学思想日益与具体的知识分子个人生存现状和整个社会生活紧密相连，从斯拉夫主义到索洛维约夫，再到后来众多宗教哲学家和思想家，他们都将东正教的神学思想融入自己的理论思考中。并且多神教在信仰的对象和宗教仪式等方面也逐渐渗透到俄罗斯东正教当中，这就使得原本以"一神教"为特点的东正教增加了许多信仰元素，诸如俄罗斯东正教神学系统中的"圣母玛利亚"信仰和"神人"信仰等都是这一融合的表现。对此，别尔嘉耶夫指出，"在典型的俄罗斯人身上，总是出现两种因素的冲突：原始的自然多神教、无涯的俄罗斯大地的自发性与从拜占庭获得的东正教的禁欲主义、对彼岸世界的追求"②。外在的禁欲主义和内在对神秘世界的无限渴望形成了俄罗斯人复杂多面的民族性格，也造就了俄罗斯融汇东西方文化色彩的宗教文学批评观。

二、东正教视域下的宗教文学批评

可以说，作为一个东正教占主要精神统治地位的国家，俄罗斯的文学是其宗教思想最为直接的显现，"在自己的历史发展长河里，俄罗斯文学虽然与多种宗教有着这样或那样的联系并受到其影响，但俄罗斯文学与基督教的关系最为密切，受基督教的影响最大，基督教的教义《圣经》的思想、形象、情节和契机贯穿在许多俄罗斯文学作品中并成为俄罗斯文学文本的一个重要特征"③。17、18世纪的俄罗斯文学自不必说，其中许多作品本身就是在阐释《圣经》的基础上形成的，到了19世纪，以普希金、莱蒙托夫、果戈理、托尔斯泰、陀思妥耶夫斯基、契诃夫等为代表的浪漫主义和现实主义作家，在其作品中同样能够清晰地感到浓厚的宗教情结。从《卡拉马佐夫兄弟》《战争与和平》《当代英雄》等这些描写现实题材的作品中，也可窥探到作

---

① 乐峰：《东方基督教探索》，北京·宗教文化出版社，2008年版，第61页。

② ［俄］别尔嘉耶夫：《俄罗斯思想的宗教阐释》，邱运华，吴学金，译．北京·东方出版社，1998年版，第3页。

③ 任光宣等编著：《俄罗斯文学的神性传统——20世纪俄罗斯文学与基督教》，北京·北京大学出版社，2010年版，序言第1页。

者对宗教世界和人类宗教情怀的深沉责问与不懈探索。应该说,东正教不仅是俄罗斯作家虔诚信仰的对象,还是他们思考人生、洞察世间百态的情感渠道,带有东正教色彩的宗教性成为俄罗斯人的民族本性,也是他们思考一切事物的出发点和归宿点。文学的宗教化必然带动文学批评的宗教化,而且对于白银时代动荡的社会现实来说,寻求一条既能规避西方发展弊端,同时又能适应本国传统文化特色的道路,成为这一时期众多有担当、充满民族责任意识的思想家和哲学家们的共同心声,整个社会都在面对着是西化还是坚持自己原有传统的发展抉择。整体的社会文化环境和众多文学家的精神探索使得白银时代的宗教思想家如雨后春笋一般在俄罗斯大地上崭露头角,他们从俄罗斯东正教肥沃的精神土壤中汲取养料,以宗教为视角着力挖掘文学本质与宗教思想的内在联系。在此基础上,白银时代的宗教文学批评进一步向文化批评延伸触角,从而形成对社会文化和国家政治的独特认识。

(一)充分吸收东正教神学主题

东正教对于白银时代宗教文学批评最为主要的影响在于,许多富有东正教色彩的宗教理念和神学主题被宗教文学批评学者借鉴,同时将其转化为自己哲学思想和批评理论的一部分,并以此对作家和作品进行宗教解读。"俄罗斯东正教拥有自己独特的主题,这些主题使俄罗斯东正教神学具有不同于天主教神学、新教神学,甚至希腊东正教神学(拜占庭神学)的特征"[1]。其中,很多主题并不是东正教首创,只是在天主教和新教中并没有对这一主题进行详细阐发,而东正教却将其作为自己宗教教义中的一项重要内容加以保留和传播,对此,白银时代的宗教文学批评学者不仅充分肯定了这些神学主题,同时还通过自己的不断探索对其做了进一步丰富和发展,使之与俄罗斯本国的民族文化产生更为紧密的联系。可以说,东正教的独特神学思想成为宗教文学批评学者用以阐释文学内蕴的出发点和归宿点,在他们眼中俄罗斯众多优秀的文学作品都是对这些传统神学主题的独特生发。

独特的地理位置和来自东西方不同文化冲撞的历史背景,使得俄罗斯在宗教神学的发展过程中,一方面继承了拜占庭时期的基督教信仰;另一方面,在具体的教义和教规上则吸收了来自东方文化中重视感性直观和生命体验的整体认知模式,从而形成了不同于日后西方天主教中以理性主义的方式来对待彼岸世界的认知方式,俄罗斯东正教这种整体认知的信仰模式成为影响白银时代众多宗教哲学及其文学批评的首要因素。对此,别尔嘉耶夫在其《俄

---

① 张百春:《当代东正教神学思想》,上海·上海三联书店,2000年版,第494页。

罗斯思想》中就曾明确指出："这是从总体上而不是只从理性上认识宗教的力量。俄罗斯宗教哲学特别坚持这一点，即哲学认识是用完整的精神去认识，在这种精神中理性和意志、感觉结合在一起，而没有唯理论所作的割裂。"①东正教对待最高境界的整体认知转化为众多宗教哲学家们认识世界、认识自我的思维前提，别尔嘉耶夫将理性思维看作是西方思想的原罪，在他看来西方思想界本身是无法克服这一弊端的。舍斯托夫更是明确将理性主义作为自己所有理论攻击的首要对象，他的所有著作都是从这一原点出发，一步一步将理性主义打入万劫不复的深渊，在舍斯托夫的眼中，陀思妥耶夫斯基、契诃夫、莱蒙托夫这些 19 世纪俄罗斯文学的代表人物在其作品的深层内核中都在努力发出作者反对西方理性思维入侵的旷野呼号。罗赞诺夫更是提出不能仅以理性思维来认识冰冷的基督教义，而要全身心地投入宗教信仰中，这里的全部身心既有灵魂归属，也有身体的参与，由此他大胆提出了"性"与宗教信仰相结合的独特信仰模式，认为只有这种介乎疯癫的表现形态才能更好地理解宗教的真谛。本书在接下来各章节中都会对这些宗教文学批评学者进行详细的阐述，但不论他们以何种视角来分析文学作品，其中最为核心的理念都是建立在批判西方理性主义基础之上的，可以说，带有浓重神秘色彩的俄罗斯东正教信仰，造就了俄罗斯哲学和文学批评中打破物我界限，追求生命感知的东方化的评价视角。

从对理性主义的反思出发，白银时代宗教文学批评进一步探索东正教的独特宗教理念，希望开掘出一条既能克服西方认识误区，同时又能发挥俄罗斯传统优势的道路，为此，首先提出这一融合想法的哲学家就是索洛维约夫，他提出了"一切统一"的宗教哲学理念，我国学者张百春先生曾在哲学层面上对"一切统一"作简要概括："在认识论上，一切统一强调的是知识（理性）与信仰的统一，这是一种完整的世界观，它直接针对西方的理性主义和世俗化传统。"②可以说，这较为准确地切中索洛维约夫的思想要点。索洛维约夫首先将"一切统一"的哲学思想纳入东正教的神学体系中，他将理性与信仰统一在一起用以认识世界的视角，从根本上来源于东正教中"三位一体"的神学教义。我们前边也曾提到，东正教和天主教在对于圣父、圣子、圣灵的阐述上是存在分歧的，而且这也影响到他们对"三位一体"教义的具体信仰方式，"基督教是圣三位一体的宗教——即使是把对神的崇拜只集中于基

---

① ［俄］别尔嘉耶夫：《俄罗斯思想》，雷永生，邱守娟，译. 北京·生活·读书·新知三联书店，1995 年版，第 157 页。

② 张百春：《当代东正教神学思想》，上海·上海三联书店，2000 年版，第 498 页。

督一人身上，这在实践上就已经是背离了基督教，走向耶稣会主义。值得注意的是，在东正教礼拜活动中，在对神的呼唤中，在赞美歌中，在祈祷中，对全部圣三位一体之名的称颂都多于对耶稣一人之名的称颂，对这一点的证明是，对基督的认识是与对圣三位一体的认识紧密联系的"①。从这一表述我们可以清楚地看出，东正教是将圣三位一体作为一个整体来进行认知和信仰的，在这种认知模式下所形成的东正教信仰的思维特点就是用统一整体的爱来抵抗个体的独立性，圣父、圣子和圣灵并不仅仅作为各自独立的神的体现，而是一个具有联系的统一体，三就是一，一就是三，对此，西方的理性认知是无法真正理解"三位一体"的内在奥秘的，只有通过东正教徒全部生命意识的参与才会参透其中的奥秘。可以说，东正教对"三位一体"教义的理解已经不仅仅局限于单纯的宗教教义层面，而是将其作为思维方式内化于心，成为斯拉夫民族认知世界和自我的思维方式，即通过生命体验的方式来实现对主体精神和客体世界的整体认知，从而实现人与神的统一、理性认识与感性信仰的统一，而这种整体认知模式也必然影响到了作为东正教徒的宗教文学批评学者的思维方式。

在此基础之上，形成了独具东正教神学特色的一系列神学主题，神人学说、聚合性、末世论、索菲亚学说等都与"三位一体"的整体认知模式具有内在的联系。其中，聚合性学说的本质就是谋求多中的统一，它看重每一位教徒的精神自由和信仰自由，提出东正教的教会就是众多教徒平等、自由地聚合在一起的信仰组织，既有教义形式上的统一，也容许精神层面的个性自由，由这一神学主题出发，罗赞诺夫大胆提出了以性为核心聚合宗教与现实生活的宗教批评理论。布尔加科夫更是从"三位一体"的宗教教义出发，提出了将古老的索菲亚信仰作为第四位格而成为圣父、圣子、圣灵与上帝之间自由转换的中介，从而将"三位一体"的教义发展为"四位一体"，索菲亚学说以特有的包容万物的女性崇拜成为人与神进行精神交流的纽带，由此，布尔加科夫将个性与共性、个体与整体、肉体与精神的聚合作为自己思想的出发点，也成为他分析文艺作品的切入点。如果说在俄罗斯宗教批评理论中，索菲亚学说已经被赋予了神与人进行精神交流的聚合性特质的话，那么神人学说则更是将这一神学思想进行扩展，并明确提出了神性与人性之间的平等关系。在传统教义中"道成肉身"仅仅是耶稣同时具有神与人的特性，但在白银时代的宗教批评家这里，人性也带有神性的特征，在他们看来人的精神性

① ［俄］C.H.布尔加科夫：《东正教：教会学说概要》，徐凤林，译．北京·商务印书馆，2001年版，第128页。

就带有至高无上的神秘性，甚至是神性，所以人的精神自由是神圣的，这也是索洛维约夫、弗兰克和别尔嘉耶夫等人所致力于提倡的积极的神人类学说。尤其在别尔嘉耶夫看来，人不再是上帝的附庸，而应该是具有微观宇宙的完整的精神个体，来自西方的理性主义和传统教会的精神束缚都是对人类自由个性的客体化，是对积极神人的压制。在此基础上，别尔嘉耶夫认为拥有神性品格的人类个体在自由意识和创造性方面也充满了积极性，由此，别尔嘉耶夫在进行具体的文学批评时，一方面努力开掘潜藏于作品内部的宗教特质，同时提出了以作家"精神"为评价核心的"整体精神现象"的批评理论，这里的"精神"实质上就是作家超越物质现实、进行积极创造的"神人"本质，只有对这种精神本质进行整体的解读，才会揭示作品的深刻内涵。而舍斯托夫更是对西方理性主义深恶痛绝，在陀思妥耶夫斯基作品的启发下，他将"神人"的特性转化到"地下室人"的身上，认为看似充满矛盾的"地下室人"实则是认清了在西方思辨理性下的现实生活的虚伪本质，并萌生了要与之彻底决裂的想法。

应该说，别尔嘉耶夫、舍斯托夫、罗赞诺夫和布尔加科夫等白银时代批评家不仅吸收了东正教中神人论和聚合性学说的神学思想，同时还从各自的视角重新给出自己的独特阐释，并且充分与俄罗斯社会、文化和文学活动相结合，使之生发出崭新的内涵。此外，索菲亚学说、末世论、一切统一等其他东正教神学主题也都相融交织在一起，共同形成了带有东正教特色的俄罗斯宗教文学批评观。

（二）确立"新宗教意识"，回归个性自由

当然，值得着重指出的是，白银时代的宗教文学批评观并不同于西方中世纪的基督教神学文艺思想，二者根本的区别就在于关注点是人还是神。毫无疑问，相比于中世纪基督教神学思想所倡导的人是神的附庸，白银时代的俄罗斯宗教文学批评则高扬自由人性的价值，他们借鉴吸收东正教神学主题的目的并不是单纯地宣传宗教神学思想，号召人们无条件地服从宗教教义，相反，以别尔嘉耶夫、罗赞诺夫、舍斯托夫等人为代表的宗教哲学家明确提出了与传统东正教会分庭抗礼的崭新的宗教神学理念。在他们看来，历史上的东正教会就犹如陀思妥耶夫斯基笔下的"宗教大法官"一样，将本应解放人类精神的宗教信仰教条化，从而形成无异于西方理性主义的思想枷锁，并妄图以此来统治人。所以，俄罗斯宗教文学批评学者们的主要目的是从传统的基督教神学思想中发掘普通人精神世界中的与众不同的地方，在这一过程中他们认识到人不再是上帝的奴仆，人也应该具有神的至高权利，他们由此

也希望利用传统宗教的凝聚精神来重新诠释人的个性和自由的本性，从而为世纪之交俄罗斯迷茫的精神走向寻求出路。

在此基础上，在梅列日科夫斯基、别尔嘉耶夫、罗赞诺夫等人的带领下，白银时代的宗教文学批评学者们还大胆提出了"新宗教意识"的革命思想，它标志着白银时代的宗教批评不仅仅是一种单纯的宗教思想的回归，而是建立在基督教神圣信仰之下，同时融入对人类自身肉体崇拜的自信与觉醒，甚至提出基督与反基督的融合，这不仅是对传统宗教神学的离经叛道，同时更标志着俄罗斯宗教文学批评将自己的触角从神学触探到文学，乃至整个社会政治和文化革命的领域。一方面，他们认为基督教的神学思想从根本上是对个体精神自由的确认，因为在聚合性为主要特征的东正教教会中，人人平等、自由地与上帝进行精神交流。这正是他们所要尽力挖掘的宗教传统价值所在。另一方面，现实中的教会传统却逐渐背离了初衷，变成了客体化、教条化、缺乏自由与信仰的理性主义的外在统治，正是这一现状致使俄罗斯在历史巨变的转折时期失去了方向，不论是斯拉夫派还是西欧派都未能真正提出行之有效的改革举措，所以，梅列日科夫斯基提出的"新宗教意识"革命，不仅是对俄罗斯传统文学批评的革命，也是对整个社会文化思想的革命。

第二节　宗教哲学思想的渊源

毋庸置疑，俄罗斯的哲学思想（主要是宗教哲学）为白银时代的宗教文学批评提供了深厚的理论渊源，而且许多宗教文学批评学者本身就是宗教哲学家，他们对待文学的态度和评价文学作品的方法也都是其哲学思想在文学艺术领域中的具体体现。俄罗斯宗教哲学对待人的态度与西方理性主义哲学相去甚远，徐凤林先生曾这样概括二者的区别："俄罗斯宗教哲学家对人的看法，不是从人现有的自然处境、自然状态来看的，不是站在经验现实的此时此地，转回头去向后看他'是什么'，而是从他所追求的目标的观点，或者说是站在理想的未来，从终极的观点来看人'应是什么'。"①可以说，因为有了东正教神学思想的影响，使得俄罗斯哲学本身就具有了宗教哲学的独特之处，这集中体现在，对人终极意义和整体价值的追问成为俄罗斯宗教哲学的总体特点，它作为俄罗斯传统宗教文化思想与现代哲学理念相结合的产物，成为白银时代宗教文学批评赖以生存和发展壮大的精神沃土。

---

① 徐凤林：《俄罗斯宗教哲学》，北京·北京大学出版社，2006年版，前言第4页。

一、俄罗斯 19 世纪宗教哲学的缘起与发展

（一）俄罗斯宗教哲学理论的形成

综观俄国哲学的发展历程，我们可以清楚地看到，俄国宗教哲学的产生和发展既离不开俄国传统宗教文化的长期浸润，同时也少不了西方哲学思想的唤醒与启迪。尽管，"罗斯受洗"使俄罗斯在公元 10 世纪就已经将东正教作为自己的国教，但是其后漫长的几百年中，俄罗斯的哲学思想并没有完全从宗教神学的精神信仰中脱胎独立，尤其是 18 世纪之前的俄国哲学仅仅算是在翻译西方教父神学作品的过程中得到的某种粗浅的精神启发，并且这也依然不能算作严格意义上的哲学思想，它在某种程度上仍然是神学的附庸。18 世纪可以算是俄国哲学开始萌芽的时期，对此，俄国著名哲学家洛斯基的《俄国哲学史》和津科夫斯基的《俄国哲学史》中都提出过类似的观点。这一时期，西方神秘主义者雅克布·波麦和圣·马尔丹的哲学思想开始被介绍到俄罗斯，并且一直到 19 世纪和 20 世纪之交都对俄国宗教哲学家产生影响。此后，19 世纪的俄罗斯像海绵一样饥渴地吸收着来自西方，尤其是德国古典哲学的营养，康德、黑格尔、费希特、谢林，这些哲学家及其思想给 19 世纪的俄国哲学带来了丰富的精神养料，也终于使俄国在 19 世纪开始了真正意义上的哲学思考。但正如学界所普遍认可的一点，西方哲学思想对俄罗斯的影响仅仅是一种思想上的启蒙，而作为影响俄罗斯数千年的东正教神学传统并未像天主教那样经历过文艺复兴、宗教改革和启蒙运动等重大变革，所以在西方看来早已是不争事实的认识论和理性主义传统对于俄罗斯东正教神学来说则显得格格不入。前面我们也曾提到，东正教相对于天主教和新教来说，神秘主义和保守性更为显著，这些都导致俄罗斯哲学具有自己与众不同的独特之处。

（二）斯拉夫主义开启了俄国哲学独立的发展道路

在经历了漫长的东正教神学发展模式，又受到了来自于德国唯心主义和神秘主义哲学思想的影响之后，从 19 世纪二三十年代开始，真正意义上的俄罗斯宗教哲学觉醒了。可以说，19 世纪初的俄国社会发展现状促使这一时期出现了所谓的"30 年代人"。是向西方学习还是固守俄国的文化传统，是接受资本主义的政治体制抑或承袭封建农奴的落后制度，成为摆在新一代俄国人面前的艰难选择。西欧派和斯拉夫派作为这一时期探索俄罗斯社会思想发展不同走向的两种思想流派应运而生。前者更多地倾向于向西方先进的文化和制度学习，走资本主义的发展道路，认为俄国的传统文化落后且愚昧；后者则坚决认为应该在坚持俄国宗教传统和摒弃落后农奴制度的基础上，发展

带有俄罗斯特点的崭新社会文化形态。二者的辩论带动了 19 世纪初俄罗斯社会文化的异常活跃，由此形成的理论观点也深刻地影响着索洛维约夫和白银时代的宗教文学批评学者们。在斯拉夫主义的影响逐渐扩大的同时，曾经给予俄国哲学巨大精神营养的德国古典哲学在这一时期也成为"30 年代人"开始批判的对象，并且形成了真正意义上的俄罗斯哲学，"独立的俄罗斯哲学的纲领是由 И. 基列耶夫斯基和霍米雅科夫第一次提出来的。他们经历了德国唯心主义。但是，他们试图批判地对待当时欧洲哲学的顶峰，即谢林和黑格尔"[①]。可以说，以基列耶夫斯基和霍米雅科夫为代表的斯拉夫主义不仅吸收了传统东正教的宗教神学思想，同时也看到了西方理性主义哲学与俄罗斯意识之间的内在冲突，"他们的哲学试图在基督教进行俄国式的解释的基础上推翻德国式的哲学思维方式，这种俄国式的解释是以东方教父著作作为依据的，是作为俄罗斯精神生活的民族特性之结果而产生的"[②]。

作为俄罗斯宗教哲学早期的代表人物，基列耶夫斯基和霍米雅科夫都没有创造出系统的哲学体系，但是他们却在自己分散的哲学文章中赋予了俄罗斯宗教哲学总体的思想路线，在反对西方理性主义和主客二分的基础上，将宗教信仰融入俄国式的哲学思维中，形成轻思辨、重感悟、轻认识、重体悟的东方色彩的哲学思想。其中，基列耶夫斯基明确提出俄罗斯与西方在文化上的差异最主要就体现在东正教与天主教的差别上，天主教更重视外在的标准和形式，而东正教则看重内在精神的信仰。由此而形成的两种哲学思维也大相径庭，西方的哲学重视概念的厘清和形式的界定，但这却不是俄罗斯哲学所关注的重点。但是，基列耶夫斯基并没有对西方哲学进行全盘否定，而是认为理性认识也是人类哲学认识中必不可少的一部分，它同时也要与人的感性认知相结合，由此，从基列耶夫斯基开始就提出了融合理性与感性为一体的哲学认知模式，在其《批评与美学》一书中，基列耶夫斯基就指出哲学认知的完整性原则，"提高理性的第一个条件，是使得理性努力把全部那些在人的正常状态下处于分散和矛盾状态的单个力量，集中为一个不可分割的整体……"[③]在他看来，理性认识终究不能体现人类精神的全面特征，而且仅仅依靠理性来认识世界，甚至是认识精神世界都是不可能的，基列耶夫斯基越是深入学习西方的哲学思想，就越是认识到理性主义只是人类众多认识能

①　[俄] 别尔嘉耶夫：《俄罗斯思想》，雷永生，邱守娟，译. 北京·生活·读书·新知三联书店，1995 年版，第 159 页。

②　[俄] H. O. 洛斯基：《俄国哲学史》，贾泽林，译. 杭州·浙江人民出版社，1999 年版，第 6-7 页。

③　转引自徐凤林：《俄罗斯宗教哲学》，北京·北京大学出版社，2006 年版，第 10 页。

力中的一部分，而且还是层次很低的部分。基列耶夫斯基所要认识的对象已经超越于现实世界的界限，更多地发展到彼岸世界和宗教领域，他所要探究的深刻哲理也仅能从所谓的"不可言说"的境界中获得，所以宗教思想的介入和宗教信仰的参与注定使得基列耶夫斯基的哲学理论不能被框定于有限的现实世界，由此，他提出了信仰比理性更可贵、完整比个体更有价值的哲学新观点。

与基列耶夫斯基相同，霍米雅科夫除了表现出明显的反对西方理性主义的理论，还明确提出了"完整的精神"的学说，在他看来，完整的精神是由信仰、意志和理性相结合的完整统一体，并且在三者中间，信仰居于最为重要的地位，"在霍米雅科夫的内心世界里，信仰具有崇高的威望，对他来说，信仰不是思维的'对象'，也不是讨论的'对象'，而是精神世界里原现实（первореальность）的基础"①。"первореальность"一词在俄语中是一个组合词语，其前缀部分就是"第一、首要"的意思，从这个表述我们可以看出，霍米雅科夫是将信仰作为人类认识世界的最初活动来对待的，它是人类所有精神认识的基础，带有直觉感悟的色彩，而这种信仰当然也不仅仅是指宗教信仰，而是人用全部精神与外在世界进行交流的活动，它与基列耶夫斯基的完整性原则一样，都将逻辑理性置于人类认识活动中的最底层。在此基础上，霍米雅科夫认为也不能按照西方或者是传统的认识论方式来对待教会，并进而提出了他的"聚合性"学说。

可以说，不论是基列耶夫斯基还是霍米雅科夫，作为俄国哲学独立发展的最早的代表人物，他们都不约而同地将俄国东正教的神学思想融入自己的哲学理论中，这也就使得俄国哲学在最初的阶段就被赋予了宗教哲学的特色。即便他们并没有形成系统的哲学理论，但此后俄罗斯宗教哲学中诸如完整精神、聚合性等许多主题均源自此时，其后的索洛维约夫便将这些思想逐渐完善和体系化。

（三）俄罗斯哲学的基本特点

正是从斯拉夫派开始，奠定了俄罗斯哲学与众不同的自我特点，并且这种在哲学上的独特之处也深刻地影响着俄罗斯的文学艺术及其理论，作为一个以东正教为国教的国家，对宗教的信仰和对哲学的理解共同融入俄罗斯人的精神世界中，使得他们不论在形而上的哲学领域，还是在具体可感的文学艺术层面，都带有明显的宗教特色。

---

① ［俄］津科夫斯基：《俄国哲学史》，张冰，译．北京·人民出版社，2013年版，第196页。

俄罗斯哲学最主要的特点就是它的完整性。对此，俄国哲学家、神学家瓦西里·瓦西里耶维奇·津科夫斯基在其著名的《俄国哲学史》中明确指出："俄国哲学思想最重要的灵感之一，就在于理论与实践、抽象思维与生活的不可分割性，易言之，就在于完整性的理念之中。除罕见的例外，俄国哲学家们所孜孜探索的，正是完整性，是现实所有方面以及人类精神所有活动的综合和统一。完整性这一口号在历史存在中，比在自然或抽象思维的纯概念研究中更必要，更不可取代。"① 这种完整性一方面是主体的自我完整，包括我们前面所提到的意志、理性与信仰的完整，其中少了对思辨理性的盲目崇拜，而更倾向于对主体内在直觉的认可，理性与非理性的完整结合成为主体认识外在客体的先决条件，并且已经影响着俄罗斯人的思维方式。俄国哲学家弗兰克也说过，"俄罗斯思维方式的特点就在于它一开始就建立在直觉之上，对它来说系统与概念在认识中尽管不是次要的东西，却是公式，不能等同于全部的真实生活"②。另一方面，俄罗斯哲学的完整性也体现在个体与群体的完整、主体与客体之间的完整，现实与未来理想之间的完整性存在。由此，作为个体的人才会在聚合性的神学思想下，与教会中的其他人通过爱和自由的信仰模式实现物我同一，个体的完整存在才是实现哲学认识的前提条件，所以在俄罗斯哲学这里不是"我思，故我在"，而是只有"我在"了才能进行下一步的哲理思考。

当然，俄罗斯哲学的完整性最终还是建立在它的宗教性上，从俄罗斯哲学诞生之初，宗教神学思想就成为它不可替代的基因参与到俄罗斯哲学的建构当中。从基列耶夫斯基、霍米雅科夫开始，包括后来的索洛维约夫在内的哲学家，甚至是陀思妥耶夫斯基、托尔斯泰、果戈理这些文学家，无一不受到宗教信仰的启发，他们从东正教的文化传统找到了解答俄罗斯发展过程中的诸多疑惑，并提出以传统的宗教信仰来抵御西方的思辨理性。不过，也正如我们前面所指出的，俄罗斯宗教哲学本质上是哲学，而非宗教，"哲学和宗教之间的关系内在地表现为理性与信仰的张力。哲学的基础是理性，宗教的基础是信仰"③。俄罗斯宗教哲学是以对宗教教义的自我理解和重新解读为出发点，建立一套带有俄罗斯特色的哲学理论，即便这些理论总是能投射出明显的宗教意蕴，但是与历史上的教会和教义还是有本质差别的。

---

① ［俄］津科夫斯基：《俄国哲学史》，张冰，译．北京·人民出版社，2013年版，第16页。

② ［俄］谢·弗兰克：《社会的精神基础》，王永，译．北京·生活·读书·新知三联书店，2003年版，第293页。

③ 张百春：《论俄罗斯哲学的宗教性质及其悖论》，载《求是学刊》，2009年第5期。

二、索洛维约夫的"完整知识理论"

相比于基列耶夫斯基和霍米雅科夫，索洛维约夫对于俄罗斯宗教哲学以及俄罗斯宗教文学批评来说，可谓是哲学思想上的集大成者，是现代意义上俄罗斯哲学的奠基人。他真正为俄罗斯的宗教哲学创立了一套完整的理论体系，其中对于"完整知识理论"的阐述成为其哲学思想的核心，以此为基础从索洛维约夫开始，形成了一系列较为成熟的带有东正教神学视角的哲学研究主题，如末世论、索菲亚学说、神人论等，这些思想都对后来众多宗教哲学和批评家们产生了深刻的启发和影响。

（一）独特的时代背景与东西方哲学的内在冲突造就了索洛维约夫的哲学体系

弗·谢·索洛维约夫（Владимир Сергеевич Соловьев，1853—1900）所生活的 19 世纪中后叶，是俄罗斯社会文化发生剧烈动荡的时期。尼古拉一世黑暗的统治、十二月党人起义失败，以及西方文化思想的不断涌入，使得俄国社会充分认识到原有农奴制度的腐朽落后，也看到了单纯运用武力斗争无法彻底改变现状，从而在俄罗斯上层的知识分子中萌生了希望通过思想上的革新来建立一个强大的资本主义国家的想法。这一想法在三四十年代的斯拉夫派和西欧派的论争中被提到了整个俄国思想界的议事日程上，进而掀起了一场对俄国未来发展道路的大争论。可以说，二者的思想都对日后的索洛维约夫产生了深刻的影响。在西欧派的影响下，出身于传统宗教世家的索洛维约夫在青年时期出现了信仰危机，这一时期西方的唯物主义和实证主义哲学思想开始影响索洛维约夫，他从此不再参加教堂礼拜，并且将全部精力致力于自然科学之中，认为只有这样才能为当时混乱的俄国社会文化寻求一条彻底的振兴之路。但是，索洛维约夫也并未因此而完全失去对信仰的思考，尤其是在学习了斯宾诺莎、康德和叔本华哲学思想后，曾经狂热的虚无主义者索洛维约夫逐渐转变了自己的哲学思考方向。这一思想的转变体现在他 1874 年的硕士毕业论文《西方哲学的危机：反对实证主义者》中。

在《西方哲学的危机》的引言中，索洛维约夫开门见山地表达了自己做此论文的主要目的，即"纯理论性抽象认识意义上的哲学，已经终止其发展，并且永不复返地转入过去的世界"[①]，他系统地追溯了西方哲学中这种纯理论性的抽象认识的发展脉络，在索洛维约夫看来，西方的基督教神学信仰早已

---

① ［俄］索洛维约夫：《西方哲学的危机》，李树柏，译．杭州·浙江人民出版社，2000 年版，第 3 页。

被理性至上原则所抛弃，即便是中世纪的经院哲学也不例外，此后笛卡儿、莱布尼茨、培根等人更是将对客观外物的理性认识作为人类哲学思想的主要来源。这在索洛维约夫看来就使得西方哲学存在着明显的片面性，"索洛维约夫所指的西方哲学的片面性在于它的理性思维。这种抽象的或理性的认识就是把直接的、具体的认识划分为感性因素和逻辑因素。而实际上，这些因素不是各自单独存在的，而是结合在一起的，这样才构成了现实世界"①。但是，西方哲学长久以来则是希望通过这种抽象的、单一的认识方式来获取客观外在世界的所谓规律性的科学知识，由此也就导致了主客二分的必然结果，即便是黑格尔所建立的庞大的哲学体系也未能逃脱这种认识的怪圈。索洛维约夫认为，西方的理性主义、唯物主义和实证主义所长久坚持着的哲学认识方式所带来的问题在于，首先必然使认识主体与客体之间形成鲜明的隔绝状态，成为单一的认识者和被认识者；其次，在这一认识过程中，只承认人类认识主体的简单机械的认知能力，只作为"感性知觉的对象"，其中发生作用的就是大脑的智力功能，而其他的道德本性和情感取向则统统与此无关；最后，通过这种抽象的纯理论的认识，所得到的关于外在世界的认识被西方哲学界认为是具有规律性的普遍知识，但在索洛维约夫看来这些科学知识仅仅是客观世界的表层认识，而非本质性的认识，并且"这种外在性或物质性也就是遮盖物，它使我们无法通过外在经验看到真正的存在物，它也是把现实性和可见性分开的帷幕"②。由此我们可以看出，西方哲学的这种理性主义的片面性具体表现在以上的三个方面，致使人类对世界和自我的认识都产生了分裂，从而变得表面化和机械化，也就丧失了对世界本质性的认识能力。

（二）完整知识的哲学理论

索洛维约夫提出的"完整知识理论"是在对俄罗斯哲学发展现状和俄国思想特点进行了深刻理解的基础上形成的。我们在前面的论述中就已经清楚地看到，作为深谙西方哲学发展脉络的俄国哲学家，索洛维约夫对待西方的理性主义哲学和实证主义哲学提出了自己明确的质疑，尽管有些唯心主义哲学家还是在一定程度上启发了索洛维约夫，但整体来说西方哲学逃脱不了认识片面化的自我弊端，这就像是一个死循环，西方哲学单凭自己的努力是无法改变这种发展趋势的。但另一方面，索洛维约夫虽然不认可西方哲学的片面认识，却并不认为其毫无意义，只不过在他看来这些哲学思想是人类哲学

---

① 徐凤林：《索洛维约夫哲学》，北京·商务印书馆，2007 年版，第 65 页。

② ［俄］索洛维约夫：《西方哲学的危机》，李树柏，译．杭州·浙江人民出版社，2000 年版，第 50 页。

发展历程中的初级阶段，它还是拥有一定的理论价值的。而对于俄罗斯本国的传统思想，即便索洛维约夫在很大程度上受到了斯拉夫主义的影响，但他却并未盲目认为凡是俄罗斯宗教神学的内容就都是有价值的，因为从根本上索洛维约夫不仅是一位虔诚的东正教教徒，还是一位理性的哲学家，况且西方的哲学思想也曾经改变过他的宗教态度。他在 1888 年发表于《欧洲通报》上的《俄罗斯与欧洲》一文中，就将此前的俄罗斯哲学分为三个阶段，其中第一阶段的俄罗斯哲学是在西方思辨哲学的启发和反思中形成的，在索洛维约夫看来这一时期俄罗斯哲学只是被动地向西方学习，还并未形成自己独特的哲学见解；第二阶段，即 19 世纪 60 年代前后，索洛维约夫认为仍然"没有显露出独特的俄罗斯哲学的人和天赋，没有建造出任何一个重要的、耐久的哲学思想纪念碑"[1]。此时的俄罗斯哲学依然是西方哲学的传声筒，或唯心、或唯物，而毫无自己的特色；第三阶段是从 19 世纪 70 年代开始出现的哲学思想上的重要转折阶段，即这一时期的俄罗斯哲学终于从向西方亦步亦趋的姿态中转变为向自我传统思想寻求滋养，他认为这种滋养就来自于俄罗斯的神秘主义。当然，我们从他的表述中就可以明确看出，这一重要的转折阶段是从索洛维约夫自己的哲学探索中形成的。

但是，这并不代表在索洛维约夫眼中，俄罗斯宗教神学的神秘主义就是完全正确的，相反，他对于俄罗斯民族性格中过于重视神秘色彩而忽视理性认识的思维方式是排斥的，因为在他看来，人类精神世界中的理智与情感、抽象与感性是一个主体的不同组成部分，它们不能被截然分裂。西方哲学的片面性是强调理性忽略感性，而俄罗斯的传统哲学意识则是相反，这在索洛维约夫看来同样是片面的。正是基于这些思索之后，索洛维约夫认为只有"完整"的认识才能彻底解决西方和东方的理论弊端。由此他提出自己的主要核心理论——"完整知识的哲学原理"（Философские начала цельного знания）。

著名学者徐凤林先生指出："按索洛维约夫的观点，完整知识从内在本质上，是经验主义、理性主义和神秘主义的统一，从更广的外延上，是科学、哲学和神学的统一，同时，也是学院哲学与生命哲学的统一，真善美的统一。"[2]我们认为这种认识还是很全面地概括出了索洛维约夫的完整知识理论，索洛维约夫哲学思维中的"完整"，既包括主观世界的自我完整，也包括客观世

---

① ［俄］索洛维约夫：《俄罗斯与欧洲》，徐凤林，译．石家庄·河北教育出版社，2002 年版，第 132 页。

② 徐凤林：《索洛维约夫哲学》，北京·商务印书馆，2007 年版，第 131 页。

界的整合，同时还有主客体之间的统一，是一种多维度的完整哲学理论。而索洛维约夫提出这一包罗万象的最高哲学形态的目的就是希望以此来抵消历史上各种哲学流派的认识误区和片面性，以此来探究人类存在的最终目的。

首先，索洛维约夫完整哲学观所立足的根本点就是人类主体自身的自由发展。在其《完整知识的哲学本原》一文中，索洛维约夫就明确提出世界的发展首要的是以人的自我发展为基础的，而在此基础上，他认为所谓的"发展"，一方面不是主体某种单一层面的简单发展，如智力的发展或是情感的发展；另一方面发展也不是所有部分的机械结合。索洛维约夫认为能够称之为发展的只是活的有机体本身，而外在现实环境只是为发展提供了一个客观环境，起决定作用的还是发展主体自身。在此基础上，索洛维约夫探讨了发展的三个必要环节，第一个环节是发展所需的各要素之间在某种强力因素的压制之下形成一个统一体，当然这种统一体不是内在统一的，而是外在形式上的统一；第二个环节是这些彼此不同的各要素之间在发展过程中逐渐认识到各自的价值，而产生相互的抵制，并且努力将对方融入自我的发展轨道上来；第三个环节则是在不同要素长期的相互作用下，所产生的统一规律对这些要素进行有机整合，致使最终呈现出的是有机体自身的内在统一。从这里我们可以发现，索洛维约夫是在整个人类历史的大视野中来探讨发展的过程，发展是由外部统一到内部斗争，再到内部统一的整个过程，有起点也有终点，而索洛维约夫所提出的完整哲学原理当然处于第三个环节上的发展状态。而索洛维约夫的这一提法的根本目的就在于，他论证了作为个体和集体存在的人类主体，也要经历发展的三个环节，即以家庭为主要形式的物质方面的发展、以国家和政治制度为主要形式的人与人之间相互关系的发展，以及以宗教信仰为主要形式的人类主体精神世界的自我存在。他指出，"显然，第一个阶段——经济社会——主要具有物质意义，第二个阶段——政治社会——主要表现出形式特征，最后即第三个阶段——精神社会——应当具有完整的和绝对的意义；第一个阶段是外在基础，第二个阶段是中介，只有第三个阶段才是目的"①。可以说，人类的自我精神发展是索洛维约夫所有理论的根本出发点和关注点，并且经济、政治和宗教不再是平行存在于现实社会的不同表现形式，而是人类自我精神发展历程中的三个由低到高的发展形态，这也就体现出他对宗教的重视程度。

其次，宗教神秘主义构成完整哲学的基础。

① ［俄］索洛维约夫：《西方哲学的危机》，李树柏，译. 杭州·浙江人民出版社，2000 年版，第 163 页。

三个阶段的发展过程也必然表现在哲学领域中，索洛维约夫将其确定为经验自然主义、理性唯心主义和宗教神秘主义。其中，经验自然主义是对客观外在物质世界的本质性认识，它只是人类哲学理论中最为初级的形式，代表着人类对客观现实的总结和提升，人类的实证科学知识就属于这一层次；理性唯心主义则体现为人类主体的经由一般现实基础上所进一步获得的抽象性的理性认识，这也就是历史上的哲学理论；宗教神秘主义是建立在前两者基础上更高的认识层次，它不仅表现在表面的科学与理性认识，同时还能通过这些表面知识深入到人类自身生存的本原，这在索洛维约夫看来才是人类哲学认识中最为重要的领域。

无疑，索洛维约夫在完整知识的理论中强化了宗教神学至高无上的地位，因为只有神学才会直击人类灵魂的最深处，才会在不受内外任何困扰的基础上，达到与绝对真理的相遇。在索洛维约夫看来，客观存在的真理只有经过主观的判断才会形成所谓的真理，但这一层次的真理一方面受到外在物质条件的制约；另一方面也受到主观理智认识能力的影响，单纯的主体和客体都会蒙蔽绝对真理的内容，而仅仅显现其外在形式。这些哲学认识过程中的问题只有宗教神学能够解决，相比于只能片面地认识真理的科学实践和思辨理性而言，索洛维约夫认为宗教最能接近真理的本原，它既具有现实的生动性，也能够通过理性反思来得到逻辑证明，这种绝对真理就存在于人类精神主体自身，同时这种人类精神主体既包括每一个鲜活的个体，也囊括整个人类群体，是一种聚合性的存在，"宗教就在于把人的存在中的所有因素，把人类的所有个别原则和力量归结到与绝对的、中心的原则的正常关系之中，通过这个原则并在这个原则里使它们之间处于一种合理的一致关系之中"①。由此可以看出，索洛维约夫眼中的宗教神秘主义以其强大的包容性和聚合性，不仅能将科学和实践囊括其中，同时还能综合人类的情感、思维和意志。

为了证明宗教神学在人类思想领域中的重要地位，索洛维约夫将人类自我的有机体的精神层面按照由高到低划分为三个领域：由神学主导的创造领域、由哲学主导的知识领域、由实证科学主导的实践活动领域；同时也将人类这三种精神领域的发展确定为三个阶段：混合阶段、低级领域对高级领域的反叛阶段和低级领域自由自觉地接受高级领域支配的阶段。简而言之就是哲学和科学独立于神学，最终又复归于神学的发展过程。索洛维约夫以西方社会政治形态和哲学思潮的发展作为其理论的依据，从早期神学、政治和艺术等众多领域彼此混沌不分的社会形态，发展到教会和国家的各自形成，并

---

① ［俄］索洛维约夫：《神人类讲座》，张百春，译．北京·华夏出版社，2000年版，第10页。

在此基础上科学的出现、哲学的独立都使得原有混沌一片的混合社会发生了
分解。索洛维约夫认为，西方的社会文化现状正处于这第二个阶段，在科学
和哲学各自发展的基础上，实证主义和理性主义逐渐成为西方哲学思想的主
导潮流。从前面的论述我们可以知道，这些在索洛维约夫看来都只能揭示客
观的外在现实，无法深入到本体意义上的绝对真理，只是人类浅层次精神领
域对外在世界的反映，这就使得处在第二阶段的西方社会在时间领域是经济
的盲目发展，知识领域是实证主义的哲学认知，在创造领域则是以满足自我
情感的功利主义，而宗教在这一时期已经与国家和世俗教会发生了根本的分
裂。人类有机体发展过程中的第三个阶段，在索洛维约夫看来也是人类有机
体发展的最终阶段，即低级领域向高级领域的自觉回归。宗教在这一时期不
同于第一阶段的巫术和神权，它不会对其他精神领域构成统治威胁，实践和
知识领域则更加认识到内在绝对真理的重要性，因为人类精神世界的最高信
仰将二者统辖在一个完整的有机体内。

　　当然，值得一提的是，索洛维约夫对宗教性的认可并不是要回到中世纪
宗教神学统治的社会形态中，并且在他的《完整知识的哲学本原》中也明确
指出中世纪时期的宗教统治只是混沌的第一阶段。而第三阶段的宗教回归是
一种将宗教神学、哲学和科学进行有机综合后的发展阶段，这一时期哲学理
性主义、科学实证主义和宗教神秘主义平等、自由地结合在一起，三者各自
的片面性都将在这一综合的前提下被消解，索洛维约夫认为这一阶段才是人
类发展的最终阶段，而三者自由结合的产物就是所谓的"完整知识"，索洛
维约夫也将其命名为"神智学""自由的神智学是神学、哲学和经验科学的
有机综合，只有这样的综合，才能囊括知识的完整真理，舍此，则科学、哲
学和神学只能是知识的个别部分或方面，即被割下来的知识器官，因此和真
正的完整真理毫无共同之处"[①]。由此可以看出，索洛维约夫"完整知识"并
不等同于历史上的宗教神学，但是宗教神学对待绝对世界的内在信仰却成为
完整知识理论得以实现的必要过程，相比于理性主义和实证主义来说，宗教
神秘主义的信仰更能发掘人类自我的主体价值。

　　最后，完整知识存在的最高境界是真善美的统一。

　　索洛维约夫在他的完整知识的哲学体系中，区分出了实践领域、知识领
域和创造领域，它们分别对应着人类精神主体的意志、思维和情感，同时三
者体现出的客观原则就是善、真和美。"其中善是最高目标，真理是途径或

---

①　[俄]索洛维约夫：《西方哲学的危机》，李树柏，译. 杭州•浙江人民出版社，2000年版，
第197页。

手段，而美是善的最高表现形式"①。"善"是实证主义在实践领域的具体体现；"真"是理性主义在知识领域的追求；那么"美"则是人类主体创造领域的至高追求，三者之间的关系实际上就是前面我们论述过的实证主义、理性主义和神秘主义之间的关系，真善美的统一本质上就是三者内在综合的最高境界。在索洛维约夫看来，真善美的统一就是绝对原则的体现，"绝对原则是人的理性的、道德的、美学的需求所要求的"②。三者的统一代表着索洛维约夫完整哲学所追求的真理既能被理性和实证所证明，同样也被人类最高的精神信仰所需要。由此可见，索洛维约夫对美的认识也并没有仅仅局限于主观唯心主义的范围，由于美与真和善的统一，使得美成了与客观现实紧密联系的主观体验，而真善美达到统一的最终目的则表现在人类主体精神与物质上的完美统一，在索洛维约夫的完整哲学理论中，人与物统一、人与神当然更是统一，这种统一的哲学理念和统一的神人理论也极大地影响了索洛维约夫的文艺批评思想。

（三）完整的艺术理论

可以说，完整知识理论是索洛维约夫哲学体系中的一个核心理论，并且以此为基础还建构了包括神人论、索菲亚学说、一切统一论等诸多哲学和神学理论，它们给日后白银时代的宗教批评者们带来了深厚的哲学积淀。不过，除了作为哲学家的身份，索洛维约夫还是一位早期象征主义诗人和文艺批评家，而他的文学创作和评论也是建立在其完整哲学理论之上的。关于索洛维约夫的诗歌创作，我们会在第五章进行论述，此处主要研究他的文艺批评理论。

从索洛维约夫的评论风格和内容可以发现，他所谓的文艺批评思想并不是严格意义上的文学批评，他并没有针对具体的文学作品内容和结构等问题提出过多的评论意见，与此相反，索洛维约夫在面对具体的作家和作品时更为关注他们的社会意义和思想价值，即我们今天所认为的文学的文化批评。这种批评视角也对后来白银时代众多的宗教哲学家影响颇深，可以说整个白银时代的宗教文学批评就是从宗教文化的视角来对文学作品和作家进行文化层面的再度阐释。索洛维约夫对文学艺术的观点与其真善美相统一的思想是一脉相承的。从前面的论述我们可以知道，索洛维约夫是在真与善的基础之上来谈论艺术之美的，这就使得他理论中的美不仅仅局限于主观唯心主义的范畴，同时还带有唯物主义的思想特点，即美是主观与客观相统一的结果，其本身既有形式美在主观的直接反映，同时也必然受到客观环境的影响。与

---

① 徐凤林：《索洛维约夫哲学》，北京·商务印书馆，2007 年版，第 156 页。

② ［俄］索洛维约夫：《神人类讲座》，张百春，译．北京·华夏出版社，2000 年版，第 30 页。

此同时，美对于索洛维约夫来说也不是一个静态的现状，它是善的最高形式，而且结合其完整知识理论中所提到的三个领域和三个发展阶段来看的话，美所存在的创造领域本身就是由知识领域和实践领域不断完善发展而来的，"与肯定美是凝固不动的理念王国的柏拉图静态的双重世界美学观不同的是，索洛维约夫认为美是理念对物质的爱的记过；美不在抽象的理念或超验的王国，而是一种'神圣的物质性'，是一种物质，更确切地说，是一种被理念彻底照亮、被提升到永恒领域的物质"①。也就是说，艺术之美并未脱离外在现实而单独存在，并且艺术之美还是对物质生活的解救，是其完整知识理论中人类有机体由低级阶段向高级阶段过渡的必要组成部分。

　　索洛维约夫对文学艺术的评论完全是在真善美相统一的基础上发展而来的，他认为"完美艺术的最终任务应该是体现绝对的理想，它不仅仅是一种想象力，而应该将我们的现实生活看作是有神性的存在"②。优秀的作家和作品正是这种最高神性的体现，它们往往是作家结合现实与理性的思考之后，最高的理想才能照亮物质生活，从而使索洛维约夫理论中的低级社会发展阶段最终向高级阶段发展，所以，文艺作品在索洛维约夫看来早已不仅仅是纯粹的文学艺术，而是带有绝对真理感召的神圣载体，诗人同样是这一神性的传导者，他在《普希金的命运》一文中就提出"普希金从来不是抽象领域的思想家，当然也不是实践上的智者，但他却可以全面地理解精神上的真理，他能在最高的层次知晓真理的意义。"③同样，索洛维约夫也用很大的篇幅来阐释陀思妥耶夫斯基的思想。索洛维约夫将其冠以"先知"的头衔，在他看来，陀氏无疑具有了与耶稣基督同等的精神高度，"在他的作品里，宣扬的不是不公的必然，而是用精神力量战胜任何外界不公，进而战胜内心谬误的必然"④。可以说，对于陀思妥耶夫斯基作品中所提出的普世性宗教和理性主义的片面性等论题，索洛维约夫在认可的基础上，还做了自己的独特发展。在索洛维约夫看来，陀思妥耶夫斯基所处的时代正是其完整理论哲学原理中所论述的第二个阶段，即所有低级的发展领域开始谋求各自独立发展，理性、科学从最高精神的神学圣坛中分离，希望通过各自的发展壮大来描绘出一幅崭新的人类画像。当然，索洛维约夫一方面认为这是历史发展的必然，同时

---

　　①　张冰：《索洛维约夫美学文艺学思想及其影响》，载《天津师范大学学报》（社会科学版），2005 年第 2 期。

　　②　В.С.Соловьев.Собрание сочинений.т.6.С-петербург.1911.c90.

　　③　В.С.Соловьев.Собрание сочинений.t.9. С-петербург.1911.c38.

　　④　［俄］索洛维约夫等：《精神领袖》，徐振亚，娄自良，等，译．上海·上海译文出版社，2009 年版，第 5 页。

也认为它是不完美的，因为神圣的真理没有降临人世，更无从领导人类进行自我精神的救赎。所以，此时的文学艺术作品也处于内容与形式分离、断裂的现状，粗糙的现实主义、机械的自然主义统治着世界文坛，而陀思妥耶夫斯基正是在这种情况下脱颖而出，用于表达作家心中即精神创作领域的神性追求，将作品赋予了宗教性的色彩，成为在文学领域中将人类历史从第二个阶段向最终阶段推动的先驱。由此，相比于托尔斯泰、屠格涅夫和冈察洛夫等同时代作家，陀思妥耶夫斯基作品的最大特色在于他反映了时代更多的未知因素，揭示了人类精神有机体自我发展的运动过程，而非像其他作家那样只是静态地描写或批判现实社会生活。所以，在索洛维约夫看来，陀思妥耶夫斯基早已不是单纯的小说家，而他的作品也不仅仅是几部长篇小说，陀思妥耶夫斯基已经是一位开启俄罗斯新的社会发展阶段的思想启蒙者，"陀思妥耶夫斯基全部活动的宗旨，或者说作为社会活动家的陀思妥耶夫斯基的意义，在于解决这一双重难题：社会的最高理想和达到这一理想的真正途径"①。这里的最高理想就是建立以基督教为信仰基础的普世的教会性质的社会形态，而实现它的真正途径就是要在斯拉夫主义聚合性思想的引领下，充分发挥个体和集体彼此独立却又相互包容的特点，通过精神信仰的方式来建立伟大功勋。陀思妥耶夫斯基的身上兼具着虔诚的基督教徒、自由思想家和艺术家的三种角色，而作为美的代表的艺术最终成为陀思妥耶夫斯基实现自己伟大功勋的主要途径，用美来拯救世界。在索洛维约夫眼中，陀思妥耶夫斯基的《罪与罚》和《群魔》等作品都是作者对个体意识脱离人民普世信仰的批判，而他的《卡拉马佐夫兄弟》则是其积极社会理想，即建立自由的基督教社会这一理想的体现。

综上，我们可以看出，索洛维约夫的文艺批评就是其完整哲学理论在文学艺术上的延伸，陀思妥耶夫斯基的作品和思想历程成为索洛维约夫诠释自己哲学思想的现实论据，思想和文化层面的解读完全替代了原有文学批评中的审美体验，并且陀思妥耶夫斯基也成为其建立神权政治的社会理论中的重要一环，由文学领域跨越到了文化乃至社会政治的层面，这种纯然主观的文学批评方式似乎也有悖于索洛维约夫极力主张的现实与艺术相结合的统一思想。不过，索洛维约夫的批评思想也因此不再局限于文学内部的具体评价，转而在更为广阔的社会文化大视野中来审视作品的社会价值和作者的深刻理念，这样无疑深化了对作品的理解，宗教文化的介入也使索洛维约夫的文学

---

① ［俄］索洛维约夫等：《精神领袖》，徐振亚，娄自良，等，译．上海·上海译文出版社，2009年版，第12页。

批评带有了"跨学科"的理论视野。当然，相比于西方20世纪末的文化研究理论，索洛维约夫的文化阐释还只是初浅意义上的尝试，其所覆盖的社会文化领域相对限制在道德精神层面，而且更多的只是对传统宗教理论的再理解，尽管索洛维约夫将自己的理论界定为以"新宗教"或是"神权政治"为目的，但其从本质上依然无法脱离单纯的宗教制约。所以，在具体的文学批评中，理论的教导多于细节的梳理，主观的评价多于客观的发掘，这也是白银时代诸多宗教文学批评学者的通病。

三、宗教哲学对白银时代宗教文学批评的影响

首先，俄罗斯宗教哲学对西方理性主义的批判，奠定了白银时代宗教文学批评的总原则。从前面的论述我们可以清晰地看到，不论是早期斯拉夫主义者，如基列耶夫斯基、霍米雅科夫，还是直接受他们影响的索洛维约夫，他们都将自己理论攻击的矛头对准西方的理性主义思想传统。在他们看来，思辨理性和科学主义虽然给当代世界带来了物质上的极大丰富和思想上的突飞猛进，但却也在不断地束缚着人类主体自由精神的发展，而且其最可怕的结果就是人类成为异化的存在。这一思想得到了白银时代的众多宗教文学批评学者的认同，他们纷纷通过自己对社会文化和文学作品的解读，表达对这一恐怖结果的担忧。别尔嘉耶夫就对西方社会建立起的文明和文化产生了极其深刻的担忧，这种人类社会建立的看似强大和完美的文明却又反过来成为压制人类内在创造个性的反作用力，在这一过程中，人被"客体化"了，人的创造也被"客体化"了。别尔嘉耶夫这里所提到的"客体化"实质上就是带有"异化"的影子，此时的文学艺术在别尔嘉耶夫看来已经是"丧失了与生命过程的广度和深度的联系，在文化上精致的和复杂化的人们所构成的帮派组织是虚假的组织"[①]。舍斯托夫更是用一生的时间，将其所有的作品都用于表达一个永恒的主题——将个体精神从西方思辨理性的统治下唤醒。

其次，俄罗斯宗教哲学中对信仰的重视，开启了白银时代宗教文学批评直觉主义和存在主义的理论向度。

从前面的论述我们可以看到，索洛维约夫在其理论中特别重视人的精神信仰，这一点虽然从根本上是来源于东正教中的对上帝的信仰，但发展到宗教哲学领域中逐渐褪去原有的宗教色彩，而演变为主客体之间认识的一种要素。索洛维约夫认为正是因为信仰的存在，人与外在世界之间的交流才会真

---

① ［俄］别尔嘉耶夫：《论人的奴役与自由》，张百春，译. 北京·中国城市出版社，2002年版，第146页。

正实现内在的共通，这是一种内在的认识过程。可以说，索洛维约夫的信仰理论与他要建立的最完美的神权政治是一脉相承的，社会文化从彼此垄断、到各自分类发展，再到更高层次的融通，这整个过程的最终实现对于人类主体来说只能通过信仰的力量来确认绝对的真理和绝对的存在，而理性认识作为外在认识只能是确认相对的存在。在索洛维约夫看来，只有信仰才能体现出人类个体与众不同的独特性和神秘性，这也是他神人思想得以产生的内在基础。在此基础上，索洛维约夫还分析了俄罗斯民族的性格特征，他提出"具有纯粹的俄罗斯天赋的人的特点正是极端地不相信一般人类理智的力量和手段，也不相信自己理智的力量和手段，而且深深地蔑视抽象思维理论，蔑视一切不能明显地适用于道德或物质生活的东西"[1]。这就使得俄罗斯民族本性中带有浓厚的怀疑主义和神秘主义元素。应该说，正是这种对人类精神中非理性因素的反复确认，使得白银时代的文学批评带有明显的存在主义和直觉主义特点。舍斯托夫就曾被国内外许多学者归为存在主义哲学阵营，他所提出的哲学是"伟大的斗争"完全不同于胡塞尔所提出的"哲学是反思"，舍斯托夫将人与外在世界的关系由单纯的主客二元对立发展到了主客内在的统一，外在世界在他看来是荒诞、无意义的混乱世界，而只有通过人类主体精神的内在感知才会发现其中的奥秘，所以舍斯托夫也明确举起了信仰的大旗，主张用信仰来对抗理性，用内在感情来消解所谓的外在规律。白银时代的另一位代表人物谢·路·弗兰克则在信仰的基础上发展出了直觉的理论，他认为直觉是联结理性与非理性之间的中介，他从索洛维约夫的"一切统一"学说和神人理论出发，对人的个性进行重新解释，正因为人身上具有神性，所以"必须从人的个性的深度和重要性上来认识，即从把人的个性作为超越自身的本质的意义上来认识"[2]。而对于这种深度的认识是无法通过理性主义来获取的，只能通过主客体之间的直接感悟才能实现，这就带有了直觉主义的色彩。

最后，俄罗斯宗教哲学中对神秘世界的崇拜，直接激发了白银时代极具象征主义特色的文学创作和批评。

本书在前面曾提到，索洛维约夫不仅是重要的哲学家，还是一位优秀的诗人，他在自己的诗歌作品中既表现了对理想中神秘世界的无限憧憬，也表达了对"索菲亚"的女性崇拜心理，他在长诗《三次约会》中采用了明显的

---

① ［俄］索洛维约夫：《俄罗斯与欧洲》，徐凤林，译. 石家庄·河北教育出版社，2002年版，第133页。

② ［俄］弗兰克：《实在与人》，李昭时，译. 杭州·浙江人民出版社，2000年版，第134页。

象征主义的创作方法。在他看来,文学批评的任务就在于"展示那种'统摄诗人心灵而且主要由他的艺术形象与声响中表现出来'的主要品质,揭示这种品质对'万象同一'的世界存在之'整一性'的显现方式"①。可以说,这也是索洛维约夫进行象征主义诗歌创作和批评时的主要标准。索洛维约夫的思想很快在白银时代结出硕果,作为"白银时代"核心意义上的诗歌创作领域,首要的就是象征主义诗歌流派,这其中涌现出一大批包括明斯基、梅列日科夫斯基、勃留索夫、勃洛克、别雷等在内的象征主义诗人和评论家,他们都受到索洛维约夫的影响,在诗歌中努力表现另一个完美世界的无限憧憬与渴望,这些象征主义诗人"把他们周围的世界全都仅仅当作一种反光,当作是最高存在物的一个象征和符号,在他们看来,可见世界仅仅只是对神秘主义的真实现实的一种象征主义的反映……诗歌成为跨入哲学和宗教的第一层台阶"②。也是在这个意义上,别尔嘉耶夫认为俄国象征主义的诗歌完全超出了艺术的范围。可以说,索洛维约夫宗教哲学中的索菲亚的女性崇拜学说和世界有机进化的三个阶段是象征主义诗歌产生普遍影响的根本原因。其中尤以梅列日科夫斯基的创作和批评为代表。长篇小说《基督与敌基督》三部曲就是梅列日科夫斯基象征主义文学创作的代表作,其中以文学形象的对立与冲突体现了梅列日科夫斯基所一直致力于宣扬的"新宗教意识",这一思想毋宁说是一种宗教理想,不如说是哲学诉求,因为它的目的不是用新的宗教代替旧的教义来重新获得众人虔诚的信仰,而是在反对传统宗教束缚的基础上更加重视人类自我的真实体验,他作品和评论文章中出现的"反基督"的形象就是不同于宗教禁欲主义的另类表达,这种表现在文学上的矛盾对立的处理,实质上却代表着作家深刻的哲学观和世界观,希望用人类的宗教哲学思想来战胜传统的教会统治,从而在文学、文化,甚至是社会政治方面来全面改造当前的俄罗斯,这与索洛维约夫的思想不谋而合。

---

① 周超群:《俄国象征派文学理论建树》,合肥·安徽教育出版社,1998年版,第15页。
② 张冰:《白银时代俄国文学思潮与流派》,北京·人民文学出版社,2006年版,第100页。

第三章　探索人的神性

——白银时代文学批评的思想内涵

　　人与神的关系既是俄罗斯东正教中一个基本的神学主题，也是俄罗斯宗教文学批评中的核心思想。这种关系在东正教中被表述为神人和神人类，"神人就是指基督耶稣，神人类就是指未来的理想人类"[①]。它的内涵首先来源于基督教的基本教义，来自上帝道成肉身的宗教传说，以及人与上帝之间的联系与区别，其主要代表的是人类应该如何信仰上帝，如何将上帝的思想融于人世间的生活。东正教对待这一关系的认识与天主教存在明显差别，人已经不仅仅是印证上帝信仰的参照物，人性与神性被看作是平等的存在。在这一神学思想的影响下，俄罗斯宗教哲学将东正教中的相关教义进行独特生发，并形成具有俄罗斯特色的基督教人本主义学说，索洛维约夫、别尔嘉耶夫、舍斯托夫、弗兰克、布尔加科夫、罗赞诺夫等人都是该学说的重要代表，他们提出了带有浓厚宗教色彩的个性论和自由价值的思想。尽管这些思想家有其各自不同的理论主张，但他们的共同点都是赋予人的个体价值以至高无上的地位，因为在他们看来人性始终都是带有神性的，是某种宗教神秘主义在人性中的显现，这是人性的基础，当然也是优秀作家所赖以存在的精神基础。由此出发，宗教文学批评学者们普遍认为作家只有从"神人性"出发才能创造出优秀的作品，同样，批评家挖掘文学作品的根本着眼点也集中在这里。为此，他们在解读文学作品和作家的过程中，形成了自己独特的批评视角，即更多地倾向于对作家精神世界的整体分析，而忽略文学细节和表现手法等具体问题，从而将对人与神的宗教探索，作为自己文学批评的深刻内涵。

---

① 张百春：《当代东正教神学思想》，上海·上海三联书店，2000年版，第507页。

第一节 独特信仰体系中的文学再审视

一、宗教哲学层面的神性与人性

（一）宗教视界中的神与人

作为基督教的一个分支，东正教对于神性与人性的认识从根本上是来自于基督教的基本教义和教规，但他们对神人之间相互关系的认识有明显差别。

基督教中对待神性与人性的观点主要集中在两方面，我国有学者将其概括为两种宗教维度[①]，其中之一就是人有原罪和上帝对人的恩典。可以说，这是对人自身个体意识和个性价值的抹杀。在《圣经·新约》的"提摩太前书"一章中，就有这样的表述"基督耶稣降世，为要拯救罪人"。（提前1：15）其中涉及了基督教所有信仰的基础，即基督道成肉身，降世来为人类赎罪，这里最为直接地体现出了基督耶稣与人之间的关系。而在《约翰福音》里，则将《圣经》中"道"的思想加以明确，"可以说，因为'道'这一概念的介入，基督教神学中关于耶稣基督神人二性的圣经基础在第四福音书[②]中无疑更加清晰有力"[③]。这里的"耶稣基督神人二性"就是指耶稣基督在降世的过程中，将神性和人性统一在了一起。"道"在早期《圣经》中的意思就是"逻各斯"，即logos，它是古希腊哲学中的一个概念，这个概念具有丰富的内涵，"包括言说、陈述、意义、法则、定义、解释、计算、比例、推理和理性，等等"[④]，当然在古希腊哲学中，逻各斯与理性认识和运用语言建立起了直接的联系，乃至于此后德里达对西方哲学的总体评价也使用了"逻各斯中心主义"的提法。不过，在《圣经》中，逻各斯成了"道"，尤其是在《约翰福音》中，开篇第一节就明确写道："太初有道，道与神同在，道就是神。"（约1：1）这里就将古希腊哲学中象征着理性思维的逻各斯由外在的规律转变成为上帝的内在规律，新约中的逻各斯更多的是内在的智慧和内在的本质，并且代表逻各斯的"道"就是"上帝"，二者在本原上是一致的，这里的"道"

---

① 赵敦华主编：《西方人学观念史》，北京·北京出版社，2005年版，第89-90页。

② 第四福音书是指由耶稣基督门徒所写就的记录耶稣生平事迹的四福音书中的第四部《约翰福音》。

③ 颜敏：《约翰福音解读 真理、道路、生命》，北京·宗教文化出版社，2009年版，第1页。

④ 郝苑、孟建伟：《逻各斯与努斯：西方科学文化的两个原点》，《中国人民大学学报》，2012年第2期。

就是基督耶稣二性中的"神性"，那么上帝降世即所谓的"道成肉身"（约1：14），则是将代表上帝内在逻各斯的神性与人性的统一。但是，也正如本段前边所写到的，基督教尽管认识到了神与人之间的内在联系，但是从本质上来说，神性的地位是远远高于人性的，我们从《圣经》的表述中也可以清楚地看到，这里的神性与人性之间并不是平等的，而且在基督教义中，人的原罪是无法抹杀的，人性只能依靠神性的救赎。由于逻各斯的介入，使得神性具有了先于世界万物存在的绝对权威，人性是从属于神性的，是逻各斯（即"道"）创造的产物。

东正教对于基督教教义的吸取和理解与西方天主教并没有太大区别，但是东正教却明确提出将人性与神性平等看待的神学观点。东正教除了《圣书》（包括《旧约全书》和《新约全书》）之外还将《圣传》作为自己的经典，"东正教会认为，《圣传》是先知们、使徒们所口传的上帝的启示，包括教父的著作、历代教会的传统主张和基督教前 7 次大公会议的决议"①。另外，《尼西亚信经》是东正教除了《圣书》和《圣传》外的另一个权威性的信仰纲要，其最早在公元 325 年的尼西亚大公会议通过，后来又经过几次修改和补充，这就使得东正教教义来源的渠道要比西方天主教更为广泛。公元 451 年，查尔西顿大公会议根据情况的变化对《尼西亚信经》又做了修改，其中就明确写道"基督的神性与人性是同等完整的；按其神格而言，他与父同体，按其人格而言，他与世人同体，但无原罪"②。这里不仅涉及了基督教中的"道成肉身"，同时还将基督的神性与人性放到了平等对待的地位，尽管这里主要表达的是所谓"基督的人性"，但也体现出重视人性价值的思想端倪。

由此可以看出，相对于基督教来说，东正教对于人性在宗教话语系统中的地位采用了更为肯定的态度，基督教朦胧的人道主义观在东正教这里日渐清晰，而且"东正教较多地保留了早期基督教的传统，不像天主教那样受到理性主义过多的冲刷，因而东正教也具有较多的神秘主义因素"③。应该说，就东正教对于俄罗斯社会文化的巨大影响而言，东正教人道主义在宗教领域中起到的拉近神与人关系的作用，更多地体现在了整个社会层面，他使俄罗斯人在信仰上帝的同时，认识到了自身所具有的神性特征，人的精神在他们看来变得至高无上，这一点尤其体现在俄罗斯的知识分子身上。所以，相对

---

① 乐峰：《东方基督教探索》，北京·宗教文化出版社，2008 年版，第 36 页。

② 乐峰：《东正教史》，北京·中国社会科学出版社，1999 年版，第 17 页。

③ 雷永生：《东西文化碰撞中的人——东正教与俄罗斯人道主义》，北京·华夏出版社，2007年版，第 32 页。

西方现代思想史上的世俗人道主义而言，在俄罗斯占主导地位的始终是宗教人道主义，别尔嘉耶夫曾这样描述俄罗斯的人道主义："俄国人经常把人道主义和人文主义混为一谈，同时不仅把人道主义和古希腊罗马文化联系起来，和'回到希腊—罗马文化'的号召联系起来，而且和19世纪的人的宗教联系起来……"① 正是在东正教充满神秘色彩的人道主义的影响下，包括索洛维约夫、弗兰克、别尔嘉耶夫、舍斯托夫等在内的众多哲学家和思想家，将个体的价值和意义上升到了神性的层面，并且形成了白银时代具有鲜明东正教神学特色的"神人"学说。

（二）白银时代宗教哲学中的神与人

无疑，东正教的神学思想为俄罗斯宗教哲学提供了丰富的养料和坚实的理论基础，白银时代众多宗教哲学家的理论基本上都是源自对东正教神学思想的独特阐释，其中当然也包括"神人"的学说，并且这一学说成为影响俄国宗教哲学乃至于文艺评判等领域的一个重要概念，而成为我们后人研究白银时代宗教文学批评的首要关键词。

首先，索洛维约夫确立了"神人"理论的哲学基础。在俄罗斯宗教哲学界，最早确立人神关系重要地位的当属索洛维约夫，他短暂的一生都在致力于将东正教教义与俄罗斯哲学思想相联系的工作中，其同时代的著名哲学家 H.O.洛斯基就这样评价他"索洛维约夫一生的主要事业就是创立基督教的东正教哲学，它将揭示基督教基本教义的丰富性和生命力，而这些教义在许多人的头脑里已变成与生活和哲学隔断联系的僵死的词句。他指出了作为自然科学哲学基础、作为个人道德生活的指针和作为制定基督教政治理想的出发点的这些教义的巨大意义"②。在洛斯基看来，索洛维约夫的哲学思想并不是束之高阁的形而上学，而是与"许多人"的精神诉求紧密相连的哲学探索，并且使得原本僵死的宗教教义焕发出强大的生命力，这种生命力首先表现在索洛维约夫的"神人"（богочеловечество）学说上。《神人类讲座》是他于1878年在大学授课时的讲义，也是其"神人"理论的主要体现。

索洛维约夫"神人"论的中心思想是人除了现实世界可感的物质有限性之外，还拥有精神世界超验的无限性，这就是人的神性，人都是物质性和神性相结合的独立个体，并且人的物质性要服从内在的神性，因此，人的个性

---

① ［俄］别尔嘉耶夫：《俄罗斯思想》，雷永生，邱守娟，译. 北京·生活·读书·新知三联书店，1995年版，第86页。

② ［俄］H.O.洛斯基：《俄国哲学史》，贾泽林，等，译. 杭州·浙江人民出版社，1999年版，第119页。

从根本上讲就是神性，它拥有无限性和绝对性。在这里，索洛维约夫所要着力认可的"神性"已然超越了单纯的宗教层面，而将其化身为人类难能可贵的精神力量，他不否认现实世界的物质基础，也认可自然规律对世间万物的作用，但与此同时，索洛维约夫认为在现实、物质世界真实存在的基础上，精神世界同样也是真实存在的，而这种精神世界真实存在的强大力量就是人类"神性"的真实反映。由此，他大胆提出"承认一切正在完成的事物都有必然性以后，我们应该区分各种不同的必然性"①。可以说，索洛维约夫在这里最为突出的价值就是为精神世界的神秘力量开垦出了一片允许探讨的空间，他一方面不否认唯物主义的客观规律；另一方面也提出还有超越于现实必然性之外的另一个世界，那就是内部的世界。所以，与之前众多唯心主义流派具有相同之处在于，索洛维约夫将自己哲学研究的范围设置与抽象的、不受现实必然性制约的内在精神世界，但他与众不同之处则在于将这种内在世界归结为带有神秘特征的东正教神学内蕴在人类精神世界中的显现，而且索洛维约夫并没有单纯抬高上帝的神性而贬低人类的精神性，恰恰相反，他认为人类"对自己的信仰，对人的个性的信仰，同时就是对上帝的信仰，因为神性同属于人和神，区别只在于，神性在上帝那里是永恒的现实，而人只有达到它、获得它，在此，神性之于人只是可能性，只是渴望"②。从这里，我们可以看出，索洛维约夫对人的个性的肯定提升到了一个可以与神同等重要的地位，这既不同于早期俄罗斯神学院为主的神学思想，也与霍米雅科夫、菲奥多罗夫、特鲁别茨科伊等人在内的世俗思想家的宗教思想截然不同，在他看来，正是这种对个体价值的重视，才有可能从根本上实现人类精神的自由。

　　此外，索洛维约夫"神人"论的最终目的并不是将这种人神共存的精神状态仅仅局限于宗教或是形而上的层面，他所有理论的目的都是要将其思想运用在现实领域，"神人"论也不例外，索洛维约夫就是要通过对人类个体精神性的尊重，从而使人本身"成为世界进程的推动者，成为世界进程的理想目标，即主体与客体，精神与物质、理想与现实因素完全相互渗透和自由结合的推动者"③。这也是他的宗教人本主义的基本特征。当然，在这一思想的基础上，深受德国古典主义哲学影响的索洛维约夫认为只有被主体体验到的存在才是最为真实的，所有的现实都是意识中的真实，这种明显的主观唯

---

① 　［俄］索洛维约夫：《神人类讲座》，张百春，译．北京·华夏出版社，2000 年版，第 21 页。

② 　同上，第 23 页。

③ 　转引自张冰：《索洛维约夫美学文艺思想及其影响》，载《天津师范大学学报》（社会科学版），2005 年第 2 期。

心主义特征也与其东正教的哲学思想内在契合。不过，正如其"完整知识理论"不仅重视神学思想还重视实证科学和哲学一样，索洛维约夫的"神人"论也是对人的全方位的肯定，在这一点上他没有像过去的宗教哲学家那样一味抬高人的情感或是直觉，而是认为理性思维也是人类完整知识中的一部分，理性和情感，认识和感觉都是人类探寻最终真理的不同手段，也是最完美神人论在人类自身体现出的不同方面。这个最完美的神人形象当然首要的是上帝的形象，但人所能达到的层次是以绝对的真、善、美为基础形成的绝对原则，在索洛维约夫看来，人类的所有目的都是在绝对原则统辖下形成的，它也是"神人"形成的绝对原则，它"是人的理性的、道德的，美学的需求所要求的。这三个需求的统一就构成了宗教的需求，因为意志、理性和情感是统一的精神的力量，所以它们一致的对象就是统一的绝对原则的不同形式（理念），这个绝对原则就其实在性而言也是宗教的对象"①。由此，索洛维约夫的"神人"论是将人的个体精神价值放到宗教最高意义层面进行审视，在宗教信仰中，人类信仰上帝的同时，也是在信仰着自己。

其次，弗兰克的内在直觉的"神人"思想。作为犹太人出身的谢·路·弗兰克（Семен Людвигович Франк，1877—1950）并没有因为自己的身份而影响到他对于东正教的信仰，而且正是出于犹太人对待《圣经》的执着信念，使得年轻时期曾经热衷于马克思主义和社会民主运动的弗兰克最终还是接受了东正教的洗礼，成为一位虔诚的东正教徒，并且将其哲学思想与索洛维约夫的"神人"学说紧密相连，在他看来，"使人成为人的东西——人的人性因素，就是他的神人性"②。因此，弗兰克眼中所谓真正的人、有生命意义的人，其本质上就是神人。并且，在充分认可"神人"的基础上，弗兰克提出人类应该如何向着"神人"的方向前进这一重要问题。

为什么要成为"神人"？这是弗兰克进行人本主义哲学思考的第一个问题，在其 1926 年的著作《生命的意义》中，弗兰克表现出了对当时俄国社会现实和知识分子精神状态的极大不满，这种情绪也出现在其 1923 年的《虚无主义的伦理学——评俄国知识分子的道德世界观》一文中。在这些文章中，弗兰克认为对物质利益的功利需求成了当前俄罗斯知识分子的唯一需求，他们为了眼前的世俗利益而放弃了对生命本真意义的追求，放弃了"神人"的崇高理想，在弗兰克看来，这些知识分子"生命没有任何客观的、内在的意

---

① ［俄］索洛维约夫：《神人类讲座》，张百春，译. 北京·华夏出版社，2000 年版，第 30 页。
② ［俄］谢·路·弗兰克：《实在与人》，李昭时，译. 杭州·浙江人民出版社，2000 年版，第 143 页。

义；生命中的唯一幸福是物质充裕和主观需要的满足；因此人应当做的只是把自己的全部力量先给大多数人的命运之改善，拒绝这一点的一切人与事都是恶……"① 可以说，弗兰克认为当时俄罗斯的知识分子已经成为外在必然性制约下的工具，他们试图在改革旧有社会霸权的同时又不自觉地使新霸权得以确立，这些在弗兰克看来都没有逃脱外在权威对人类个体精神的压制，因此人类的个体精神始终是不自由的，而这种不自由的生命就是没有意义的生命，这样的人也不可能成为"神人"。由此，弗兰克明确指出"神人"要实现的目的，就是为了追寻"生命的意义"，而且在他看来，"神人"并不是上帝赋予人类的一种至高精神境界，而是人类本应具有的，只是人类自己还未经发现的绝对本原。这里对待"神人"和上帝的观点也明确受到了东正教的影响，在东正教中上帝并非是外在于人的最高权威，而是与人的灵魂深处内在相融的。所以，弗兰克认为"人所做的一切事业都是从人自身、人的生命、人的精神本质中派生的；而人生的意义无论如何都应当是人所赖以支撑的东西，应当是人的存在的唯一不变的、绝对可靠的基础"②。从这里可以看出，弗兰克将"上帝"内化在"神人"中，又进一步将"神人"内化于有意义的生命中，这就将形而上的神学思维与形而下的现实人生连接了起来，"神人"学说在弗兰克这里也具有更为现实的意义。与此同时，弗兰克的认识论带有明显的直觉主义特点，他在秉承索洛维约夫"万物统一"理论衣钵的前提下指出人类认识世界的各个领域都只是整体中的一个部分，也是人类认识整体中的一个部分，由此，人类最应该达到的认识就是超越于一切有形物质世界基础之上的整体的认识，他提出"万物统一直觉是任何认识的最初基石"③。人类正是在这种最为原初的、最少牵涉理性思考的直觉体验中，才能真正明白人类的灵魂是与众不同的"神性"。由此，弗兰克认为作为"神人类"的我们——经过直觉体悟的人类，"以最深刻的方式、以本体论的方式，与世界上的全部生命——首先是与我们的邻人及其命运联系起来"④。只有这样才能更为深刻地了解到全部俄罗斯人民精神上的共同之处，也就越来越靠近"神人"的灵魂。

当然，弗兰克提倡的这种内在精神世界的独立性，并不是要将个体与世

---

① ［俄］弗兰克：《俄国知识人与精神偶像》，徐凤林，译．上海·学林出版社，1999年版，第54页。

② 同上，第169页。

③ ［俄］津科夫斯基：《俄国哲学史》，张冰，译．北京·人民出版社，2013年版，第471页。

④ ［俄］弗兰克：《俄国知识人与精神偶像》，徐凤林，译．上海·学林出版社，1999年版，第236页。

俗世界阻隔，相反，他认为田园式的美好世界并不可能存在，世俗的纷争与善恶的对决从来都不可能远离人类，这个时候"神人"所体现出的价值就在于人类不仅不会被功利主义的世俗利益所诱惑，同时也不会被田园诗式的禁欲主义思想所束缚，人应该用灵魂中的"神人"之光来投射到外在的现实世界，这正如福音书中所说的"光明在黑暗里，黑暗却不接受光"。（约1：5）"神人"的灵魂之光与世俗世界的"黑暗"是彼此共存的，要让灵魂之光照亮黑暗的现实，这才是人类精神世界的伟大之所在。

　　从以上的论述我们可以看出，不论是从对东正教教义的理解，还是从当下俄罗斯社会生活的现实考虑，俄国宗教哲学中的"神人"学说都是带有俄国特色的对待人性自由权利的朴素理想，是俄国人本主义哲学思想的具体表现。虽然其中也带有乌托邦性质的幻想成分，但是这都不能抵消其对于世纪之交面对社会巨大变革时期的俄国知识分子所带来的精神上深刻影响。而且，这种影响是多方面的，既有哲学形而上的影响，也体现在丰富的文学创作和文艺批评思想中。

二、白银时代与黄金时代文学传统的内在联系

　　应该说，19世纪末到20世纪初这三十年左右的俄罗斯文学和理论是其整个文学发展链条上的一环，它与之前的所有文学传统（18世纪的俄国文学在诗歌、小说、戏剧等方面开始确立了自己的民族独特发展形势）的影响密不可分，但是作为一个被后世学者特别命名的时代，与"白银时代"相对存在着的"黄金时代"成为研究"白银时代"的重要参照系。"黄金时代"和"白银时代"均源自古希腊诗人赫西俄德对人类时代进程的分类命名，具体到俄罗斯，这两个概念成为后人对历史上曾经出现过的两个文学繁盛时期所给予的区分和认可。从其名称我们可以感受到某种隐秘的等级关系，但实际上这两者在整个俄罗斯文学的历史上都占据着十分重要的地位，无法断言孰优孰劣，而且它们本身也具有深刻的内在联系，"处于转折时期、艺术创新取得辉煌成就的'白银时代'与'经典'世纪处于艺术巅峰状态的'黄金时代'，两者之间的关系正是这样'既不能融合又难以割裂'"[①]。作为广义上的"黄金时代"，其囊括的历史时期远比日后"白银时代"要漫长许多，普希金、莱蒙托夫、丘特切夫、果戈理、屠格涅夫、冈察洛夫、陀思妥耶夫斯基、托尔斯泰、契诃夫这些名字成为"黄金时代"的代名词。当然，这么优秀的文

---

① 俄罗斯科学院高尔基世界文学研究所编著：《俄罗斯白银时代文学史：1890年代—1920年代初》，谷羽，王亚民，编译. 兰州·敦煌文艺出版社，2006年版，第11页。

学遗产也对"白银时代"产生了至关重要的影响。

首先，"白银时代"与"黄金时代"之间具有时间上的重叠性。尽管目前国内外，尤其是俄罗斯本国学界对于"白银时代"的起止点还有争论，但争论主要聚焦于它的截止时间，而对于其开始的时间大部分都认可为19世纪的八九十年代，可以说在19世纪最后二十年的时间中，许多依然还在进行文学创作的"黄金时代"的文学家和诗人对"白银时代"文学及其理论具有直接的影响作用，有些作家之间还进行过面对面的接触，例如15岁时的梅列日科夫斯基就在父亲的带领下将自己的作品交由陀思妥耶夫斯基审阅。而像托尔斯泰和契诃夫这些作家，由于其生活的时代一直持续到20世纪初，与"白银时代"发生重合，这也直接影响到了他们后期文学创作的风格和主题，其中托尔斯泰在晚年开始探索了20世纪初宗教主题的文学创作，而契诃夫更是在对个体意识的觉醒和反理性等方面成为白银时代的先驱之一。

其次，"白银时代"与"黄金时代"之间更为深层的联系体现在文学传统和信仰的继承上。应该说，对自由的向往和渴望从"黄金时代"的普希金就已经开始了，面对法国拿破仑的疯狂进攻和国内沙皇的腐朽统治，许多贵族出身的作者诸如普希金、莱蒙托夫等以或浪漫、或激昂、或抒情、或感慨的笔调将对封建社会的痛恨和对人类自身命运的彷徨融入自己的文字之中。这些作家的作品，以及浸润于作品中深邃的思想都成为日后"白银时代"众多宗教批评家汲取养料的沃土。对此索洛维约夫就曾指出，是普希金将真正独立的俄罗斯文学和俄罗斯思想展示给了世界，"如果没有普希金，我们对俄罗斯的独立性的信念，我们对人民力量的自觉指望，我们对我国在欧洲人民大家庭中的独立使命的信念就不会像现在这样不可动摇"①。对于人民性和个体自我意识的关注在这一时期的俄罗斯文学中就已经出现，《自由颂》《短剑》以及《致大海》等诸多诗歌都表达了作者对自由发自内心的真诚呼唤，也正是在这个意义上，别尔嘉耶夫认为普希金的诗歌具有了文艺复兴的因素。与此同时，别尔嘉耶夫也提出了这一时期俄罗斯的诗歌带有明显的预言性特征，即对未来俄国所遇到的巨大变革产生本能的预感，普希金的《自由颂》中就有对人民暴动的预言，而此后的莱蒙托夫更是在自己的《预言》一诗中写道"将来到这一年，俄罗斯黑色的一年，那是沙皇们的皇冠将要丢到一边……"可以说，这些诗歌早已摆脱单纯的情感宣泄，而是对人民命运在未来国家发展过程中所遇到危机的深切同情与迷惑，在别尔嘉耶夫看来，这种如临深渊的恐惧与迷惑如同基因一样直接遗传到了白银时代象征派的文学创作和批评

---

① ［俄］索洛维约夫等：《俄罗斯思想》，杭州·浙江人民出版社，2000年版，第123页。

理论中，只不过象征主义的诗歌将未来设定为宗教层面的另一个世界，而黄金时代诗歌中的未来图景还是美好的现实期待。

最后，"白银时代"对"黄金时代"的宗教哲学再解读。

"白银时代"的思想家在对待上一个世纪文学财产的态度时，其中既有谦恭地崇敬，而更多的则是大胆地重构。对于世纪之交处于社会文化巨大变革旋涡中心的这些哲学家和思想家来说，"黄金时代"的文学活动成为他们阐述自己理论的注脚，其中最为突出的特征就在于将俄罗斯民族的宗教性纳入了文学批评的范畴中，这正如别尔嘉耶夫所断言的，之前的俄罗斯只有文化的复兴，而接下来则要完成的是宗教的复兴，在"白银时代"的宗教文学批评学者看来，向宗教的复归是对长期受压抑的俄罗斯精神的解放，这种宗教复归"又是向 19 世纪俄罗斯思想传统，向俄罗斯文学的宗教内容，向霍米雅科夫，向陀思妥耶夫斯基和 Вл.索洛维约夫的复归"[①]。当然，白银时代宗教文学批评对传统文学的复归并不只是停留于发掘黄金时代文学创作中的宗教元素。可以说，他们所要复兴的宗教意识并不等同于传统意义上的东正教教会学说，而是一种不同于以往的"新宗教意识"，这里所谓的"新"在白银时代的不同宗教文学批评学者那里的表述也有差异，罗赞诺夫眼中的"新"表现在宗教对肉欲和性爱的尊重；舍斯托夫的"新"则是对个体非理性生存意识的认可；梅列日科夫斯基将"新"表述为基督与反基督（或曰敌基督）之间的对立与转化。总之，对个体自我精神需求的尊重与肯定，赋予个体价值以宗教神性的高度成为白银时代"新宗教意识"的根本任务，这样的宗教复归肯定无法回到历史上真实的"黄金时代"，而对于白银时代的宗教文学批评学者们来说，他们眼中所谓的"复归"更应该是一种宗教哲学的再解读，在解构原有作品思想的基础上生发出崭新的宗教意蕴，而许多作家，诸如托尔斯泰、果戈理、契诃夫等被赋予了不同于传统文学批评视角的崭新含义，他们的价值也被重新评估。本书在后面几章会对相关内容进行详细论述。

三、陀思妥耶夫斯基的"神人"理想

与哲学家们对待"神人"思想的抽象理解相比，文学家的认识则显得更为贴近现实，在他们眼中，"神人"不仅是一种理想人类的精神状态，同时也是现实生活中俄罗斯人面对磨难和抉择时，体现出的人生选择和真实心态。在文学的世界中，"神人"思想成为作者在现实世界中探索人类精神发展和

---

① ［俄］别尔嘉耶夫：《俄罗斯思想》，雷永生，邱守娟，译. 北京·生活·读书·新知三联书店，1995 年版，第 219 页。

个体自我救赎的实验室，众多的主人公在实现"神人"的精神道路上，或实现精神上的完满，或陷入堕落的深渊，或期待、或绝望，可以说，东正教思想成为俄罗斯文学沃土的重要养料。

在俄罗斯黄金时代的众多文学家当中，陀思妥耶夫斯基不仅是其中影响最大的，同时也是体现宗教思想最为丰富的作家之一。正如有学者所说："陀思妥耶夫斯基作品是一种宗教哲学思想的探索和实验，这种探索不断穿越于信仰边界的内外，揭示着'人的灵魂的全部深度'和全部矛盾性。因此要比宗教作家的思想更具有问题意识和哲学意义。"① 正因为如此，陀思妥耶夫斯基成为白银时代俄国众多宗教哲学家共同关注和阐释的重点，他们分别从各自的立场出发，解读陀氏作品及其主人公身上所蕴含的宗教色彩。当然，我们认为，这些解读的根源还是在于陀思妥耶夫斯基作品本身所具有的天然的宗教气质，陀氏笔下众多主人公的精神历程，实质上就是"神人"思想在具体的、现实的个体身上的不同发展阶段，陀思妥耶夫斯基让我们看到了真实的人性中的执着与怀疑、挣扎与彷徨，将人物的命运与"神人"的实现内在联结在一起，从他的作品中我们可以清楚地看到，在俄罗斯宗教哲学中所论证的"神人"并非外在权力的赋予，而是人内在精神的发展过程，这也正如索洛维约夫所说的"人的个性，不是一般意义上的人的个性，不是抽象的概念，而是现实的、活生生的个人，每一个个别的人都有绝对的、神性的意义"②。

（一）探索精神信仰，寻求真正的"上帝"

与别林斯基、车尔尼雪夫斯基和杜勃罗留波夫等人将陀思妥耶夫斯基文学创作看作单纯反映现实社会生活和底层人物命运的简单社会学批评不同的是，白银时代宗教文学批评者们不再将陀思妥耶夫斯基仅仅定义为现实主义作家，而是着力挖掘隐藏其作品深层的宗教特性，以及在这种宗教性影响下的人类精神困境与寻求自由出路之间的复杂心态。而这也正代表着陀思妥耶夫斯基一生的精神追求，即对俄罗斯民族宗教性的探求，以及对世俗化和西方理性主义的反抗，两者与陀思妥耶夫斯基的宗教观具有内在统一性，也是他众多文学作品中所要反映的基本主题之一。可以说，陀思妥耶夫斯基作品价值的高度在很大程度上取决于其思想认识的深度，其作品之所以能够引起白银时代众多思想家的强烈共鸣，正是筑基于他对国家、民族的深刻理解上，这种理解首先体现在对民族宗教性和对信仰自由的揭示上。1877 年，陀思妥耶夫斯基在其《作家日记》中曾提出影响世界发展的三大思想，这三种思想

① 徐凤林：《俄罗斯宗教哲学》，北京·北京大学出版社，2006 年版，第 31 页。

② ［俄］索洛维约夫：《神人类讲座》，张百春，译. 北京·华夏出版社，2000 年版，第 17 页。

分别被表述为西方天主教思想、新教思想和斯拉夫思想。在陀思妥耶夫斯基看来，正是这三种思想成为影响当下世界发展，并决定世界未来走向的主要思想潮流，并且三者当中前两者由于都受到了西方理性主义的束缚和彼此之间的相互制约，因而早已失去影响未来世界的能力，最终它们的地位都将会被斯拉夫思想所替代，"这是某种具有普遍性和最终确定性的东西，而且尽管并非决定人类全部命运的，但毫无疑问，却蕴含着欧洲人整个过去的历史终结的因素——也就是说，蕴含着解决它未来命运的因素，而这种命运掌握在上帝的手中……"①应该说，不论是出于对历史上"罗斯"作为"第三罗马"的自我认可，还是出于"根基派"对西欧派和斯拉夫派两种社会观点的折中解决，陀思妥耶夫斯基都对斯拉夫民族的独特精神气质充满了无比的自信，而且这种民族自信的着眼点就在于斯拉夫民族建立于东正教神学信仰基础之上的精神自由。在他看来，这种基于东正教宗教体验上的精神自由不仅对于俄罗斯本国的发展必不可少，而且对整个被文明理性压抑许久的西方世界开启了一扇通往新世界的大门。他也将这一思想通过笔下主人公之口表达出来，小说《群魔》中沙托夫就有过这样一段表白："任何一个民族，在其存在的任何阶段，它的整个人民运动，其唯一的目的就是寻找上帝，自己的上帝，必须是自己的专有的上帝，把他作为唯一真实的上帝而信仰他。上帝是整个民族从其起源到终结的综合起来的特性。"②这里既表达出对民族宗教信仰的强烈崇拜，同时也体现出陀思妥耶夫斯基并不仅仅是要将某一种宗教作为改革社会的万金油，而是要以基本的信仰为基础，建立起融合不同民族、不同宗教为内容的精神自由的崭新的共同体，正如我国学者王志耕所指出的："陀思妥耶夫斯基的心中始终存在着一种梦想，一个神话，就是在全世界实现一个统一的普世教会，一个无形的，彻底精神化的，不分种族、阶层的所有人的聚合体。"③

对于白银时代的宗教文学批评学者来说，陀思妥耶夫斯基作品中最为可贵的价值正是体现在他对民族宗教性的强烈认同与精神信仰的无限崇敬上，而且不同于以往的社会学批评理论，白银时代的宗教文学批评学者开始用一种全新的视角来阐释一个新的陀思妥耶夫斯基。对此，美国学者韦勒克就曾

---

① ［俄］陀思妥耶夫斯基：《作家日记》，陈燊主编，石家庄·河北教育出版社，2010 年版，第 570 页。

② ［俄］陀思妥耶夫斯基：《群魔》（上），冯昭玙，译．石家庄·河北教育出版社，2010 年版，第 310 页。

③ 王志耕：《宗教文化语境下的陀思妥耶夫斯基诗学》，北京师范大学，2000 年博士论文，第 14 页。

在《陀思妥耶夫斯基评论史概述》中指出："梅列日科夫斯基和'激进的'批评家们辩论，说陀思妥耶夫斯基不是一个现实主义作家，而是象征主义作家……梅列日科夫斯基是充分认识到陀思妥耶夫斯基的历史意义和艺术重要性的第一个人，是他第一个把陀思妥耶夫斯基从激进派批评家们简单化的政治评价和作家最亲近的追随者们的拘泥于字面意义的咬文嚼字中解放出来。"①梅列日科夫斯基对于陀思妥耶夫斯基的阐释是在与托尔斯泰的比较研究中进行的，在他看来尽管托尔斯泰的作品中也充满了对上帝的忏悔和对基督的热爱，但他思想的表达更多地采用简单化和直线性的方式，单一的说教使得托尔斯泰的创作脱离了活生生的现实，因此，梅列日科斯基把托尔斯泰比作"虚弱的巨人"，"从托尔斯泰式的无政府主义中是什么革命也出现不了的"②。相形之下，陀思妥耶夫斯基正是从最为寻常的生活细节中反映深刻的宗教情结，他认为"陀思妥耶夫斯基是个伟大的现实主义者，同时又是个伟大的神秘主义者，所以他感觉得到现实的虚幻性：对他来说，生活只是一种现象，只是一块幕布，幕布背后隐藏着人类永远也无法了解的情况"。③陀思妥耶夫斯基能够从看似平常的生活细节中，展示出神秘的宗教气息，表面上对现实生活状态的忠实写作，背后隐藏着作者隐秘的宗教特点，在梅列日科夫斯基看来，陀思妥耶夫斯基将基督与敌基督的矛盾对立面都融入其人物的角色塑造之中，表面上看来是作者刻画的人物的双重性格，实质上则是不同宗教观的内在冲突。以此，梅列日科夫斯基认为陀思妥耶夫斯基的宗教观从根本上与自己要建立的"新宗教意识"（本书会在后面的章节中详细论述）是一致的。此外，许多宗教文学批评者还从陀思妥耶夫斯基的具体作品和部分章节中去发掘隐秘的宗教主题，并借此阐释出陀思妥耶夫斯基独特的宗教思想，这其中就包括舍斯托夫、别尔嘉耶夫、罗赞诺夫等学者。舍斯托夫从陀思妥耶夫斯基的《地下室手记》中提取出"地下室人"的形象，高尔基将这一形象看作是社会堕落者的典型，而舍斯托夫则更赞同陀思妥耶夫斯基自己的论断，即"地下室人"所面临的精神困惑恰恰代表着当时俄国社会大多数知识分子的真实心境，而且舍斯托夫认为"地下室人"的思想比陀思妥耶夫斯基笔下其他主人公更加贴近于作者的真正感受，这种感受就与舍斯托夫反对理性主义、追求个性自由的宗教哲学思想不谋而合。这点在其代表著作《悲剧哲学——

---

① ［德］赫尔曼·海塞等：《陀思妥耶夫斯基的上帝》，斯人，等，译．北京·社会科学文献出版社，1999 年版，第 169 页。

② ［俄］梅列日科夫斯基：《托尔斯泰与陀思妥耶夫斯基》卷 2，杨德友，译．北京·华夏出版社，2009 年版，第 3 页。

③ ［俄］梅列日科夫斯基：《永恒的伴侣》，傅石球，译．上海·学林出版社，1999 年版，第 193 页。

陀思妥耶夫斯基与尼采》一书中进行了详细的论述。而别尔嘉耶夫和罗赞诺夫则更加钟情于陀思妥耶夫斯基代表作《卡拉马佐夫兄弟》中的一个章节——《宗教大法官》。对此，别尔嘉耶夫明确提出："这里集中了所有的线索，并解决一个主要主题，人类精神自由的主题。"①他认为陀思妥耶夫斯基对宗教大法官形象的描述，既有反基督的诱惑，也充满了对人性的无限怜悯。人性中的神性价值成为陀思妥耶夫斯基所要表达的重要精神。罗赞诺夫更是以《陀思妥耶夫斯基的"大法官"》一书来详细分析陀思妥耶夫斯基在这一章中所展现出的宗教思想，认为其作品反映了人类堕落和救赎阶段真实的心理现状。

（二）确认民族本质，反思科学理性

本书前面也曾提到，陀思妥耶夫斯基的文学创作不仅仅是在单纯地创作文学作品，他还要通过自己的作品探讨更为广阔的社会文化和民族未来，陀思妥耶夫斯基的自身经历就是最好的佐证。不论是从年轻时期作为彼得拉舍夫斯基小组成员一度面临被杀和流放的惨痛经历，还是日后周游欧洲而积累的所见所闻，都表明了陀思妥耶夫斯基是一个具有广阔社会视野和民族胸怀的思想家和哲学家。他毕生所关注的一个重要问题就是俄罗斯民族的特征、使命和未来的命运，在陀思妥耶夫斯基的世界观中，探究俄罗斯民族和最普通的俄罗斯底层人民的本质特征，是他认识整个世界的着眼点。前面我们也提到了，陀思妥耶夫斯基十分看重俄罗斯民族的宗教特性，他认为东正教的宗教信仰就是俄罗斯民族与众不同的精神基因，一旦失去了这个基因俄罗斯民族也将不复存在，所以宗教性是俄罗斯不可或缺的特征之一。在此基础上，陀思妥耶夫斯基更进一步认为，一切损害于宗教信仰的现代文明元素都会阻挠俄罗斯民族的发展，使它失去自身的神秘性和崇高本质。由此，陀思妥耶夫斯基提出："没有一个民族是立足于科学和理性之上的，历史上还没有这样的先例……让各个民族形成和发展的，应该是另外一种力量，它可以引导和支配一切。"②这种力量就是来自上帝的力量，与此相对的则是西方文明中的理性和科学思维。对此，陀思妥耶夫斯基在其散文随笔文集《冬天里的夏日印象》中，详细描述了自己在欧洲旅行期间的所见所感，尽管西方社会充斥着巨大的科学进步和发达的工业文明，金融中心、亿万富豪、万国博览会

---

① ［俄］别尔嘉耶夫：《陀思妥耶夫斯基的世界观》，耿海英，译．桂林·广西师范大学出版社，2008年版，第116页。

② ［俄］陀思妥耶夫斯基：《陀思妥耶夫斯基自述》，黄忠晶，阮媛媛，译．天津·天津人民出版社，2013年版，第91页。

让包括陀氏在内的每一个人都目眩神迷，但是敏感的陀思妥耶夫斯基却意识到在这些看似奢华热闹的社会喧嚣之下隐藏着众多底层人民的酸涩人生，他们都被现代化的机械所奴役着，精神日渐麻木和屈服，曾经的精神信仰早已荡然无存，"你会看到，这种社会中，被压迫者长期得不到对他们的许愿，长期得不到取暖用的木柴和衣服，他们只得在黑暗的地下室里相互拥挤，用手摸索着敲开碰到的大门，为的是不至于闷死在黑暗的地下室里"。① 可以说，地下室人的无奈就来自于作者这一时期的亲身体验，所以他在《地下室手记》中借用"石墙"来象征西方的理性主义思想，"二二得四"的外在规定性将人们牢牢地控制在阴暗的地下室里。从陀思妥耶夫斯基的这一思想出发，白银时代的舍斯托夫将其发展成自己的"悲剧哲学"，即充分肯定人类精神世界中的无意识欲望，呼唤个体生命意识的觉醒，从而开辟出了一块"悲剧的领域"，舍斯托夫认为西方的尼采和俄国的陀思妥耶夫斯基都是进入到这一领域的精神超人，他们保留着孩提时代未经科学理性侵染的信念，正是在他们的引领下反抗西方科学技术和理性主义统治的精神斗争才会变成现实。舍斯托夫将反理性的思想作为自己一生当中所有著述的唯一主题，启发他思想的正是源于陀思妥耶夫斯基的《地下室手记》，他认为，"从手记中，读者就会突然和完全意外地看到，当陀思妥耶夫斯基在写其他的一些小说和文章时，在他的身上出现了一种最可怕的危机，这种危机只有人的心灵才会产生和经受"。② 在舍斯托夫看来，正是从《地下室手记》开始陀思妥耶夫斯基逐渐对自己此前的社会信仰产生困惑，并提出"不存在任何神圣的东西"的观点来质疑一切权威思想。由此，舍斯托夫就从反抗一切权威统治的"地下室人"这一意象出发，来阐述自己对待作家、创作和文学批评的独特理解。

（三）分析人性本质，由人性到神性

无疑，作为文学家的陀思妥耶夫斯基更是一位哲学家，这一点基本上成为俄国和西方批评学界的共识，对此美国学者苏珊·李·安德森提出："陀思妥耶夫斯基致力于回答两个根本的哲学问题：（ⅰ）什么是人的困境？（ⅱ）如果给出了（ⅰ）的答案，那么我们应该如何过我们的生活？"③ 可以说，正是哲学层面上对人的困境和出路问题的思考决定了陀思妥耶夫斯基对待宗教性和民族性的态度，而这种思考更深层的体现就是作家对人性本质的分析，

---

① ［俄］陀思妥耶夫斯基：《冬天里的夏日印象——陀思妥耶夫斯基随笔集》，刘孟泽，李晓晨，译．上海·三联书店上海分店，1990 年版，第 17 页。

② ［俄］舍斯托夫：《舍斯托夫集》，方珊编选，上海·上海远东出版社，2004 年版，第 39 页。

③ ［美］苏珊·李·安德森：《陀思妥耶夫斯基》，马寅卯，译．北京·中华书局，2004 年版，第 2 页。

由此众多带有双重性格的人物出现在陀思妥耶夫斯基的作品中，从《双重人格》中的九品文官，到《群魔》中的斯塔夫罗金、《罪与罚》中的拉斯柯尔尼科夫，再到《卡拉马佐夫兄弟》中的伊凡，双重性格带来的自我矛盾几乎困扰着陀思妥耶夫斯基笔下的所有主要人物，而正是这种自我肯定与自我否定的极端心理状态成为陀思妥耶夫斯基剖析人性本质的手术刀，人性中善与恶的斗争也恰恰是在这种对立中展现了出来。在这里，陀思妥耶夫斯基准确地提炼出俄罗斯民族特有的人性特征——双重性，而且这种双重性不仅体现在个体性格上，整个俄罗斯的文化也带有双重特性，"代表着国家地位的传统标志双头鹰看来是如此重要，它标示出俄罗斯民族的自我意识，而且这个国家历史上的两个首都莫斯科和圣彼得堡联结着两种不同的价值观"。[①] 俄罗斯的宗教、文化、语言，乃至于日常生活中无不渗透着双重性的元素，而陀思妥耶夫斯基最为有价值的地方就在于他将这种双重性引入了对人类自我的认识中去，这在白银时代宗教文学批评学者们看来是十分可贵的。被西方评论界誉为俄罗斯现代主义之滥觞的白银时代，其最为主要的特征就是对人自身的关注，而宗教文学批评观更是将人的个性问题作为关注的焦点，社会的发展、文明的进步必须立足于人类个性的自我完善，而且对于白银时代的宗教文学批评学者来说，人性中就孕育着神性，只有尊重人性中最为真实的生命体验才会建立一个真正符合俄罗斯人民性格特性的理想的宗教王国。

对此罗赞诺夫的体会尤为深刻，可以说陀思妥耶夫斯基不仅在思想上成为罗赞诺夫的心灵导师，而且在生活上二人也有着密切的联系，出于对陀思妥耶夫斯基的崇拜，罗赞诺夫不惜娶陀思妥耶夫斯基生前的女友为妻，可见陀氏对罗赞诺夫的影响之深。作为从生活视角甚至是从生命视角来理解人性本质的宗教批评思想家，罗赞诺夫即便对于当今的宗教思想界来说也应该算是精神上的异类，他明确提出应该将人的性爱体验作为宗教神学思想中的一部分，并且批驳传统宗教崇拜中的禁欲思想，认为这是有悖于人类真实生命的本质特征，从而提出以"性"为出发点的基督教泛性论，他的这一观点就直接起源于对陀思妥耶夫斯基《卡拉马佐夫兄弟》中《宗教大法官》一章的理解。在他看来宗教大法官实际上就象征着外在权威对人自由精神的统治，尘世的利益和虚伪的谎言掩盖了人类对自我本性的探求，忽略了真实生命的意义。而他所提出的"性"正是以极端的方式向当时统治俄罗斯思想文化的国家政权和统治宗教信仰的历史教会提出自己的真实诉求，表达出作者崇尚

---

① 张变革主编：《当代国际学者论陀思妥耶夫斯基》，北京·北京大学出版社，2014 年版，第 75 页。

真实的人性、崇尚以尊重个体人性价值为最高原则的文学创作和宗教思想。

应该说，精神的现实折磨与灵魂的自我救赎、现实世界的诱惑与理想世界的探寻之间的相互纠结的思想是贯穿于陀思妥耶夫斯基众多作品（尤其是后期创作）中的一条主线。不论是《地下室手记》中的"我"、《罪与罚》中的拉斯柯尔尼科夫，还是《白痴》中的梅什金公爵，都深受"双重人格"的影响，为此，西方评论家认为陀思妥耶夫斯基的作品是典型的心理学小说，但是如果结合前面对俄罗斯宗教哲学思想的认识，我们应该说陀氏的作品所反映的层次远远深入心理学的层面，而是作者借助对主人公的矛盾心理的描写，从而探讨人类更为深奥的神秘本性，这就相当于《圣经》中所说的"灵"，一种人类精神所能实现的理想状态，即"神人"的状态。作为陀思妥耶夫斯基后期创作中最主要的代表作《卡拉马佐夫兄弟》，更是将"神人"思想带给普通人精神上的冲撞表现得淋漓尽致。在这部著作中，陀思妥耶夫斯基将笔下的所有人物置身于精神思想中善与恶的不断挣扎中，有的人被恶拖入了泥潭，有的人将善进行到底，但故事的结束并不代表着这种精神追问的终结，对待上帝的信仰、对待善的理想在众多人物的精神世界中成为永恒的话题。作为全书的主要人物，即所谓的卡拉马佐夫兄弟三人和他们的父亲，从他们四人的精神对比和自我精神发展脉络可以看出，他们体现着陀思妥耶夫斯基对人性的探索。

在陀思妥耶夫斯基笔下，人性面临着现实世界诸多因素的诱惑，诱惑的类型不同，面对诱惑的抵抗程度也不同，从而形成的内在人性力量也不同。首先，物质诱惑。自私的父亲费奥多尔·卡拉马佐夫为了金钱和女人可以毫无顾忌，甚至是明目张胆地做出有悖人伦的丑事，他没有信仰，即便在佐西马长老面前也表现得怪诞无理，他甚至用低俗、调侃的语言来亵渎《圣经》中的教义："怀你胎的肚皮，喂你奶的奶头都是有福气的，特别是喂你奶的奶头更加有福气！"[①]从他的众多言行看来，费奥多尔面对的诱惑来自物质和肉体方面，他沉迷于现实世界的享乐而不能自拔，也不愿意自拔，他不信仰上帝，但是会在老年时害怕坠入地狱，可以说，是恶的双手在一步一步地将他拉入黑暗的深渊。与老卡拉马佐夫类似的，他的大儿子德米特里也部分地继承了父亲的特点，但区别在于，面对世俗功利的诱惑，德米特里的精神充满了挣扎，同时他虔诚地信仰着上帝，正因为这样内心中的神性与现实中的人性不断撕扯着德米特里的灵魂。其次，强权诱惑。伊凡·卡拉马佐夫是老

---

① ［俄］陀思妥耶夫斯基：《卡拉马佐夫兄弟》，徐振亚，冯增义，译. 北京·中国书籍出版社，2006 年版，第 39 页。

卡拉马佐夫的第二个儿子。与大哥不同的是，伊凡受过良好的教育，而且从幼年时就表现出了极佳的理性思维和研究才能，成年后的伊凡是一个坚决否定上帝存在的无神论者和唯物主义者，在他与弟弟阿廖沙交谈中的一个著名故事"宗教大法官"中，充分表现出伊凡认可外在政治强权对个体进行统治的思想，在他眼中，教会早已不等同于上帝，而暴力和奴役也早已统治着现实中的每一个人。最后，也是陀思妥耶夫斯基想要极力描绘的人性希望的代表，卡拉马佐夫兄弟中最小的弟弟——阿廖沙。阿廖沙的性格与卡拉马佐夫兄弟的本质特征相距甚远，他安静、善良，甚至是人见人爱，就连罪恶的父亲也会被他纯洁的眼神所感染。在作品中，阿廖沙更多地充当着倾听的角色，他是上帝忠实的追随者，是佐西马长老关于爱与善的理念的忠诚的实践者，阿廖沙用博爱的基督教精神维系着自己与父亲、与兄弟、与所有人之间的感情。应该说，阿廖沙正是小说开篇所引用《约翰福音》中的那一粒麦子，他正在用生长于内心并不断壮大的"神性"种子，来散播到更多人的心田中。当然，也正如陀思妥耶夫斯基本人所说，"我不是像小孩子那样信奉基督并宣扬他，我的颂扬是经过了怀疑的巨大考验的，正像在我的长篇小说中魔鬼讲的那样"①。小说中出现的魔鬼，不论是真实的存在，还是精神分裂后的另一个伊凡，它都在某种程度上表达出了陀思妥耶夫斯基的真实想法，在他看来，阿廖沙的绝对信仰和伊凡的绝对否定似乎都不是陀氏理想中的"麦子"，而只有通过面对魔鬼（也就是诱惑）时让人在信仰与无信仰之间产生精神的斗争，才是实现灵魂救赎的唯一道路，而这一救赎的过程正是"神人"形成的过程。

综上所述，陀思妥耶夫斯基的价值不论是对俄罗斯本国，还是对于全世界所有民族来说，都是一笔取之不竭的精神财富，他不仅代表着19世纪俄罗斯文学的最高成就，同时还将俄罗斯的哲学精神带入了一个崭新的境界。目前学界普遍认为，陀思妥耶夫斯基的文学作品本身就是存在主义哲学的先驱，即便他从未写过专门的哲学著作，但其小说创作本身就蕴含着丰富的哲理思考，其中既有对个体命运的深切追问，也有对民族精神的独特体悟，展现出在动荡多变的大背景下诸多小人物的内心挣扎，其中有对现实的困惑，更有对未来的迷茫，有心理的挣扎，更有信仰的守望，陀思妥耶夫斯基作品中所体现出的这些哲学思考恰恰与后来"白银时代"宗教文学批评的见解不谋而合，从而成为宗教文学批评学者们寻求宗教文化与诗学创作间联系的重要通路。宗教文学批评观对陀思妥耶夫斯基的精神遗产既有思想上的传承，同时

① ［俄］陀思妥耶夫斯基：《陀思妥耶夫斯基论艺术》，冯增义，徐振亚，译. 桂林·漓江出版社，1988年版，第390页。

也注入了新内容。白银时代几乎所有的宗教文学批评学者都对陀思妥耶夫斯基的文学和哲学精神的解读作为自己理论阐述的重要组成部分，似乎在他们看来也只有陀思妥耶夫斯基才是俄罗斯宗教精神和民族精神最集中的代言人，也是宗教文学批评观在 19 世纪文学中的最佳体现。

第二节　神人性与文学个体意识的自觉

神人性的思想对于"白银时代"的宗教文学批评来说至关重要，它从俄罗斯传统的东正教神学思想中将这一理论进行了系统的接收，充分汲取其中尊重人类个体价值的思想精华。在此基础上，索洛维约夫在哲学层面进一步将神人性的内涵予以扩充，使之与俄罗斯民族内在的精神追求紧密相关，陀思妥耶夫斯基等人的创作实践在宗教文学批评学者们看来更是神人性思想的具体体现，由此，神人性的学说成为宗教文学批评观最为核心的思想内涵，它不仅来自俄罗斯民族的宗教传统文化，而且与俄罗斯众多优秀的作家和作品息息相关。当然，宗教文学批评观中不同的代表人物对神人性的理解也有差别，但他们首要的共同点都是将神人性与人的个性自由相联系，表现在具体的文学批评中则是更为看重文学中个体意识的觉醒。

一、神人性对个性自由的推动

在宗教文学批评的理论架构中，神人性学说所带来的最为重要的表现形式就是对个性自由的充分认同。可以说，追求不受客观外在强权束缚的自由个性，既是宗教文学批评者们个人的精神理想，也是他们用以衡量作品优劣的基本标准。这其中，以别尔嘉耶夫对个性自由的理解最具有代表性。

作为俄罗斯白银时代宗教哲学和文学批评领域最为杰出的代表，尼·亚·别尔嘉耶夫（Николай Александрович Бердяев，1874—1948）以其大量的著作和丰富的思想在众多俄国哲学家中享有较高的知名度。"哲学船"事件之后，别尔嘉耶夫被迫侨居欧洲，他的文章涉及哲学、宗教、文学、政治、社会学等多个领域，并被译成多国语言在世界范围内大量传播，也由此成为在欧洲影响最大的俄国哲学家之一。相对于欧洲思想界对别尔嘉耶夫的广泛研究，俄罗斯本国是在苏联解体后才开始接受别尔嘉耶夫的思想的，但即便如此，别尔嘉耶夫在当今的俄罗斯还是产生了巨大的影响，并被赋予"20 世纪俄国的黑格尔"的崇高评价。我国学术界对别尔嘉耶夫的研究起步于 20 世纪 90 年代，以刘小枫等人为代表的一大批研究者大量翻译和研究别尔嘉耶夫的著作，应该说，在"白银时代"众多思想家当中，针对别尔嘉耶夫的译作是数量最多的。

对于别尔嘉耶夫的思想归属，欧洲和俄罗斯本国存在不同的争议。长久以来，欧洲将其思想归入存在主义的哲学流派，而俄罗斯本国则认为他带有宗教浪漫主义色彩，并且将其与梅列日科夫斯基①等人划入"新宗教意识"的阵营。不过，正如东正教神学思想本身带有的直觉性和宗教神秘性一样，深受宗教神学影响的别尔嘉耶夫，形成了既不同于欧洲哲学重理性、重逻辑分析，也不同于俄罗斯传统经院哲学单纯进行教义阐述，缺少文化视野的思维特点。可以说，既重视俄罗斯宗教传统，又充分吸收欧洲思想；既具有哲学的深度，又探索社会文化的广度，成为别尔嘉耶夫得到世界和俄罗斯广泛认可的重要原因。

（一）积极的神人论

在传统基督教的神学教义中，只有神正论而没有人正论。所谓神正论是证明神的正义性与普世性，而人正论则是对人生命意义的肯定，它是经过欧洲文艺复兴之后兴起的人文主义思潮在 20 世纪俄罗斯哲学思想界的主要体现（如前文所述索洛维约夫和弗兰克的哲学思想）。别尔嘉耶夫的神人论正是将这种充满人文气息的人正论与基督教神学中传统的神正论相结合，体现出它既回归东正教的神秘宗教体验，同时批判传统的基督教忽视人的价值的教义，由此别尔嘉耶夫的神人论早已脱离了基督教的神学范畴，而成为仅在字面意义上还保留宗教色彩，但内在实质早已离经叛道的独特学说。

在这里，别尔嘉耶夫叛离基督教神学的主要着眼点就在于人不能再受上帝的奴役。基督教神学对人的认识主要体现在原罪上，即人从根本上来说是有罪的，面对上帝是卑微的，人在上帝面前是不值一提的。别尔嘉耶夫并不能认同基督教会的这一教规，在他看来人与上帝是平等的，而且人之所以不同于自然界的其他存在，就在于人本身也包括一个微观的宇宙，这就是人强大的精神世界，而且这个精神世界是神化的，能将人与上帝等量齐观的。基于这样的认识，他指出：

> 必须在上帝和人关于上帝的观念之间，在作为存在物的上帝和作为客体的上帝之间做出重大的区分。在上帝和人之间有人的意识，这个意识的有限状态的外化和影射，还有客体化。客体化了的上帝是人奴隶般地敬拜的对象。但是悖论就在于，客体化了的上帝是与人格格不入的上

---

① 对于梅列日科夫斯基的研究本文会在第五章进行论述。

帝，统治人的上帝，与此同时，这是人的局限性所创造的上帝，而这个上帝就反映着这个局限性。①

由此可以看出，别尔嘉耶夫提出神人论的主要目的不是信仰历史基督教会意义上的上帝，做一个超脱于社会、与世无争，单纯需要精神支柱的东正教徒，而是要指出传统基督教神学的主要弊病就在于用客体化的上帝、与人格格不入的上帝来统治人类的精神，使得人的神性得不到认可，而始终处于被奴役的地位，这就是别尔嘉耶夫笔下的人的客体化。所以，对人的神性的肯定使别尔嘉耶夫确认人的精神具有内在神秘性，而西方哲学的思辨理性和自然主义的认识方式是远远无法认识人类自身的真实存在的。

别尔嘉耶夫对于俄罗斯的文学、俄罗斯的思想，甚至是俄罗斯的灵魂，都有自己独到的见地，而他所有思想的根基就在于"神人"理论，在别尔嘉耶夫这里，"神人"除了人内在的神性和神内在的人性相互结合的基督教意义之外，还被赋予了积极的个性论和创造论，人作为主体在别尔嘉耶夫看来是需要经过积极创造的过程才会具有神性的光辉，也即是说"神人"并不是一种宗教教义中的理想模式，而是真正存在于每一个积极个体精神中的真实存在，而且这种存在与人类现实的生存状态（自由与否）和创造状态息息相关。由此，别尔嘉耶夫的"神人"不同于基督教中耶稣基督，不是对神的肯定，而是对人自身的肯定，对人存在意义的证明，"在新宗教意识的代表中间，只有别尔嘉耶夫把为人的证明问题明确地提出来"②。别尔嘉耶夫对人自身积极意义的肯定建立在三个基本概念之上，即自由、个性和创造，这三点同时也是别尔嘉耶夫宗教哲学思想的主要组成部分。以此为基础，别尔嘉耶夫建构起了他独特的文艺批评思想。

（二）神人性与自由

自由对于别尔嘉耶夫的"神人"理论和总体思想来说具有至关重要的意义，他自我评价为："我的哲学类型的独特性在于，我将哲学的基石建立在自由之上，而不是存在之上。……我持有一个基本的信念，上帝唯有在自由中，通过自由才能存在和发生影响。"③传统的本体论认为，存在先于自由，自由和个性只不过是由存在和共性派生出来的，因此自由是受存在决定的，

① ［俄］别尔嘉耶夫：《论人的奴役与自由》，张百春，译．北京•中国城市出版社，2002年版，第94页。

② 张百春：《风随着意思吹——别尔嘉耶夫宗教哲学研究》，哈尔滨•黑龙江大学出版社，2011年版，第60页。

③ ［俄］别尔嘉耶夫：《自我认知》，汪剑钊，译．昆明•云南人民出版社，1998年版，第45页。

但别尔嘉耶夫给"自由"赋予了超乎一切的作用，他认为"自由不可能在存在里有自己的根源，不可能被存在决定，自由不能进入本体论的决定论体系之中"①。由此可以看出，别尔嘉耶夫眼中的"自由"不同于西方理性哲学中的自由观，如康德就将其当作一个理性概念，认为只能运用人的理性能力来加以掌握，并且还将自由的概念进行分类。而别尔嘉耶夫是将自由看作是人从神的身上所继承到的最大的品行，它不是存在的附庸，是第一性的，是永恒的，当然也是人类的理性思维无法认识到的神秘存在，而正是这种神秘的、带有上帝气息的自由论述才被别尔嘉耶夫认为是人能够成为神人的前提条件。

那么，进一步探求别尔嘉耶夫眼中的"自由"，我们可以清楚地看到，他并没有将"自由"仅仅局限在形而上的层面进行逻辑求证，而是与现实中的人自身紧密相连。他在《自由的哲学》一书导言中明确提出"自由意味着哲学化的主体状态"，这实际上将自由看作人的思想领域中的一种精神属性，是在最高层面即哲学意义层面对人主体性的界定。为此，他在十月革命之后，创立了"自由精神文化学院"，用以专门传播他的自由观。在别尔嘉耶夫看来，低层次的自由是人类物质生活方面的自由，而高层次的自由则是精神生活中的自由，即个性的自由。由此，他将对个性和精神的自由向往引到了活生生的个体身上，并结合宗教、社会现实进行全方位论证，这也使得别氏的神人思想更能真切地反映俄罗斯当时的社会政治与个体精神之间的矛盾冲突。自由与人紧密相连，实质上是与人的精神紧密相连，这种联系的体现就是人的个性。别氏认为"个性的生存以自由为前提，自由的秘密就是个性的秘密"②，人的个性就是人的自由，这种"自由"完全来源于主体，是不受客体和客观世界制约的一种主体化状态。所以，由此我们可以看出，在形而上层面，别尔嘉耶夫重视的是自由先于存在的第一性和原初性，而在形而下层面，别尔嘉耶夫则将其转化为人的个性问题。那么，个性在别氏看来就是人类最为宝贵的精神特质，也是人实现完全自由的主要标志。

（三）神人性与个性

如果说自由的主体状态是别尔嘉耶夫"神人"学说存在的前提，那么对人的个性的肯定则是"神人"存在的直接证明。在别尔嘉耶夫看来，个性

---

① ［俄］别尔嘉耶夫：《末世论形而上学》，张百春，译．北京·中国城市出版社，2003 年版，第 108 页。

② ［俄］别尔嘉耶夫：《论人的奴役与自由》，张百春，译．北京·中国城市出版社，2002 年版，第 27 页。

（личность）不再只是一个心理学概念，也不仅仅指称个体之间精神差别，而是将其看作为神性的启发，是人之为人的最高标志。所以，在别尔嘉耶夫的理论中所涉及的个性不再是自然界中的人的性格特征，换句话说，别尔嘉耶夫所推崇的个性不是自然人的性格特征，而是神人的属性，"最高价值的人性，精神、自由、创造、爱，这些在根本上不是自然人性所具有的，而是来自神的，如果隔断这一神性源泉，人也将不再是人了"[①]。这里，别尔嘉耶夫赋予了人的个性以最高的地位，神人性的奥秘就体现在了人的个性中。

　　对自己的认识历来是人类哲学史上永恒的话题，"认识你自己"的疑问也从来没有固定的答案，别尔嘉耶夫提出的"个性"理论也充分体现着人类思想历程中对自我的不断追问。综观西方宗教理论和哲学理论，可以说对人的认识一方面体现在人与神的关系上，另一方面也体现在人与自然的关系上。但也正如别尔嘉耶夫所指出的，不论是传统基督教会的神学教义，还是西方理性主义、人文主义的哲学思想，都没有真正发掘人的真实本性。宗教教义将人看作是原罪的化身，没有独立的地位，仅仅是神的附庸；人文主义尽管重视人的权利，但却从一个极端走向了另一个极端，仅仅将人看作是自然世界的一部分，用理性和思辨来研究人的思想，而忽略了人性中神秘的一面。由此，别尔嘉耶夫重新给出了个性的内涵，即在重视人自身价值、倡导人与神具有原初平等性的同时，认为人的个性中充满了神性，这种神性就是基督教中上帝赋予人的崇高本性，只有这样人才不同于世间万物，具有自身独立的品格。从这里可以看出，别尔嘉耶夫的个性论不是针对某一个个体，而是涉及整个人类的与众不同。以此为出发点，别尔嘉耶夫认为陀思妥耶夫斯基、托尔斯泰、果戈理等众多优秀的作家笔下都在尽力描绘人的独特个性，也就是神性，他们的特点就在于显著的人本主义和人类中心论。

　　别尔嘉耶夫的文学批评所涉及的作家众多，其中大部分是"黄金时代"的优秀诗人和作家，他将自己对神人论的独特理解，对人自身重要价值的深刻领会，当作其文学批评实践的航标灯，在这一思想汇聚出的光芒中发现作家和作品更为隐秘的内在价值。当然，陀思妥耶夫斯基仍然是别尔嘉耶夫最为重视的作家。他在《陀思妥耶夫斯基创作中关于人的启示》一文中就明确指出，虽然宗教文学批评阵营的其他诸多代表人物都纷纷从宗教的视角对陀思妥耶夫斯基的内心世界进行全面的解读，但是他们仍然遗漏了一个最为重要的问题，这就是陀思妥耶夫斯基对人的自我价值的充分认可。在别尔嘉耶夫看来，陀思妥耶夫斯基所有作品关注的核心只是人的问题，除此以外的自

---

① 徐凤林：《俄罗斯宗教哲学》，北京·北京大学出版社，2006 年版，第 256 页。

然风光、人文风貌都丝毫不能引起陀氏的任何兴趣，而他所有作品中的唯一目的就是要解释人类本性的秘密，对此，别尔嘉耶夫直言道："陀思妥耶夫斯基不是现实主义艺术家，而是人类本性实验形而上学的实验者、创造者。陀思妥耶夫斯基的全部艺术创作就是一种人类学考察和发现的方法。"① 在此基础上，别尔嘉耶夫一方面看到了陀思妥耶夫斯基创作过程中最为有价值的部分，即对个性自由与束缚之间矛盾冲突的敏锐感知；另一方面也认识到了陀思妥耶夫斯基作品明显的缺憾，这就是艺术感染力的严重不足，作品的思想内容大于其艺术表现形式，从而使每一个阅读其作品的读者都经受着折磨，无法体会到艺术应有的美感。可以说，在这一点上，别尔嘉耶夫对陀思妥耶夫斯基的批评还是十分客观深刻的。

二、神人性对个体价值的追问

宗教文学批评中的另一位代表人物舍斯托夫也对神人性作出了自己独特的理解，舍斯托夫与别尔嘉耶夫既是朋友，也是不同思想历程上的辩手，尽管舍斯托夫在欧洲的影响并没有别尔嘉耶夫大，但是俄国哲学家、神学家、东正教大祭司津科夫斯基却认为"他在许多方面与别尔嘉耶夫接近，但却又比别尔嘉耶夫更加深刻也更加重要"。② 在现实生活中，舍斯托夫与别尔嘉耶夫的交往十分频繁，面对世纪之交俄国内部的政治压力，他们都被迫选择离开祖国流亡欧洲。20 年代，别尔嘉耶夫还曾请求舍斯托夫帮助自己移居法国；但在理论主张上，舍斯托夫却并不认同别尔嘉耶夫，甚至在对"神人性"的阐释上，舍斯托夫走上了一条与别尔嘉耶夫完全不同的道路。对此，他这样写道：

> 别尔嘉耶夫首先是文化导师和文化哲学家。他的任务是提高人类意识的水平，把人们的兴趣转向崇高的，但仍然可以实现的理想。他认为这是人的使命，这是其作为作家和宣传家的使命。从自己的角度来说，他无疑是正确的。③

这看似是对别尔嘉耶夫的褒扬，其实却明显体现出舍斯托夫对别尔嘉耶夫自由思想的批判，在他看来别尔嘉耶夫虽然高举自由、个性的思想大旗，但是他的理论仍然未能脱离理性法则的桎梏，别尔嘉耶夫所追求的"神人性"

---

① ［俄］别尔嘉耶夫：《文化的哲学》，于培才，译．上海·上海人民出版社，2007 年版，第 122 页。

② ［俄］津科夫斯基：《俄国哲学史》，张冰，译．北京·人民出版社，2013 年版，第 360 页。

③ ［俄］舍斯托夫：《思辨与启示》，方珊，张百春，张杰，译．上海·上海人民出版社，2005 年版，第 93 页。

早已从神与人的二元论思维过渡为重视人自我意志的一元论思维，这种对人的重视在很大程度上忽视了对神的崇敬，以及神人性中非理性的部分。当然，对于舍斯托夫的这种评价，别尔嘉耶夫本人并不认可，他在 1938 年给舍斯托夫的信中写道："你指责我把自己的真理作为人人应遵守的职责强加给别人，你才是这样做的呢。"① 我们姑且不论舍斯托夫对别尔嘉耶夫的评价是否客观，仅就二者对神人性的不同理解可以让我们看到，相对于别尔嘉耶夫以积极的个性、自由和创造为核心的神人理论，舍斯托夫更多地从内在精神信仰的自由来诠释宗教意义上的神人，"维护圣经真理的自主性，拒斥希腊哲学的理性形而上学，主张不寻求理性证明、也不可能得到理性证明的信仰——圣经的信仰，才是真理的来源"②。舍斯托夫比同时代任何一位宗教哲学家都更靠近上帝，神人在舍斯托夫的理论中成为启示哲学对抗思辨哲学的重要载体，他使对人的理解重又回归到了希伯来文明的视角。

（一）在理性与人性之间探索个体价值

犹太人出身的舍斯托夫在精神世界中始终是一个游离于主体话语世界之外的局外人，对于俄罗斯来说他是异族，对于晚年所生活的法国，舍斯托夫更是一个异乡人，生活中的局外人以及由此所带来的精神上的不安全感使舍斯托夫反而更加珍视自己与众不同的精神气质。应该说，与别尔嘉耶夫具有一致性的在于，舍斯托夫所有思想的出发点也是在追寻个体的自由，但是舍斯托夫所说的自由却具有其独特的一面，相比于别尔嘉耶夫将自由确定为"哲学化的主体状态"而言，舍斯托夫并未停留于这种静止的理论状态，而是进一步追问哲学本身应如何存在，并进而探索人类个体应该如何自由的存在。如果说，别尔嘉耶夫的思想是一种范围上的延展，那么舍斯托夫的理论则是程度上的纵深。正是在对二者的不断追问中，舍斯托夫公然提出对以往一切以理性主义为主要特征的哲学传统的质疑，在这一过程中，舍斯托夫将自己放在了亚里士多德、笛卡儿、斯宾诺莎、莱布尼茨、康德的对立面，与此同时他也对自己交往的别尔嘉耶夫和现象学代表人物胡塞尔作为自己反驳的对象，追根溯源，舍斯托夫这种四面树敌的根本原因就在于他不认可放之四海皆准的真理真实存在，也不认可将科学甚至是哲学作为一种既成的知识来教导后人，因为在他看来这从根本上就是对个体精神自由的一种束缚和损害，无疑也会是对哲学的损害，哲学就是人学。哲学一旦成为知识，哲学也就失

---

① ［俄］舍斯托夫：《舍斯托夫集》，方珊编选，上海·上海远东出版社，2004 年版，第 503 页。

② 刘小枫：《走向十字架的真》，上海·上海三联书店，1995 年版，第 31 页。

去了它的根基，而所谓的哲学家也早已不是真正意义上那个"认识你自己"的哲学家，沦落为理性知识的奴仆。

无疑，舍斯托夫对于现有的哲学学科，以及他同时代人类个体生存现状是不满意的。为此，在他不到 30 岁的时候就从原有的法律专业转入哲学和文学批评的领域，而放弃原本在家族企业中从商的生活。舍斯托夫对自己幼年曾被绑架和而立之年经历过的精神危机始终讳莫如深，也被很多评论家认为是促成他由商转文的原因之一，虽然二者之间的联系稍显勉强，但可以明确的一点是舍斯托夫幼年刻骨铭心的经历，以及其日后在莫斯科大学从数理系转到法律系，足以令他有机会从不同视角来窥探所生存的社会。舍斯托夫经历了个体生存的危机，也面对着个体精神的危机，外在和内在的巨大压力最终促使舍斯托夫去撕开理性主义和科学主义曾经光鲜的外衣，去审视在这光鲜外表掩盖下的人类真实的精神处境。可以说，相比于别尔嘉耶夫广博的理论研究来说，舍斯托夫自始至终只关注一个焦点，这就是理性与人性之间的对立与共存，"舍斯托夫之所以始终专注于一个主题，正是由于这个问题对人的生存的重要性。用他自己的话说，需要反复呼喊以便把人们从思辨理性统治下唤醒"①。可以说，纵观舍斯托夫的诸多著作，包括《悲剧哲学——陀思妥耶夫斯基与尼采》（1903）、《无根据颂》（1905）、《开端与终结》（1908）、《钥匙的统治》（1916）、《思辨与启示》（1927）、《在约伯的天平上》（1929）、《旷野呼告——克尔恺郭尔与存在哲学》（1933）、《雅典与耶路撒冷》（1938）等都是对这一问题的反复求索。

毋庸置疑，理性的传统在西方哲学领域由来已久，它肇始自古希腊，从苏格拉底、亚里士多德，到斯宾诺莎、笛卡儿、康德、黑格尔，一直以来这种以追求真理、规律性认识的哲学认知模式早已成为西方哲学的主流。在舍斯托夫看来，这种理性主义传统对哲学的主要影响就在于，将哲学仅仅作为一门与自然科学性质完全相同的学科来学习和研究，众多哲学家在哲学探索的过程中痴迷于对真理的探究，而这种真理则体现为一种放之四海皆准的规则。在规则的制约下，哲学作为一种学科使众多哲学家开始探究因果规律下的最高原则，由此，哲学就像其他自然科学一样，带给人类的更多的是功利价值，舍斯托夫将其形象地比喻为长期斋戒的乞丐扑向一块面包，可以说，理性主义占主导的哲学对待世界的关注点已经从人自身转移到了客观的外在规律，它所带给人的是一种功利主义的满足感，这正如舍斯托夫在《无根据颂》中所说的"在哲学家的判断中，起决定性作用的因素永远是枯燥而客观的理

---

① 徐凤林：《俄罗斯宗教哲学》，北京·北京大学出版社，2006 年版，第 275 页。

由"①。在舍斯托夫看来，哲学的教条化，或者说是哲学的科学化带来的严重
后果就是，人们把主体的精神完全交于客体的物质世界，人的一切精神探索
全部由客观存在的永恒法则来管理，这就是哲学家们所追求的真理，所以斯
宾诺莎告诫人们"勿哭，勿笑，勿诅咒，只要理解"。理性的求解代替了人
类主体所有的思维诉求，哲学体系的建立束缚了自由思想的发展，这在舍斯
托夫看来是当今哲学面对着的最迫切的问题，精神的神圣性被现实的法则所
遮蔽，主体的精神价值被客观的功利需求所代替。理性主义哲学给人类带来
的直接后果就是，人们的精神困惑和精神信仰无处安放，甚至哲学家告诫人
们通过理性反思就能完全解决思想中的疑问，"在上帝之上和在人之上有一
个永恒'法则'，只要是明晰清楚地看出这个法则，那么一切神秘的东西也
都明晰了，秘密也就从世界中消失，人们也就将成为上帝"②。由此，舍斯
托夫认为思辨理性让人的精神主体变得失去根基，人成为机械的附庸，失去
了精神主体性，而且沿着这一思路，舍斯托夫痛恨一切将人类思想进行体系
化梳理的做法，这样就会使自由思想"最终成了'思想'和'连贯性'的牺
牲品"。

　　在揭示理性哲学和与此相对应的人类自我价值迷失的同时，舍斯托夫也
在努力探索另一个层面上的哲学真理，"哲学的基本前提和公理，绝对不能
被当作是客观论断"③。在他看来，真正有价值的哲学应该是向人类主体精神
的回归，"哲学史伟大的和最后的斗争"，而斗争的对象就是延续千年的理
性法则，而传统的认识论也将在这种斗争中丧失其原有的光环，没有强迫，
没有统一法则约束，哲学变成人类对个体精神世界的探索，"每个人的基本
特点是变化无常和他最为珍惜的变化无常的特权：变化无常就是生活和自
由"④。由此，舍斯托夫从人的自身价值出发，在理性主义哲学占主导的世界
发出不同的声音，以此提出对哲学价值和个体价值的追问，并形成其带有悲
剧性质和宗教特色的生存哲学观。

---

① 〔俄〕舍斯托夫：《旷野呼告——无根据颂》，方珊，李勤，张冰，等，译. 上海·上海人民出
版社，2004 年版，第 186 页。
② 〔俄〕舍斯托夫：《在约伯的天平上》，董友，译. 北京·生活·读书·新知三联书店，1989
年版，第 259 页。
③ 〔俄〕舍斯托夫：《旷野呼告——无根据颂》，方珊，李勤，张冰，等，译. 上海·上海人民出
版社，2004 年版，第 187 页。
④ 〔俄〕舍斯托夫：《在约伯的天平上》，董友，译. 北京·生活·读书·新知三联书店，1989
年版，第 215 页。

（二）悲剧哲学与宗教求索

求真还是求善，是舍斯托夫《旷野呼告》的唯一主题，也是他进行哲学研究和探索人自身精神自由的主要出发点。为此，舍斯托夫在大胆反抗传统理性主义哲学主张追求真理的基础上，重又回归到《圣经》追求精神"至善"的怀抱，将《圣经》哲学作为自己的理论基础，也正是在这个基础上，形成了舍斯托夫对待"神人"的独特观点，高高在上的"神人"已然在这里被"地下室人"的形象所置换。

首先，走入"无意识"领域的悲剧哲学。

传统的理性霸占了人类所有自由思想的精神领地，被科学知识束缚的认识论迷惑了人类追求精神个性解放的初衷，舍斯托夫在面对这些当代哲学思想中追求一元论、用简单的知识代替复杂思想的现状，提出了他理想中的哲学理论，这就是悲剧的哲学。

在《悲剧的哲学——陀思妥耶夫斯基与尼采》一书中，舍斯托夫曾这样解释他眼中的"悲剧的哲学"："这一学说是通过表现个体的毁灭来埋葬死"，这句充满象征意味又极具矛盾的话语，表达出舍斯托夫内心强烈的欲望，即呼唤个体生命意识的觉醒。舍斯托夫将这里的"死"看作现实世界中的精神毁灭，人成了理性霸权的附庸，丧失了自己独立的思考，这跟肉体的消亡一样严重，而克服它的唯一出路就是"个体的毁灭"。这里所说的"毁灭"并不是生命的消亡，而是个体意识与传统道德、理性精神的彻底决裂。因此，所谓"悲剧的哲学"，在舍斯托夫看来，就是"为科学和道德所不容的欲望"，它与传统的理性哲学截然对立。悲剧哲学的诞生离不开个体自我精神的觉醒，只有进入悲剧的领域，这样的觉醒才会真正实现。舍斯托夫在人们的精神世界里，开辟出一块独特的"悲剧的领域"，他将其称为"无意识的精神领域"，一旦进入这个领域，人们会重新看待过去的一切追求和价值，传统理性和价值观在此时变得毫无意义，甚至是虚假的和骗人的把戏。可以说，舍斯托夫提出的所谓的"悲剧的领域"从表面看来仿佛带有某种神经质特征，而实际上则是一种完全个人化的、不受理性控制的人格精神状态。在舍斯托夫看来，"一个人进入了这一领域，就会有不同的想法，不同的感觉，不同的愿望。大家所感到亲近和珍贵的一切，对于他来说，是不需要和格格不入的"[①]。这里的"一切"在舍斯托夫看来就是曾经主宰世人思想的理性主义和认识论，当人们从原有的被科学知识和理性主义所控制的霸权思维中走出来时，原本安逸与理性知识控制的思想会变得茫然和痛苦，因为只有在这种条件下，人

---

① ［俄］舍斯托夫：《思辨与启示》，方珊，等，译. 上海·上海人民出版社，2005年版，第196页。

类才能看清真实的自我。由此，舍斯托夫沿着悲剧哲学对个体精神的巨大震撼中，得到了精神获得自由的感悟，并且在陀思妥耶夫斯基的作品中和在尼采的哲学著作中看到了发生在他们精神世界中的巨大变化。通过对陀思妥耶夫斯基作品的解读，舍斯托夫发掘出其笔下的"地下室人"实际上就是处于无意识领域中的悲剧哲学的代言人，是悲剧式的"神人"形象，这一点我们在后文还会详细阐述。与此同时，舍斯托夫在对尼采精神世界的探索中也看到了这种处于悲剧状态中的真实的个人精神发展路径，即从对叔本华、瓦格纳无限的信仰，以及对整个人类的未来和宇宙未来的知识探索，转变为对自我精神世界的挖掘，尼采的视角从外部转向了自我，而这一转变所带来孤立和痛苦的同时，也使尼采开始"重估一切价值"，舍斯托夫将处于这一状态的尼采描述为"一切形而上学的和精神上的思想，对于他来说，已经完全不再存在了。同时，那个受到诋毁的'自我'，却发展到了前所未闻的极大地步，它遮住了我们面前的整个世界……"①在舍斯托夫看来，尼采完全成为他悲剧哲学的代言人，尼采的反抗、无秩序甚至是自相矛盾的理论都是一种对理性主义的抗争。查拉图斯特拉道出了尼采的真实心声，而尼采则是陀思妥耶夫斯基《地下室手记》最好的注解。

　　从以上的分析我们可以看到，舍斯托夫完全从自己悲剧哲学的视角来审视尼采的哲学思想，其中不乏对尼采自身思想内涵的某种误读，但是这种类似于从无意识领域进行的心理分析却从另一个角度向我们展示了一个崭新的尼采思想，如尼采的"超人"就是"反对自然规律和人类道德法则的义务的束缚"，被赋予鲜明的舍斯托夫本人的情感色彩，同样对于陀思妥耶夫斯基的"地下室人"也被舍斯托夫阐释为一个崭新的概念。但是，尼采所谓的"上帝死了"，既有对传统形而上学的反抗，同时也宣告了超感性的基督教哲学的终结，无疑，此时的"超人"取代了在尼采看来无能为力的"上帝"。但是，舍斯托夫在同样反抗理性形而上学的过程中并没有远离上帝，而是走得更近了，并且，对上帝的信仰成为舍斯托夫用以挽救深渊中的人类的唯一出路。

　　其次，用信仰救赎灵魂。

　　在舍斯托夫的思想世界中，存在着两种鲜明对立的阵营——思辨哲学和"圣经哲学"，同时，围绕二者存在着的是人类的两种思维方式——思辨思维和"圣经思维"，两种哲学和两种思维是完全对立的，而西方哲学历史上的哲学大部分都是前者，只有很少一部分人坚持了后者。这种对立和斗争就是舍斯托夫所有哲学思想和文学批评思想所关注的核心问题，也正因此，舍

---

① ［俄］舍斯托夫：《思辨与启示》，方珊，等，译．上海·上海人民出版社，2005 年版，第 306 页。

斯托夫认为哲学不是反思，而是一种为自我精神而进行的斗争，是"圣经思维"对思辨思维的斗争，在斗争中人的自我意识才会真正觉醒，从而不为理性强权所控制，能够真实反映内心情感，让灵魂真正与上帝的精神相交会。

无疑，对传统思辨哲学的批判是舍斯托夫哲学斗争的目标所在，在其代表著作《雅典与耶路撒冷》中，舍斯托夫不止一次地指出思辨哲学的问题所在，"贪婪地追求着普遍必然性的理性，达到了自己的目的，近代哲学的伟大代表人物们，将能使理性被激怒的一切，统统纳入了'超感性'的领域，有关这一领域我们却一无所知，而存在和非存在却在这一领域里融合成一片灰蒙蒙的淡漠"①。在思辨哲学的领地，舍斯托夫看不到人类自我的精神价值，而所有对世界的探求都被毫无生气的理性知识所替代，人类无限的精神世界被有限的客观规律所制约，而且，这种理性的知识和思辨的思维模式对人类的精神主体还具有强制力量，面对在众多哲学家孜孜以求中所形成的所谓系统知识和规律中，个体的精神是没有选择的自由的，他只能被迫接受这种看似放之四海而皆准的规律性知识，以理性认识来代替主观思考。

应该说，舍斯托夫所担忧的并不是圣经哲学是否能战胜思辨哲学，而是以理性为主的思辨思维将最终束缚人类的自由思想，成为人类精神上真正的"原罪"，人类将成为懒惰的、毫无个性色彩的理性存在物。在舍斯托夫看来，思辨思维下的人类主体是懒惰的，因为理性哲学所追求的永恒真理就是要求人类主体无条件地去学习和接受，人类在这种思维模式下无法表现出自己的内心的真实情绪，只能"奴隶般地服从理性给我们的预约"，而笑、哭、愤怒、仇恨等人类发泄真实心情的外在表现则完全无法适用于此，并且人类的创造本性也将在这种懒惰的理性思维模式下丧失殆尽。在对思辨哲学和与之相应的思维模式极度失望的情况下，舍斯托夫找到了《圣经》，找到了一种他眼中的真正的自由的哲学思维方式。当然，舍斯托夫并不是因此皈依了基督教，而是以"六经注我"的方式，用《圣经》的文字来诠释自己的理论主张。理性的懒惰和霸权想要占据人类的一切自我精神领域，这在舍斯托夫看来是一种巨大的精神灾难，它远比现实世界的各种战争和动荡来得更为恐怖，因为正是这种所谓对永恒真理的追求泯灭了人性中其他的非理性的存在，"舍斯托夫所关心的是在服从理性背后的东西，那里也许没有真'理'，但那里有人的真实生命。他确信，对人的真实生命来说，理性真理不能总令人信服"②。而《圣经》中对人类信仰的无比肯定成为舍斯托夫找到了用以抗衡思辨理性

---

① ［俄］舍斯托夫：《舍斯托夫集》，方珊编选，上海·上海远东出版社，2004年版，第313页。

② 徐凤林：《俄罗斯宗教哲学》，北京·北京大学出版社，2006年版，第288页。

统治的有力武器，这种被众多哲学家斥责为伪科学的处于灰暗地带的宗教思想，在舍斯托夫看来正是代表着人类精神世界中最为隐秘、最为个性的真实诉求，与此同时，人作为上帝的样式，也不是单纯地探究知识和被知识所限制，而是成为创造的主体，人的自我价值只有在这种宗教的信仰状态下，才会得以体现，这就是宗教对人类灵魂的救赎。

三、神人性贴近个体生命意识的文学解读

从前面的论述我们可以看到，虽然别尔嘉耶夫和舍斯托夫在对神人性的理解上存在一定差别，但二者基本上是在较为相似的哲学高度来肯定神人性对人类个性价值的重要意义的。在具体的文学批评中，他们也多是从宏观的理论视野入手，将作家作品中显现出的个性价值予以阐释。除此之外，在宗教文学批评的理论阵营中，还有一位代表人物对神人性的理解与众不同，他更多地将神人性与具体的个人生活和情感经历相结合，使神人性与现实生活中鲜活的个体生命紧密结合起来，这个人就是罗赞诺夫。

瓦西里·瓦西里耶维奇·罗赞诺夫（В.В.Розанов，1856—1919）是俄罗斯白银时代重要的宗教思想家、宗教文学批评学者。1856 年 4 月 20 日他出生于俄罗斯科斯特罗马省韦特卢加城的一个林务官家庭。在莫斯科大学就读历史语文系时放弃了此前一直热衷的无神论思想，开始对东正教神学产生兴趣，并于 1901 年创立了圣彼得堡宗教哲学协会，著名的"罗赞诺夫家的星期天"就是这一时期众多俄罗斯宗教哲学和艺术界的名人与罗赞诺夫一起探讨宗教、艺术和文学等方面问题的聚会。

20 世纪初罗赞诺夫积极活跃在俄罗斯的宗教和文化领域，他曾在白银时代重要理论杂志《新路》中开设专栏，此后又在别尔嘉耶夫主持的生活问题杂志社中工作，这奠定了他在白银时代宗教文学批评领域的重要地位，同时加入了宗教哲学协会。包括梅列日科夫斯基、别尔嘉耶夫、布尔加科夫等人在内的众多白银时代宗教批评代表人物都与罗赞诺夫交往紧密。但是 1914 年，因为反对教会的禁欲主义和就"别伊利斯案件"（犹太人别伊利斯杀害男孩事件）发表反犹文章，而被开除出宗教哲学协会，并引起整个知识界对他的仇恨。最终，1919 年 2 月 5 日，饥寒交迫的罗赞诺夫在修道院中走到了生命的尽头。罗赞诺夫一生著述颇丰，从《论理解》（1886）到晚期作品《当代启示录》（1918）都是大部头的理论巨著，其间发表的理论文章和散文更是难以计数。其中《关于陀思妥耶夫斯基的宗教大法官的传说》（1903—1904）开辟了研究陀思妥耶夫斯基文学思想的新领域。而《孤独》（1916）和《落叶》（1929）更是两部令罗赞诺夫声名鹊起的文集。

可以说，罗赞诺夫的理论思想使他在文学创作、理论批评甚至是宗教哲学方面，成为一位充满悖论并饱受争议的思想家。但这并不能说明罗赞诺夫的思想毫无意义，恰恰相反，他是一位忠实于内心的创作者和批评家，正如俄罗斯著名学者津科夫斯基所认为的，"罗赞诺夫给人留下的印象是他是一个刁钻古怪的印象主义者，故意不愿意赋予其言论以逻辑严谨性，但实际上他是一个性格非常完整的人和思想家"①。他把自己对待宗教、人性和生活的一切认识都融入其理论著作和具体评论中。个性特征的真实写照，也是他思想中上帝与性的两种因素水火交融的直观体现。

罗赞诺夫对于神人性的理解主要聚焦于对现实生活和真实情感的理解上。在他看来，宗教中的神人性是不食人间烟火的主观想象，而只有与具体的个人生活和情感经历结合在一起的神人性，才会释放出更为夺目的光彩。在对待文学时，罗赞诺夫也区分了"文学"和"文学性"两个概念，并且明确提出："可怕的不是文学，而是文学性；灵魂的文学性，生活的文学性。"②在这里，他把对东正教神学"行为准则"的批判平移到了对待文学的视角上。当带有人类思想热度、饱含人世间真情实感的文学作品变成了单纯依靠华丽语言编织成的文字游戏规则时，活生生的"感受"就成为毫无特色的"文学性"。罗赞诺夫认为这样的文学带给人们的不是精神的养料，相反它会使生活变得消极和萎靡。因此，他大胆提出人们需要的不是"伟大的文学"，而是真实的"生活"。也就是说，罗赞诺夫反对的并不是文学本身，而是那些脱离生活、缺乏个性体验的文学。由此，他将神人性中人的价值归结为人对现实生活的自主选择和对自我情感的自由认同上来，并且以此为评价标准，来对俄罗斯诸多作家及其作品进行了独特的理解和评价。

（一）重视内在心灵与外在现实的密切联系是罗赞诺夫评价文学作品的着眼点。

重视个体真实生活体验既是罗赞诺夫哲学思想的出发点，同样也是他进行文学批评的理论依据。罗赞诺夫在其文章中广泛评价了包括 19 世纪到 20 世纪期间俄罗斯众多著名的文学家，他尤其钟情于普希金、陀思妥耶夫斯基、托尔斯泰等人的作品。在对这些作家及作品的评论文字中可以看出，罗赞诺夫最为看重的是他们作品中充盈着作者丰富的精神体验和复杂的心灵内涵，同时这种内在的心灵复杂性与外在的现实生活以及更为广阔的民族情感实现了紧密的契合。

---

① ［俄］津科夫斯基：《俄国哲学史》，张冰，译．北京·人民出版社 2013 年版，第 509 页。

② 周启超主编：《白银时代·文化随笔》，北京·中国文联出版公司，1998 年版，第 42 页。

　　普希金的诗歌始终被罗赞诺夫当作精神养料，他说："我把他吃掉了。你已经知道每一页，每一个场景，可你还要重读：这是食物。走入我心，在血液中奔涌，为头脑更换新鲜空气，把灵魂中的罪孽洗净。"① 罗赞诺夫认为，普希金诗歌之所以有这么迷人的吸引力，原因并不在于他诗歌的外在形式，恰恰在形式方面普希金的作品并没有多少创新性和独立性。在他看来，普希金诗歌的重要性在于"他回归作为心灵美的最高理想存在于我们民族中的简单和善良"。② 即普希金的作品中充满了对人性精神内涵的歌颂与向往，是精神美的典型体现，这让罗赞诺夫看到了人类本性中最为真实和美妙的情感。正如罗赞诺夫引用的一句诗歌："原初的纯洁的日子"，从这简短的语句中罗赞诺夫体会了普希金对疲惫灵魂的奇妙召唤。在罗赞诺夫的眼中，普希金的作品"体现了语言的意象，思维的洞察力，美妙的韵律以及芬芳的散文气息"③。这些质朴的文字之美是普希金最为打动读者的地方，但普希金的意义并不仅仅停留在其作品的这种表层含义上，罗赞诺夫将其称为"национальиый поэт"即"民族诗人"，这里的"民族"更多地被罗赞诺夫赋予了东正教的色彩，他认为普希金诗歌的内在力量来源于其精神上的民族性，这种民族性被罗赞诺夫比喻为"真诚的祈祷"，"这种祈祷是长久而真诚的，从他这些坚定的祈祷中我们能够看到普通的俄罗斯人和典型的俄罗斯人民的样子"④。罗赞诺夫认为，正是俄罗斯人民对至高真理的虔诚祈祷，才是连接普希金和俄罗斯民族的精神纽带，也正因为作者对这一信念的坚定信仰，才使他成为罗赞诺夫眼中当之无愧的"民族诗人"。

　　对于陀思妥耶夫斯基的热爱始终是罗赞诺夫文学批评中的重要组成部分。他的代表作《关于陀思妥耶夫斯基的宗教大法官的传说》中更是对陀氏的文学形象、文学内涵分析得入木三分。可以说，陀思妥耶夫斯基吸引罗赞诺夫最主要的部分就是其作品中深邃的精神内涵，他认为"陀思妥耶夫斯基首先是个心理学家，他不向我们展示日常生活，而只是向我们展示人的心灵及其难以捉摸的细微变化和过渡，在这些变化和过渡里我们首先可以观察到一种继承性，并希望了解，思想的某个流向，某种心情在哪里解决和在哪里结束"⑤。

---

① 周启超主编：《白银时代·文化随笔》，北京·中国文联出版公司，1998 年版，第 68 页。

② ［俄］罗赞诺夫：《陀思妥耶夫斯基启示录》，田全金，译．上海·华东师范大学出版社，2013 年版，第 15 页。

③ В.В.Розанов.О писательстве и писателях.Москва.Издательство：《Республика》.1995.c37.

④ В.В.Розанов.О писательстве и писателях.Москва.Издательство：《Республика》.1995.c38.

⑤ ［俄］罗赞诺夫：《陀思妥耶夫斯基的"大法官"》，张百春，译．北京·华夏出版社，2002 年版，第 12 页。

在他看来，陀思妥耶夫斯基所有作品中的人物形象都是作家深刻揭示人类心灵的手段，而且这些分属于不同故事的主人公，其人物性格都有前后继承性。例如《卡拉马佐夫兄弟》中的伊万和阿辽沙兄弟，他们的性格和命运并不是作者在这部作品中的单独创作，而是有其内在的发展过程。在他们身上，映射着《罪与罚》中的拉斯科利尼科夫（Расколъников）、《群魔》中的尼古拉·斯塔夫罗金（Николай Ставрогин）、《白痴》中的梅什金公爵等众多人物的影子，而作为陀思妥耶夫斯基人生中最后一部作品中的主人公，《卡拉马佐夫兄弟》中的伊万、阿辽沙、德米特里等人则是陀氏典型人物的最后一个完整的表达。由此，罗赞诺夫赋予"典型人物"以超越作品、超越时代的意义，它不是固定的、静止的某一个人物，而是运动着、变换着的，由一系列人物经历共同串联成的性格命运。从这里，我们可以清楚地看出，罗赞诺夫最为看重的是陀思妥耶夫斯基作品背后所凝结着的俄罗斯民族整体的命运走向，而《卡拉马佐夫兄弟》中伊万和阿辽沙兄弟就是俄罗斯民族面对自身命运所表现出来的希望与彷徨的集中体现。罗赞诺夫认为，这已经超越了单纯的形象塑造，而上升到探究人物精神内核的宗教领域，《卡拉马佐夫兄弟》中伊万的迷惑实质上代表着作者本人的疑惑，更预示了俄罗斯民族自身的命运，他认为陀氏所要表达的"不是科学、不是诗歌、不是哲学，最终也不是宗教，而仅仅是人类自己的感受"。"阿辽沙式"的纯洁和完美注定是距人遥远的、暂时还不显著的美好愿望，而"伊万式"的绝望与否定直至走向死亡的过程，却与我们每个人的心灵挣扎息息相通，它代表着新旧生命交替过程中的阵痛与迷茫。

从这一视角出发，罗赞诺夫评价果戈理的作品则语出惊人。与同时代高度肯定果戈理文学成果的声音不同，罗赞诺夫认为果戈理的作品"没有隐藏任何东西，没有任何心灵，没有这些形式的载体"[1]，果戈理所要描绘的世界是颠倒的、僵硬的、苍白的、无生命的世界，这与现实中俄罗斯是完全不同的。在解读果戈理的《死魂灵》时，罗赞诺夫气愤地写道："多么可怕，多么绝望，难道这是真的吗？难道我们在农村和城市的墓地里没有看见那些老婆婆，她们坐在那里，在自己老头子的坟墓上哭泣，尽管老头子们留给她们的是自己穿过的破烂衣服。无论在什么地方，孩子看见自己的父亲不久于人世，能到母亲身边问：'我们会有财产吗？'"[2]这种在罗赞诺夫看来根本不可能出

---

① ［俄］罗赞诺夫：《陀思妥耶夫斯基的"大法官"》，张百春，译．北京·华夏出版社，2002年版，第14页。

② 同上，第16页。

现在现实生活中，并且有悖人伦道德的情节，却成为果戈理作品中经常出现的讽刺画。对此，罗赞诺夫感到极为反感，他认为出现这种作品的原因根本不在于外部生活，而是果戈理的内心幻想在作祟，果戈理并没有把真实的现实生活反映出来，他所反映的也仅仅是自己眼中幻化后的生活。所以，"果戈理就是用僵死的眼光看生活，他在其中看到的只是死魂灵"①。可以说，在与普希金、陀思妥耶夫斯基、托尔斯泰、莱蒙托夫等人的对比中，果戈理最大的问题就是隔断了作品与外在生活的联系，使真实的心灵变得僵化和呆板，不仅没有反映人的心灵，还无限扩大了人的丑恶本性，"生活"在果戈理的笔下已经消失了。

由此，我们可以看出，罗赞诺夫文学批评的着眼点主要集中在作家心灵与外在现实生活的联系程度上，这种外在现实生活不仅包括具体的日常生活，还包括作家所处民族和社会的宏观现实生活。但是，如此深邃的民族精神和社会命运在罗赞诺夫看来都应该与具体可感的现实生活和真实细腻的个体感受相融合，否则就沦为了机械的说教和空洞的义理。正是出于这样的思考，罗赞诺夫不仅赞同普希金的真性情、陀思妥耶夫斯基的自我剖析，更是将随性的写作和感性的思维融入自己的文学创作中，他的《落叶集》就是这一思想的具体实践。

（二）文学为心灵服务、为个体服务是罗赞诺夫与现实主义文艺思想的根本区别。

罗赞诺夫在其《俄国文学批评发展的三个阶段》一文中，按照文学批评的目的和意义，将19世纪俄国的文学批评理论区分为三个阶段，每阶段都有相应的代表人物和理论特征。其中第一阶段是以别林斯基的批评理论为代表，开始重视文学作品中的审美品格，并对优美与平庸进行了区别；第二阶段是以著名的现实主义批评家杜勃罗留波夫为代表，将文学能否为现实生活服务的理念作为文学批评中的重要标准；第三阶段的代表人物是格里戈里耶夫，他更重视文学作品的本质特点，同时建立了文学批评的历史视角，力图在前后的文学活动中评价文学作品的独特价值。从罗赞诺夫对这三个代表人物的评价可以看出，青年时的罗赞诺夫就已经深受别林斯基和杜勃罗留波夫的影响，但真正得到罗赞诺夫高度认可的则是并不如前两者知名的格里戈里耶夫，他认为正是这位陀思妥耶夫斯基生前的好友真正揭示了诗歌中民族性的概念，并将其运用到具体的批评活动中。

---

① ［俄］罗赞诺夫：《陀思妥耶夫斯基的"大法官"》，张百春，译．北京·华夏出版社，2002年版，第18页。

　　罗赞诺夫把他区分的这三个文学批评阶段分别命名为审美的、道德的和科学的阶段。在他看来，别林斯基的评论看重的是优美的外在形态，杜勃罗留波夫强调现实对文学的影响，而格里戈里耶夫则深入到作家内心来分析作家与民族和历史之间的联系。别林斯基和杜勃罗留波夫都是俄国 19 世纪的现实主义和革命民主主义的奠基者和代表人物。其中，别林斯基主张艺术的典型性、艺术真实地反映现实、为社会利益服务的思想也深刻地影响着我国那个时期的文艺学和美学理论。而杜勃罗留波夫更是明确提出了文学作品中"人民性"的问题，"人民的生活和愿望体现着现实生活的主流和方向，文学家如能真实地反映它，文学就会接近现实、深入社会生活，达到现实主义的真实性的要求"①。应该说，这两位文学批评家都是 19 世纪俄国现实主义理论的主要倡导者和代表人物，可罗赞诺夫在评价二者的立场上表现出与众不同的一面。罗赞诺夫认为，别林斯基文学批评理论中最具价值的是他对文学审美形象的重视，从而提出这才是文学中最本质、最重要的事情。在这里，罗赞诺夫并没有从宏观的角度来像教科书一样表扬别林斯基现实主义的文学批评思想，因为在他看来，现实主义最有价值的部分就在于是否能够真切地、生动地描绘单个个体的审美形象，而非日后所说的"典型性"理论。杜勃罗留波夫之所以能够成为俄国第二阶段文学批评的代表人物，就在于他不仅能从外部反映生活，同时也能从内部来反映个体生命，大家往往只重视杜勃罗留波夫前者的价值，而后者才是罗赞诺夫最为珍视的地方。杜勃罗留波夫在自己的文集中曾这样写道："随着时间的流逝，民间诗歌越来越丧失它的意义了，越来越衰弱了，越来越低沉了，而书本文学的范围却越来越广大，以其准则定义闯入民众生活的一切部分。"②这里一方面体现出了作者对俄罗斯民族文学在世界文学大潮中逐渐丧失自我特色表示出深深的忧虑；另一方面，杜勃罗留波夫对"书本文学"的态度几乎与罗赞诺夫关于"文学性"的评价如出一辙。他们都认可活生生的、具有本民族个性特色、跳动着新鲜脉搏的文学作品，而将那些墨守成规、僵化的文学创作视作俄国文学界中的毒瘤。罗赞诺夫甚至将这种思想也运用在了批评俄国文学批评本身，他认可别林斯基的审美形象和杜勃罗留波夫文学服务现实的理论，但对此后追随二者并将其理论作为不可更改的信条来套用众多文学作品的批评现象，罗赞诺夫认为这已经成为文学批评中的"文学性"问题，故而之后的文学批评活动以及被

---

　　① 马新国主编：《西方文论史》，北京•高等教育出版社，1994 年版，第 310 页。
　　② ［俄］杜勃罗留波夫：《杜勃罗留波夫选集》第 2 卷，辛未艾，译．上海•上海译文出版社，1983 年版，第 157 页。

这种活动束缚的文学创作成为无聊的、无意义的单纯模仿。

尽管，前两个阶段的文学批评中出现了某些令罗赞诺夫不满意的方面，但别林斯基和杜勃罗留波夫的文艺批评思想毕竟带给了罗赞诺夫审视文学作品的崭新视角。而第三阶段的代表人物格里戈里耶夫虽然不如前两者著名，但却是罗赞诺夫最为认可的文艺批评方式，因为格里戈里耶夫将作家个人主义的世界观作为文学批评的着眼点，在这里，罗赞诺夫着重提到了格里戈里耶夫在揭示作品历史地位的同时，还确定了作品与其前驱者与后继者之间的内在联系。这种联系就是罗赞诺夫所说的个人主义世界观之间的联系。他认为格里戈里耶夫的功绩主要体现在这种联系上，并且指出"民族性"的问题首要的是心理问题，它的意义在于将每一部作品中深层的作家个体心灵体验与整个民族的集体无意识紧密地联系起来，并且"从他（作家）的创作找到这些线索后（即前文提到的个人主义世界，本书注），我们应该在它们的引导下走进作家本人的心灵，并揭露它的内涵，它的构造"①。只有能揭露作家心灵内涵和构造的文字才是罗赞诺夫认为真正具有深刻意义的文学评论。

由此，我们可以清楚地发现，罗赞诺夫文艺批评中对现实生活的重视并不同于真正意义上的现实主义文学批评。现实生活在罗赞诺夫这里更多地体现为现实中活生生的、单独创作个体的真实的心灵世界，这是他与现实主义文艺批评的本质区别。正因为有这个本质的不同，才致使罗赞诺夫的批评文字中多是对作品主人公心灵世界的揣摩。以此为出发点，他在解读《卡拉马佐夫兄弟》时，就明确指出了陀思妥耶夫斯基作品中（尤其是"宗教大法官"一章）主人公精神气质上所突显出的强烈对比，它们既是矛盾，也是陀氏作品的神奇所在，"其中对人的最热烈的爱与对人的彻底的冷淡融合在一起，无限的怀疑与热情的信仰融合在一起，对人的不稳定力量的怀疑与对实现任何功绩所需要的充足力量的坚定信念融合在一起……"②种种自相矛盾的感情在陀思妥耶夫斯基的笔下挤压、碰撞在一起，这在罗赞诺夫看来实质上是人类本质精神矛盾的外在体现。其中，所有困惑得以解决的根本出路就是认清人自身的神秘本性。

罗赞诺夫将人的本性分为三个领域——思维、情感和意志，它们彼此联系又相互影响，从不同层次体现出人类对待善恶的各种表现。在思维领域中，罗赞诺夫着重强调了理性与真理的关系，提出人本性的善根源于理性对绝对

① ［俄］罗赞诺夫：《陀思妥耶夫斯基启示录》，田全金，译．上海•华东师范大学出版社，2013年版，第19页。

② ［俄］罗赞诺夫：《陀思妥耶夫斯基的"大法官"》，张百春，译．北京•华夏出版社，2002年版，第141页。

真理全面、完整的体现，而恶则是二者关系的背离。依据对善与恶在思维领域的基本认识，罗赞诺夫推演出本性的第二个领域，即情感领域。思维认识到的绝对真理，在人类情感领域产生的直接结果就是善的情感，而罗赞诺夫认为，这种善的情感就是人的本质情感，即人性本善。但当理性认识无法真实反映绝对真理的时候，人的情感才会被谎言所蒙蔽。此外，罗赞诺夫认为，人本性中的第三个领域——意志领域，其本质是对自由的追求，这种自由是通过思维、情感和意志三个领域逐级递进、由内而外来实现的。所以，自由在罗赞诺夫看来是人精神追求的最高境界，是不受外部现实干扰的精神活动。罗赞诺夫分析人类的三个本性领域的目的，意在指出它们所追求的理想状态分别是真理、善和自由。与三个领域的内在关系相一致，这三者也是内在相连、前后相继的。而且，罗赞诺夫更为大胆地提出人的原初本性是善，是追求自由的意志活动，那么，这也就从根本上推翻了传统基督教会的原罪说，给人类本性发展提供了合理的解释，只有回到自己善良美好的原初本性，才能真正实现精神上的自我解放。在这一思路的指引下，罗赞诺夫将任何符合人类本性的行为都视作最为合理、也是最为神圣的行为。由此，我们也就不难理解，他所说的"只有神学院里才有神学吗？要知道，扑向母牛的公牛身上更有神学"①。他极力推崇"性"的合理性，赋予"性"以神圣性，他认为这才是人类本性最真实的体现，这才是真正的来自生活来自现实的文学创作。

这种重视个体心灵真实体验的批评思想也直接反映在他自己的文学创作上。手书式、随感式的书写特色，文字表面的毫无逻辑与内在的心理契合形成了鲜明的对比。罗赞诺夫后期的代表作，也是他一生中最为优秀的作品《隐居》和《落叶》就是这种独特书写方式的典型代表。纵观其《落叶》（第一筐，1913 年）和《落叶》（第二筐，1915 年），通篇文字看似是以随意的方式排列，内容随性而为，多是作者日常生活中的随感体悟，其中有描述他妻子的辛勤、女儿的可爱俏皮，也有朋友间的琐碎往事，表面上看似平庸，但却涵盖了作者日常生活、精神信仰、社会观念的各个方面。对于这种创作形态，罗赞诺夫自己曾明确写道："它们作为一种有声的断片，显得那么举足轻重，因为它们直接来自灵魂，未经加工，没有目的，没有意图，没有不相干的一切。"②故而，我们无法从他的文字中找出一位或几位严格意义上的主人公，更无从看出他作品中因果与情节，但如果我们理解了罗赞诺夫的文艺批评思想，便

---

① ［俄］洛扎诺夫：《隐居及其他：洛扎诺夫随想录》，郑体武，译．上海·上海远东出版社，1997 年版，第 252 页。

② 同上，第 1 页。

可理解他这样创作的真实目的，也能看清他文字中唯一的主人公，那就是他自己的灵魂。因此，他所钟情的"生活"完全不同于现实主义笔下的生活，而更多的是融合了作家真实体验的内在生活情境。也只有记录人类个体真实灵魂的书籍才是最有价值的书籍，才不会沦为僵化"文学性"的文本，才能在宏达的社会现实中，使个体不至于被仅仅看作达到目的的工具，人自己才是目的。

第三节　神人性与文学创造的意义

神人性对人类个体价值的重视和对个性自由的追求，必然会导致对个性创造的高度认同，人性中正因为具有神性的特质，才会使人的创造显得与众不同。对此，宗教文学批评者们进一步在理论层次对其进行丰富和发展，同时也将带有神人特性的创造学说引入自己的文学批评中去。

一、创造是实现主体精神价值的唯一途径

最为明确地将创造的理论作为神人性学说组成部分的代表人物，当属别尔嘉耶夫。他吸收了东正教中神人性的神秘特性，同时进一步发展了索洛维约夫对神人性的哲学概括，使其从单纯强调人性价值的基础上，发展为个性、自由和创造并列的一个相对完整的理论学说。

（一）创造是人对神的启示

"创造是别尔嘉耶夫宗教哲学的核心概念之一，他把创造看作是对人的证明，看作是人的使命。人的创造不仅仅是人的事业，也是神人类的事业。"[①]与自由和个性的阐释路径相同，别尔嘉耶夫对创造的阐释也是从宗教神学的范畴开始。不过，在《圣经》中创造只是上帝的专有行为，创世论中讲述了上帝创造世界和人类的整个过程，所以传统的宗教理论中人是没有创造性的。但是别尔嘉耶夫却从其中解读出了人的创造本质，在他看来神学理论中所认为的罪恶和渺小并不是人类的本质特征，相反人应该通过自身与上帝的积极沟通中突显出自身的积极性和创造本性，"创造的勇敢精神是上帝的意志的实现"，由此别尔嘉耶夫断言创造不只是专属于神的运动，而更多的体现为人对神性降临在自己身上的一种启示，或是人对上帝创造世界的一种积极回

---

① 张百春：《风随着意思吹——别尔嘉耶夫宗教哲学研究》，哈尔滨·黑龙江大学出版社，2011年版，第85页。

应。创造与神人性的紧密联系表现在它是神赋予人的终极使命，而且这一使命也与别尔嘉耶夫的自由观和个性观一样，完全不同于一般意义上的创造概念。"人的创造不是人的需要和人的权利，而是上帝对人的要求和人的责任。上帝对人的期待是，人以创造的行为回答上帝的创造行为。"[①]从这里可以看出，别尔嘉耶夫之所以将创造作为他一生研究的基本主题，正是在于创造成了新宗教中的人与传统宗教中的人的分水岭，恰恰是通过创造的行为使人从原本罪恶、渺小、被创造的状态变为用热情来向上帝证明自身的新人类。如果说，自由和个性是别尔嘉耶夫肯定神人性的出发点，那么创造则是神人性存在合理的最终证明。别尔嘉耶夫正是在对创造的宗教解读中，确立了其神人理论的神学依据。与此同时，别尔嘉耶夫的创造论从根本上撼动了俄罗斯传统宗教文化中以神正论为主的思想，为同时代以梅列日科夫斯基等作家为代表的"新宗教意识"运动提供了理论依据。

（二）创造是主体积极摆脱现实奴役的唯一方法

别尔嘉耶夫提出创造论的目的并不仅仅是要论证传统神学思想的局限，而是需要通过对这种崭新的、积极的人与神之间关系的揭示，来印证人类自身精神力量的巨大超越性。

首先，创造使人超越客观外物的束缚。

在这里，客观外物对人的束缚既体现在宗教神学领域，也体现在现实生活当中，在别尔嘉耶夫看来，宗教教义对人精神的控制和社会文化科学范畴中对规律的理性探索都是外物强加于人类主题精神自由之上的制约和束缚。而别尔嘉耶夫理论中所涉及的创造也绝对不等同于通常含义上的文化创造和科学创造，而是人类精神世界的"内在的体验"和"内在的领悟"。别尔嘉耶夫希望通过人类内在精神世界的自我领悟而实现对人的客体化命运的反抗，从而在精神自我觉醒、自我实现的创造过程中，超越客体世界的束缚。

内在体验与内在领悟的界定，使得别尔嘉耶夫的创造学说完全脱离开现实社会中的经验逻辑，而与其自由的思想一起，成为一种先验的存在。在谈到其代表作《创造的意义》一书时，别尔嘉耶夫曾这样写道："对我而言，创造，与其说是有限的定型、创造的结果，不如说是无限的敞开、向无限性的飞升，它不是客体化，而是先验的。创造的迷狂是向无限的飞奔。由此，出现了对我来说的在文化和社会的成果中的创造悲剧，出现了创造的意义和实现之间的不协调。"[②]从这里可以看出，别尔嘉耶夫提出的创造学说并不是

---

① ［俄］别尔嘉耶夫：《自我认知》，汪剑钊，译．昆明·云南人民出版社，1998年版，第185页。
② 同上，第186页。

单纯用于佐证其神人思想的合理性，而是具有强烈的现实意义。这来自别尔嘉耶夫对其所处时代的文学艺术乃至于社会科学等诸多方面的创造行为的不满。尤其是对于文学艺术领域，别尔嘉耶夫明确提出他更为钟情于象征主义的文学创作，而对于当时广受社会好评的古典主义和现实主义则嗤之以鼻，其中的原因就在于后者将人的创造能力和人的主体精神完全限制在人为的框架控制之中，人变成了有限的存在，那么这样的作品也就成了人类精神僵化的外在显现，别尔嘉耶夫认为这样的创造只能是人的主体精神的堕落，而非"无限性的飞升"。面对这样的现状，别尔嘉耶夫认为以陀思妥耶夫斯基、果戈理、托尔斯泰等人为代表的众多俄罗斯作家也已经看到了现实世界中创造的疲软无力，而希望通过自身的努力使文学艺术向着超越于现实束缚的象征主义艺术领域发展，这在别尔嘉耶夫看来正是创造使然。

其次，创造的实质是人对自我的超越。

从前面的论述我们可以清楚地看到，别尔嘉耶夫认可的创造完全属于主观心灵世界的一种自我感悟，当然他自己也明确指出创造离不开现实世界的物质基础，但物质部分无法进入创造的核心世界，那里始终是自由精神的领地。只有不断冲破外在世界的樊篱，从客体化的现象中获得自由，才能向真正意义上的精神创造不断接近。应该说，别尔嘉耶夫提出的创造学说带有明显的存在主义倾向，这一点他自己也是非常认可的，面对20世纪初的纷乱的现实世界，尤其是对于俄罗斯的知识分子来说，剧烈的社会变革与传统的精神信仰之间产生了巨大的矛盾冲突，他们面临着屈从现实或是执着于信仰的两难选择，而别尔嘉耶夫选择了后者。他迈入了一条使自己成为众矢之的的道路，为此，别尔嘉耶夫本人也承认自己在当时的思想界处于非常孤立的状态，但他没有放弃原有的想法，并进而确立了其创作学说中的主题：创造是人对自我的超越。

无疑，对于当时的社会文化和时代变革下的知识分子而言，精神的独立和自由成为异常难以实现的愿望，不论在哲学、文学还是其他科学领域都普遍存在这种情况。尤其是表现在文化艺术领域，别尔嘉耶夫认为真正的创造应该是个性化、个人化的，即具有人性个体与众不同的特点，不是社会思想的复制品，也不受外在强权的约束，它是个人精神独一无二的体现，可以说，创造的个性化、个体化的特色与文学艺术本身的特点非常契合，由此别尔嘉耶夫提出"写作是精神的卫生学"，只有优秀的、自由的精神创造才能根治人类被客体世界和神学教义的奴役，从而创造出一个崭新的自己。正因为出于对自我的超越，别尔嘉耶夫十分看重文化艺术中的原创性和独特性，并认为这是源于精神自由的外在表现："哲学家受制于整个哲学思想史，受制于本国人民的文化环境，但哲学中有创新，有原创，而且总是始源于哲学家的内在自由。人的存在之奥秘就在于是否有创造的自由，这不仅指人的文化存在，而且也包括人的个人生活，后者同样应该是创造性的。"① 从这里可以看出，不仅是形而上的文化、哲学，还包括形而下的现实生活，在别尔嘉耶夫的眼中都应该向着创造的目标发展，它影响着人的精神命运和现实抉择，由此，文学艺术、美学等领域更应该遵从人性内在的自由意志，这样才是真正的创造。

综上所述，从别尔嘉耶夫对自由、个性和创造的论述，我们可以清楚地看到，别尔嘉耶夫所有学说所指向的核心都是人本身的价值。尽管他的许多理论元素来源于东正教，但别尔嘉耶夫均是通过自己对现实生活中的切身感受出发，来由衷地歌颂人，而不是神。所以，神人性在别尔嘉耶夫的理论视域中更加偏向于人的一边。但是，从其具体的论述我们也可以发现很多自相矛盾的地方：一方面他将自由、个性都归于人类内在的精神世界，甚至是人的创造行为也都仅仅是精神层面的自我满足和自我实现；另一方面，他又认为缺乏外在物质基础和民族传统的创造行为并不完善。但是，主体客体化、创造客体化这些在别尔嘉耶夫看来导致人类走向堕落的现实，连他自己也无法避免。这里也可以看出别尔嘉耶夫对待精神与现实、个体与社会之间关系的矛盾认识。

二、从"神人"到"地下室人"的创造过程

沿着圣经哲学和圣经思维的道路，宗教文学批评中另一位代表人物舍斯托夫主要将自己关注的焦点投射在人类个体的自由精神上，正如本章在前面所论述的，舍斯托夫看到了别尔嘉耶夫理论中神人性思想的弱点，并在此基础上进一步提出了他对神人性创造的独特认识——从"神人"向"地下室人"的过渡。这一视角来自陀思妥耶夫斯基作品的启发，也融入了舍斯托夫本人与众不同的理解。

毋庸置疑，舍斯托夫用毕生的经历，在一个风云突变的国度里，发起了一场看似孤独但却异常坚韧顽强的斗争，向必然性和理性思想开战。在这场论战中，舍斯托夫从俄罗斯传统的宗教哲学思想中汲取养分，认为正是俄罗斯的传统文化精髓孕育着战胜西方理性思想的利器，并且充分表现在俄罗斯的文学艺术上，他说："如此深刻的、如此独特的俄国哲学思想恰恰体现在文艺作品里。在俄罗斯，谁也没有像普希金、莱蒙托夫、果戈理、丘特切夫、

---

① ［俄］别尔嘉耶夫：《俄罗斯灵魂》，陆肇明，东方珏，译．上海·学林出版社，1999年版，第217页。

陀思妥耶夫斯基、托尔斯泰，甚至是契诃夫那样自由地，有说服力地思考。"①
在这些人当中，舍斯托夫始终将陀思妥耶夫斯基视作自己的精神导师，并从
陀思妥耶夫斯基的作品中感受到了思想的共鸣，其中"地下室人"形象的突
出价值得到了他的强烈关注和深入开掘。舍斯托夫在"地下室人"的身上看
到了他长久以来为之坚持的信仰，也由此展开了他对待作家创造的独特视角。

（一）舍斯托夫诠释下的"地下室人"形象

"地下室"和居于其中的"地下室人"是陀思妥耶夫斯基发明的术语，
它们来自其小说《地下室手记》，并在作家日后创作的众多人物身上得到不
断丰富和发展，陀思妥耶夫斯基给这些"地下室人"打上了病态和自我矛盾
的标签。

无疑，《地下室手记》在整个"地下室人"形象塑造的过程中，起着至
关重要的作用。在这部标志着陀思妥耶夫斯基思想发生转折的作品中，"我"
的自我剖白代表着作者对其所处时代人类处境和精神命运的深刻思考，"我
想在广大读者面前，用比通常更为鲜明的笔触，描绘出刚刚过去的那些年代
里的一种典型人物。这是现在还活着的一代人中的一个代表"②。这一类具有
"多余人"特质的"地下室人"形象，在陀思妥耶夫斯基看来，早已不是社
会中的个别现象，他们的身影依然活跃于现实，甚至潜藏于每一个俄罗斯人
的深层无意识之中。这种潜藏的"地下室人"本性，体现了作者所看到的人
们身上共有的最低级的精神"疾病"，是一种脱离了一切社会联系后的痛苦
的自我折磨。可以说，从小说开篇我们便可清楚地看到，陀思妥耶夫斯基的
"地下室人"是病态的，作者也恰恰因为发掘出潜藏在俄罗斯人身上的这个
特点而倍感欣慰，在自己的文章中他曾这样写道："我引以为自豪的是：我
首先表现了一个代表大多数的真正的人和首先揭示了他的畸形和悲剧性的方
面。……地下室的原因是丧失了一般准则的信仰。不存在任何神圣的东西。"③
可以说，陀思妥耶夫斯基创造这一"地下室人"的目的，就是在给俄罗斯人
面前放置一面巨大而清晰的镜子，他迫使人们不得不正面直观。

当然，与揭露精神病态同样重要的还有"地下室人"身上的自我矛盾特征。
这一矛盾性根源于陀思妥耶夫斯基的一个理念——"不存在任何神圣的东西"，

---

① ［俄］舍斯托夫：《思辨与启示》，方珊，等，译. 上海·上海人民出版社，2005年版，第12页。

② ［俄］陀思妥耶夫斯基：《地下室手记》，陈尘，译. 北京·解放军文艺出版社，1997年版，
第68页。

③ ［俄］陀思妥耶夫斯基：《陀思妥耶夫斯基论艺术》，冯增义，等，译. 桂林·漓江出版社，
1988年版，第373页。

即用质疑来对待一切权威的思想。可以说，"地下室人"身上体现着作者对充斥于 19 世纪整个俄罗斯思想界的虚无主义的态度，他认为"这个现象绝非偶然，也非绝无仅有。这是整个俄国的教育完全脱离了俄国生活中本民族的特殊根基而产生的直接后果"①。造成上述极端内心疾病的原因就在这里，一方面这些"地下室人"看到了当时居于社会主流文化层面的西方理性思想，已经对俄罗斯的传统社会理念产生了重要的冲击作用，陀思妥耶夫斯基把它们通通比作"石墙"，尽管坚固但却控制了人类的自由思想，从而萌生出想要冲破它们的愿望，"那石墙真的是一种安慰，真的在自身包含着某种和解的意思，只因为它是二二得四。奥，真是荒谬绝伦！倘若能理解一切，认识一切，意识到所有的不可能性和石墙，那该多好呀"②。而另一方面，经过努力之后的现实却给了"地下室人"残酷的结局，他们无奈地看到，"二二得四"的理性判断毅然如"石墙"一般挡在他们面前，它是认识论的真理，是统辖所有精神领域的律令，这种美好的精神追求根本不可能实现，所以"地下室人"抛弃了看似徒劳的追求，"因此也不值得自我改造了"。

面对陀思妥耶夫斯基笔下"地下室人"的双重特质，舍斯托夫对其内涵的理解建立在某种误读之上。这就是他忽略了陀思妥耶夫斯基对"地下室人"精神病态的刻意描写，而放大并强化了他们的自我矛盾性。在舍斯托夫的眼中，"地下室人"的身份特征并不代表这些人具有病态的人格，相反，正是他们深刻认识到了在理性思维霸权控制下的现实生活的虚伪本性，而萌生了想要与过去的自己彻底决裂的想法，它带给"地下室人"强烈的内心矛盾与彷徨：要么顺从理性，回到原来的生活轨道，按照理性思想规定的方式去认识世界所谓的"规律"；要么尊重内心，按照上帝的真理和启示去感受外在世界和自我追求，正如《地下室手记》中主人公对妻子所说的话："是俄罗斯毁灭，还是我没有茶喝？我说，让俄罗斯自己毁灭吧，而我要有茶喝。"这里的"俄罗斯"就代表着必然性的强权束缚，所以表面上看似不合情理，实则却代表着对个人精神自由的充分尊重。舍斯托夫是从这个视角出发窥探出陀思妥耶夫斯基作品中作者对思辨真理和辩证法的厌恶。所以，在这个意义上，"地下室"一词被舍斯托夫从陀思妥耶夫斯基的原有作品中抽离出来，成了远离思辨哲学、辩证法、理性思维之"世外桃源"的代名词，只有在这里，人的自由意识才可能得到发掘，人内心的真正诉求才会被关注。这里的人需要的

---

① ［俄］陀思妥耶夫斯基：《书信选》，冯增义，徐振亚，译．北京·人民文学出版社，1993 年版，第 289 页。

② ［俄］陀思妥耶夫斯基：《地下室手记》，陈尘，译．北京·解放军文艺出版社，1997 年版，第 79 页。

不是机械的认识知识，而是主动的神性启示。也正是这样，舍斯托夫认为《地下室手记》是陀思妥耶夫斯基与自己过去彻底决裂的标志，甚至是作者自身生活的真实写照。在此以后创作出的众多人物形象，都在不断完善和充实着"地下室人"的形象，并力图展现主观愿望与外在现实不相契合的矛盾性存在状态。

可以说，充满矛盾特质的"地下室人"与舍斯托夫反对逻辑法则、绝对理念、普遍性和必然性的理论主张不谋而合。舍斯托夫曾经用两座城市来阐述他的思想主张，即雅典和耶路撒冷，前者代表着理性哲学，后者则是上帝的宗教启示。长久以来，人们遵循着理性精神的感召，希望用科学认识去发掘世间一切现象背后的规律。但舍斯托夫却将这种行为视为人类的自我欺骗，是人类一厢情愿的"海市蜃楼"，"许多哲学家都拜倒在事实或'经验'脚下，但也还是有这样一些哲学家——他们绝不是一些末流哲学家——清楚地看出，事实最多也不过是尚待加工甚至改造的原始材料，它们自己本身并不提供知识和真理"[①]。很明显，舍斯托夫本人就是这些看清事实本质的哲学家中的一员。在他看来，人类长久被现象世界的规律和理性思想所诱惑，内心的精神信仰已经被逐渐丢弃，即便西方的基督教会也早已沦为教皇统治下的束缚人类灵魂的工具。在此，他并不是一味反对所有的理性和科学精神，只是反对理性精神成为唯一衡量世间真理的标准的霸权思想，世界在舍斯托夫的眼中拥有不同层面的真理，科学理性只是其中局部的、表层的真理知识，而最为整体和深刻的真理则深埋于人类的精神世界，对此，理性和必然性的判断方法是不起作用的。舍斯托夫将这种理念赋予"地下室人"的身上。在他看来，造成"地下室人"与世隔绝的原因并不在于其本身的"畸形"或"病态"，而恰恰是"地下室人"看清了外在世界与绝对理念对人类精神的束缚和压迫，这些外在的理性精神与科学主义使人在盲目的追求过程中丧失了自己的生存价值，它们带给人类更多的是功利目的，却无法满足个体的精神追求。由此可以看出，舍斯托夫是将自己的认识融入对"地下室人"的理解之中，同时他还把这一意象作为解剖众多作家及其作品的手术刀，借助这把利器，舍斯托夫展现在我们面前的是深埋于作家意识深处的"地下室人"情结。

（二）作家——"地下室人"的现实代表

从本书前面对"悲剧哲学"的解读，我们可以清楚地看到，舍斯托夫所说的"悲剧的领域"，其实就相当于陀思妥耶夫斯基笔下的"地下室"，而处于这一领域中的人，在舍斯托夫看来就是"地下室人"。处在"地下室"

---

① ［俄］舍斯托夫：《舍斯托夫集》，方珊，译．上海·上海远东出版社，1998年版，第309页。

境地的人，实质上就是一种拥有了悲剧哲学的思维处境，"在他那里，所谓悲剧乃是个体的灵魂决然告别了一切先验判断，一切由观念构造的普遍性、必然性和稳靠性，告别了一切稳靠的根基和基础时所必然遭遇的思想处境。"①对于舍斯托夫来说，处于这种"悲剧领域"的"地下室人"并不是少数。

　　舍斯托夫首先将目光聚焦在作为个体存在的作家和诗人身上，详细分析了托尔斯泰、陀思妥耶夫斯基、契诃夫、莎士比亚、普希金等优秀的作家和诗人，并从悲剧哲学的角度来解析作家矛盾的心理世界。这些曾一度被冠以"天才""道德高尚者"的人们，凝聚了世人太多的期待，优秀的作品必然离不开优秀的作家，这种早已成为公理的评价标准在舍斯托夫这里却被彻底打翻。他试图从众多作家的文字入手，去发掘他们复杂的内心世界，并大胆指出所谓的优秀作家骨子里其实都有"地下室人"的情结，他们的灵魂同样告别了必然性和稳定性，并且也因此承受着的精神彷徨与挣扎："诗人一方面是优选者；另一方面则是人们当中最渺小的一个。"②作为个体存在的作家，作为通过文字来表达自己情感和观点的人，他们不仅仅是作为优秀的榜样存在于这个世界上，同时也有不为众人所知的内心斗争，面对人们必须服从的道德与科学，他们也有自己疑问和困惑。

　　舍斯托夫否定了优秀诗人与正统教育之间的必然联系，认为恰恰是延续千年的各类文学典范作品严重束缚着现代作家的创作思路。舍斯托夫鄙视那些靠卖弄才学、宣扬读书至上的虚假学者，在他看来，传统理性思想、科学知识对于作家的影响，就仿佛是横在鱼和诱饵之间的透明隔板，这种看似无形但却坚硬无比的隔板阻挡着鱼儿最自然的追求，但其长时间的存在，就会使饱经撞墙之苦的鱼儿丧失固有的天性，即使取出隔板，鱼儿也会对身边的诱饵熟视无睹。由此，舍斯托夫告诫所有的作家，长期接受传统教育以及理性精神影响，就如同这鱼缸中小鱼，如果无视自己的天性当然会生活得悠闲安宁，可是要想执着于个体精神自由的追求就会面对看似透明但却异常坚硬的障碍，尝试"以头撞墙"。无疑，"撞墙"会带来精神上的痛苦和折磨，它是一种不被主流思想和传统理性所认可的行为，所导致的后果便是被大众疏远而沦为"地下室人"，但也只有这样，作家才能保有自己精神上的独立与自由，能够不为理性霸权所控制进行创造。所以，舍斯托夫认为，促使诗人成为"天才"的决定性因素并不是所谓的传统道德和正派教育，而是一些荒谬绝伦的偶发事件，起码在理性主义看来是荒谬绝伦的，但也正是这些不

---

①　刘小枫：《走向十字架上的真》，上海·上海三联书店，1995 年版，第 21 页。

②　[俄] 舍斯托夫：《无根据颂》，张冰，译．北京·华夏出版社，1999 年版，第 109 页。

为传统道德认同的偶然因素，才是作家进行文学创造的真正源泉。由此，舍斯托夫大胆指出"艺术家没有'思想'，这是真理。然而，艺术家的深度就表现于此。艺术的任务绝不在于，听命于由各种人依据这种或那种基础想象出来的规则和标准，而在于冲破那桎梏追求自由的人类智慧的锁链。"①

表现在具体的文艺批评中，舍斯托夫非常关注发生在作家精神世界中的这种孤独与挣扎，并且注意到这种孤独并不是作家与生俱来的，而是与作家现实或精神上的某种巨大转折息息相关。契诃夫就是这样。舍斯托夫将其比作"绝望的歌唱家"，认为"契诃夫在自己差不多25年的文学生涯中，百折不挠、单调乏味地仅仅做了一件事：那就是不惜用任何方式去扼杀人类的希望"②。这就是契诃夫创作的实质，而完全区别于此前多数人对他"为艺术而艺术"的评价。那么，这里要被打破的"希望"是什么？舍斯托夫为什么要推翻曾经在众人眼中那个悠闲自在的作者形象，而代之以绝望的色彩呢？舍斯托夫从契诃夫的作品解读中给了我们答案。他在《伊凡诺夫》和《没有意思的故事》中看到了满纸皆是哀号，而早期那种无忧无虑的快乐气息却荡然无存，故事中的主人公最终都沦落到没有任何出路的绝境。舍斯托夫将这些发生在作品中的绝望归咎于作家精神上的巨大变化，即契诃夫本人对自己曾经无比忠诚的世界观和思想产生了怀疑、甚至是厌恶，越到晚年，契诃夫就愈加排斥个人理性和自觉意志，并着力使自己的作品摆脱陈规俗套的束缚。在舍斯托夫眼中，契诃夫在小说情节的设置上采用完全不符合传统情感的逻辑情节来安排剧情，其剧本《海鸥》就"违背了一切文学原则"，表面上看上去杂乱无章，完全不同于之前文学剧本应有的逻辑顺序，但其中却恰恰隐含着作者挑战传统世界观的决心。既然契诃夫丧失了对传统世界观和理性精神的盲从，那么舍斯托夫认为，他必然会同样打破自己笔下人物所谓的"希望"，不论是《没有意思的故事》中的老教授尼古拉·斯捷潘诺维奇和他的学生卡嘉，《语文教师》中的尼基丁，还是《伊凡诺夫》中的主人公伊凡诺夫，最终都被作者无情地剥夺了对"理想"的信仰，他们都走入了失去理想的绝境，并在残酷的日常现实中陷入绝望的状态，就像契诃夫作品中所写的那样："只是倒在地板上、哭喊着、并以头撞地板。"这种近似于疯狂的举动，格外夸张地反映出作者对曾经的理想信仰的深恶痛绝。可以说，通过对契诃夫作品的解读，舍斯托夫想要从中表达的是自己与作者在思想上达成的一种高

---

① ［俄］舍斯托夫：《思辨与启示》，方珊，等，译．上海·上海人民出版社，2005年版，第195页。

② ［俄］舍斯托夫：《舍斯托夫集——悲剧哲学家的旷野呼告》，方珊，译．上海·上海远东出版社，2004年版，第85页。

度的默契，即作品情节上的荒诞、逻辑上的混乱、人物命运的不可思议都是作者表达自己深沉思想的必经之路，都是作者在自己力所能及的范围内的"以头撞墙"，它们使得作品在表面上与正统的"最高思想"背道而驰，而且一度也使得作者因自己这种叛逆的想法而显得虚弱无力，但只有这种违背自己固有意志、违背创作公理的文学作品，才能达到真正意义上的自我实现。契诃夫感受到了这种力量的巨大，但他只敢小心翼翼地尝试，通过无数主人公之口委婉表达自己的疑惑，而舍斯托夫却勇敢地说了出来，并在俄罗斯的思想界刮起了反叛传统思维的旋风。

（三）创作——"地下室"哲学的真实体现

作家精神世界的发展和变化必然深刻地影响其文学创作，舍斯托夫格外看重文学作品中所体现出的作家内在精神世界，认为文学创作就是作家心灵体验的复现。徐凤林先生曾这样评价："（舍斯托夫）不是从文学作品中分析和归纳出作者的一般理念，也不是论证和检验哲学学说的合理性，而是在几位思想家的作品中区分一般理论学说和这些理论学说背后所隐藏的思想家的内心体验，并把这些内心体验看作是内在生命的真实体现，从中挖掘深层的生存哲学意义。"[①] 这也恰恰是舍斯托夫文学批评的特点所在，他强调艺术家不是依靠预设的理性思维来按图索骥地进行创造的，而是作家独特精神体验在文学创作中的体现。联系到前面对作家个体特点的分析，舍斯托夫更加看重那些能真切反映作家复杂心理和矛盾心态的作品。由此，舍斯托夫认为，优秀的文学作品都是作家对"悲剧哲学"深刻体悟的表现，作品的首要任务则是唤醒读者相应的悲剧意识，使早已被霸权理性和必然性束缚的精神世界得以松绑。

舍斯托夫在他的《悲剧哲学——陀思妥耶夫斯基与尼采》一书中详细解读了陀思妥耶夫斯基的文学创作轨迹，他认为陀思妥耶夫斯基的创作一直是在大胆而真诚地谈论着自己，甚至认为不同作品、不同主人公的经历都是作者自身命运的诠释。舍斯托夫将这种诠释方式分为两种类型，即文后的直接注解和叙述形式的变化，陀思妥耶夫斯基正是利用这一明一暗两种方式将自己内心的思考和疑虑表现在文学作品中。在舍斯托夫看来，陀思妥耶夫斯基的精神世界是有分期的：前期充满希望，并透射出明亮的色彩；后期则是对希望的彻底失望，甚至转变为对既有信念的反抗。正因为陀思妥耶夫斯基经历了如此巨大的精神转折，才使舍斯托夫格外重视他的文学作品和思想理论，

---

① 徐凤林：《悲剧哲学的心理解读》，载《浙江学刊》，2009 年第 6 期。

并且认为这种转折标志着陀思妥耶夫斯基思想的真正觉醒。

那么陀思妥耶夫斯基觉醒到了什么呢？舍斯托夫明确地指出，在写作《死屋手记》时的陀思妥耶夫斯基无疑是一个"激进的维萨里昂的忠实信徒，是乔治·桑和上半世纪法国唯心主义者们的忠实信徒"①，但此后陀思妥耶夫斯基逐渐意识到自己曾经所追求的信念是如此荒谬，它并不能救赎俄罗斯人的心灵，也丝毫不能给自己以任何精神的慰藉。于是，他开始通过自己的作品表现那些丑陋、微不足道的心理世界和不被人们所需要的精神追求。陀思妥耶夫斯基希望通过这种创作来表达他个体的精神疑惑，那些看似符合理性法则的崇高精神信仰和口号，其实并不完美，并不能作为衡量人类一切精神世界的唯一标准。这就是舍斯托夫所说的"重新评价价值"，一切传统哲学体系和信念理想在这里都要被重新评价，旧世界的所有体系在舍斯托夫眼里都被打上了问号。

伴随着陀思妥耶夫斯基精神世界的巨大转折，其作品也表现出前后两个截然不同的分期，第一个时期的作品透射出作家明亮、积极的创作心态，即使经历过行刑和流放，但依然对生活充满希望；直到《地下室手记》，才让读者看到了一个不一样的内心充满危机的作者，舍斯托夫这样描述处在此时的陀思妥耶夫斯基："这就是一种信念产生的最初时刻：对在苦役中曾幻想的新生活的希望消失了，同时对以前曾看来是不可动摇的和永远真实的学说的信仰也熄灭了。"②在舍斯托夫看来，导致陀思妥耶夫斯基信仰熄灭的根本原因在于，作家看到了道德理性的虚伪面目，那些曾经支撑着自己度过流放生涯的美好愿望，根本无法兑现其人人"皆是兄弟"的美好承诺。因此，陀思妥耶夫斯基在无比矛盾中终于摒弃了"理智和良心"，以其《地下室手记》率先为世人开拓出重视个性自由的"心理学"时代。

与此相对的另一位优秀的俄罗斯作家托尔斯泰却没能向陀思妥耶夫斯基这样，倾听自己内心的声音，对固有的理性精神采取了妥协和顺从的态度。舍斯托夫也从托尔斯泰的众多作品中，读出了作者对绝对理性精神的矛盾态度，但同时他认为托尔斯泰"主要是描写了总的说来令人鼓舞和振奋的图画"，纵使看清了现实生活中的道德霸权对人们思想的束缚，也没有甚至也不愿向其提出任何抗议，并且"深信，答案是没有的，而需要的是用艺术虚构不仅

---

① ［俄］舍斯托夫：《舍斯托夫集——悲剧哲学家的旷野呼告》，方珊，译．上海·上海远东出版社，2004 年版，第 39 页。

② ［俄］舍斯托夫：《思辨与启示》，方珊，等，译．上海·上海人民出版社，2005 年版，第 225 页。

把读者，而且还要把自己和现实分开"①。从对两位作家作品创作的分析中，我们可以看出，舍斯托夫更为看重的是陀思妥耶夫斯基，原因就在于二者对待社会固有统治思想，乃至于旧道德、旧观念的不同态度上。舍斯托夫将其看作文学创作的重要精神来源，同时也是文学创作的根本任务所在。只有作家看到了存在于社会主流意识中的霸权思维和陈旧观念的固有弊端，并萌生了与之彻底决裂的信心，才不会使自己的作品流于简单、平庸，甚至是可耻的、丑陋的、讨厌的虚伪。

（四）文学批评——对待"地下室人"的悲剧解读

舍斯托夫善于发掘那些潜藏在作品之下的，作者深刻的精神体验与矛盾挣扎。可以说，对待作家和文学创作的认识，是其哲学层面反理性、反逻辑法则在文学领域的直接反映。正因为舍斯托夫始终坚持反理性的思想宗旨，故而表现在对文学的创作和作家的天才生成等问题上的认识也是一反常规，反规则、反传统，坚持作家的独特意识，强调这种独特精神不涉及道德也无关乎对错，敢于明确向所谓的"真理"说"不"。同样，在对文学作品的评价上，舍斯托夫也在其反理性思想的影响下，鲜明表达自己的观点。

在舍斯托夫看来，艺术家、诗人的创作实质上就是冲破人为设想的所谓真理和理性规则的束缚，积极实现个体精神自由的过程，那么文学批评理应顺应这种突破，真实反映作家的精神世界。可事实上却并非如此，舍斯托夫以别林斯基评价莱蒙托夫的《当代英雄》为例，指出他在从事文学批评的过程中，更像一位说教者，总是将道德因素作为评价标准来解析文学作品。尽管这种评价方式不乏合理之处，但舍斯托夫却认为其中的功利意义远超过了其他。这种评价手段就是用既定的规则和标准来对具体的文学作品进行裁决，实质上是以思想上的一元论来压制作家创作过程中的多元思想，将批评者预先设置好的理性概念强加到作者的身上，使作家本身"无意识"的创作变成了批评者眼中"有意识"地理解生活，而这一"意识"实质上并不来自作家，仅仅是批评者们的一厢情愿。舍斯托夫眼中的作家创作的目的都是揭示和描写病态的社会人群、暴露社会问题，但并不希望他们成为理性和规则的牺牲品，而只有批评者才会想方设法用固有的理性逻辑来寻求医治。在对传统文学批评进行反省的同时，舍斯托夫认为，阐释作品的评价标准应该注重作家精神矛盾性的体现，这个矛盾性来源于外部世界强加于作者身上的理念思想与作家内部精神世界充满的直觉渴望间的强烈冲突。而这种精神上的冲突所带来

---

① ［俄］舍斯托夫：《思辨与启示》，方珊，等，译. 上海·上海人民出版社，2005 年版，第 235 页。

的极大张力，就将作者和读者不自觉地引入舍斯托夫所说的"悲剧的领域"，而对作者悲剧哲学的解读恰恰也是对"地下室人"的再次诠释。

　　舍斯托夫曾这样评价陀思妥耶夫斯基和尼采的价值，他们作品的意义"不在于回答，而在于提问"。同样，这一评价也适用于他本人。舍斯托夫用尽一生的努力，发出他的旷野呼告，那就是为了人类的精神自由而不断反抗思辨理性的强权统治。看似单调的"老生常谈"，却融汇了舍斯托夫真诚的情感和丰富的体验。他将这一思想与哲学、文化、文学等各个层面进行结合，让我们今天看到了一个白银时代血肉丰满的思想家。在评价舍斯托夫时，大部分人认为他是存在主义哲学家，是克尔恺郭尔在俄国的继承者，比如韦勒克在其《20世纪西方文学批评》中就提出："舍斯托夫在他后来的放逐于法国所出版的作品中，就接近于存在主义了。"[①] 加缪在其《西西弗的神话》中也多次将舍斯托夫与克尔恺郭尔、海德格尔相提并论，"他的全部作品都是那样出奇的单调、沉闷，都在不厌其烦地论述同样的事实。他在作品中坚持不懈地揭露那个天衣无缝的体系——这世界上最普遍的理性主义，他认为它最终要与人类思想的非理性因素相遇"[②]。但是也有不同意见，俄国当代著名哲学家、神学家津科夫斯基就认为，舍斯托夫并不属于存在主义范畴，"舍斯托夫是一个宗教思想家，他根本就不是什么人类中心主义者，而是一个理论中心主义者"[③]。当然，归入哪个阵营并不重要，相信舍斯托夫本人也会极力克服这种理论上的派别归属，倒是同为白银时代的哲学家洛斯基（Н.О.Лосский）对他的评价更为贴切，"舍斯托夫的本质是极端的怀疑主义，是他无法实现的超逻辑的绝对认识的根源"[④]。可以说，对于舍斯托夫的这些评价都有其合理性，他的理论的确带有鲜明的存在主义色彩，而且在他的著作中也不止一次的研究过克尔恺郭尔和尼采反理性的思想。但是，舍斯托夫无疑将这种反理性、反既成理论体系的理念彻底融入了自己的思想中，他用怀疑的目光看待古往今来的一切法则和理念，并试图肯定每一个处在矛盾、彷徨甚至是罪恶深渊中的个体精神。他从西方文明的源头开始寻找解放人类精神的办法，最终聚焦在上帝的启示和人类的宗教信仰上，用信仰的力量支撑着自己反抗西方维系千年的理性精神。当然，也正是出于这种怀疑精神，使得舍斯托夫的理论缺乏一定的体系，在对待"圣经真理"与世俗真理的关

---

　　① ［美］雷纳·韦勒克：《20世纪西方文学批评》，刘让言，译．广州·花城出版社，1989年版，第71页。

　　② ［法］加缪：《西西弗的神话》，杜小真，译．北京·西苑出版社，2003年版，第30页。

　　③ ［俄］津科夫斯基：《俄国哲学史》，张冰，译．北京·人民出版社，2013年版，第362页。

　　④ Н.О.Лосский：《История русской философии》．Москва Советский писатель.1991.с379.

系中缺乏更加深入的分析，也许这种没有体系的理论恰恰是舍斯托夫悲剧哲学精神所要追求的境界。当然，舍斯托夫崇尚个体精神自由、重视文学艺术中非理性的诉求还是值得我们肯定的，这使得他的文学批评以其独到的视角发掘出作家创作和作品中不一样的闪光点。

第四章　完整的聚合性学说
——白银时代文学批评的思维方式

聚合性①是俄罗斯东正教神学思想中一个极为重要的神学主题。它由俄罗斯宗教哲学家、斯拉夫派代表人物霍米亚科夫（Хомяков.А.С，1804—1860）于 19 世纪中期所提出，"这是俄罗斯神学史上第一个相对独立和成熟的神学学说"②。从时间上来看，聚合性的提出远远早于俄罗斯白银时代的历史时期，但由于这一学说在俄罗斯东正教神学思想中的重要地位以及对日后俄罗斯宗教神学的深远影响，使之不仅成为斯拉夫派用以阐释自己政治主张的有力武器，同时也通过宗教的桥梁进一步延伸到整个俄罗斯的文化大环境，致使白银时代宗教文学批评的诸多思想家受到聚合性思想的影响。

以爱和自由为基础的聚合性学说有其产生的社会基础、宗教背景和现实原因，斯拉夫派代表人物霍米亚科夫将这一学说作为对抗西方天主教和新教教会的理论根据，并由此形成了注重个性发展、弘扬爱和自由的独特内涵，这在斯拉夫派看来才是俄罗斯东正教的珍贵特点。对此，西欧派和白银时代的思想家都给予不同角度的评价和批评，但更多的人将其融入自己的理论思想中，并以此视角关注现实社会和文学艺术，形成极具俄罗斯宗教神学特色的文学批评理论。

---

① 也有译作聚义性，多数翻译为聚合性，二者在俄文中意义相同。

② 张百春：《当代东正教神学思想：俄罗斯东正教神学》，上海·上海三联书店，2000 年版，第 494 页。

第一节　爱和自由的学说

　　聚合性学说不仅是俄罗斯东正教的神学主题，在宗教层面显示出不同于西方基督教的独特理念，同时它也是俄罗斯人看待世界和人生的一种审视视角和言说方式。在聚合性以"соборность"的固定结构出现在东正教神学思想之前，重视群体力量、对抗权威统治的观念就已经融入俄罗斯民族的精神血脉中，沉淀为这个民族的集体无意识。直到霍米亚科夫将这种深藏于民族潜意识中的思想主线提炼出来，便迅速在俄罗斯宗教文化与各路思想家那里产生共鸣。

一、聚合性产生的背景

　　聚合性的俄文是"соборность"，这是霍米亚科夫在现有名词"собор"的基础上创造的新词。"собор"在俄语中有两个固定的解释：大教堂和会议。字面意义上虽是两个互不相关的含义，但二者的共通之处也非常明显，它们都涉及少数与多数、个人与团体之间的关系，体现着决策者和参与者之间的权衡与较量。不论是"大教堂"抑或"会议"，参与其中的是少数决策者与多数参与者，其中既有权利的博弈，当然也有意见的顺从和统一。无疑，令霍米亚科夫和俄罗斯思想家更为看重的是多声部的和谐统一，"简单地说就是多样性统一的原则，是使多人形成统一体的规则和这个统一体的特征"①。这一学说的形成有其深刻的社会基础、宗教背景和现实原因。正是在这三者的共同作用下，"聚合性"才在俄罗斯宗教思想和文化土壤中扎根。

（一）村社制（общинность）是聚合性学说产生的社会基础

　　作为连接欧亚大陆、拥有广袤国土面积的俄罗斯，在社会制度和政治经济方面始终远远落后于西方国家。受到严酷的自然环境和农民落后生产能力的制约，村社制成为长期以来俄罗斯最为基本的社会组织结构。"农村公社是俄国农村 1000 多年的基本社会机构，自基辅罗斯起就一直存在到 20 世纪 20 年代，经历了 1000 多年的历史。可见它富有极其强大的生命力"。② 这一

---

①　徐凤林：《俄罗斯宗教哲学》，北京·北京大学出版社 2006 年版，第 19 页。

②　曹维安：《俄国史新论：影响俄国历史发展的基本问题》，北京·中国社会科学出版社，2002 年版，第 190 页。

近乎原始生存状态的社会制度是俄罗斯的一种独特现象，其拥有强大生命力的原因主要在于严酷的自然条件和落后的生产力。气候寒冷、国土面积广阔，人口资源极度欠缺，农业生产技术长期低下，受到这些现实条件的制约，俄罗斯人生存繁衍的唯一方式就是进行集中生活和协作生产。在以村社制为基本组织形态的生产过程中，一方面，作为个体的农民自愿参与到村社的集体中，土地不再是个人的私有财产，而成为所有村社成员共同的生产资料，因为只有依靠村社成员轮流耕种才能获得足够的物质资料。另一方面，村社制成为农民自己的联合体，这一联合体的基本组织形态在俄语中叫作米尔（мир），村社通过定期召开米尔大会（мирская сходка）来选举自己的领导人。村社制对于俄罗斯农民的意义至关重要，这决定着他们的生活和命运，"对于俄国农民来说，公社就是他的世界，离开公社就是离开世界"[①]。也许正是在这个意义上，俄文中才将本意为世界、社会的 мир 一词同时作为村社的代名词。

由此看来，村社制不论在经济方面还是在社会方面都具有两重性。表现在经济方面，村社的两重性体现在村社各成员的土地所有权归村社集体所有，同时村社劳动收入也归农民占有，私有制倾向明显。这种经济两重性带来社会职能的两重性，即村社的领导人既是国家的行政人员，同时也是村社中的成员，每个成员的具体利益在村社制中都能得到体现。所以这个组织首要的是一个农民联合，而非由上而下的行政设置，作为成员的农民在村社制中享有更多的平等权利，个体性能够得到充分发展。这一独特的社会组织机构在人类早期社会中并不少见，但俄罗斯却因政治原因直接将其带入封建社会中来，正因为这样，村社制的社会存在形态不仅深刻影响着俄罗斯人民的日常生活方式，同样也在俄罗斯人的精神世界留下印记，成为独具俄罗斯特色的集体主义观念。

19 世纪 40 年代，在与西欧派的争论中，俄罗斯斯拉夫主义者开始将视角投射到本国社会的各个领域，希望能为自己的理论寻求更有利的证据，村社制在此时进入斯拉夫派的视野。白银时代思想家尼·奥·洛斯基就这样描述斯拉夫派的奠基者基列耶夫斯基（И.В.Киреевский）的观点，他说"基列耶夫斯基无疑把村社看成是社会秩序的理想"[②]。正是基列耶夫斯基首次将村社制思想明确加以表述，认为这种社会生活制度是俄罗斯民族性的最好体现，能够将俄罗斯与西方世界进行鲜明划分，"他断言，在西欧社会与个人处于

① 曹维安：《俄国史新论：影响俄国历史发展的基本问题》，北京·中国社会科学出版社，2002 年版，第 257 页。

② ［俄］洛斯基：《俄国哲学史》，贾泽林，等，译．杭州·浙江人民出版社，1999 年版，第 23 页。

分裂状态，甚至宗教统治也是金字塔式的等级森严，权力不均。在俄国则是力图使社会与个人趋于一致，保持古老村社的'团结精神'，达到精神道德与物质生活的和谐完整"①。由此，村社制已经从客观存在的社会组织形态一跃上升为斯拉夫派的思想根基，成为斯拉夫派主义者眼中俄国优越于西方的一条主要标准，同时由社会现实层面开始影响到精神领域，斯拉夫派另一位代表人物霍米亚科夫将其发展为完整的神学思想——"聚合性"学说。

（二）东正教是聚合性学说产生的宗教基础

如果说，村社制作为现实的社会组织结构是聚合性学说形成的起点，那么，具有鲜明俄罗斯特色的东正教则是这一学说的落脚点。霍米亚科夫从基列耶夫斯基关于村社制的描述中看到了俄罗斯独特的生活方式，并将这一现实特性与精神上的宗教体验相联系，从神学视角比较了东正教与西方基督教的差异，并在精神层面进一步确立了俄罗斯民族与众不同的精神特质，为聚合性学说的成立奠定了理论基础。"聚合性原则首先意味着由信仰联合起来的人们的教会共同性，意味着保证个体精神的完整性和认识的真理性的东正教的宝贵性，意味着在每个人的自由之爱和全体的同一的基督教会中的和谐"②。村社制就是这种宗教共同性的社会化体现。

自从公元998年东正教正式传入俄罗斯，迅速包容和代替了俄罗斯原本分散落后的多神信仰，并与俄罗斯沙皇统治相结合，成为俄罗斯民众普遍信仰的国教。自从土耳其人占领了君士坦丁堡，莫斯科也一跃成为继罗马、拜占庭（第二罗马）之后的第三罗马。伴随着基督教的两次分裂（东正教和天主教的分裂，新教和天主教的分裂），三个派别的基督教在具体的教义和对教会的认识上也产生了巨大的分歧。"天主教相对于东正教的最突出的特征是教皇的至高无上的地位。但东正教不承认教皇的这个地位，而是以整个教会的传统为准则，这个传统的主要内容就是使徒的教会传统以及大公会议的决定。新教主要强调《圣经》的威信，反对天主教的外在权威，反对东正教保守的传统主义"③。经过两次尼西亚大公会议的召开，基督教的教义逐渐得以明晰并确立，"自由、平等、博爱"成为基督教所宣扬的世界观，教会是一切人类共同拥有的精神场所，人们都可以平等地从教会和上帝的庇护下得到精神的滋养，所以在《启示录》中圣灵向人们召唤道："'来！'口渴的

---

①　刘宁主编：《俄国文学批评史》，上海·上海译文出版社，1999年版，第210页。

②　白晓红：《俄国斯拉夫主义》，北京·商务印书馆，2006年版，第97页。

③　张百春：《当代东正教神学思想：俄罗斯东正教神学》，上海·上海三联书店，2000年版，第9页。

人也当来；愿意的，都可以白白取生命的水喝。"（启22：17）为了这样一个崇高的目标，自中世纪以来，基督教会被看作是"普世教会"，普世性成为基督教所弘扬和宣传的教会特性。但是基督教各大教派间的对立、教会等级观念逐渐强化使得"普世性"观念在西方基督教会中渐趋没落，教会成为由教皇统治下等级制度严密的宗教组织。

对于一个政治动荡、经济落后、人民生活水平低下的国家，俄罗斯迫切希望能够在宗教领域和精神层面上树立起自己的民族自信心。由于"幼年时期"就已受洗，东正教对俄罗斯和她的人民都具有极其重要的意义。使俄国人无比自信的一点在于，"东正教的拜占庭王国衰落以后，莫斯科王国成为保留下来的唯一的东正教王国。……俄罗斯的使命是成为真正的基督教、东正教的体现者和捍卫者"[①]。在俄罗斯人心目中尤其是在斯拉夫派学者眼中，东正教集中体现着俄罗斯的民族性，是俄罗斯强盛和发展的基础，它与俄罗斯的政治形象和国家威信直接相关，捍卫东正教的宗教理念成为俄罗斯的宗教使命。由此出发，俄罗斯东正教神学家认为西方基督教早已失去了其普世性的宗教意义，变为教皇控制下的少数人进行强权统治的工具，而基督教会也就丧失了其原本所弘扬的"自由、平等和博爱"。相比之下只有东正教才是名副其实的统一的教会，在东正教神学看来"基督教教义使人在教会里看到的不是一个理论系统、一种学说、一个组织，尤其不是'组织化的恩宠'，而是一个活的有机体活于圣灵之中的基督的身体"[②]。作为19世纪著名的神学家，霍米亚科夫成为积极宣扬东正教这一优势的代表。他于1840年撰写的著名但却简短的论著《教会只有一个》中，充分表达了对教会唯一论的理解。在这篇文章的开篇，他就明确提出"教会的唯一应该来自唯一的上帝，因为其中不仅有数量众多的个性面孔，同时还有上帝的一致性，而恰恰是在上帝的统一中孕育着众多的创造性"[③]。可以说，霍米亚科夫所肯定的是孕育于众多不同面孔下的统一的上帝之光，其中包括外在自由与内在统一两个虽不同但却无法截然分开的部分。"霍米亚科夫认为在天主教那里是有统一而无自由，而在新教那里是有自由而无统一"[④]。在霍米亚科夫的神学思想中，内在统一是精神对真理的感性领悟，外在自由则是指这一领悟的过程是建立在主体自

① ［俄］别尔嘉耶夫：《俄罗斯思想》，雷永生，邱守娟，译．上海·上海三联书店，1995年版，第8页。

② ［俄］叶夫多基莫夫：《俄罗斯思想中的基督》，杨德友，译．上海·学林出版社，1999年版，第58-59页。

③ А.С.Хомяков. Церковь одна. http://www.odinblago.ru/filosofiya/homakov/tom2/2.

④ ［俄］洛斯基：《俄国哲学史》，贾泽林，等，译．杭州·浙江人民出版社，1999年版，第37页。

愿、自由的基础上的，是不同个体充分表达自我思想的自由。这其中，霍米亚科夫主要反对西方的理性主义，他认为理性主义是对人类自由精神的束缚，而西方教会恰恰成为理性主义统治下的产物，功利性、行政化成为其主要特点。这些思想既是对西方基督教会以等级压制公平，以权力抹杀自由的批判，同时也是他建立"聚合性"学说最主要的理论来源。

霍米亚科夫将其"聚合性"的学说具体表述为"人类自由的团结"（свободноеединениелюдей），并将批判的矛头直接指向西方基督教的个人主义（индивидуализм），认为"聚合性和个人主义是两个相反的概念，前者肯定了人类精神的价值，后者则是精神的分裂"[①]。聚合性的主要原则就是自由，而个人主义在这里被理解为必然性对个体的控制，因为"个人是一种完全无能为力而在内心又不可调和的不协调"[②]。单独的个体由于受到必然性的制约无法实现应有的价值，而必须与教会集体相联系，才能获得真正的力量。聚合性和个人主义的矛盾代表着俄罗斯和西方的主要差别。在霍米亚科夫看来，俄罗斯东正教的神学思想一方面抵御了西方基督教片面强调理性主义和必然性，而造成的对人类主体精神的束缚；另一方面，东正教会还保有以直觉体悟上帝真理为主要内容的爱的思想，正是在这个意义上提出了聚合性的两个主要原则：爱和自由。它是个体与集体、少数与多数间的统一，内在精神与外在自由的统一。

（三）斯拉夫派和西欧派的争论是聚合性学说产生的现实原因

19世纪三四十年代，在面对俄罗斯发展道路的问题上产生了两种截然不同的声音。以恰达耶夫为代表的西欧派看到俄国农奴制的黑暗现实，进而否定了俄国的历史文化价值和对世界文明的贡献，认为俄国无任何可取之处，应该走全盘西化的道路。与此相反，多为贵族地主出身的斯拉夫主义者，针锋相对地提出不同的改革思想。在基列耶夫斯基、霍米亚科夫等人的带动下，他们既反农奴制，也反对资本主义，在重新重视俄国文化传统的基础上，提出俄罗斯文明远远超过西方世界的思想，"他们坚决地批评资本主义社会是产生利己主义和个人主义的温床；坚决拒绝俄国照搬西欧制度和生活准则，主张走俄国特有的发展道路"。[③]别尔嘉耶夫对两派做了一个生动的比喻，他认为二者都对祖国怀有强烈的情感，只不过西欧派拿祖国当孩子，而斯拉夫派则把祖国看作母亲。为了在俄罗斯本国寻求理论支持，斯拉夫主义者将视

---

①　М.А.Маслин. Русская идея . Москва Издазтельство Република 1992. 52c.

②　转引自津科夫斯基：《俄国哲学史》，张冰，译. 北京·人民出版社，2013年版，第199页。

③　刘宁主编：《俄国文学批评史》，上海·上海译文出版社，1999年版，第201页。

角聚焦在俄罗斯的东正教神学传统上，认为它不仅代表着教会意义上的绝对正统，而且在思维方式和生存方式上都具有西方基督教无可比拟的优势。"他们看到了西方文明的缺陷并将这种缺陷夸大，从而从根本上否定了西欧的发展道路；他们需要为俄罗斯存在的合法性寻找根据，需要为俄罗斯的身份正名，需要寻找一种独特的、不同于西方的东西来对抗西方，他们认为这种东西就存在于他们古老的传统中，存在于俄国的村社和东正教中"①。可以说，正是俄国现实环境中的迫切抉择，促使斯拉夫派反观东正教传统，从而诞生了霍米亚科夫的"聚合性"学说。

说到底，聚合性学说的提出是东正教神学家面对西方世界科技文明的入侵和俄罗斯全面欧化政策的一种理论救赎和辩护，于是霍米亚科夫才会在自己的文章中明确指出："东正教正在受到西方基督教的责难，但却没有自己的律师。"②他就是要为东正教辩护，要为俄罗斯的传统辩护，从而使东正教通过边缘回复正位的过程来实现自身的正统地位。而这也带给许多东正教思想家和笃信东正教的批评家一种信息，即通过自我的理论建构来实现自己心目中东正教的真正意义，并在这一意义形成的过程中，实现自我的理论价值。所以，聚合性概念的提出，为俄罗斯白银时代多种不同宗教批评思想的出现提供了可能。

二、聚合性学说的内涵

作为俄罗斯东正教中一个独特的神学主题，聚合性思想的内涵是多层面的。从宗教层面来看，东正教传统是聚合性产生的直接根源，在这里聚合性主要用来重新诠释基督教教义中的"普世主义"。在基督教教义中，普世主义有两种不同的解释，即教会普世论和救赎普世论，前者是指"教会的建立不受文化、种族和社会阶层差异的限制，而且各民族各地方教会共同组成普世合一的教会"③。后者则是指基督的恩典遍及全人类。聚合性思想的提出源于东正教对西方基督教会教皇高度集权的一种不满，而认为教会在实质上应该是一个有机的整体，"一种以耶稣基督为头的躯体，热爱基督和神理的人属于基督并成为基督躯体的组成部分"④。在这样的有机体中，东正教的聚合

---

① 马寅卯：《霍米亚科夫和俄罗斯的斯拉夫主义》，载《哲学动态》，2004 年第 10 期。

② А.С.Хомяков.Сочинения в2-хт.Т.2.Работы по богословию.-М.,Изд-во"Медиум",журнал"Вопросы философии",1994.С.25-71. http://krotov.info/library/22_h/hom/yako2.html.

③ 陈建明：《基督教普世主义及其矛盾》，载《世界宗教研究》，2004 年第 2 期。

④ ［俄］洛斯基：《俄国哲学史》，贾泽林，等，译．杭州·浙江人民出版社，1999 年版，第 33 页。

性神学思想营造的是一种人与神共存、所有教会平等共处的美好图景，信仰基督的人们聚合在教会中，象征着人与神的内在和谐。所谓有机就是内在和谐，它同时也代表着各种基督教会派别的内在和谐及不同教会成员思想间的内在和谐。

伴随着众多斯拉夫主义者对聚合性学说的接纳和认同，它的内涵逐渐从宗教层面扩展到哲学和美学领域。就学说提出者霍米亚科夫本人的哲学思想而言，他由教会的有机统一进而发展到人类认识的有机统一，并将这种认识上的统一性表述为"完整理性"。面对西方的理性主义，霍米亚科夫并没有简单否定，而是将理性纳入他的认识论范畴中，认为人的认识应该包括信仰、理智和理性在内所有过程，完整理性"是认识过程的顶峰，它肇始于信仰，持续于理智的工作中，而在'完整理性'中达到其完满状态"①。当然，霍米亚科夫的这种思想是建立在教会原初性的基础之上，在他看来聚合性就是教会的代名词，因而人的所有完整理性都根源于教会的原初认识。此后，索洛维约夫将聚合性学说做了进一步的发展，提出了他的完整知识理论。虽然在名词表述上明显不同，但二者的实质都是要消除理性与信仰的隔阂，在他的理论中，完整知识可以消除主观与客观、理性与经验的界限，它"不仅限于感觉、理性、真理等传统的认识论范畴，而且包含认识论之外的本体论、伦理学和美学范畴，所有这些范畴在完整知识中不是分属不同领域，而是通过'有机逻辑'而相互联系的"②。这里的"有机逻辑"就是聚合性在人类认识世界、人类认识自我这一过程中的具体体现。凭借着这种有机逻辑的联系，人类才能真正打通自我与世界的通道，不仅在理性层面，同时还在伦理和美学层面审视周遭。真理也就成为融合了逻辑性、体验性和情感性在内的综合知识，这才是索洛维约夫眼中的真知识，即完整知识。此后，白银时代的弗兰克、罗赞诺夫、特鲁别茨科伊兄弟等人都受到了聚合性学说的影响，并将其扩展到社会、文化和文学诸领域。

聚合性学说的内涵包括自由和爱两个方面。其中，自由是聚合性得以建立的基础。与西方强调个人意志自由的自由观不同，霍米亚科夫的自由是有机统一前提下的自由，即只有在个人和集体的内在统一中，才会实现真正的自由。只有这种真正的自由才会使个体与他者、个体与自然建立联系并达成一致，这在霍米亚科夫看来才是自我的真正实现。可以看出，聚合性思想下的自由观具有鲜明的东正教色彩，人内在于神，人神统一是这种自由意识的

① [俄]津科夫斯基：《俄国哲学史》，张冰，译．北京·人民出版社，2013年版，第205页。
② 徐凤林：《索洛维约夫哲学》，北京·商务印书馆，2007年版，第152页。

根源，它着力避免外物与自我的分离，是一种物我合一、个人与集体合一状态下的自由思想。此外，聚合性学说中的爱也不同于现实中的人类情感，而更多代表着神的恩典和救赎，同时也是维系东正教与每个俄罗斯人的精神纽带。可以说，聚合性就是在东正教神学思想照耀之下的俄罗斯民族中个体与群体有机统一的外在体现，个体从属于整体，但整体并不以外在权力压制个体。表现在美学层面，以霍米亚科夫为代表的斯拉夫派强调文学艺术创作中的自由特性，这种自由特性突出表现在他对人民性的重视上。他的核心思想表现在"高度肯定文艺的人民性，把人民性首先理解为人民生活的根基和全民理想在文艺创作中的反映"[①]。在霍米亚科夫看来，衡量文学艺术自由特性最重要的标准就是它是否充分反映了人民的根基和理想，这其中包括众多非官方的声音和诉求，它们既是俄罗斯悠久历史文化的反映，也是数以万计俄罗斯普通人群思想的反映。由此可以看出，霍米亚科夫对自由的理解与其重视全民理想的文艺美学思想是紧密相连的，这也代表着斯拉夫派走俄国独创民族化道路的思想，希望通过具有鲜明俄罗斯风格的文学艺术突显俄国不可替代的民族精神。当然，这种不可替代性则主要表现在俄罗斯民族的东正教情结上，霍米亚科夫将其用"爱"来表述，这里的"爱"被理解为俄罗斯民族深刻的宗教情感。"斯拉夫主义者认为，只有对自己精神基础的忠实才是创作出不朽艺术作品的必备条件，这种精神基础可以超出艺术家个性的界限，在最高的意义上已经成为由于宗教信仰而变得高尚的民族精神的个别反映"[②]。正是深深扎根于俄罗斯的文化血脉中的东正教神学思想，使霍米亚科夫找到了俄罗斯民族抵御西方文明侵袭的精神法宝，他着力从文艺作品中探寻其背后的宗教内涵，试图用东正教的视角来阐释文学艺术的来源和创作。

当然，霍米亚科夫的聚合性思想也带有明显的缺憾，这就是以幻想代替现实，以虚构的真理抵抗客观的真实。别尔嘉耶夫曾在自己的论著中评价霍米亚科夫及其代表的斯拉夫主义者，他认为斯拉夫派虽然热爱自由，高喊自由的口号，但无法真实观察到俄罗斯现实中的自由，他们建立的精神层次很高，但与现实之间的差距很大。这种对待俄罗斯传统的美好描述并不切合实际，而他们眼中多样与统一和谐共处的东正教教会也并不真实，"在霍米亚科夫的描述中，教会的孤立自足性是极其明显的，而教会的历史现实性却似乎只

---

① 刘宁主编：《俄国文学批评史》，上海·上海译文出版社，1999年版，第212页。

② ［俄］奥夫相尼科夫：《俄罗斯美学思想史》，张凡琪，陆齐华，译．北京·中国人民大学出版社，1990年版，第206页。

在阴影中"①，这只不过是斯拉夫派们的一厢情愿。但同时，别尔嘉耶夫也肯定了霍米亚科夫思想中积极的一面，"在某种意义上可以把霍米亚科夫叫作东正教的现代派，他与天主教的现代派有某种相似之处，这就是为反对经院哲学和反对唯理智论地理解教义而斗争，他是捍卫自由的、有批判性思想的、强有力的现代派人物"②。他对全民理想的自由表达和对东正教思想的深刻联系，构成了聚合性学说在文学艺术层面的基本内涵，由此发展，重视民族特色、挖掘宗教根源、突出个性思想、提倡多层次不同声音的表达就成了聚合性学说的必然发展结果。这种思想不仅影响了昙花一现的斯拉夫主义者们，同时更对此后白银时代的宗教文学批评学者们产生了深刻的影响，这其中就包括罗赞诺夫、布尔加科夫，他们将聚合性的思想内涵融入自己的理论观点中，从不同角度发展了聚合性学说。

第二节　多中统一的聚合性思维

应该说，源于俄罗斯传统社会制度和宗教文化的聚合性学说，早已成为影响俄罗斯人审视世界和思考人生的认知方式，它依赖于群体意识，同时又注重个性自由。在这种思维方式的影响下，宗教文学批评不仅将外在社会与内在精神视作有机的统一体，同时认为文学创作的价值就在于揭示这种多中统一的内在联系，好的作品必然能够充当联结个体与群体、贯穿历史与当下的精神载体。对此，布尔加科夫、罗赞诺夫和别尔嘉耶夫等人纷纷通过不同视角，对聚合性思维提出自己的认识。

一、聚合神学与现实的批评观

谢尔盖·尼古拉耶维奇·布尔加科夫（Сергей Николаевич Булгаков，1871—1944）是一位拥有独特思想和视角的学者。在布尔加科夫的众多身份中，首当其冲的是神学家，可以说，东正教神学思想伴随了布尔加科夫的一生。但布尔加科夫的思想也经历了两次转向，并且在与东正教的两次相遇后激发了自己对宗教、信仰的独特理解。而他的文艺批评思想也恰恰是建立在其独特的东正教神学思想上，可以说没有布尔加科夫的"三位一体"神学理论，就没有他的宗教文学批评。

---

① ［俄］格奥尔基·弗洛罗夫斯基：《俄罗斯宗教哲学之路》，吴安迪，等，译．上海·上海人民出版社，2006 年版，第 336 页。

② ［俄］别尔嘉耶夫：《俄罗斯思想》，雷永生，译．北京·生活·读书·新知三联书店，1995年版，第 163 页。

（一）布尔加科夫与东正教的两次相遇

1871 年，布尔加科夫在俄国奥廖尔省的一个小城利夫内诞生，他的祖辈世代从事神职工作，父亲就在该市的一座教堂中工作，家庭中浓厚的东正教神学氛围成为布尔加科夫出生后与东正教的第一次相遇。当然，这次相遇是布尔加科夫无从选择的被动相遇，作为一个在神职人员家庭成长的孩子，他家附近的圣谢尔盖教堂成为布尔加科夫幼年时最为熟悉的地方。此后，按照家庭意愿和传统，他进入当地的神学学校，在这里，布尔加科夫开始接触到了丰富的世界文化和文学艺术作品，而神学思想和宗教视野成为他此时认识世界的理论背景，可以说，布尔加科夫最早的启蒙就是通过宗教神学思想开始的。但这第一次的相遇并没有使布尔加科夫真正产生对东正教神学的兴趣，相反，他对教会烦琐的仪式和规则感到极度厌烦，并且萌生了叛逆的想法，这一想法就在布尔加科夫的中学时期出现。19 世纪末 20 世纪初的俄罗斯，马克思主义、无神论等思想被当作西方流行的时髦理论在俄国思想界传播开来，尤其是受到了年轻人的偏爱。布尔加科夫狂热地迷恋上了马克思主义政治经济学理论，并且为此不顾家人的反对执意转入普通中学学习，并于 1890年考入莫斯科大学学习经济学课程。此后，包括他的硕士论文在内的一大批发表的研究成果均与马克思主义的经济理论相联系，并被当时学界公认为"正统马克思主义"的首要代表。可以说这一时期的布尔加科夫已经变成一位研究政治经济学的典型的无神论者，距离东正教神学越来越远。

布尔加科夫与东正教的第二次相遇来得格外突然，就像青春叛逆期义无反顾地投入马克思主义政治经济学和无神论的怀抱一样，这一次在索洛维约夫、康德等唯心主义思想的影响下，在与舍斯托夫和别尔嘉耶夫的现实实践中，布尔加科夫迅速由现实社会中的政治经济问题转入宗教哲学领域。1903 年出版的文集《从马克思主义到唯心主义》成为反映他这一阶段思想转变的重要体现，并于此后接受教会神职，走上了与他父辈一样的道路。并在日后的流亡岁月中，始终担任巴黎东正教神学院的主任直至去世。

不过，尽管布尔加科夫已经成为一名真正的神学家，并将东正教神学思想作为自己研究的重心，但他并未因此减少对现实世界的关注。相反，青年时期对社会经济与市场的研究依然占据着重要的地位，只是他由马克思主义、无神论的视角切换到了东正教神学的视角。"布尔加科夫的独创之处就在于，能够将经济学及人们的经济活动与他所信仰的宗教唯心主义结合起来"[1]。

---

[1] 张杰：《走向真理的探索 白银时代俄罗斯宗教文化批评理论研究》，北京•北京大学出版社，2012 年版，第 149 页。

相比于第一次相遇时的被动与叛逆，成年之后的布尔加科夫以更加冷静和客观的心态平静地审视宗教传统与现实社会。一方面，童年时期与东正教的初次相遇，成为布尔加科夫思想领域中的一道预设通路，他所接受的一切知识系统都是通过这个渠道转化为自己的思想的。另一方面，青年时期的无神论思想和马克思主义政治经济学使布尔加科夫更多地将视线投射到实际的社会生产和生活中，他希望通过自己的理论研究来解决迫切的实际问题。正是在这样的精神发展历程中，形成了布尔加科夫既信仰宗教神学，又重视现实世界的宗教哲学理论，这里不仅包括市场和经济，还涵盖了文化与艺术。他在寻找解决现实社会矛盾的钥匙，并最终选择了东正教，认为宗教信仰才是解决一切现实问题和哲学困境的根本出路。由此，布尔加科夫在吸收马克思主义思想的同时，更多的则是从宗教神学的角度来重新阐释具体的社会问题，他把人在生产过程中出现的"异化"归结为宗教中的原罪，而劳动成为"赎罪"的手段，他认为人从上帝的宠儿逐渐变为劳动的奴隶，沦为异化的结局，都是因为经济的魔法作用，"经济的劳动乃是一种'灰色魔法'，其中密不可分地混合着神术与妖术的因素、光明与黑暗的力量以及存在与非在，而这种混合隐藏着持续而痛苦的矛盾的根源，并将这种混合的本质推向悖论的顶端"[①]。在布尔加科夫看来，劳动具有神性和魔性的双重作用，它解放了人类也束缚了人类，异化就是劳动魔性作用下的奴役人类自己的产物。而区分神性和魔性最根本的标准就是人类对智慧性的追求。神性的劳动以追求智慧，探索人类智慧性的根源为最终目标，但魔性的劳动却为现实中的功利思想所诱惑，从而被尘世利益所蒙蔽，失去了对智慧的渴望，转而变成了反智慧的劳动。这两种"魔法"也同样作用于文学和艺术领域，而且布尔加科夫认为在艺术领域中对智慧的追求更加重要，因为只有突破现实规律束缚，进入内心本我的深层领域，才能诞生优秀的艺术作品，这就是布尔加科夫的宗教—美学批评标准。由此看来，不论是对现实的经济生活还是抽象的文学艺术，支撑布尔加科夫所有理论的根基就是他对待"智慧"的态度与学说，即索菲亚学说，这是布尔加科夫聚合性思想在宗教神学层面的具体体现。

（二）以"索菲亚"崇拜来聚合神学与现实

"索菲亚"是一个古老的哲学概念，最早能追溯到古希腊时期，"索菲亚的直接意义就是上帝的神圣智慧。在《旧约》（如《箴言》第八、九章）里就有关于上帝的智慧的论述，在《圣经后典》里（《所罗门智训》等）也

---

① [俄]布尔加科夫：《亘古不灭之光——观察与思辨》，王志耕，李春青，译. 昆明·云南人民出版社，1999年版，第177页。

有对上帝的智慧的歌颂"。①可以说，索菲亚最原初的含义就是爱智慧，占有智慧，哲学家当然是爱智慧的人，也就是探索索菲亚真谛的人。在古希腊人的认识中，神的智慧是充满着神秘感的，他们更多的是从祭祀的角度来理解这种虚无缥缈的智慧学说，所以，在古希腊的索菲亚学说中就附着上了原始宗教的神秘色彩，并且在诺斯替派、新柏拉图主义和基督教中索菲亚的神秘色彩被完整保留了下来。随着对索菲亚人格化的解读，再加上这一词在希腊语中属于阴性名词，使得它在原有的含义中又增加了一层女性色彩，古希腊神话中的雅典娜女神就是这一智慧学说的典型代表，索菲亚学说成为西方哲人对内在生命体验的神性探索。但是，此后西方哲学界对索菲亚的热情逐渐减退，逻各斯中心主义成为哲学认识论的焦点，西方宗教和哲学家开始更多地关注概念的厘清和范畴的准确，将哲学演变为探索理性、追求真知的方法。索菲亚学说日渐沦为边缘冷门，仅在神学教义中残存着稍许痕迹。

　　与西方相比，索菲亚学说在19世纪末20世纪初的俄罗斯获得了截然不同的对待，索洛维约夫成为具有俄罗斯特色的索菲亚学说的缔造者。还在青年时期的索洛维约夫就狂热地迷恋上了索菲亚理论，在他眼里，索菲亚不仅是上帝的智慧，而且还代表着神与人的完美结合，集神性灵魂和人性机体于一身，是最完美的女性形象的化身，并且还详细叙述了自己从童年开始与索菲亚女神的三次神秘相遇。在其代表作《神人类讲座》中，他明确将索菲亚与逻各斯结合了起来，"索菲亚是神的身体，是被神的原则所渗透的神的物质。基督在自身中实现着神的统一或拥有神的统一，作为完整的神的有机体，他同时有普遍的和个性的有机体，这个基督既是逻各斯又是索菲亚"②。虽然逻各斯在当时的西方哲学界和宗教界已经成为世人普遍关注的显学，但在索洛维约夫这里，索菲亚则居于更为重要的地位，索菲亚代表着上帝的智慧（Премудрость Божией），是理念的直接显现，逻各斯则是上帝智慧的具体化身，所以二者具有内在统一性。自此，涵盖抽象与具体、囊括精神与物质的索菲亚学说在俄罗斯开启了崭新的一幕，成为索洛维约夫一切统一神学思想的有机组成部分，并且深刻地影响着俄罗斯白银时代及日后众多思想家，这其中就包括布尔加科夫。

　　布尔加科夫虽然没有与想象中的索菲亚有过类似索洛维约夫那样浪漫的相遇经历，但他在自己的神学理论体系中将索菲亚的地位提升到了至高无上

---

　　①　张百春：《当代东正教神学思想：俄罗斯东正教神学》，上海·上海三联书店，2000年版，第500页。

　　②　[俄]弗拉基米尔·索洛维约夫：《神人类讲座》，张百春，译. 北京·华夏出版社，2000年版，第111页。

的层次，即与圣父—圣子—圣灵三位一体的最高教义等量齐观的位置。作为基督教教义中神的本质的特殊显现，圣父、圣子、圣灵既是上帝形象的不同显现，也是上帝救赎人类的不同方式，"圣父通过圣子、透过圣灵救赎人类，人在圣灵的光照下，通过圣子回归圣父。"① 可以说，不论是天主教、新教还是东正教，这都是教会遵守的核心教义。而布尔加科夫出于对索菲亚的神圣信仰，认为索菲亚作为上帝智慧的象征，她本身也是上帝精神的一种体现，故而被布尔加科夫命名为上帝的第四个位格（четвёртая ипостась），与圣父、圣子、圣灵居于同等重要的地位。上帝在布尔加科夫眼中成为拥有四张面孔的最高存在，而索菲亚不同于其他三个位格之处在于，她既是上帝的化身，又是上帝本身，她比其他三个位格更接近上帝，成了上帝与其他三个位格间自由转换的中介。所以三位一体的上帝在布尔加科夫看来某种程度上成了四位一体，这就与教会的正统教义大相径庭，也正是因此他被东正教会认为是异端，并长期不被认可。

　　当然正如前文所述，布尔加科夫看重索菲亚的意义并不仅仅停留在宗教教义上，因为，虽然布尔加科夫长期信仰东正教，并在晚年加入教会成为神父，但他始终聚焦于俄国现实社会生活。神学思想是布尔加科夫用来解决现实问题的重要手段，他早年的博士论文《经济哲学》就是这种思想的直接体现。在布尔加科夫看来，索菲亚就是多样性的统一，她不但具有与圣父、圣子、圣灵同等重要的地位，还成为联结上帝与人类之间的纽带，布尔加科夫提升索菲亚理论重要性的目的就是在于阐明索菲亚作为中介和纽带的价值，这就是他所说的"神性索菲亚"和"宇宙索菲亚"。布尔加科夫的索菲亚来源于上帝创造世界的活动，上帝在创世的过程中将自己的神性赋予人类世界，上帝的内在世界也在这种创世的过程中向人类一步步展开，使原本不可知的神变成可知的存在。上帝就在这种从不可知到可知的显现过程中实现了创世，人类也在这一过程中拥有了与上帝、与神灵对话的可能。布尔加科夫认为，实现这种可能性的唯一原因就是索菲亚的存在。正因为有索菲亚，上帝的神圣精神才会被人类所感知，人与神才能形成内在的统一。所以，布尔加科夫眼中的索菲亚，以其女性孕育万物的特有魅力，成了联结上帝与人类的纽带。这种表述体现在哲学层面，则是个体与整体的统一、物质与精神的统一。布尔加科夫试图用索菲亚的学说来解释带有东正教色彩的主客统一理论，并引发出关于精神与肉体实在性的疑问，肉体实在还是精神更为实在。布尔加科

---

　　① 许志伟、赵敦华主编：《冲突与互补：基督教哲学在中国》，北京·社会科学文献出版社，2000年版，第56页。

夫将这二者进行了结合，即"精神肉体性"，这就是索菲亚在个体身上的体现。"我们可以看见的只是人类许多个体的分离，每一个个人都过着自己孤立的、自私的生活，即使要依赖于自己的兄弟，作为社会的存在物的亚当的儿女们，也没有'看到'自己的多样统一，这种多样统一是在爱中和通过爱而展现的，是通过在教会中加入统一的神的生命而存在的。"① 布尔加科夫认为这种统一性是人类生命内部的神秘的"第一基础"。这些统一都源于"爱"，是"爱"将万物统一在一起，而这个"爱"就是索菲亚。她是人类内部神秘基础的源泉，是人类实现聚合理念的根本。

神学家布尔加科夫终其一生寻找关于超验世界和上帝的真理，作为东正教重要的神学主题，聚合性思想影响着布尔加科夫的宗教观。其中他尤为看重的是凝聚个人与集体、肉体与精神的统一性。而且，在布尔加科夫看来，这种二位一体的聚合性还应该向前发展一步，即联结个体与整体、个性与共性、内在与超验之间的纽带也是聚合性理应包含的范畴。并且，他的追问就集中在聚合性是如何实现的，外在的超验世界、不可认知的上帝世界是如何转化为内在的可理解的经验世界。可以说，在提出这些问题的同时，布尔加科夫已经给出了自己的答案，这就是信仰。而且在布尔加科夫看来，宗教信仰并不是被动的、毫无个性的接受，而是对超验世界的积极的探寻，"信仰要求爱、意志集中和全部个性的努力"②。它的实质就是爱，就是索菲亚。所以，索菲亚学说在布尔加科夫这里实质上就是聚合性思想的直接显现，也成为他分析文学艺术的切入点。优秀的作品成了索菲亚思想的直接显现，因而作者也是聚合民族与个体、共性与个性的集中代表。

二、聚合此岸世界与彼岸世界的美学观

相比于布尔加科夫偏重于哲学层面的聚合性思想，别尔嘉耶夫也将其融入自己的美学观中。他的美学思想散见于其哲学和神学著作中，尽管并没有形成系统的论述，但从其表述中可以清晰地看到别尔嘉耶夫的美学思想聚合性思维的内在联系，聚合的双方分别是现实生活和宗教层面的精神生活，在别尔嘉耶夫看来，正是在二者相互统一、彼此聚合的过程中，才会产生真正的美。

① ［俄］布尔加科夫：《东正教——教会学说概要》，徐凤林，译. 北京·商务印书馆，2001年版，第7页。

② ［俄］布尔加科夫：《亘古不灭之光——观察与思辨》，王志耕，李春青，译. 昆明·云南人民出版社，1999年版，第32页。

（一）美是人和上帝共同作用的结果

在对美的本质进行界定中，别尔嘉耶夫明确将美归为主观性的领域，应该说这是他存在主义倾向哲学思想的必然发展。在别尔嘉耶夫看来，人所面对的两种世界（即主观世界和客观世界），其中恰恰是主观世界才是最为真实的，因为它代表着人类本真的、未经歪曲的精神世界，而客观世界与别尔嘉耶夫哲学理论中的"客体化"紧密相关，都是外在生活、现实规律对人精神世界的作用，甚至是异化，所以别尔嘉耶夫认为处于主观世界中的人才是积极的，并富于创造性的，而客观世界和与之相关的客体性在别尔嘉耶夫这里变成了贬义，成为束缚美的外在魔咒。由此，别尔嘉耶夫认为真正的美就是一种挣脱、一种突破，是对现实束缚的挣脱，对客观性的突破，"美不仅是直观，美总是说明创造，说明反抗世界奴役的斗争中创造性的胜利。美所说明的是人的共同参与，是人和上帝的共同作用"①。当然，这里的上帝更多地代表着人精神世界中不为外物所制约的主体个性，这种个性的存在正是所谓的神人性，别尔嘉耶夫对人的重视实际上是对人的个性的重视。这里的个性不同于其字面意义，而是带有神性特征的积极创造的人的本性，所以别尔嘉耶夫认为并不是所有的人都有个性，拥有个体不代表拥有个性。

（二）美是一种净化

别尔嘉耶夫在其论述中也提到了美的作用和艺术的意义，在他看来美并不是与丑相对立的，相反丑陋的现实可以转化为美的艺术，而美的作用则类似于亚里士多德的净化论，但是可以明确看出别尔嘉耶夫所说的净化论只是借用了亚里士多德的提法而已。众所周知，亚里士多德认为悲剧对人的心灵具有净化的作用，即所谓的"卡塔西斯"，不论译作"陶冶"或是"净化"，它们的共同意义都属于人的情感和伦理层面，"不论认为是宣泄、净化，还是认为陶冶、锻炼，都是使观众的心理经过悲剧的作用达到一种平静健康的状态"。②在这里，美对于人的最大意义在于修炼心性、塑造美好的品德。而别尔嘉耶夫所说的净化则与此截然不同，在他看来艺术对人的净化作用主要体现在它的"解放"上，人被客体化的世界所长期奴役、束缚，使得人们的精神世界逐渐被僵化和麻痹，而正是通过艺术的感染和美的熏陶，使人的精神得以觉醒，从而萌生了想要突破现实奴役的精神动力，所以别尔嘉耶夫的净化论就是一种拯救，同时也是摆脱，正是在这个意义上，别尔嘉耶夫认为

---

① ［俄］别尔嘉耶夫：《论人的奴役与自由》，张百春，译．北京·中国城市出版社，2002年版，第287页。

② 马新国主编：《西方文论史》（修订版），北京·高等教育出版社，1994年版，第39页。

美是积极的，它与个性创造在本质上是相同的。一切真正的艺术创作者都是看到了现实中的奴役和人的异化，从而产生了想要改变现实的冲动，从而才能在这一主观觉醒的过程中创造出优秀的艺术作品。

（三）"完整的美"和"分裂的美"

别尔嘉耶夫在自己的美学理论中，美成为解救人类客体化存在的重要手段，它是聚合性思维在艺术领域的外在显现，但与此同时别尔嘉耶夫并没有将现实世界中所有类型的美都作为自己肯定的对象，在他看来美也是有区别的，有些类型的美能够帮助人类主体摆脱客体化的奴役，可是有些美却使人类被动接受外在现实生活，而失去了积极改变现实的动力。与美学史上诸多对美的分类不同的是，别尔嘉耶夫并没有区分美与丑、崇高与优美等美的外在形式，而是将美的类型与人的个性状态进行联系。"完整的美与人的完整本质一致。分裂的，不完整的美则与人的本质的分裂性和不完整性相关。"①在他看来当人拥有完整的个性时，他所创造的美就是"完整的美"，相反则是"分裂的美"。在这里，别尔嘉耶夫对美的认识实质上还是根源于他对神人性的认识，基于创造意识和自由精神在内的完整个性就是其神人性的真实写照，而只有具备这种真实状态才能创造出真正的美。以此为基础，别尔嘉耶夫进一步对古典主义和浪漫主义进行比较和评价。在他看来，古典主义对人是一种奴役，因为古典主义中充满了客观的规律和教条，创造者无限的主观世界被有限的外在秩序所制约，精神的主动性和创造性在古典主义的樊篱中无法得以施展。而浪漫主义则是对古典主义的挑战，浪漫主义反对有限形式的束缚，主张精神主体的完全解放和不受客观条件的制约。可以说，古典主义和浪漫主义在别尔嘉耶夫看来完全是两个极端，而他本人并不认同其中的任何一种艺术形式，因为浪漫主义虽然注重主体的精神自由，但更容易陷入精神幻想的自我满足，这同样也是一种自我的奴役。与此同时，别尔嘉耶夫提出了他自认为最为合理的美学形式——现实主义。不过，别尔嘉耶夫的现实主义也完全不等同于文学理论中的常用术语，用他自己的话说就是"宗教意义上的现实主义"。也就是说，这里的"现实"不是客观环境和外在社会生活，而是上帝的"启示"，在别尔嘉耶夫看来这种超越于现实生活之上的充满神秘色彩的宗教世界，能够真正唤醒人的精神自觉，这要比哲学和科学的力量还要强大。因为只有在宗教意义上的最高现实才能使人认识到自己的真实面目，"在精神道路本身中，在原初生命本身中可能发生改变，它们要求认识

---

① ［俄］别尔嘉耶夫：《论人的奴役与自由》，张百春，译．北京•中国城市出版社，2002 年版，第 285 页。

中另外一种象征化、另外一种自我认识结构。哲学不会体现宗教中的这种改变，而在原初生命本身中可能会有这种事件，它们要求在对宗教生活奥秘理解中克服自然主义与客体对象化阶段"①。应该说，这里的"现实"是人类精神世界中的现实，而且是折射在宗教范畴中的精神现实，而人对这种"现实"的接受和反映则带有明显的直觉色彩，它既没有古典主义过多的外在限制，也不会沦为主体精神的任意幻想，上帝的启示成为此时的创作目标，而真正的美则成为神意的显现。

　　由以上的论述我们可以清楚地看到，别尔嘉耶夫的美学思想带有浓重的存在主义倾向和直觉特色，与此同时别尔嘉耶夫将美学从哲学的领域划归到宗教的范畴，这就使得他对美的界定和美的创造的论述带有明显的神秘主义特色。在别尔嘉耶夫的美学理论中，美的创造和审美的过程完全依靠上帝启示和人类直觉体悟，从而使他对美的界定完全归结为主观世界的精神现象，而缺少了对美的表现形式和外部条件的认识。所以，俄国哲学家、神学家、东正教大祭司津科夫斯基认为别尔嘉耶夫实际上是一个浪漫主义者，在他看来现实生活都是无意义，而且无时无刻不在侵蚀着人类的自由精神，由此别尔嘉耶夫的美学思想也成为其非理性、非现实的理论代表，他对美的认识成了缺乏现实载体的空中楼阁，沦为其浪漫幻想的一部分。不过，别尔嘉耶夫"宗教意义上的现实主义美学"与中世纪的基督教美学思想还是有着根本的差异的，中世纪的美学"不是人的美学，而是神的美学"。②而别尔嘉耶夫的美学思想从根本上来说还是人的美学，并且他将美的类型与人类主体的完整个性联系在一起，使得美成为展示人类完整个性的外在表现形态，美也成为人创造行为的直接显现：

　　　　改变了世界恶就是美。美是对世界的重负和丑陋的克服。通过美发生的是向改变了的世界的突破，向与我们的世界不同的另外一个世界的突破。③

　　从这里我们可以看出，美已经成为别尔嘉耶夫创造理论实现的必经途径，它既是聚合性思维发展的必然结果，也是促成此岸世界与彼岸世界相交融的必经之路。

---

　　① ［俄］别尔嘉耶夫：《自由精神哲学——基督教难题及其辩护》，石衡潭，译．上海·上海三联书店，2009 年版，第 6 页。

　　② 邓晓芒：《西方美学史纲》，武汉·武汉大学出版社，2008 年版，第 50 页。

　　③ ［俄］别尔嘉耶夫：《论人的奴役与自由》，张百春，译．北京·中国城市出版社，2002 年版，第 284 页。

三、寻找聚合性思维独特的着眼点

我国有学者曾这样写道："白银时代的所有的著名代表最突出的特征和共同之处就是他们都有自己独特的宗教观，他们的创作（无论是哲学，还是文学和诗歌）都与他们的宗教观紧密相连。"①当然，他们的文学批评也都是这种宗教观的直接反映。可以说，罗赞诺夫对于文学艺术的看法，很大程度上受到其宗教思想的影响，但对于白银时代的众多宗教哲学家来说，罗赞诺夫的宗教思想却又显得极为独特，从世人冠以他"新宗教意识""性神秘论者""俄国的弗洛伊德"的这些头衔，便可略见一二。罗赞诺夫大胆地选择"性"的问题，来作为其理论的着眼点，从而为聚合性思维引入了一个崭新且备受争议的理论视角。

19 世纪末 20 世纪初的俄罗斯，斯拉夫主义在社会文化上掀起的高潮已经渐渐退去，但它的余温依然传递到白银时代众多哲学家和批评家的身上。新千年的彷徨、新旧思想的冲突似乎愈演愈烈，如何找寻俄罗斯自己的发展道路，如何在这个农奴制残存的国家肯定个体价值，是此时许多思想家集中探讨的问题。

无疑，这样的问题也困扰着罗赞诺夫，而且对他来说变得更加直接和迫切。作为白银时代著名作家梅列日科夫斯基的妻子，同时也是俄罗斯早期象征主义文学流派代表人物的吉皮乌斯，与罗赞诺夫的相交甚密。在她的回忆录中，把罗赞诺夫比作"难得的财富"，初次相见的罗赞诺夫就给她留下了非常深刻的印象："其貌不扬，中等个，肩膀有点宽，戴眼镜，清瘦，总是忙来忙去，不知是腼腆呢，还是大胆。说话很快，很流利，声音不大，样子很特别，好像无论说什么，都带有一层隐秘的色彩。"②在吉皮乌斯的眼中，腼腆与大胆正是罗赞诺夫个性特征的真实写照。而他的这种个性特征也鲜明地体现在其以"性"为核心的聚合性思想中。

（一）罗赞诺夫以"性"为核心聚合学说的形成

在罗赞诺夫的研究文章中，出现频率最高的就是两个关键词：上帝和性。如此巨大的差别，使得罗赞诺夫的思想多了几分耐人寻味的魅力。而他的聚合性思想也着实落在了这两个词的联系与区别之间，正是在上帝与性的论说中，罗赞诺夫审视着社会、文化、人生，乃至文学艺术。这些均源自他看似

---

① 张百春：《罗赞诺夫的宗教哲学》，载《哈尔滨师专学报》，1999 年第 6 期。

② ［俄］吉皮乌斯：《往事如昨》，郑体武，岳永红，译. 上海·学林出版社，1998 年版，第 131 页。

矛盾实则深邃的宗教观。罗赞诺夫思想中与众不同的重视"性"的宗教观来源于他对俄罗斯既爱又恨的矛盾情绪。

首先，聚合性学说的影响为罗赞诺夫的思想提供了理论支持。斯拉夫派的思想始终深刻地影响着罗赞诺夫对传统文化的认识，这从他评价斯拉夫主义的文字中便可窥见一斑。在其《泛斯拉夫主义的晚期阶段》一文中，涉及了东西方教会的比较、俄罗斯村社制以及众多斯拉夫派代表的思想评述。罗赞诺夫通过对基列耶夫斯基、霍米亚科夫、阿克萨科夫等斯拉夫主义代表人物著作的分析和评论，认为是他们找到了正确认识俄罗斯民族和东正教体系的钥匙。此前的历史学家们只是从国家、贵族的角度来不公正地看待俄罗斯的历史和文化，这在罗赞诺夫看来是忽略了绝大多数声音的官方话语。正是这些斯拉夫派的思想家将"聚合性"的思想引入解读俄罗斯的文化历史中来，听到了不同于官方的多种声音，并且肯定了村社制在俄罗斯的重要地位。在这里，"人民并没有默不作声，没有干站着，不只是空占着东欧广袤的地域，而是作为生气勃勃的道德力量在作用着，思维着，创造着"。[①] 正因为这样，俄罗斯的文化才能兼容并包形成自己的聚合性特色。此外，对待宗教的问题上，罗赞诺夫也赞同斯拉夫派的观点，他认为霍米亚科夫首次揭示了东方宗教体系的特点，这就是东正教会更多地保留了基督教本质中的爱与和睦，而这些恰恰是被西方教会所忽略掉的珍贵遗产。可以说，罗赞诺夫既腼腆又大胆的性格特点在此处表现得尤为明显，他部分的认可了斯拉夫主义代表人物的观点，将聚合性学说与自己的思想进行了大胆结合。

其次，现实生活的窘境直接促使了罗赞诺夫思想的提出。可以说，现实世界的残酷始终伴随着罗赞诺夫的一生。年轻时的罗赞诺夫对陀思妥耶夫斯基极度仰慕，他最初成名的论文就是《陀思妥耶夫斯基的"大法官"》。但他的热情还不仅限于此，为了能更直接地理解陀思妥耶夫斯基的思想，还在读大学三年级的罗赞诺夫便迎娶了年长自己十七岁的苏斯洛娃，而她正是陀思妥耶夫斯基生前的情人。年龄的巨大悬殊很快给年轻的罗赞诺夫戴上了精神的枷锁，吉皮乌斯在看到罗赞诺夫这位"前妻"的照片时这样形容"她戴一顶波浪式的包发帽，嘴唇绷得紧紧，用一双恶狠狠的眼睛盯着我们"[②]。于是二人的关系很快出现裂痕，青春的冲动换来了此后罗赞诺夫在感情和婚姻生活上的困苦和尴尬。在苏斯洛娃不同意离婚的前提下，罗赞诺夫无奈与一

---

① ［俄］洛扎诺夫：《自己的角落：洛扎诺夫文选》，李勤，译．上海·学林出版社，1998 年版，第 31 页。

② ［俄］吉皮乌斯：《往事如昨》，郑体武，岳永红，译．上海·学林出版社，1998 年版，第 144 页。

位牧师的遗孀秘密结婚，但也正因此，他们的五个孩子因为父母没有宗教意义上的合法婚姻，而得不到教会和国家法律的认可，成为"私生子"。由此，家庭生活的坎坷经历成为激发罗赞诺夫思想上与传统教会思想抗争的动力，"小小的'我'和'我的房屋'成了判断世界观、宗教、家庭的标尺"①。罗赞诺夫将自己对家庭生活的看法推而广之，以自己对现实生活的感悟为出发点力图将现实生活、宗教文化，以及文学艺术整合起来，他整合的焦点就集中在"性"的问题上，以此来对宗教、文化以及文学作品提出自己与众不同的理论主张。

（二）罗赞诺夫重"性"的聚合性思想的理论构成

毋庸置疑，不论在19世纪末20世纪初的俄罗斯，抑或是在当今社会，关于"性"的话题始终是人们羞于启齿的，更别说是将其作为自己的理论核心，并公然与社会正统思想甚至是宗教等量齐观了，看来吉皮乌斯眼中的"大胆"应该就是针对这一点而提出的。生活的坎坷和精神的追求从两个相反的方向撕扯着罗赞诺夫的灵魂，矛盾的现状使得罗赞诺夫更为深切地认识到当前社会和传统东正教教规的黑暗与冷漠。而他有必要在以传统宗教思维占主导作用的社会文化中发出自己的独特的声音，将自己这个尽管另类却与众不同的想法摆到大家的眼前。他认为"只有把宗教与性融合在一起，才会诞生最大的幸福"。②对于"性"的理论，既来自对东正教教义的生发，也来自对人类自身价值的理解，从而展示出罗赞诺夫"大胆"但并不"低俗"的以"性"为核心的理论框架。

首先，罗赞诺夫对"性"的理解，基于东正教中的"爱"的教义，是将宗教意义上空泛的"爱"与人类现实生活中鲜活的情感相联系。东正教将普世的"爱"作为一条至关重要的教义，"东正教主张：信徒要爱天国中的上帝，要爱尘世中的耶稣基督，要把爱建立在天堂和尘世生活的基础上"③。这里，上到圣父、圣子，下到普通凡人的尘世生活，都是东正教教义中所要施加"爱"的对象。自然，东正教这种关于泛爱的神学思想也深深地影响到了罗赞诺夫的宗教观，与此同时，罗赞诺夫还发展了原有的"爱"的教义，将爱的范围进一步扩大到普通生活中更为原生态的层面，成为他与众不同的宗教主题。

① ［俄］罗赞诺夫：《陀思妥耶夫斯基启示录》，田全金，译．上海·华东师范大学出版社，2013年版，第5页。

② В.В.Розанов.Люди лунного света.В.В.Розанов.В2т.Москва ИЗД.《ПРАВДА》,1990,Т.2.С.54.转引自张杰《走向真理的探索》，北京·北京大学出版社，2012年版，第55页。

③ 乐峰：《东正教史》，北京·中国社会科学出版社，1999年版，第22页。

在他看来，"爱即渴望，是灵魂对肉体的渴望（也就是说，肉体是灵魂的表现）。爱永远是对我特别缺乏和特别需要的东西的爱"①。可以看出，相比于《圣经》中所说的爱是恒久忍耐，又有恩慈，爱是不嫉妒、不自夸、不张狂、喜欢真理，甚至永无止息的泛泛表述而言，罗赞诺夫对"爱"的理解更多了几分真实的个性体验。在罗赞诺夫这里，早已将东正教神学中虚拟、僵硬的教义教条融汇到自己鲜活的个体生命中，爱上帝、爱别人与爱自己成为一个完整的统一体，爱自己就要真实展现个体生存的原生态需求，越是"特别缺乏"和"特别需要"的东西就越对现实中的人类意义重大，那么结合罗赞诺夫的真实经历，我们当然能体会他最为缺乏恰恰又特别渴求的即是自己婚姻得到认可。为此罗赞诺夫选择了最为尖锐也最能够说明问题的"性"来作为他整合上帝与人世的聚合点。"一方面是神圣的上帝；另一方面被认为是'最低级的'领域——人的性，罗赞诺夫企图把最高尚的和最低下的东西结合起来"②。也正是这一大胆的举动，才使得当时俄罗斯思想界和宗教界都将他视作"淫棍"和"异教徒"。但事实上，罗赞诺夫并非真正意义上反对东正教教义的"异教徒"，他晚年依然选择在修道院中接受基督教的圣餐。他之所以在自己的宗教观中加入显眼的"性"的提法，最根本的目的就是要将活生生的人类情感融入冷冰冰的宗教学说之中，使得这种生活化的宗教观能够更好地给人生提供精神上的庇佑和安慰。所以，他更为偏向真实的、温暖的、切近人自身的，符合人类自己生活发展意愿的宗教，反对传统教会对人的漠不关心，并认为传统教会所代表的是死亡的宗教，用禁欲主义抵消了对人的爱。同时，罗赞诺夫希望回归《旧约》，认为《旧约》中充满了对人和家庭的爱。

其次，罗赞诺夫眼中的"性"不同于弗洛伊德所说的"力比多"，"在罗赞诺夫那里性的秘密全部被人性化了"③。他着重肯定的还是"性"的道德意义，并不是狭隘地指一种功能或是器官，而是一种人与自然的沟通渠道，是超越于人类个体的自身体验，从而上升为对人类群体生存价值的探讨，该怎样面对上帝，该面对什么样的上帝。因此，他大胆地将性与上帝联系在了一起，"似乎上帝有心创造一次性交，但没有完成自己的动作，而把它的开始给了男人和女人"④。从这里我们可以看出，罗赞诺夫认为，只有这种代表着人类真实情感的行为才是人之为人的根本，才是人类自身价值得以实现的

---

① ［俄］洛扎诺夫：《灵魂的手书》，方珊选编，济南·山东友谊出版社，2005年版，第58页

② 张百春：《当代东正教神学思想：俄罗斯东正教神学》，上海·上海三联书店，2000年版，第115页。

③ ［俄］津科夫斯基：《俄国哲学史》，张冰，译. 北京·人民出版社，2013年版，第517页。

④ ［俄］洛扎诺夫：《灵魂的手书》，方珊选编，济南·山东友谊出版社，2005年版，第57页

起点，只有这样，人才能爱自己、爱别人、爱一切，这就是东正教教义中泛爱的真谛所在。吉皮乌斯非常准确地看清了这一点，她认为"洛扎诺夫的'离经叛道'本身来源于他对上帝的世界的宗教性的爱，来源于他对世界，对整个肉体的宗教性的兴趣"①。所以，"性"的学说成为罗赞诺夫整合上帝与人间，宗教与社会的一个聚焦点，也是他理解宗教哲学，分析社会和文化的出发点。

最后，罗赞诺夫高扬"性"的学说的本质是对人自由价值的高度肯定。在对人自由价值的认可方面，罗赞诺夫最为看重的就是人的精神的不朽，这可以说是自由的前提。而东正教、基督教，即陀思妥耶夫斯基小说中"宗教大法官"所代表的教会并没有肯定人的这种精神上的价值，因为在他们看来，只有上帝才保有真理，而人类是生活在罪恶和谎言中的，这罪恶就包括肉体的罪恶。对此，罗赞诺夫有他自己的认识，"真理来自人，如果在自己的道路上人不遇到迫使其远离真理的障碍，那么真理将永恒地来自人"②。在罗赞诺夫看来，人的本性始终是向善的，而只要是符合人类真实追求的一切行为都是向善的，是合情合理的。人类的宗教和社会文化也都是在这种向善的终极心理支配下，在精神世界上的直接反映。因此，人类对真理和理性的追求恰恰代表着人类在感性和理性两方面对自我价值的不断认可。重视人类的真实感受、尊重人类的自我认可，才是罗赞诺夫眼中宗教和文化应该具有的珍贵品格。所以他在《我们时代的启示录》中写道："上帝，爱我们的家庭，也爱家庭中的我们，似乎也应该爱处在离婚深渊中的我们。"③无疑，自身遇到的现实问题，使罗赞诺夫更加深切地体会到人类对于爱和真理的渴望出自自己的肉体的原初体验，传统教义将其视作人的罪恶，加以否决和惩罚，但他却认为这才是人性本善的体现，而真正的上帝，尤其是罗赞诺夫大加肯定的《旧约》中的上帝，则是充分认可人类这种真实情感的，上帝与人性是同在的。可以说，这是隐藏在"性"学说之下的罗赞诺夫的真正用意，"罗赞诺夫关于人的不朽的观点对于我们理解他的整个思想是非常重要的，由此才能解释他对家庭及生育的崇拜，而这种崇拜又恰恰是他哲学思想的重要特征"④。

值得注意的是，罗赞诺夫并不是仅仅在字面意义上赞同霍米亚科夫的聚

① ［俄］吉皮乌斯：《往事如昨》，郑体武，岳永红，译．上海•学林出版社，1998年版，第141页。

② ［俄］罗赞诺夫：《陀思妥耶夫斯基的"大法官"》，张百春，译．北京•华夏出版社，2002年版，第145页。

③ В.В.Розанов.Апокалипсиснашеговремени.http://www.litres.ru/vasiliy-rozanov/apokalipsis-nashego-vremeni/.

④ 邓理明：《瓦•罗赞诺夫简论》，载《俄罗斯文艺》，1998年第1期。

合性学说，也并不是单纯将几个不同元素聚合在一起，他是将聚合性学说的精髓运用到了自己的思想中。二者本质的共同之处就在于以聚合的名义将边缘性思想向中心点推进。霍米亚科夫通过多样聚合为统一的学说，意在促进东正教在一向以西方天主教掌握话语权的文化领域争得一席，天主教的上帝让人类去爱，东正教的上帝一样让人去爱，而且这种爱里更强调以自由为基础，而不是由西方天主教长期把持话语的中心权力，只有以自由为前提的多样，才能在基督教思想界树立东方正教的地位。"东正教只能靠自由来维持，只有在自由的基础上，才能保持东正教对天主教和其他宗教的相对优点"[1]。与此相应，基于罗赞诺夫饱受争议的个人实际情况，"自由"的宗教观对他来说更是弥足珍贵，既然要自由就要有多样性作为保障，允许不一样的思想、允许不同声音的出现才是聚合性学说的真实初衷。霍米亚科夫凭借这点争取东正教的地位，罗赞诺夫也凭借这点谋求自己的合理价值，他也是在努力将自己本不为传统教会所接受的所谓"异端邪说"由边缘向中心推进，对此我国有学者指出，"如果说人类本身就是一个大的修道院的话，罗赞诺夫却想给修道院贯彻他自己的法则"[2]。

第三节　聚合性思维下的文学批评标准

在聚合性思维的影响下，宗教文学批评在具体的批评实践中形成了独特的文学批评标准，这其中既包括布尔加科夫所确立的"宗教—美学文艺批评标准"，也有别尔嘉耶夫的"整体精神现象"批评，他们都从各自不同的审视角度，将聚合性思维运用到具体的文学批评活动中。

一、宗教—美学文艺评价标准

在布尔加科夫的宗教哲学理论中，上帝的先验世界具有至关重要的地位，他是人类精神乃至于人类世界赖以生存的根源。但作为一种宗教信仰，这样的言论固然会显得苍白无力，最终与其他宗教教义一样仅仅在教堂里寻得一席之地。而也正是为了解决这种理论上的尴尬，布尔加科夫受到索洛维约夫"一切统一"思想的影响，并将其中的索菲亚学说引入了自己的宗教理论中来。布尔加科夫认为，索菲亚学说的出现，解决了两个世界相互隔绝的问题，也使得长久以来空洞乏味的宗教教义焕发出强大的生命力。表现在文学艺术

① ［俄］别尔嘉耶夫：《自由的哲学》，董友，译．上海·学林出版社，1999 年版，第 205 页。
② 张冰：《白银悲歌》，北京·中国电影出版社，1998 年版，第 191 页。

领域，他处处从索菲亚学说的视角来阐述自己的想法，认为艺术与宗教居于同样重要的地位，二者的本质相同，而且艺术就诞生于宗教祭祀，因此文学艺术是宗教世界在现实世界中的显现，而衡量艺术的标准也要聚合宗教和现实两个世界的特点，并由此提出了他的"宗教—美学文艺批评标准"，这也是索菲亚学说在文学艺术层面的具体体现。

（一）艺术位于两个世界的相交之处

这里所谓的两个世界，即宗教神学中的彼岸世界和现实生活中的此岸世界。在白银时代众多宗教哲学家的理论中，象征着上帝至高无上精神的彼岸世界一直是他们所追求的精神家园，它是别尔嘉耶夫眼中的"精神王国"，也是舍斯托夫笔下的"耶路撒冷"，长久以来，俄罗斯众多宗教哲学家都在探寻一条摆脱现实束缚、追求精神自由的宗教之路。布尔加科夫也在这条道路上不断探索，但与其他人不同的是，布尔加科夫更为看重两个世界的结合，现实世界中包括政治、经济、艺术等在内的一切社会现象都带有另一个世界的深刻痕迹，当然也是开启另一个神秘世界大门的钥匙。对此，我国学者徐凤林这样解释道："在通常的知识范围内，我们所不认识的和'不可企及'的东西，这一切都只不过是具有'假设的'超越性，而实际上是内在于此世存在的，也就是内在于此世存在之人的。"[①]可以说，布尔加科夫眼中的现实世界就如同徐凤林先生所说的，其处处投射着彼岸世界的影子，看似超验的宗教理想却有着广泛的现实基础，而现实社会中出现的众多危机恰恰是两个世界相结合过程中出现了问题，因此对现实世界的改造也应该从其最为本质的宗教信念入手，只有这样才能从根本上解决现实社会中人类精神信仰缺失的问题。

在其代表作《亘古不灭之光——观察与思辨》（Свет невечерний. созерцания и умозрения）一书中，布尔加科夫甚至将艺术与巫术并列在一起进行论述，这代表着布尔加科夫对艺术的一种本质性的看法。在他看来，艺术不仅诞生于宗教巫术仪式，而且优秀的艺术作品必然笼罩着一层神秘的宗教面纱。与经济和政治等现实因素相比，艺术以其自由的想象和情感表达而与宗教的联系最为紧密。所以，在布尔加科夫看来，艺术是彼岸世界和现实之间的交点，而艺术创造的过程也是与两个世界紧密相连，因此，艺术作品所呈现给世人的价值不仅体现在自身的艺术特色上，更多的还在于它所显现出的另一个世界的美。由此，艺术作品和艺术行为在布尔加科夫眼中不再只

---

① 徐凤林：《俄罗斯宗教哲学》，北京·北京大学出版社，2006年版，第154页。

是它们本身呈现出的样子，而是像柏拉图的"最高理式"那样成为彼岸世界的代言。所以，布尔加科夫也在一定程度上否定了艺术本身的意义，认为它的作用就是通过象征的手法来达到通往另一个世界之美的途径，而且布尔加科夫将这个被象征的世界明确定义在宗教信仰的范畴，它是上帝的世界，艺术是上帝世界美的显现。在这里，艺术是相对的，唯有超验于人类存在的宗教理念才是绝对的美。

（二）神话是神的启示

表现在具体的文学活动中，布尔加科夫十分看重神话这一文学体裁，因为神话的表现方式具有强烈的象征意味，同时神话传达的内容带有明显的神秘因素。所以，如果说艺术位于两个世界的相交之处，那么"神话是发生在两个世界相交处的事件，两个世界在神话中相会"①。可以看出，从艺术到神话，是两个世界由远及近逐渐走向聚合的交会点，不是人创造了神话，而是神话通过人来讲述，"最高本质力量在人体内说话"，这才是两个世界相聚合的最好体现。布尔加科夫认为，神话创作最为本质的特点就在于它的宗教体验，因为有了类似于巫术仪式的宗教体验，才激发人类创作神话故事的冲动。这就类似于柏拉图所说的灵感，当创作者接收到了来自神灵的启示，宗教体验随之产生，而神话类似于柏拉图笔下诗人受到神灵凭附后的结果。这里，布尔加科夫为神话及其创作赋予了一层宗教虚幻色彩，看似表面上与人类毫不相关的神话故事，实际上反映出布尔加科夫的深刻疑问——神话反映的世界到底是真实的还是虚假的？布尔加科夫的回答是前者。在他看来，先验世界虽不如现实世界这样真实可感，却与人类的精神世界紧密相连，二者联结的桥梁就是人类的智慧和充满爱的情感，即索菲亚。由此，布尔加科夫将神秘的先验世界从至高无上的宗教教义中拉回到平凡人类的身边，在他眼中，自然、社会、文学、艺术都具有先验的神性，都是因为索菲亚的联结而与先验世界发生了关系，只有能够倾听自然神性的召唤并将其表现在自己作品中的作者才是最优秀的。神话无疑是这种优秀文学样式的首要体现，它才是真正意义上的象征主义，对宗教世界、彼岸世界的描述才是神话的主要特点，神话是对上帝、耶稣、高深莫测的灵智的主观体验。在这里，布尔加科夫希望通过一系列人类世界中可见可感的现象来证明那些不可见、不可感世界的现实价值，只有这种价值的存在才能印证索菲亚学说的合理性。可以说，这也为布尔加科夫提供了一个理论上的坐标，即一切现实社会的存在都有其彼岸世界

---

① ［俄］布尔加科夫：《亘古不灭之光——观察与思辨》，王志耕，李春青，译．昆明·云南人民出版社，1999 年版，第 58 页。

的影子，都是人类内在精神与先验世界相互联结的产物。不仅体现在神话中，也体现在一切文学艺术甚至是政治经济领域，而这也为布尔加科夫文学批评标准的确立提供了坐标。

（三）将"宗教—美学标准"确立为文学评价标准

在索菲亚学说的引领下，布尔加科夫试图拨开附着在现实世界的面纱，探索隐藏在其内部的精神元素。在他看来，文学艺术就是人类精神世界对宗教世界的反映，它直接来源于对上帝启示的精神体验。神话是这样，其他一切文学形式也是如此。因此，在评价文学艺术的过程中，布尔加科夫认为应该设立一个独特的评价标准，即所谓的"宗教—美学标准"，用他的表达就是"寻找一个没有外部标准、只有内部标准（如果可以这样说的话，宗教—美学标准）的公正尺度，乃是只受制于精神趣味和精神节拍之感觉的'精神艺术'的任务"[1]。从这里的表述我们可以看出，艺术更为纯粹的表达应该是"精神艺术"，所以，评价这种艺术的标准就要将关注点完全投射在人类内部的精神世界，即"内部标准"，而宗教当然属于内部标准的范畴。由此，我们可以发现，布尔加科夫此时对宗教的理解并不同于世俗概念中的教堂、教会甚至是教义那样简单，在他看来，宗教已经超越了表面上的形式因素，而完全成为精神领域中的精神现象。这种精神现象就是人类对至高真理的绝对信仰，它不需要科学知识的佐证，也无须烦琐教义的约束，它是人心与上帝的直接交流，这种交流的结果就是文学艺术以宗教信仰为根本出发点，对不合理的现实世界进行彻底颠覆和超越，从而起到拯救人类灵魂迷失的重要作用。

所以，艺术是非功利的，独立于一切制度之外，而唯独与超验世界相连。艺术的作用也不仅仅是人类用来审视美、体验美感的工具，而是人类得以超越现实束缚、寻求精神解放的途径。因此，艺术创作和作品在布尔加科夫看来都是具有开放性的，个人的创作与集体的创作、某个时代的创作与整个人类历史的创作是具有内在联系的，这种联系最终都指向了宗教信仰。他认为，"在无论个体还是集体的民间创作中可以找到十分类似的现象，其创作个性不会消解和淹没，但却保留着不署名的整体性"[2]。这种整体性就是对宗教祭祀的真诚信仰，可以说，这种宗教情怀在布尔加科夫看来已经成为人类各个种群间共有的精神财富，它贯穿于人类进化以及人类文化发展历史始终，早已被人类作为一种潜意识而深藏于每个个体的灵魂深处。从这里可以看出，

---

① ［俄］布尔加科夫：《亘古不灭之光——观察与思辨》，王志耕，李春青，译．昆明·云南人民出版社，1999 年版，第 63 页。

② 同上，第 199 页。

布尔加科夫是站在人类文化发展史的宏观层面来理解人与宗教之间的关系的，这时的宗教类似于荣格的集体无意识，而完全不等同于现实世界中的基督教会。由此不难理解布尔加科夫将宗教作为评价文学作品标准的用意，在他看来，好的文学作品都是宗教意识长久积淀在人类精神世界中的产物，都是彼岸世界通过人类之口形成的真理性的预言。这带给文学艺术巨大的精神力量，陀思妥耶夫斯基的文学创作就是这种精神力量的集中体现。

布尔加科夫曾经在 20 世纪初发表过一篇评价陀思妥耶夫斯基的文章——《荆冠：纪念陀思妥耶夫斯基》（Венецтерновый.ПамятиФ.М.Достоевского）。在这篇文章中，布尔加科夫针对当时俄罗斯评论界主要从社会、政治层面对陀思妥耶夫斯基文学价值进行评价的现实给予针锋相对的批评。他认为这是对陀思妥耶夫斯基深刻灵魂的简单粗暴的认识，并且认为仅仅从其作品现实生活中反映的事件和意义入手，无法真正发掘陀思妥耶夫斯基思想中的深层矛盾。而这种在布尔加科夫看来是机械的、物理的简单评价完结之后，才标志着陀思妥耶夫斯基思想开掘的真正开始。所以，在对待陀思妥耶夫斯基文学艺术价值的评价方法上，布尔加科夫秉承其宗教—美学的批评视角，坚决反对仅仅从现实、政治着眼的角度来简单看待陀氏的文学艺术价值。那么，所谓的宗教—美学视角能看到一个怎样的陀思妥耶夫斯基呢？布尔加科夫认为，宗教—美学的批评标准就是分析作家及其作品的内在标准，这就要求批评家从陀思妥耶夫斯基作品表层的叙述深入其内在的精神领域，表现在具体的批评中，布尔加科夫主要是通过对陀思妥耶夫斯基作品中主人公的分析来探索陀氏的精神内核。

布尔加科夫通过对《卡拉马佐夫兄弟》中伊万·卡拉马佐夫、阿辽沙·卡拉马佐夫、宗教大法官、佐西马长老和《罪与罚》中拉斯柯尔尼科夫等形象的分析，发现他们虽经历着不同的人生，但都具有某种共同性，实质上都是陀思妥耶夫斯基精神世界中两种力量（对现实的疑惑和对上帝的信仰）进行残酷斗争的具体体现。这些主人公在作品中所经历的折磨就是陀思妥耶夫斯基本人正在经历的痛苦，他无法将自己的精神折磨直白地告诉世人，所以才借助这些人物形象的描述来曲折委婉地表达自己的真实心声。由此，布尔加科夫认为普通评论者仅从作者的政治立场和社会视角来看待他的文学人物和作品，那么这些人根本无法理解其作品中主人公正在经历着怎样的精神折磨，对此来说他们都只是"简单的人"（простой человик），而陀思妥耶夫斯基的精神世界在布尔加科夫看来是非常复杂和深刻的，他的深刻性在伊万·卡拉马佐夫的身上就体现得非常明显。

众所周知，在陀思妥耶夫斯基著名的长篇小说《卡拉马佐夫兄弟》中，

"宗教大法官"一章是伊万和阿辽沙两个兄弟间的一次面对面的交流,在这里伊万给阿辽沙讲述了自己创作的一首长诗,描写了上帝降临人间后的救赎,以及与代表人间宗教权威的宗教大法官之间的对话。也正是因为这里涉及了上帝的自由与人间教会的自由之间的明显冲突,而使得这一章成为众多白银时代宗教哲学家研究陀思妥耶夫斯基思想的着眼点。布尔加科夫也对这一章表现出极大的兴趣,尤其是对其中的主角伊万·卡拉马佐夫所经历的精神折磨产生了强烈的共鸣。布尔加科夫认为伊万口中讲述的上帝与宗教大法官之间对待自由的不同认识代表着伊万·卡拉马佐夫深刻的疑惑,他既怀疑上帝也怀疑现实中的宗教大法官,由此导致了他对当时社会价值的疑惑。在布尔加科夫看来,伊万通过长诗想要表达自己对这个时代的巨大的不信任感,并提出社会表面的和谐与繁荣、现实宗教承诺给人们的"面包"是否能够真正解决人类精神自由的问题。对人类来说,面对权力、奇迹和诱惑,现实世界中的自由与上帝的自由,两者之间哪个更为重要。这些疑问都是困扰伊万的精神枷锁,它们同样也是陀思妥耶夫斯基长久思考的焦点。通过对这一形象的研究,布尔加科夫认为陀思妥耶夫斯基不仅看到了当时俄罗斯社会思想中的现实问题,也"预见到了欧洲思想中的这种症状,就像尼采那样,而且他不仅预见了,还更加鲜明而强烈地表现了出来。(请回忆他笔下的那些形象:拉斯柯尔尼科夫、基里洛夫、伊万·卡拉马佐夫)"[1],这个"症状"就是社会经济的发展、剩余价值的积累与人类精神日趋空虚、人类自由价值不被认可之间的巨大矛盾,它正从欧洲逐渐扩散到俄罗斯。当前的社会在布尔加科夫看来已经进入完全世俗化的时代,面对这样充斥着功利、实用目的的社会文化环境,布尔加科夫感到了深深的忧虑,而且他认为这种忧虑也正是陀思妥耶夫斯基作品中想要极力表达的,是伊万·卡拉马佐夫在自己的诗歌中想要体现的。在布尔加科夫看来,这个问题的根源就是宗教大法官的自由战胜了上帝的自由,人类因此而缺少了彼岸世界的精神救赎。他认为在陀思妥耶夫斯基的作品中"能够听到比较阴沉和悲惨的声音,当陀思妥耶夫斯基说到道德的沦丧,伴随着信仰和最高生活意义的丧失,在未来的国家人类的体验仅仅决定于社会成就,而缺少了上帝的救赎"。[2]

布尔加科夫在陀思妥耶夫斯基的作品中看到了疑惑,也看到了挣扎,并认为陀思妥耶夫斯基找到了解决问题的办法。尽管,布尔加科夫依然认为这

---

① С.Н.Булгаков.Венец терновый.ПамятиФ.М.Достоевского Типография ОттоУнфуг С-Петербург.ул.Гоголя Но21.с.4.

② С.Н.Булгаков.Венец терновый.ПамятиФ.М.Достоевского Типография ОттоУнфуг С-Петербург.ул.Гоголя Но21.с.13.

是陀思妥耶夫斯基没有明说的一个秘密，而且陀氏将这个秘密一直带入了坟墓。但在布尔加科夫看来，这个秘密已经被他解开——这就是用信仰战胜疑惑，用彼岸世界的精神追求抵御现实世界中的物质利诱。由此可以看出，布尔加科夫对待陀思妥耶夫斯基作品的评价完全基于宗教信仰的基础上，他认为只有立足于作者内部的精神世界、充分发掘陀思妥耶夫斯基的宗教情怀，才能将其作品的丰富性和复杂性进行完美的诠释。所以，在其宗教—美学的审视视角之下，呈现出的作家创作本身就是一种精神世界的宗教体验，"每一种创造行为都努力具有绝对性（不仅就其本源来讲），因为人在创造中寻求的是把任何形式都难以表现的、超验的个性内核表现出来……"① 布尔加科夫认为正是这种对超验个性的不断追求，使得文学艺术具有了宗教救赎般的巨大精神力量，"艺术希望成为的不仅是一种慰藉，而且是一种有效的力量，不仅是象征的，而且是能使事物面貌一新的。这种追求在俄罗斯的灵魂中感受尤为强烈，俄罗斯的灵魂在陀思妥耶夫斯基具有远见卓识的话中使这种追求得到了先知一般的体现：美将拯救世界"②。从这里可以看出，布尔加科夫高度评价陀思妥耶夫斯基的原因就在于，陀思妥耶夫斯基的作品真正具有了宗教和美学的双重价值，是索菲亚性在文学艺术领域的集中体现。

综上，我们可以发现，神学家和哲学家的双重身份使得布尔加科夫的文艺批评带有浓重的宗教色彩，他更多地将评价视角聚焦在文学作品与宗教体验之间的联系上，他的作品分析更像是在向大家传达自己对上帝的至高无上的崇敬。这也导致他的评价标准片面强调文学艺术与虚构、幻想的精神活动的内在关系，而忽视了社会现实对文学艺术的巨大影响。不过，如果抛开这些宗教色彩，来单纯看待他的文学批评，则会发现布尔加科夫的批评特点在于，他善于发掘潜藏于各个作品和不同人物背后的内在联系，这也类似于同时代的荣格集体无意识的思想，他既关注到个体存在的作者，也试图探讨存在于作者心中的无意识"宗教集体"的影子。布尔加科夫认为，优秀的作品恰恰是这二者完美结合的产物，这也算是布尔加科夫的宗教无意识吧。他的这种思想在现代俄罗斯思想家那里逐渐受到重视，并开始进行深入的研究。当代俄罗斯哲学家、俄国宗教哲学研究专家霍鲁日（Сергей Сергеевич Хоружий，1941— ）就认为"布尔加科夫固有一种对现象的历史的和动态的

---

① ［俄］布尔加科夫：《亘古不灭之光——观察与思辨》，王志耕，李春青，译．昆明·云南人民出版社，1999 年版，第 189 页。

② 同上，第 190 页。

视角"①，他看到了布尔加科夫贯穿在历史、政治以及文学批评之间的宗教联系，这正源于布尔加科夫对索菲亚神学主题的独特领悟。此外，2001年俄罗斯召开了纪念布尔加科夫130周年诞辰的国际学术研讨会，并出版会议论文集《布尔加科夫：宗教哲学之路》，其中И.Б.Роднянская在其《布尔加科夫神父的思想风格和方法》一文中就明确指出："布尔加科夫思想遗产的意义不仅仅是因为他打开了一个新的神学时代，而已经不再属于过去几个世纪的神学范畴。在我看来，就在于他的索菲亚中心主义（софиоцентричность）使得基督中心主义（христоцентричность）在某种程度上变得黯然失色。"② 可以说，东正教神学思想以及索菲亚的神学主题是布尔加科夫哲学和文学批评的理论根基，但正如许多白银时代的宗教哲学家一样，布尔加科夫对东正教神学思想的理解和阐释具有更多的个人色彩和时代特征，而其中更多的价值则体现在他在现实与宗教理想之间，搭建了一个相互理解、阐释的通道，他的哲学文章、散文随笔和文学评论都是这条道路上的指示牌。

二、整体精神现象批评

综观别尔嘉耶夫文艺批评的特点可以看出，他的评价方式更多偏重于从俄罗斯民族性和社会文化的视角来回看文学作品和作者的思想，他总是力图通过对作者思想的解读来阐释其精神领域的内在本质，这也类似于我国"知人论世"的评论方式。别尔嘉耶夫本人在其《陀思妥耶夫斯基的世界观》开篇中就明确指出：

> 我不打算对陀思妥耶夫斯基作文学史研究，也不打算写他的生平和描述他的个人生活。我的著作也完全不是一部文学批评专著——一种对我来说不太具有价值的创作。似乎也不能说，我是带着心理学的观点走近陀思妥耶夫斯基，揭示陀思妥耶夫斯基的"心理学"。我的任务是另一种。我的著作应该走进精神领域，而不是心理领域。我试图打开陀思妥耶夫斯基的精神世界，探明他最深的处世态度，并直觉地描述他的世界观。③

---

① ［俄］C.C. 霍鲁日：《俄罗斯索菲亚论的歧路》，张百春，译. 载《俄罗斯文艺》，2010年第4期。

② И.Б.Роднянская：《Сергей Николаевич Булгаков-отец сергий стиль мысли и формы мысли》.《С.Н.Булгаков: Религиозно-философский путь.》 http://www.rp-net.ru/book/articles/materialy/bulgakov/rodnyanskaya.php.

③ ［俄］别尔嘉耶夫：《陀思妥耶夫斯基的世界观》，耿海英，译. 桂林·广西师范大学出版社，2008年版，第1页。

当然，除了陀思妥耶夫斯基，别尔嘉耶夫也将自己的批评视野延伸到包括托尔斯泰、果戈理等在内的众多著名作家身上，在他们的精神领域中挖掘俄罗斯宗教文化的深邃内涵，而注重将多种因素进行内在统一的聚合性思维成为别尔嘉耶夫解读文学作品的重要着眼点。

（一）探索文学中的宗教性

别尔嘉耶夫对宗教性的探索贯穿于他所有的文学批评活动的始终，不仅如此，如前所述其哲学、美学思想无不受到基督教文化的影响，而且在别尔嘉耶夫看来只有宗教才能将人从外在客体化的奴役中真正解救出来。无疑，在别尔嘉耶夫看来，宗教与科学对于人的意义是完全相反的，前者是精神救赎，后者则是现实的奴役。我们姑且不论这种观点的科学性，但是从中可以清楚地看到宗教对别尔嘉耶夫思想建构的重要价值。他的个性、自由和创造、他对美的认识，以及他对众多文学批评的根基就是宗教性。与此同时，别尔嘉耶夫认为文学不仅仅反映了俄罗斯根深蒂固的宗教性，而且许多宗教主题正是通过俄罗斯文学创作得到极大发展的。

《自我认知——哲学自传的体验》是别尔嘉耶夫晚年迁居巴黎时所创作的一部独特的精神自传，在这本书中，他系统地阐述了自己思想形成的过程，尽量客观地分析自身所处时代的文化历史背景，并且在这一过程中展示了自己对同时代文化和文学现象的观点，在他对自我和俄罗斯民族的剖析中，既体现出俄罗斯灵魂的深度也论述了它的不足，其中，别尔嘉耶夫提到最多的字眼就是俄罗斯民族的宗教问题，这一问题深刻地渗透到了俄罗斯文化历史的血脉中。但是，正如其"神人论"是对传统东正教神学思想中人与神关系的颠覆一样，其终生恪守的宗教意识也不等同于历史上的基督教会，也正是这一点使别尔嘉耶夫一度与梅列日科夫斯基创立的"新宗教意识"阵营建立了联系，但最终别尔嘉耶夫无法认同梅列日科夫斯基类似于宗教团体的精神垄断而与其分道扬镳，在自传中他这样写道："梅列日科夫斯基总是阻止人谈论其他的'我们'，希望引向与他们密切交往的这个'我们'的群体。……就我的性格而言，我与那个'我们'是格格不入的。"[④] 从这里可以看出，别尔嘉耶夫的宗教意识不仅不同于东正教的教会信仰模式，也不同于其同时代其他宗教哲学家的宗教意识，但他依然坚定地称自己为"新宗教意识"的表述者，而这里所谓的"新"则是个体对外在一切组织形式和政府形式的断绝，代表着个性自由对一切外在客体化奴役的反抗，所以在这个意义上，别尔嘉

---

④ ［俄］别尔嘉耶夫：《自我认知——哲学自传的体验》，汪剑钊，译. 昆明·云南人民出版社，1998 年版，第 124 页。

耶夫认为梅列日科夫斯基的"新宗教"早已被客体化，始终认为自己是一个"神秘主义的无政府主义"，在思想的世界他是与众不同的，也是异常孤独的。这里的"神秘主义"就是别尔嘉耶夫思想中的宗教问题，而他对待宗教的认识始终行进在努力摆脱外在形式和外在统一制约的道路上，在别尔嘉耶夫看来，所谓的宗教性是一种仅限于个体精神世界中的精神自由状态，而这种状态始源于基督教中圣洁的耶稣形象，这是个体精神为之奋斗的理想状态，是神人的最高显现。所以，别尔嘉耶夫明确指出他的宗教哲学完全不是神学，后者通过教义和教会组织来对人的精神进行束缚和奴役。由此我们可以清楚地看到，别尔嘉耶夫眼中的宗教性实质上是个体精神中不受客体化奴役的自由发展状态，是一种积极的、创造性的个性意识。按照这个思路，别尔嘉耶夫从其独特的宗教视角看待周遭的一切时，提出了这样的观点："对于19世纪的俄罗斯意识来说，有特殊意义的是，俄罗斯的各种不信教倾向——社会主义、民粹主义、无政府主义、虚无主义和我们本身的无神论——都有宗教问题，都感受到宗教的热潮。"[①]可以说，广泛存在于一切社会文化形态中的这种精神倾向，在别尔嘉耶夫的眼中就是带有俄罗斯特色的宗教问题。

从这样的宗教观出发，别尔嘉耶夫对俄罗斯文学，尤其是19世纪的俄罗斯文学进行了一个总体的评价。在他看来，陀思妥耶夫斯基和托尔斯泰无疑是19世纪俄罗斯文学史和思想史上的两座丰碑。他们的重要价值对于别尔嘉耶夫来说正是在于其文学中突显出深刻的宗教问题，别尔嘉耶夫明确提出陀思妥耶夫斯基的作品带有自由哲学的重要特征，"陀思妥耶夫斯基最基本的主题是自由的主题，是形而上学的主题，它在任何时刻都没有被这么深刻地提出来。……这种自由的思想成为其《宗教大法官的传说》中最为基本的主题，而这部分内容是陀思妥耶夫斯基创作的顶峰"[②]。通过别尔嘉耶夫的解读，可以发现他对于陀思妥耶夫斯基自由哲学思想的阐释就是其本身自由精神的再现，别尔嘉耶夫认为陀思妥耶夫斯基对待人类精神世界中的自由与奴役、善与恶、幸福与堕落的观点与自己惊人的相似，或许也可以说正是陀思妥耶夫斯基的宗教思想影响了别尔嘉耶夫的自由观，这一点可以从其专著《陀思妥耶夫斯基的世界观》中得到清晰的答案。对于托尔斯泰宗教哲学思想的评价，别尔嘉耶夫则显示出了更多的冷静，他看到了托尔斯泰精神中出现的矛盾和不彻底性，这里既有对自身贵族地位的两难抉择，也有对普通大众的深切同

---

① ［俄］别尔嘉耶夫：《俄罗斯思想》，雷永生，邱守娟，译. 北京·生活·读书·新知三联书店，1995年版，第158页。

② Николай Бердяев.Русская идея. http://www.litres.ru/pages/biblio_book/?art=174568.Эксмо. M.2007.c111.

情，但毋庸置疑的是，托尔斯泰得到别尔嘉耶夫最大肯定的一点正是在于他唤醒了俄罗斯社会对宗教意义的追寻，并且努力探求实现完善的人生，即便这一点在别尔嘉耶夫看来对于当时的俄罗斯带有柏拉图式的美好幻想，但其中所折射出的宗教自由思想却是弥足珍贵的。此外，20世纪初兴起的象征主义文学也引起了别尔嘉耶夫的关注，他最为认可的就是象征主义文学作品中所展现出的强烈的宗教色彩，他认为这也是俄罗斯宗教文化复兴的主要来源。梅列日科夫斯基、勃洛克、别雷这些象征派代表人物的诗歌和小说成为别尔嘉耶夫论述俄罗斯宗教问题的重要材料，在他看来，俄罗斯的象征主义诗歌与法国的象征主义完全不同，"在我们这里，所谓'颓废派'和唯美主义时期很快就结束了，转变为那种意味着对精神方面的寻求的象征主义，转变为神秘主义"[1]。可以说，别尔嘉耶夫认为正是带有强烈神秘主义色彩的宗教问题才成为俄罗斯象征主义最为突出的本质特征。

（二）将能否展现"整体精神现象"作为衡量作品的重要标准

首先，对作家"精神"的阐释是别尔嘉耶夫"整体精神现象"批评的核心。

发掘潜藏于文学作品深层的宗教性成为别尔嘉耶夫阐释众多文学作品的着眼点，而他用以探索文学宗教性的主要批评方法就是立足于作者的"整体精神现象（Целостноеявлениедуха）"批评，这一概念出自别尔嘉耶夫的著作《陀思妥耶夫斯基的世界观》一书，它是1918年冬，别尔嘉耶夫在莫斯科组建"自由精神文化学院"中，主持陀思妥耶夫斯基研究讲习班时的讲稿所编辑而成。别尔嘉耶夫在这本书前言的第一句话中，就直接表明了陀思妥耶夫斯基对自己思想的重要作用："陀思妥耶夫斯基在我的精神生活中有着决定性的意义。"[2] 可以说，在俄罗斯对别尔嘉耶夫产生重大影响的莫过于索洛维约夫和陀思妥耶夫斯基，前者主要是形而上的哲学理念，而陀思妥耶夫斯基则是通过血肉鲜活的人物形象来激发了别尔嘉耶夫的精神内核，由此他将陀思妥耶夫斯基称作为自己"精神的故乡"（Духовная родина）[3]。从前面的论述我们可以发现，别尔嘉耶夫理论中的"精神"与"心理"是两个截然不同的概念，而相对于受外在现实和内在功利需求影响的人的"心理"因素来

---

① ［俄］别尔嘉耶夫：《俄罗斯思想》，雷永生，邱守娟，译. 北京·生活·读书·新知三联书店，1995年版，第224页。

② ［俄］别尔嘉耶夫：《陀思妥耶夫斯基的世界观》，耿海英，译. 桂林·广西师范大学出版社，2008年版，前言页。

③ Н.А.Бердяев.Миросозерцание Достоевского. http://www.litres.ru/pages/biblio_book/?art=177088. ACT. M. 2006.

说，别尔嘉耶夫更看重"精神"的重要性，"精神是生命本身、原初生命"①。对于别尔嘉耶夫来说，"精神"就是联结人类个体和宗教信仰之间的桥梁，它更接近人与神达到内在聚合时的一种完满的精神状态，别尔嘉耶夫用"三位一体的神秘剧"做比喻，实质上就是将"精神"作为人与神交流的信息场，也是人向"神人"过渡的实现方式。由此，在别尔嘉耶夫看来，对作家"精神"的解读，并且是利用聚合性的思维来从整体上进行解读，才是最为重要的文学批评的方法。对此，他提出：

> 任何伟大的作家，一种伟大的精神现象，都需要作为一种整体精神现象去把握。对一种整体精神现象需要直觉地洞察它，沉思它，把它作为一种活的肌体，体验它。这是唯一正确的方法。不能肢解伟大的、有机的精神现象，否则，它将会死在手术刀下，那时，洞察它的整体性将不再可能。②

对于别尔嘉耶夫来说，不论是陀思妥耶夫斯基，还是托尔斯泰、果戈理，或是其他俄罗斯伟大的作家，其作品中的人物形象和故事情节早已不是别尔嘉耶夫关注的焦点，而正是隐藏于复杂情结之后的作者深邃的精神世界才是他进行文学阐释的主要目的。因为在他看来，人的价值正是体现在其不为客观现实所束缚的独特的"精神"领域，从而也成为别尔嘉耶夫衡量作家的一条重要标准，同时，别尔嘉耶夫的阐释过程充满了主观的情感色彩，他是带着丰富的情绪色彩走进作家的精神世界，并且利用感性直观的方式来诠释作家的世界观。

无疑，陀思妥耶夫斯基的"精神"力量带给别尔嘉耶夫强大的震撼，而他所要尽力阐释的关于陀思妥耶夫斯基的世界观，正是其精神内涵的外在表现。在这里，别尔嘉耶夫提出了类似于弗洛伊德人格结构理论的灵魂结构学说，认为陀思妥耶夫斯基的灵魂结构是俄罗斯民族最为典型的代表，它包括肉体（тело）、心灵（душа）和精神（дух）三个由浅到深的层面，三者之间是内在统一于人的灵魂结构之中。其中，肉体必然受到外在客观规律的制约，心灵则在理性主义的影响下成为人类灵魂的中间地带，而在灵魂结构的最深层则是受到人类本性驱使的精神层面，只不过这种本性作用下的精神层面对于弗洛伊德来说是一种病态和无意识的本我表现，而在别尔嘉耶夫看来

---

① ［俄］别尔嘉耶夫：《自由精神哲学——基督教难题及其辩护》，石衡潭，译．上海·上海三联书店，2009 年版，第 151 页。

② ［俄］别尔嘉耶夫：《陀思妥耶夫斯基的世界观》，耿海英，译．桂林·广西师范大学出版社，2008 年版，第 4 页。

却成为俄罗斯精神得以实现的重要渠道，因为其中灌注着宗教的精神力量。也正是在这个意义上，别尔嘉耶夫将陀思妥耶夫斯基比作"精神的底层运动的艺术家"，在他看来陀思妥耶夫斯基作品震撼人心的重要原因就在于，聚集于其灵魂底层的精神力量就像火山熔岩一般喷薄而出，这种精神力量既来自陀思妥耶夫斯基本人，也来自他作品中那些充满彷徨和挣扎的主人公：伊凡·卡拉马佐夫、拉斯柯尔尼科夫、地下室人等，他们在某种程度上正是这三者相互交替融合后的体现，而这在别尔嘉耶夫看来才是文学作品和作家最有价值的体现。

其次，"整体精神现象"视阈下对现实主义文学的再批评。

对俄罗斯文学，甚至是 19 世纪的俄罗斯文学的分析和阐述，可以说是别尔嘉耶夫充分利用聚合性思维在文学艺术领域的直接体现，并且他对作家和作品内涵的阐释完全源于其对宗教性的理解，可以说别尔嘉耶夫眼中优秀的俄罗斯文学都是宗教意义上的文学作品，都体现着作者的"整体精神现象"，这也就决定了别尔嘉耶夫的文学批评不同于一般意义上对文学形式、文学语言等表面层次的评价，而更多的是进行思想层面的论述，这也集中表现在他对现实主义文学类型的观点上。在自己的许多文章和著作中，别尔嘉耶夫不止一次地论及俄罗斯现实主义文学，并且提出了与以往截然不同的观点。

别尔嘉耶夫对现实主义，尤其是 19 世纪的俄罗斯的现实主义文学进行了区分，它们分别是初浅意义上的现实主义和宗教意义上的现实主义。前者在别尔嘉耶夫看来就是当时文学界对现实主义文学的普遍认识，即体现为对黑暗现实的鞭挞与批判的文学类型就是现实主义文学，这也是我国文学批评史上历来对俄罗斯 19 世纪现实主义文学的主要观点，如对托尔斯泰、果戈理、陀思妥耶夫斯基等俄国作家的评价，都是以其对现实社会、农奴制度的揭露与抨击作为基本标准的。但是从别尔嘉耶夫的表述中我们可以发现，他对这一层面的现实主义评价并不高，因为这在他看来只是描述了一种浅层次的现实，而真正的现实应该是精神层次的真实、是宗教意义层面的现实，包括普希金、果戈理、托尔斯泰、陀思妥耶夫斯基等在内的众多俄罗斯文学家，甚至是法国的巴尔扎克，他们都在自己的文学作品中隐藏着一种深刻的宗教精神内涵，这是另一种意义上的现实主义，是将现实生活与宗教精神相聚合后所实现的现实主义，而且别尔嘉耶夫认为只有这种深层的现实主义才能揭示生活的真理和底蕴。他并不反对现实主义的文学类型，但是他所理解的"现实"不仅仅是日常所见的社会现实，而是以社会现实为表现形式的更为深刻的内在原因，别尔嘉耶夫就此提出："伟大的俄罗斯作家在自己时代是孤独的，是自己周围的社会的反对者，但他们完全不是本质意义上的个人主义者。他们以各种方式探索全人类的、集体的、共通的艺术。文学以揭露所处社会的虚伪、探索真理而完成社会使命。与俄罗斯精神气质相一致，这种社会使命在许多作家那里就是宗教—社会使命。"[①] 这种集体的、共通的、全人类的内在现实，在别尔嘉耶夫这里自然就上升到了宗教层面的精神现实，这一点尤其表现在他对本国作家的独特认识中。

曾被鲁迅称为"写实派的开山祖师"的果戈理，始终是别尔嘉耶夫文学批评中的焦点人物，而且除了别尔嘉耶夫，俄罗斯"白银时代"的许多其他思想家也将果戈理作为自己关注的对象，他们的评价角度各有不同，但共同点都在于颠覆了果戈理在传统意义上现实主义文学中的地位，其中比较有代表性的就是罗赞诺夫和梅列日科夫斯基，他们都与别尔嘉耶夫保持着密切的私人关系，而且在宗教文化思想方面二人对别尔嘉耶夫的影响也很大。罗赞诺夫对果戈理的态度表现出鲜明的反感情绪，在其代表作《陀思妥耶夫斯基的"大法官"》中指出果戈理的作品都是用来反映俄罗斯的"死魂灵"，而且这些丑恶的阴暗的民族性格根本不存在于真正的俄罗斯民族身上，它们都是果戈理幻想中的人物性格，而这种幻想使得果戈理笔下的人物和情节与现实生活完全隔绝，在他看来，果戈理的作品就像是"用棍子搅动海底，于是从海底升起一股股浊流，沼泽的气泡"[②]。可以说，罗赞诺夫的评价彻底颠覆了对果戈理"自然派"文学特点的传统评价，而认为果戈理的作品完全与现实背道而驰，用幻想代替现实，用想象中的丑恶劣根性代替真实生活中的民族性。梅列日科夫斯基的观点与罗赞诺夫截然不同，他在专论果戈理的文章《果戈理与鬼》中明确提出果戈理的文学创作具有宗教的倾向，果戈理众多作品中对现实人物恶的本质的深刻描写都表现了上帝和魔鬼之间的斗争，而这实质上就是人性中高尚与无耻之间的斗争，在他看来果戈理的文章充满了对俄罗斯人性中阴暗面的嘲讽，带有明显的宗教暗示色彩。别尔嘉耶夫对果戈理的批评更多地倾向于梅列日科夫斯基，并且在此基础上，别尔嘉耶夫进一步明确了果戈理的作品是宗教层面的现实主义文学："他看见邪恶的形而上的深处，而不只是它的社会现象。"[③] 果戈理作品中的代表人物，诸如赫列斯塔科夫（《钦差大臣》）、乞乞科夫（《死魂灵》）等形象并不仅仅如主流批

---

① ［俄］别尔嘉耶夫：《俄罗斯思想的宗教阐释》，邱云华，吴学金，译. 北京·东方出版社，1998 年版，第 78 页。

② ［俄］罗赞诺夫：《落叶集》，郑体武，译. 昆明·云南人民出版社，1998 年版，第 124 页。

③ ［俄］别尔嘉耶夫：《俄罗斯思想的宗教阐释》，邱云华，吴学金，译. 北京·东方出版社，1998 年版，第 83 页。

评界所认为的是对改革前俄国社会现实的讽刺，在别尔嘉耶夫看来这些人物性格的价值在于他们不仅仅体现了某一阶段俄国社会的现实流弊，并且还暴露了更为深层的俄罗斯民族精神上的扭曲与变形，这种内在的精神冲突既存在于改革前的俄国，也存在于苏维埃时期的俄罗斯，别尔嘉耶夫认为这其中既有外在社会制度的影响，也有俄罗斯民族内在精神特性的制约。而且在别尔嘉耶夫看来，果戈理的最大价值在于他看到了俄罗斯民族艺术在未来发展的趋势，在《革命中的果戈理》一文中，别尔嘉耶夫就明确提出："作为艺术家的果戈理提出了新的艺术分析趋势，这种趋势是与艺术本身的内在危机相联系的。他预言了别雷和毕加索的艺术。"[1] 别尔嘉耶夫认为果戈理作品中所描绘的众多人物形象就是日后俄国象征主义诗人别雷和法国画家毕加索的作品中那些艺术形象的预演，果戈理的价值和意义正是在于通过一种看似荒唐可笑的艺术表现方式，展现了隐藏在人类精神性格深层的宗教困惑。由此，形式的创新体现出果戈理精神上的深邃，从根本上来说"果戈理体验着宗教的悲剧"。

由此，我们可以发现，别尔嘉耶夫对待传统现实主义文学的批评生成其带有宗教意味的重新解读，即在颠覆传统现实主义文学理论的基础上，突出作家的宗教情结和神秘主义，将作家对现实生活的描写与讽刺看作是其对未来社会和未来人性发展趋势的预言，从而突出俄罗斯作家的内在精神挣扎与矛盾，继而显示俄罗斯民族与众不同的精神品格。别尔嘉耶夫将聚合性思维借鉴到自己的批评理论中，他的自由、个性和创造相结合的神人理论本身也是按照聚合性的思维方式组合在一起的。在此基础上，别尔嘉耶夫将文学作品看作是聚合个体与民族精神的直观显现，优秀的作品和作家，不仅是自我意识的言说者，更是全民族真实心声的代言人。并且，正是通过对众多文学作品的解读才使得别尔嘉耶夫更为直观地展示俄罗斯精神的独特灵魂，发掘潜藏于作家创造才能与个性表达之下的内在特性，从而提出他对自己国家和民族未来精神趋向的真实见解。尽管，立足于宗教学说之上，又带有浓重的直觉感悟的文学批评，使得别尔嘉耶夫的批评理论缺乏系统的逻辑脉络，但是其中所闪现出对祖国、对民族强烈而真挚的情感，以及将东西文明、古今文化、不同流派思想统统纳入自己评价范围的宏大视野，使得别尔嘉耶夫的思想在整个"白银时代"格外显得熠熠生辉。

---

[1] Н. А. Бердяев. Духи русской революции. http://www.yabloko.ru/Publ/Articles/berd-1.html.

第五章 充满象征意味的"新宗教意识"

——白银时代文学批评的文化建构

汇聚着包括舍斯托夫、别尔嘉耶夫、罗赞诺夫、布尔加科夫等众多文艺理论家在内的宗教文学批评阵营,还有一个至关重要的组成部分——"白银时代"的象征主义文学流派及其批评理论。如前所述,作为一个外延相对含混、中外学界莫衷一是的时代术语,"白银时代"最为核心的表述范畴就是诗歌,随后又逐渐延展至对整个文学和艺术领域的时代概括。象征主义诗歌在此时如雨后春笋般展露诗坛的诗歌作品,当然,还包括象征主义小说和文艺批评,在勃洛克、勃留索夫、别雷、梅列日科夫斯基、伊凡诺夫等一大批文学家兼文艺批评家的带领下,共同为"白银时代"绘制出一幅生动而传神的文学图景。与此同时,象征主义流派的批评理论和哲学思想也融入这一时期宗教文学批评的大洪流中,使得宗教文学批评思想多了一层象征的意味。在具体的批评理论中,他们提出了明确的思想主张——"新宗教意识"(новое религиозное сознание),它"不是一种宗教,而是对于一种宗教的探索,是由梅列日科夫斯基寻求对于世界的一种特殊的、以基督教为基础的理解愿望所推动的"[1]。这一愿望经梅列日科夫斯基的提议,而迅速成为宗教文学批评者们竞相关注的热点,他们纷纷从破除旧宗教,建立新宗教的立场出发,来提出自己具体的理论和学说。这些思想既来自象征主义文学神秘主义的启发,同时也与当下俄罗斯社会中宗教信仰衰落、理性思想压制神性理想的文化现状密切相关。可以说,"新宗教意识"体现着包括罗赞诺夫、别尔嘉耶夫、梅列日科夫斯基等在内众多宗教文学批评学者的主要思想,它不仅是具体的

---

① [美]罗森塔尔:《梅列日科夫斯基与白银时代》,杨德友,译.上海·华东师范大学出版社,2014年版,第124页。

文学批评思潮，同时更是宗教文学批评希冀建构新文化的远大理想。这一理想的生成，代表着"白银时代"的宗教文学批评向更为广阔的社会领域发出自己的声音，它是一种新文学的建构，更是社会文化的建构。

第一节 作为批评思潮的新宗教文化运动

目前，我国学界在研究俄罗斯白银时代文学批评时，多数将象征主义文学批评与宗教文学批评进行分别论述，但我们发现，象征主义文学批评本身就从属于宗教文学批评的范畴，这不仅在于二者具有共同的精神和理论导师（陀思妥耶夫斯基和索洛维约夫），并且都深受俄罗斯东正教神学思想的影响等外在特征；更为重要的是象征主义批评和宗教文学批评都将个体的精神救赎作为文学艺术的崇高使命，不论是在具体的文学创作实践，抑或形而上的哲学理论，人的精神觉醒、个体的精神自由、灵魂与现实的激烈冲撞等言说主题成为二者最为核心的内涵。从这一核心内涵出发，象征主义不仅在具体的文学实践中不断使宗教文学批评思想得以充实，同时象征主义理论在进入宗教文学批评的过程中将高深莫测的宗教神学与更为具体的文学和社会实际相结合，使宗教神学具象化在象征主义者的"象征观"中，开创了宗教文学批评的新视野。

一、对"两个世界"的言说

对于俄国象征主义文学理论的形成来说，虽然包括康德、席勒、叔本华和尼采等德国哲学思想起到了至关重要的作用，但俄国象征派诸多代表人物均认为本国的文学和哲学思想才是他们产生的根源，其中，索洛维约夫的思想和文学创作无疑具有开创性的价值。作为俄罗斯白银时代宗教哲学的代表人物，索洛维约夫的诗歌数量相对于其哲学著作来说并不算多，而且这200多首诗歌作品多为他哲学思想的文学诠释，相形之下其哲学内涵更为重要，可以说，俄国象征主义文学及其批评理论受到了索洛维约夫诗歌和思想的启发，其中最为主要的就是索洛维约夫对于"两个世界"的存在以及相互关系的思想。

对于"两个世界"本质的认识从古希腊时期就已经开始，受到柏拉图理想国的启示，索洛维约夫的诗歌作品和哲学理论中都对"两个世界"相互对立但又同时相互吸引的关系进行了描绘和论述。在诗中，他这样写道：

在人间的梦里我们是影子……

生活——是一种影子的戏弄，

是对那永远明亮的日子的

一串远不可及的反映。①

相似的诗歌主题以不同的形式体现在索洛维约夫的其他诗歌中，如：

可爱的朋友，莫非你没看出：

我们所见的一切物象——

都只不过是肉眼难睹的

万千事物的阴影和反光？②

如果说，这些充满象征色彩的诗歌作品只是索洛维约夫对另一个世界理念的诗意性的描述，那么在他的理论著作中，索洛维约夫则对"两个世界"的论述更为详细和充分。

（一）人类个性的两面是"两个世界"的根源所在

索洛维约夫哲学思想的一大特点就在于，一方面他将世界万物分为对立的两部分，内容与形式、物质与精神、现实与神秘，与此同时他又在极力探寻对立面间的统一和融合。这一特点表现在他对人类个性的认识上。可以说，对人的自我认知历来就是哲学家的共同目标，索洛维约夫也不例外，在他看来，"人比自然界其他生灵优越的地方——认识和实现真理的能力——不仅是种属的，而且是个体的；每个人都能认识和实现真理，每个人都可以成为绝对整体的生动反映，成为宇宙生命独立的、有意识的器官"③。可以说，人的精神力量既与作为个体的每一个人息息相关，同时还代表着民族、世界乃至全宇宙的精神内容。前者鲜活具体，后者内敛深奥，而二者能够共存于人类个体精神世界则来自人类个性所包含的两个方面。索洛维约夫将个性的两面归纳为：否定的绝对性和肯定的绝对性，他将否定的绝对性定义为"超越任何有限内容的能力，不停留、不满足于有限内容而要求更多东西的能力"④。肯定的绝对性则是"获得完整的现实和完整的生命"⑤。从索洛维约夫的表述可以看出，前者是对现实世界的不满足，是人的个体与现实之间的矛盾和抗争，而后者则是超越于现实之上，从现实（索洛维约夫此处主要指西方文明的现

---

① 顾蕴璞编选：《俄罗斯白银时代诗选》，广州．花城出版社，2000 年版，第 3 页。

② 同上，第 4 页。

③ ［俄］索洛维约夫：《爱拯救个性》，方珊，译．济南．山东友谊出版社，2005 年版，第 15 页。

④ ［俄］索洛维约夫：《神人类讲座》，张百春，译．北京．华夏出版社，2000 年版，第 17 页。

⑤ 同上，第 18 页。

实）的一切束缚中解放出来之后的个性发展的最终方向。索洛维约夫对个性的两面性论述，实质上体现了他对当下西方文化和文明发展的隐约担忧。他认为，西方现代文明虽然提出了解放人的个性，并证明了人类个体拥有的否定的绝对性，但却依然用逻辑、理性的镣铐来束缚人的个性自由和精神力量，没有承认个性还拥有肯定的绝对性，而这一方面的个性在索洛维约夫看来才是最有价值的地方。肯定的绝对性无疑是个性对更高一级的精神价值的追求，这既是个体的最高目标，同样也是民族和国家精神的最高反映。

如果说，否定的绝对性体现了人类与现实世界的关系和抉择，处于客观环境影响和制约下的个体更多地表现为外物的制约；那么肯定的绝对性则是人类精神超越外在束缚，实现完整价值的精神救赎，它与现实的联系基本不存在，取而代之的是充满了神秘主义的另一个世界的图景。从这里可以看出，索洛维约夫将个性放置在了现实与理想的交叉点，正因为个性有这两方面的追求，人类才会在精神领域希望开启一个不为现实力量所左右的世界。索洛维约夫正是在对人类个性的两面分析的基础上，提出了他的两个世界的思想。

（二）"两个世界"的分立与融合

索洛维约夫看到了人对现实物质世界的不满足，对未来理想王国的期待，尽管这种期待在他的表述中更多的带有神秘特色，是一种无法言说清楚的形而上学的理想形态，但正是由人性的这种不满足和期待使索洛维约夫有了两重世界的理想。

索洛维约夫将这两个世界表述为"超自然的、形而上学的现实"和"有条件的、给定的自然现象的现实"，从字面上可以看出，两个世界对于索洛维约夫来说都是现实。而我们惯常意义上的现实在他看来是被给定的、有条件限制的现实，人类个性在这个现实中会面临压抑、束缚，也就会产生痛苦和悲观倾向。而另一个所谓的"现实"，则是形而上学的、超自然存在的，它的形态是一种近乎完美、理想的存在。结合前面对于个性的分类，我们可以看出，否定的绝对性正是出于对"有条件的、给定的自然现象"的不满足，而肯定的绝对性则是对"超自然的、形而上的现实"给予了全面的肯定性的评价和期待。这里类似于西方哲学中的二元对立的哲学思想，认为在精神与物质现实之间存在着两个截然不同的领域。

但是，在区分了两个世界不同本质的同时，索洛维约夫并没有将二者进行截然对立，为此他在评价西方哲学思想的时候认为"西方文明造就了生命的个别形式和外在材料，却没有赋予人类以生命本身的内在内容；它把单个的因素孤立起来，使它们达到只有个体才能达到的发展极限，却使它们失去了与活生生的精神的有机联系"①。他认为西方文明的根本问题就在于理性与自然的对立，而没有看到二者的内在联系。在他的代表作《神人类讲座》中，索洛维约夫用戏剧表演的例子来论述其两个世界相融合的思想，作为个体存在的演员，其表演一方面受到发音器官物理运动的制约，没有这些物质的身体基础就无法进行戏剧表演；但另一方面在这些机械层面以上的精神领域，还有戏剧表演的内容、精神等不受物质约束的"更多的东西"，二者缺一都不可能使戏剧表演成功。从这个例子可以看出，索洛维约夫既认识到超越现实之上的精神世界的重要性，同时也并未忽略现实世界的价值，在他看来，完整的绝对的真理既不是理性知识所能探究到的科学规律，也不是超脱于现实基础之外的理念世界，而是二者相结合的产物。索洛维约夫提出："不仅仅是外部的物理力量应该成为实现一定内容的手段、工具或物质条件，精神力量同样也是如此：意志、理性和情感，它们只是作为实现一定的内容的方式或手段才有意义，它们自己不构成这个内容。"②

可以说，索洛维约夫区分两个世界的目的就是要将两个世界进行整合，这也就是索洛维约夫完整知识理论的体现。当然在理性的现实层面，这种统一几乎是不可能的，这就必然将其思想引向宗教和神学的层次。所以索洛维约夫对两个世界进行重合的理论以及他的完整知识理论的基础是建立在其神秘主义的宗教神学基础之上，他的哲学思想也正是在这一基础上建立起来。他所谓的完整知识"是经验主义、理性主义和神秘主义的综合，这三者在其中的作用和意义各不相同。神秘主义按其绝对性来说具有第一性的意义，它决定着哲学知识的最高原理和最高目的；经验主义由于自己的物质性而成为最高原理的外在基础和应用与实现；理性主义因素由于其形式性而成为一切体系的中介或一般联系"③。自此，以东正教神学内涵为代表的神秘主义思想成为索洛维约夫统辖两个世界的基础，二者在神学的层面实现了融合。以此为根据，索洛维约夫对于文学艺术的理解也是建立在他两个世界内在统一的基础之上，在他看来"'美'可以是来自天国的直接的神赐，——那时它便是上帝与'世界性灵'（相当于黑格尔哲学中的'绝对理念'）之间的媒介；也可以是'圣光'对物质的'穿透'……"④ 总之，美成为连接两个世界、贯

①　［俄］索洛维约夫：《西方哲学的危机》，李树柏，译．杭州·浙江人民出版社，2000年版，第187页。

②　［俄］索洛维约夫：《神人类讲座》，张百春，译．北京·华夏出版社，2000年版，第28～29页。

③　徐凤林：《索洛维约夫哲学》，北京·商务印书馆，2007年版，第142页。

④　周启超：《俄国象征派文学理论建树》，合肥·安徽教育出版社，1998年，第6页。

通真与善的必要渠道，而文学艺术则是"美"的直接显现，于是文学艺术在索洛维约夫这里也成了超越自身价值的更高意义的存在，它既体现着艺术本身的魅力，同时也折射出带有神秘主义倾向的神性内涵，这一点对于此后象征主义代表人物的创作和理论产生了深刻的影响。

二、对艺术与两个世界关系的界定

象征主义文学创作无疑在具体的实际操作层面，将索洛维约夫虚幻的神学理念付诸实践，这就是现实世界和精神世界关系的融合与延展。两个世界的距离在众多象征主义诗歌和小说当中变得游移不定，当然也在象征主义批评理论中呈现出或远或近的关系。正是由于双重世界的存在，才使得人类能够满足自己个性的自由发展，从而使真正艺术的诞生成为可能。可以说，俄国象征主义的文学批评受到索洛维约夫思想的影响最为深刻，而对待世界的不同观点也直接促使了象征主义文学批评对此前所有的文学艺术进行重新界定，在面对过去文学价值和社会价值方面，象征主义"与其说是'重新评价'，不如说是直接否定'一切价值'"①。

（一）重视神秘主义的象征内容

象征派著名的代表人物梅列日科夫斯基在其号称象征主义宣言书的代表作《论当代俄国文学的衰落原因及其新兴流派》（О причинах упадка и о новых течениях современной русской литературы，1893）一文中，明确提出象征主义所应该遵循的原则，其中最为首要的就是拥有"神秘的内涵"②，当然在象征主义内部，针对这种神秘性的理解并不完全一致，梅列日科夫斯基倾向于宗教神秘主义，而勃留索夫则更注重内心的神秘感受，但他们的"神秘主义"观点都建立于共同否定的思想基础上，即"都否定唯物主义、实证论及在审美方面与其相关的对日常生活描写得极为琐细的自然主义和公民诗的刻板公式"③。这也正是"非理性"思想在具体文学创作形式上的体现。在这一由外而内追寻美的创作过程中，众多诗人和作家以自己对神秘主义的不同理解，将神话、宗教、内心神秘体验等不同神秘元素融入文学作品中。在他们看来，现实世界中的革命行为已经无法实现改变社会的愿望，而且随着

---

① ［俄］格奥尔基•弗洛罗夫斯基：《俄罗斯宗教哲学之路》，吴安迪，等，译．上海•上海世纪出版集团，2006 年版，第 521 页。

② 参见梅列日科夫斯基：《论当代俄国文学的衰落原因及其新兴流派》，载《俄罗斯文艺》，1998 年第 2 期。

③ 俄罗斯科学院高尔基世界文学研究所集体编：《俄罗斯白银时代文学史 1890 年代—1920 年代初2》，谷羽，王亚民，译．兰州•敦煌文艺出版社，2006 年版，第 119 页。

社会的变革人类的精神世界却一再变得空虚。人类的精神世界相对于现实世界来说就是充满了无限的神秘感，只有文学作品才能是这种神秘感最有效的表达方式。象征主义作家们正是希望通过神秘内涵的书写，来隐晦表达自己对国家和社会的真切感受，从而唤醒人类的精神革命。

在具体的文学表达过程中，索洛维约夫"索菲亚"式的神秘表现方式对象征主义起到了深刻的影响。"索菲亚"式的永恒女性形象可以说是索洛维约夫对"两个世界"哲学思想的文艺表述，在前文中我们针对索菲亚进行过专门的论述，从中可以明确地看出，"索菲亚"的概念直接来源于古希腊神话传说，并且在索洛维约夫这里被具象为女性形象。在其《三次约会》长诗中，索洛维约夫描绘了见到"索菲亚"时的情景：

> 我看见了一切，曾经有过的唯一的一切——
> 那就是女性美的形象……
> 这形象宏达无比，
> 在我的面前和我的心中——只有你一个。
> 啊，蔚蓝色的你啊！没有把我欺骗，
> 在沙漠中我看见了你的整个身影……
> 在我的心中那些玫瑰不会凋零，
> 无论生活的波涛奔向何方。[①]

在这首诗中，索洛维约夫笔下的"你"少了尘世中的女性的妖娆，而多了神话世界中的虚幻与神秘。这种类似于通灵术般的神秘告白，与其说是永恒女性，不如说是永恒的神性。索洛维约夫努力将精神世界中的人类与现实世界中的相区分，受到时间和空间束缚的现实人类并不是索洛维约夫想要表达的对象，在他看来，生命有限的人类要努力追寻无限的生活空间，这当然在现实世界无处寻迹，而神秘的世界则是人类精神赖以追求的理想空间，他自信地认为"当我们说到人的时候，我们既没有必要，也没有根据把人限制在给定的可见现实里，尽管我们说理想的人，但这是完全实质的和现实的人，比作为存在物的可见地显现的人无比地更实在和更现实"[②]。所以在这里，索洛维约夫利用带有浓重神秘主义气息的象征派诗歌，就是要在诗歌的意象空间中营造出一个想象中的境界，这在他看来要比现实更真实，人类在这样的愿景中才能获得真正的幸福感和满足感。索洛维约夫试图用自己的诗歌向世

---

① 转引自金亚娜：《索洛维约夫的长诗〈三次约会〉中的永恒女性即索菲亚崇拜哲学》，载《中外文化与文论》，2005年第1期。

② ［俄］索洛维约夫：《神人类讲座》，张百春，译．北京·华夏出版社，2000年版，第123页。

人展示出这样一个神秘的统一的世界，他在《可爱的朋友，莫非你没看出》中这样期盼道："可爱的朋友，莫非你没觉出：// 整个世界上仅一物存在 // 只是一颗心对另外一颗心 // 在无言的问候中诉说的情怀？"可以说，神话色彩的介入实质上就是索洛维约夫营造另一个完整世界的途径，也是作者眼中的"神人"获得完整力量的重要途径。

类似的神话元素还出现在诸如巴尔蒙特、索洛古勃、伊凡诺夫①、别雷等人的诗歌和文学作品中，他们在继承索洛维约夫精神衣钵的同时，发展着自己对另一个世界的不同理解。其中，伊凡诺夫对酒神精神的解读，成为象征派对神秘主义的新阐释。"伊凡诺夫理想中的艺术创作，似乎应当拥有神话的品格和意义。他指出：只有当艺术成为一种神话创作，成为一种驱逐鬼神的法术时，才有可能出现全民的艺术，未来的真正的艺术"②。起源于古希腊的酒神崇拜在伊凡诺夫这里被赋予了一层带有宗教色彩的心理现象，只有达到类似于癫狂的心理状态，才能搭建起人与完整世界的内在沟通渠道，而酒神精神的引入使得人们能够真正领略到美的真谛。"谁要是看见我的面庞，他就永远心境清朗 // 另一个命定的世界永远在他面前。"这正是诗人通过酒神状态所看到的美的真相，而在作者看来癫狂的至高境界又回溯为心境的清朗状态。由此可以看出，神话世界在象征主义作家眼中，是人类精神向往的一种理想状态，而只有将象征的对象凝聚在神话原型的身上，象征主义才会具有启发人类精神觉醒的能力。

在象征主义者眼中，现实世界里的一切都逐渐进入了文学创作的神话形象系统中，他们在自己的实践中不断扩充着神话系统的范围。作为深受东正教神学思想影响的俄罗斯人，宗教与俄罗斯文学始终保持着紧密的内在联系，尤其对于身处白银时代的文人和学者，社会的动荡和世纪末的悲观情绪都使得人们再次回到宗教精神的原点，探讨人类生存的最终价值。无疑，文学在此时成为宗教信仰首先占据的领地，但是表现在文学作品中的宗教精神又与现实宗教教会中的基督教截然不同，象征主义作家们更多地将经过自我意识改造后的基督形象和宗教理念融入文学意象中。作为俄国象征派"年青一代"作家的代表，勃洛克创作了许多带有神秘主义色彩的诗歌，其长诗《十二个》就是其中的代表作品。

> ……十二个齐无圣名的人
> 朝着远方继续走去。

---

① 也译作伊万诺夫（Вячеслав Иванович Иванов，1866—1949）。

② 张杰、汪介之：《20世纪俄罗斯文学批评史》，上海·译林出版社，2000年版，第56页。

准备好应付一切，

对什么也不惋惜……

……我要用刺刀给你挠挠！

旧世界正像这条癞皮狗，

滚开，我要把你狠敲！

……前面——血染的旗在飘舞，

人消失在风雪的身后，

身子无法用子弹穿透，

迈着凌驾风雪的轻盈脚步，

稀稀落落，似雪花，如珍珠，

戴着白色的玫瑰花环，——

前面——就是耶稣基督。①

作品中所描绘的既是十二个手握钢枪站岗巡逻的革命卫士，又仿佛是十二个耶稣门徒的宗教形象，诗歌末尾走在前面的"耶稣基督"的形象，似乎又印证了后一种猜想。现实世界中的革命、卫队、红旗等意象，潜藏着神秘世界中的耶稣基督和十二门徒，这早已超越了表面上的形象对比与衬托的文学写作手法，带有更为深层的对待社会变革和现实状态的隐晦表达。也正是这种模棱两可的模糊表达，使得这首长诗在它刚一问世（1918 年），就在俄国文学批评界产生出互相矛盾的评价。

当然，除了诗歌作品，象征主义作家们还创作了诸如《基督与反基督》（梅列日科夫斯基）、《卑劣的小鬼》（索洛古勃）、《胜利的祭坛》（勃留索夫）、《北方交响曲》（别雷）等小说和散文作品，这其中也都夹杂着浓重的宗教情感，突显了象征派作家在精神世界中的彷徨与探寻。

（二）重新看待文学艺术与现实生活间的必然联系

俄罗斯宗教哲学家弗洛罗夫斯基曾写道："面对事变、命运、遭遇，面对存在的盲目或黑暗的现实力量，产生惊恐——这一切都是'世纪之交'的艺术所特有的主题。"② 从前面的论述我们可以清楚地看到，剧烈变革的现实生活使得这一时期众多文学家产生了对现实世界无能为力的精神自卑之中，于是重新回到艺术本身，斩断艺术与现实生活间的必然联系就成为俄罗斯白银时代现代主义批评理论中的主要思想倾向，而象征主义文学批评无疑是这

---

① 顾蕴璞编选：《俄罗斯白银时代诗选》，广州·花城出版社，2000 年版，第 107-111 页。

② ［俄］弗洛罗夫斯基：《俄罗斯宗教哲学之路》，吴安迪，等，译．上海·上海世纪出版集团，2006 年版，第 522 页。

一时期现代主义批评思潮中的首要代表。与此同时，受到索洛维约夫文学创作和哲学思想的影响，象征主义批评在反对之前现实主义文学观的基础上，否认文学是现实生活的直接反映，在象征主义者眼中，现实生活是毫无规律可言的。这一观点从象征主义早期的代表人物如明斯基（Н.М.Минский，1855—1937）和沃伦斯基（А.Л.Волынский，1863—1926）开始就已经初露端倪，他们"反对'艺术的功利主义'，反对艺术为政治、为大众的迫切问题服务，宣扬极端个人主义的'自我崇拜'，要求探索艺术的'神秘内容'"①。可以说，对待文学与现实之间关系的这一态度是所有象征主义文学理论的共同观点。但是俄罗斯白银时代的象征主义批评理论还具有自己独特的理论视野，这一方面表现为俄国象征派在否定现实生活的基础上，进而将文学所要反映的生活归结为宗教意义上的彼岸世界，在这里艺术世界与现实世界之间的距离被象征主义者们无限延长，而且在他们看来所有现实生活都是实现宗教理想的中间途径，文学与现实的关系在他们眼中并不成立，而唯有文学与宗教之间的联系才是文学作品最有价值的所在。例如前面所提到的索洛维约夫的诗歌《三次约会》、梅列日科夫斯基的"基督与反基督"系列象征主义小说，他们都用具体的文学意象来象征着抽象的宗教教义和宗教形象；另一方面表现在从外在世界向人类个体精神生活的象征，这一类象征主义批评家将人类个体的精神世界作为文学所应反映的真实生活，从而希望通过艺术来实现对人类精神自由的拯救，重新塑造人类的精神世界，并以此来实现隐蔽地改造社会生活的目的，这种被改造的社会在俄罗斯象征主义者看来是更高层次的现实。例如俄国象征主义文学领袖的勃留索夫（В.Я.Брюсов，1873—1924），就在其《神圣的牺牲》一文中明确指出："艺术中被认识被表现的唯一的实体乃是艺术家的内心世界，是艺术家的'心灵'，也就是说，艺术家的审美客体便是艺术家作为活生生的个性主体自身。由此便决定艺术并不承受社会生活准则与客观标准的束缚，它对于'伟大'与'卑贱'一视同仁地开放着、接纳着。"②在他看来，客观现实只是所有外在元素随意堆积的结果，其本身对于人类来说毫无意义，而正是由于个体内在丰富的精神领悟和心理感受，才使得这些现实生活变成人类观照的对象，他的这一思想是与西方主观唯心主义一脉相承的，勃留索夫在诗歌创作和文艺批评过程中，始终将自我丰富的精神世界作为关注的对象，正是经过人类精神世界的加工和整理，纷繁杂乱的现实世界才变得丰富多彩，"有灵性的人是幸福的，他能够像变魔术那

---

① 刘宁主编：《俄国文学批评史》，上海·上海译文出版社，1999 年版，第 565 页。

② 周启超：《俄国象征派文学理论建树》，合肥·安徽教育出版社，1998 年版，第 71 页。

样把世上所有杂乱的与和谐的因素都在他的文字符号下统一起来"①。而在勃留索夫的眼中，与众不同的充满丰富想象和联想的精神世界才是文学所应该描述的最独特的现实。由此我们可以发现，现实生活对于俄罗斯象征主义文学批评者们来说，只能是屈居于彼岸世界和个体自我精神世界下的存在，内在的现实要远远高于外在的现实，不论是象征派中的宗教神秘主义，还是个性审美主义，他们所要反映的现实生活都是其观念世界中的"现实"，而文学的作用在他们看来也与实际生活相去甚远，这正如勃留索夫在其《真情实感》一文中所说的，"创作的目的不是交际，只不过是自我满足和自我了解"②。文学成为创作者用来实现自我精神世界救赎的主要手段。

（三）探寻艺术与社会、民族间的有机统一

　　前边所论述的象征主义者在俄罗斯白银时代的历史上主要被冠以"老一代"象征主义者的头衔，即他们的创作和理论均表现出强烈的个人主义特色，在这些人眼中，生活是一种非理性的过程，艺术就应该在美学领域内发展和完善，所以"为艺术而艺术"的口号成为他们思想的主要特点，并且表现出与现实绝缘，进而退回到宗教理想和自我精神世界的颓废情绪。与老一代象征主义者不同的是，包括伊万诺夫、勃洛克、别雷等诗人在内的"年青一代"的象征主义者开始将自我封闭的理论视野逐渐打开，重新将艺术的视角转移到广阔的社会文化环境中，"他们认为象征派文学运动要走向新的'超文学'的境界"③。这种超文学则是与原有老一代的奋斗方向正好相反，但又不是重新回到现实主义领域中的文学反映论中，而是将象征与整个社会文化大环境紧密相连，着重探索文学创作对社会文化、人类精神觉醒的意义所在，在勃洛克的笔下象征成为诗人重新担负起自己历史责任的主要手段，而对于别雷来说象征索性成为一种世界观，"别雷在'象征'这一概念之下，其实是放置了他所理解的全部文化以及存在本身所由产生的某种神秘的、难以言说的'起因'"④。可以说，发展到这里，象征主义批评似乎又将文学艺术重新拉回到社会现实的怀抱，但是其深层的目的则更多地体现为重视文学艺术内容与外在表现形态的完美融合，追求艺术家个体意识与全民族、全社会思想的

　　① ［俄］瓦列里·勃留索夫：《勃留索夫日记钞》，任一鸣，译．天津·百花文艺出版社，2005 年版，第 86 页。

　　② ［俄］勃留索夫：《真情实感》，载《俄罗斯白银时代诗选》，顾蕴璞编选，广州·花城出版社，2000 年版，第 536 页。

　　③ 周启超：《俄国象征派文学理论建树》，合肥·安徽教育出版社，1998 年版，第 98 页。

　　④ 汪介之：《俄罗斯现代文学批评史》，北京·中国社会科学出版社，2015 年版，第 35 页。

整合，抛弃过去内容单薄缺乏文化深度的自我情感宣泄。

　　这一思想的代表人物包括维雅切斯拉夫·伊万诺夫（В.И.Иванов，1866—1949）、亚历山大·勃洛克（Александр.Блок，1880—1921）和安德列·别雷（Андрей.Белый，1880—1934），他们本身都是俄罗斯白银时代年青一代象征主义作家中的代表，而他们在创作的过程中也逐渐认识到象征主义这一文学运动在俄罗斯社会文化发展历史中的崭新意义，这就集中体现在文学与文化之间的相互关系上。最早提出这一认识的当属伊万诺夫，他的象征主义又被称为"现实主义的象征主义"，这一概念足见其与之前象征主义理论的根本区别。伊万诺夫在他《对于象征主义的见解》一文中，曾用文学性的诗意语言表达自己对象征主义文学的独特理解，"如果说，我不能用不可捉摸的暗示或影响在听者心中唤起难以言传的有时近似于亘古以来的回忆的感受，有时近似于遥远、模糊的预感，有时近似于等候久盼的熟人来临时所感到的战栗……我便不是象征主义者"①。尽管语义朦胧但我们依然能够清晰地发现伊万诺夫对待文学艺术的关注点已经从诗人自身转移到了更为广泛的读者和人民，而象征派的诗歌所能带来的审美体会也完全超越于小我的界限。周启超先生认为，在这里勃洛克"是把作家与文本与读者置于完整的审美创造过程中来建构他的'象征观'与象征主义观的"②。而在此基础上，我们认为勃洛克更是将文学艺术与广阔的现实生活和奇妙诡谲的神秘想象联系在了一起，读者的回忆与预感都与其丰富的人生经历紧密相关，象征主义文学之所以能够在读者心目中产生影响，正是与这一经历形成了内在的统一，自此艺术与现实的统一、诗人与读者的情感统一使得象征主义理论发生了质的变化。

　　可以说，伊万诺夫的这一提法得到了勃洛克的热烈回应，而且勃洛克进一步发展了伊万诺夫的思想，将"诗人的使命"作为其象征主义理论的立足点。他在《关于诗人的使命》一文中就明确提出诗人应该承担的三个任务："第一，把声音从自己栖身的无人管理的自然环境中解放出来；第二，促使这些声音和谐起来，并赋予它们以形式；第三，把这种和谐带入外部世界。"③在这里，勃洛克一方面强调了诗人创作的来源是"自然环境"；另一方面也认为诗人最终的任务是将和谐的声音再次带入社会现实中去，这种对诗人使命的认识超越了早前将诗人创作单纯视为自我感受的认识层次，所以，在勃洛克看来，

---

　　① ［俄］伊万诺夫：《关于象征主义的见解》，载《俄罗斯白银时代诗选》，顾蕴璞编选，广州·花城出版社，2000 年版，第 552-553 页。

　　② 周启超：《俄国象征派文学理论建树》，合肥·安徽教育出版社，1998 年版，第 151 页。

　　③ ［俄］亚·勃洛克：《知识分子与革命》，林精华，黄忠廉，译．北京·东方出版社，2000 年版，第 222 页。

诗人所要描摹的对象不可能仅仅是自己内心中的主观情绪，而此前包括勃留索夫和索洛古勃等人在内的象征派诗人都将视线聚焦于自我的内心世界中，整个世界的秘密只有在"我"的身上才能发掘，所以象征派所要反映的对象始终是诗人自己的内在世界。但是，这种创作倾向带来最为严重的后果就是长此以往诗歌创作成了作者一厢情愿的精神呓语，而勃洛克形象地将这种象征派诗人比作"巫师"，众多巫师在看似神秘的创作状态下制造出诸多令人匪夷所思的诗歌作品，即成为一个个"未知数"，于是诗歌创作的过程成了象征派诗人的个人表演，"我本人上台与我的那些令人惊叹的木偶人一道表演"①。从这一论述中足以看出勃洛克对所谓的神秘主义的象征手法的反感。当然，我们也应该明确勃洛克反对个人颓废倾向的象征主义文学的目的不是要彻底否定象征派的创作纲领，更不是要将文学创作走向单纯反映现实生活的老路上来，他从根本上依然认可象征主义摒弃现实表象追求本质真实的创作原则，但与此同时勃洛克并没有完全否定现实生活对艺术创作的意义，在他看来象征主义不是要割裂文学与生活，而是要将二者在更高层面进行整合。所以，勃洛克提出象征派诗人还是要将目光转移到广阔的社会文化生活中去，发掘潜藏有俄罗斯民族精神世界中的"现实"元素，这一现实完全不等同于可见的生活现状，而是一种人民内在的精神现实，要用人民中的"生命意志"来拯救知识分子的个人主义。因为失去了对于人民生命意志的探索，知识分子只能限制在个体自怨自艾的哀怜中。由此勃洛克在诸如《人民与知识分子》《作家的灵魂》《关于俄国象征主义的现状》等文章里都表达了文学创作与来自人民心声之间的重要关系，"如果我们还期望在将来的某个时候能听到来自大众心灵的这种有特效的'风声'，那么这便是若隐若现的一线期望"②。这一有效的"风声"就是代表着俄罗斯人民集体的民族特性，其中既有宗教性，也包含历史性。与勃洛克和伊万诺夫具有相同理论视野的安德列·别雷更是将象征作为一种认识世界、认识人类自我的"世界观"，他不仅继承了索洛维约夫宗教神秘主义的象征内涵，同时认为作者、文学作品，甚至是语言文字本身都是一种象征的体现，在别雷眼中，象征主义文学的创作过程不仅仅只是作家自我精神的外现，同时还是艺术与现实整合的过程，"艺术家意识的一个创造物的意象在真实的世界中得到体现，即得到有形证明并因此成为真实的世界。艺术就这样与现实融合在一起，内部（主体的）与外部（客体的）

---

① 周启超：《俄国象征派文学理论建树》，合肥·安徽教育出版社，1998年版，第131页。

② ［俄］亚·勃洛克：《知识分子与革命》，林精华，黄忠廉，译．北京·东方出版社，2000年版，第70页。

融合在一起，意象与它所表示的'现实'融合在一起"①。由此可以看出，别雷是站在宗教与现实、精神与物质彼此整合交融的高度来认识象征主义文学创作的，他更是从宗教教义的高度将象征主义理论从纯艺术的领域扩展至文化社会的现实中来，"词语本身就是道成肉身的过程，这就是自然界的本质。甚至是浪漫主义和古典主义艺术——也是这种象征的象征。这两条艺术创造道路会合并成为第三条道路：艺术家要具有自己的形式：他的自然的存在应该合并到创作中去，他的生活也应该成为艺术创作的一部分"②。

　　从以上的论述我们可以看出，俄罗斯白银时代的象征主义文学理论一方面着力区分现实与理想世界的不同，将象征主义文学作为人类自我精神世界的完美体现，将个体与纷乱复杂的外在世界隔离，在自我精神世界中寻求满足与慰藉；另一方面，他们并未完全阻隔内在与外在世界的联系，而是希望通过精神和宗教层面的联合，从而实现象征主义文学作为拯救世人灵魂手段的目的。可以说，这种联系在梅列日科夫斯基的理论中体现得尤为明显。美国学者罗森塔尔就曾这样评价梅列日科夫斯基："像梅列日科夫斯基这样的作家所寻求的不仅仅是某种新的美学技巧；他们企望全新的世界观，这样的世界观会帮助他们确立自己在世界上的方向，求得在世界上的崇高地位。"③

第二节　宗教文学批评对"新宗教意识"的探索

　　正因为"两个世界"的存在，使得俄罗斯众多的宗教文学批评者们将文学看作是通往宗教神秘世界的重要通道，"新宗教意识"的建立就有赖于这种联结的实现。当然，"新宗教意识"中所谓的"新"必然与原有的旧宗教截然不同，对于宗教文学批判者来说，"新宗教意识"只有在批判传统宗教教义和教会机构的基础上才能建立起来，他们既反对无神论和理性主义思想的泛滥，同时也反对现有教会用教义束缚肉体自由的旧传统。

一、强烈批判传统东正教会

　　作为俄罗斯的国教，东正教从 10 世纪"罗斯受洗"直到 20 世纪初的白银时代，始终是俄罗斯人的精神支柱，并深刻地影响着这一时期众多的宗教

---

① 林精华主编：《西方视野中的白银时代（上）》，北京·东方出版社，2001 年版，第 10 页。

② Андрей.Белый.Символизм. http://www.litres.ru/pages/biblio_book/?art=3119995.

③ ［美］罗森塔尔：《梅列日科夫斯基与白银时代》，杨德友，译．上海·华东师范大学出版社，2014 年版，第 20 页。

哲学家和批评家们。这些忧国忧民的思想家，在面对俄罗斯当前糟糕的政治和经济状况，深切地思考着未来的出路在何方。西方派、斯拉夫派、民粹派等不同的解决方案层出不穷，但对待东正教的态度上却都显示出既信仰又迷惑的矛盾心态，一方面东正教的神秘主义特点以及它对信仰的执着得到了俄罗斯知识分子的认可，可以说包括俄罗斯知识分子在内的俄罗斯全民族都是浸润在东正教的神学氛围中成长壮大起来的；但另一方面，面对世纪之交的俄罗斯，不论是在文化领域还是社会体制方面，历史上的东正教都显得不合时宜，尤其是对于思想活动的异常激烈的宗教文学批评者们，传统的东正教会越来越成为捆绑他们精神的锁链，因此改良旧宗教，融入哲学和文化的思考，将宗教与世俗生活紧密结合起来，成为宗教文学批评者们倡导的"新宗教意识"的主要任务。这一点在罗赞诺夫的思想上表现得尤为突出。

　　如果我们追溯罗赞诺夫思想发展的轨迹，可以发现，他最初的研究正是在东正教的影响下进行的，最为明显的标志就是引起俄罗斯学界广为关注的代表作《关于陀思妥耶夫斯基的宗教大法官的传说》（ЛегендаоВеликоминквизитореФ.М.Достоевского），正是这部被誉为继索洛维约夫之后又一个用东正教神学思想评价陀思妥耶夫斯基的作品，奠定了罗赞诺夫在俄罗斯思想界和文艺界的地位，也获得了业内一致好评。在这部书中，他认为东正教精神突显着斯拉夫民族的种族特征。东正教虽然不具有类似天主教和新教高尚的功绩和辉煌的成就，但却保存着福音书中最为珍贵的精神特质——信仰。即便在他后期的论文中，罗赞诺夫依然表达了自己对东正教的深刻情感，"东正教是一个古老的、安静的老太太，失去了力量、青春和美貌，但拥有伟大的过去，更主要的是她从未伤害过什么人"[①]。可以说，直到罗赞诺夫生命的尽头，他依然在心中笃信着东正教，虔诚地向这位"安静的老太太"献出自己的一切。

　　但恰恰也正是由于对《卡拉马佐夫兄弟》的深入分析，使得在现实生活中受到种种不公正对待的罗赞诺夫开始深刻反省现实中的东正教与他信仰中的东正教之间的差别。在他看来，东正教精神中信仰上帝的本质正在为现实所破坏，而陀思妥耶夫斯基正是想通过其代表作《卡拉马佐夫兄弟》中"宗教大法官"一章所叙述的故事，表达对这种信仰即将消逝的不安。在前面的论述中我们已简要提及，出于对陀思妥耶夫斯基的迷恋，导致罗赞诺夫的婚姻生活出现了危机，随后就发生了罗赞诺夫再婚、生育，前妻拒绝离婚等一

---

　　① ［俄］罗赞诺夫：《陀思妥耶夫斯基启示录》，田全金，译. 上海•华东师范大学出版社，2013年版，第47页。

系列生活中的变故，而罗赞诺夫也因此受到东正教教义制约，妻子和子女得不到教义和法律上的认可，他的五个子女因此全部被教会当作私生子。这些现实使罗赞诺夫对东正教的观点产生了深刻的变化，确切地说应该是对东正教教会的态度发生了转变。他自己坦言道："'行为准则'与我的灵魂没有化学亲和性……有'行为准则'的人总是让我讨厌，他们做作，笨拙，况且在他们身上根本没什么好看的。"① 在这里，虽然罗赞诺夫没有直白说出自己的不满，但也能从"行为准则"四个字上体会出他对教会教义控制下的东正教及其神职人员的态度。正是在这一系列早已规定好了的"行为准则"的制约下，罗赞诺夫的妻子和儿女成为不被认可的人，而他自己也因此背负上了不道德的骂名。但对此，罗赞诺夫却表现得似乎毫不在意，他觉得自己根本想不起来它（道德性），因为任何一种高尚的思想一旦被赋予了"行为准则"的桎梏，变成"某某性"的话，那么也代表着僵化。

可以肯定的是，罗赞诺夫在对待东正教及其东正教会的态度上是截然相反的。一方面，他崇尚东正教、信仰上帝的思想根深蒂固；另一方面，他反对东正教会及其教义中泯灭人性的部分，"我们不喜欢努力使神庙里的说教成为寻常的、甚至必须要有的程序：这恐怕不是正教，并且也根本不是人民的东西"②。由此，罗赞诺夫从自己对东正教神学的理解出发，提出独特的东正教神学和哲学命题——基督教泛性论。他眼中的上帝已然不同于传统东正教义中的那个耶稣，而是带有鲜明个人色彩，打着独特个性标志的上帝。只有这个上帝才会真正理解信仰他的人们的痛苦，才会拥有世间的真理。罗赞诺夫心中的上帝实际上就是人性与神性的结合，而这种结合的焦点就是令教会为之侧目的"性"。他认为，不能从肤浅的经验主义的范畴来看待性，而应该从人性化的角度和形而上学的层面来看待这个命题。"人不是迷失在创世中，人被包含在自然的秩序里，而这一被包含的观点也就是性，它是新生命诞生之谜"③。所以，站在人类学和形而上学的层面来看待这样一个看似简单且粗俗的提法时，性就被赋予了人类自我创造、精神自我创新的深层内涵。所以，从这里可以看出，罗赞诺夫心中的上帝是与现实生活紧密相连，与人类真实情感密切沟通的精神导师，他不应以现成的"行为准则"来压制人民内心真实的诉求，因为这样的东正教必会走向无法创造和创新的死亡状态。

应该说，罗赞诺夫对待东正教神学的这种态度与同时代其他诸多东正教

---

① 周启超主编：《白银时代·文化随笔》，北京·中国文联出版公司，1998 年版，第 49 页。

② 同上，第 38 页。

③ ［俄］津科夫斯基：《俄国哲学史》，张冰，译 . 北京·人民出版社，2013 年版，第 517 页。

哲学家们是有相似之处的,他关注个性发展,肯定个性价值的想法也是非常珍贵的。但罗赞诺夫在具体的表述方面确实也有其过分大胆的地方,在其《落叶集·第一筐》中,罗赞诺夫就直白地写道:"在宗教哲学会上,我曾提议让新人在婚礼仪式过后直接留在举行仪式的地方一段时间……面对忽隐忽现的圣像,面对为数不多的燃烧的蜡烛,没有人,没有旁人,没有外人的眼睛,没有外人的耳朵……在这里,在祈祷室开始夫妻生活。"[①]教堂在罗赞诺夫眼中不仅是新人举行婚礼仪式的圣殿,更应该是新人迈向真正婚姻生活的重要场所,他直言应"将洞房纳入我们的教堂",因为罗赞诺夫认为夫妻爱情和性生活应该是人类最为真诚、最为纯洁的行为。《旧约》中还保留了很多对人类美好情感的故事,而《新约》的禁欲思想就越来越将这种真诚的情感归结为罪恶。所以,罗赞诺夫要用这种大胆的言论来对抗虚伪的教会传统,在他看来,这不是"异端邪说"而仅仅是"我们不习惯"。当然,这些言论也确实在当时的历史时期显得过于不合时宜,梅列日柯夫斯基曾这样评价他,"罗赞诺夫不同于自己同时代人的不是数量而是个人主义的质量:在那些人当中,他是自然的,无意识的和无宗教的,被认同为唯美主义、未来主义、阿克梅主义和其他下作的东西;罗赞诺夫把自己的孤独深化成宗教意识,宗教传统"[②]。罗赞诺夫认为他自己信仰中的上帝是与众不同的,对于普遍意义上大多数人信仰中的上帝,他既不了解也不感兴趣,这就造成了他信仰和思想中的孤独。由此,他成为"新宗教意识"运动中风格最为激进大胆的代表人物。

二、确立"基督与反基督"的命题

宗教文学批评探索"新宗教意识"的重要体现,就在于提出了"基督与反基督"的命题,提出这一命题的就是梅列日科夫斯基。作为俄国象征主义文学流派的主要缔造者,同时也是白银时代宗教文学批评的代表人物,梅列日科夫斯基的诗学特征和批评理论直接影响了象征主义文学流派理论的形成和发展。他最早明确提出了"象征"一词,并将其作为自己诗集的名称,他的讲稿《论当代俄国文学的衰落原因及其新兴流派》成为象征主义文学理论的宣言书。在梅列日科夫斯基这里,象征主义的文学创作和批评理论不仅仅被看作是一种与现实主义创作相对立的美学革命,更重要的还是一种革新宗教、变革社会的世界观和价值体系的重建。在象征主义文学流派中,梅列日科夫斯基开创了文学艺术向宗教的回归,而且梅列日科夫斯基将所回归的宗

---

① [俄]罗赞诺夫:《落叶》(第一筐),郑体武,译. 北京·商务印书馆,2015年版,第29页。
② 周启超主编:《白银时代·名人剪影》,北京·中国文联出版公司,1998年版,第59页。

教明显与之前的传统教会相区别，明确提出了他的"新宗教意识"，梅氏也因此成为同时期欧洲思想界和文学界关注的焦点，"在英国、法国和德国，梅列日科夫斯基的名字是与契诃夫和高尔基的名字一样被人津津乐道的"①。

梅列日科夫斯基对于白银时代宗教文学批评的意义体现在，他不仅旗帜鲜明地树立了一面引领文学发展新方向的大旗，同时还为现实生活中经历精神彷徨的知识分子开辟了一条认识自我、进而认识社会的新路。可以说，梅列日科夫斯基的"新宗教意识"是一个复杂的混合体，它是多神教与基督教的混合，也代表着人类圣洁精神与自由肉体的融合，这种二元对立式的思想成为梅列日科夫斯基的主要思考模式，体现在他的文学创作、文艺批评以及宗教思想中。

（一）个体精神发展——探索新宗教意识的现实原因

现实生活中的孤独感带给梅列日科夫斯基寡言、阴郁的个性特征，同时也激发出他对精神层面实现自我价值的渴求，而他的文学创作、文学批评和宗教追求，以及最终的政治诉求都源于最初的个体生命体验。同时，看似独特的生存现状，也代表了当时众多俄国知识分子面对现实与精神之间巨大反差而形成的生命体悟。

梅列日科夫斯基的一生经历了沙皇统治时期、俄国革命、苏维埃政权建立，以及两次世界大战。时代的巨变、不同社会理想的冲突成为影响这一时期众多思想家的主要文化因素，梅列日科夫斯基的经历也是白银时代众多知识分子的集中代表。对于梅氏本人来说，现实中的孤独与精神上的自救共同促使其"新宗教意识"的形成，并在他初期的诗歌和小说中得以体现。

现实中的孤独伴随着梅列日科夫斯基的一生，即便在他找到自己的伴侣吉皮乌斯②之后，这种孤独感也并没有离他而去。他的孤独来自父母、兄弟、妻子，当然也包括曾经与他志同道合的盟友。

梅列日科夫斯基出生于一个沙皇帝国的高官家庭，但是富裕的家庭、特权的荣誉并没有给幼年时的梅列日科夫斯基带来温暖。相反，他的父亲忙于官场的钩心斗角，鲜有与孩子们交流和陪伴的机会，而且历来对子女严格刻板。唯有母亲才是梅氏幼小童年最为温暖的回忆，但这点温存也随着母亲的早逝而失去。他的抒情诗《孤独》诉说着自己对亲情疏离的痛苦：

---

① ［俄］俄罗斯科学院高尔基世界文学研究所：《俄罗斯白银时代文学史 1890 年代—1920 年代》，谷羽，王亚民，等，译．兰州·敦煌文艺出版社，2006 年版，第 273 页。

② ［俄］季娜伊达·尼古拉耶夫娜·吉皮乌斯（З.Н.Гиппиус，1869—1945），白银时代诗人、小说家兼文学批评家，著有《梅列日科夫斯基传》等。

> 请相信我——人们不会彻底
> 理解你的灵魂，
> 像器皿充满了液体，——
> 灵魂充满了郁闷。
> ……
> 另一颗心是另一个世界，
> 没有道路可以相互交会！
> 即令凭藉着相爱的灵魂
> 你也无法入内。[①]

也正是母亲的去世使梅氏开始向宗教的神秘感敞开心扉，他幻想着能通过宗教的途径实现自己与母亲的再一次相逢。梅列日科夫斯基带有自传体性质的长诗《古老的八行诗》将其孤独的童年生活展现在读者面前，这也促成了他日后忧郁的个性和内敛的表达。而与妻子吉皮乌斯的结合并未减轻梅列日科夫斯基的孤独感，生活方式的不可调和的差异，二人个性的执拗致使争吵不断，表面上风平浪静的婚姻生活实则夹杂着许多情感不睦的暗流。而1900年菲罗所佛夫加入后形成的"三口之家"的生活方式，更是成为世人诟病的根源。这就导致了梅列日科夫斯基整整后半生的婚姻生活都陷入在一种爱与恨的矛盾冲突中：

> 我们相爱却又不称道情爱，
> 两人都渴慕着新鲜的物事，
> 充满疏忽即逝的怪念，
> 我们却又不会互相背弃。
> 偶尔怀恋以往的自由，
> 我们试图将锁链打碎，
> 可每一次都更为沮丧地
> 重新意识到奴隶的地位。
> 我们既不想预见结局，
> 我们又不能一起生存，——
> 哪怕是无休无止的爱，
> 哪怕是报以整个身心的恨。……[②]

[①]　汪剑钊译：《白银时代诗选》，昆明·云南人民出版社，1998年版，第22页。

[②]　同上，第23页。

　　《爱是敌对》的诗歌把作者对婚姻生活的矛盾心情跃然于纸上，并不和谐的婚姻生活将梅列日科夫斯基的本就阴郁的心灵更蒙上了一层挥之不去的尘土。现实生活中，孤独成了梅列日科夫斯基永恒的主题，而这一主题也成了困扰梅列日科夫斯基思想阵营的魔咒。可以说，从他的演讲稿《论现代俄国文学衰落的原因与若干新流派》，以及他的评论集《托尔斯泰和陀思妥耶夫斯基》问世以来，梅列日科夫斯基的影响力就遍及了 19 世纪末的整个俄罗斯思想界。梅列日科夫斯基和吉皮乌斯夫妇每周都会在家中举办沙龙，包括布留索夫、伊万诺夫、罗赞诺夫、索洛库勃、别雷等众多象征主义作家和宗教哲学家都是他们的常客。此外，为了进一步传播自己的思想主张，他们开办了杂志《新路》，并成立了著名的宗教—哲学学会。通过这一系列的举动，梅氏夫妇希望在俄罗斯的宗教哲学界和文学界掀起一场反对传统实证美学、反对市侩习气、反对传统教会的文艺新风，并且尽力使自己成为这场思想革新运动的领袖。但令人疑惑的是，他身边的助手、沙龙里的朋友，甚至是拥有共同文学倾向的战友对待梅列日科夫斯基的文学和思想表现得异常冷淡。在众人眼中，梅列日科夫斯基的言论并不符合俄罗斯的实际，是无意义的空谈，同为象征主义代表的别雷这样描述他："这个人物轻视客人，穿着配有可笑的红毛绒球儿的天鹅绒拖鞋到处晃悠，对着到他家来的客人大声念叨他疯癫的告白，然后在永远包裹着他的一团褐色香烟烟雾中消失——这是他用来藏身的办法。"[1]可见，梅列日科夫斯基的思想并没有得到大家的接受，他的读者很多，但支持他的人很少。应该说，这种思想上的孤独是全方位的，并且伴随着梅列日科夫斯基的一生，在他眼中，冷漠的现实、孤独的人生与其精神中对理想世界的强烈追求产生了巨大的反差，现实中的极度孤独与精神世界的自救构成了梅列日科夫斯基一生的思考主题，一方面他厌恶现实世界的种种丑恶现实，他从自己父亲的身上看到了人们为了权力和地位而不择手段的逢迎和谄媚，失去了做人的精神独立，在某种程度上，父亲的形象是梅氏对市侩作风的最初印象，表现在文学艺术方面，这种着重展现小市民习气，而忽视文学自身艺术特性的作品也受到了梅氏的批判。另一方面，他努力在寻求一种能够解决现实孤独的精神良药，梅列日科夫斯基希望通过精神上的某种力量来化解现实生活中遇到的各种困扰，最终，梅列日科夫斯基将视线投射到神的启示，宗教的力量胜过了尼采和叔本华，让梅列日科夫斯基找到了精神上的归宿。

---

　　[1]　[美] 罗森塔尔：《梅列日科夫斯基与白银时代》，杨德友，译. 上海·华东师范大学出版社，2014 年版，第 31 页。

（二）基督与反基督的对立与融合——新宗教意识的全面解读

不论是梅列日科夫斯基的诗歌、小说，还是他的随笔和文学批评，纷杂多变的外形下都潜藏着共同的主线——对新宗教意识的探索。在梅列日科夫斯基这里，"新宗教意识"不仅是制约文学创作、作家性格的主要原因，同时还代表着一种理想社会政治形态，它作为一个口号、一种精神成为支撑梅列日科夫斯基一切文学和社会活动的根源。也由此，梅列日科夫斯基将宗教文学批评的理论视野从文学艺术领域进一步推展到了整个社会文化和宗教领域。梅列日科夫斯基认为所谓的"新宗教意识"是与传统基督教的宗教信仰相区别的一种新的宗教思想，这就是"世界中存在着两个真理，即基督教宣扬的天上真理和多神教信奉的尘世间真理。只有这两个真理完全融合，基督教的思想才是最完整的"①。在这里，梅列日科夫斯基将基督教中的基督与敌基督的概念进行重新定义，认为所谓的敌基督并不是如《福音书》中所形容的是利用谎言来进行自我伪装，而是一种更加重视人类肉体欲望，贴近真实人生的活生生的宗教。于是，在梅列日科夫斯基看来，以多神教为主要特色的"反基督"是传统基督教的有益补充，而二者结合后就形成了不同于《旧约》和《新约》的"第三约"，既是一种崭新的宗教观，更是一种全新的世界观。

应该说，梅列日科夫斯基的"新宗教意识"来源于其对现实社会和宗教教会的不满，这其中既有对他自身生活现状的不满，也包括对整个社会大环境的不满情绪，同时希望通过崭新的宗教信仰的力量来寻求一条不同于当下的革命民主主义和无政府主义的社会革新之路，在他的自传随笔中梅氏这样写道："1905—1906年革命期间，我重新思考了一些问题，更主要的，我有了许多感受，这对于我内心发展的进程具有决定性的意义。我懂得了——仍然不是抽象地，而是生动地——东正教与俄国旧秩序的联系，也明白了，要想达到对基督教新的理解，除了对二者一道予以否定之外，别无其他途径。"②。但是，梅列日科夫斯基并没有将他的宗教革新思想写成神学著作，而是通过一系列文学作品来隐喻地表达这种宗教意识。因此，梅列日科夫斯基的"新宗教意识"是经过文学处理后的直觉体悟，而不论是他早期的文学创作，还是后期的人物传记，可以说都是对新宗教意识的生动注解。

此外，这种"新宗教意识"的出现除了上述提到的现实原因之外，还在于梅列日科夫斯基受到了以叔本华、尼采为代表的西方直觉主义和以索洛维

---

① Мережковский Д.С.Избранные сочинения.Мослква.1992.с46.

② ［俄］德·梅列日科夫斯基：《诸神之死：叛教者尤里安》，刁绍华，赵静男，译．哈尔滨·北方文艺出版社，2002年版，第374页。

约夫、罗赞诺夫为代表的俄国宗教哲学思想的双重影响。经历了日俄战争的惨败、1905 年革命的失败、民粹主义运动、第一次世界大战等一系列变故，白银时代的知识分子经历着空前的精神危机，梅列日科夫斯基也不例外。一切原有的权力控制和精神束缚在此时都已失效，大家迫切地寻找一把解放俄国精神枷锁的钥匙。对于面临重估一切旧有价值，并从沙皇强权统治下解放出来的人们而言，叔本华和尼采的思想使他们看到了原有价值体系的深刻危机，并且意识到了人作为个体存在的独立价值。相比于此前的基督教和沙皇政权，此时的知识分子充分意识到个体已经不仅仅是上帝的奴仆，抑或沙皇面前匍匐的臣民，尤其是在尼采充分肯定生命的价值、肯定艺术的美，以及反道德、反理性的审美文化态度的影响下，以梅列日科夫斯基为代表的众多象征主义作家和思想家开始以尼采式的视角审视俄国的传统文化和宗教哲学。但是，从梅列日科夫斯基的思想发展情况看来，他对尼采哲学思想的接受是有选择性的，一方面他努力尝试克服现实生活和童年经历中带给他的恐惧感和孤独感，希望通过精神的自我救赎使自己成为尼采笔下的"超人"，并且明确提出了反对传统东正教的禁欲主义，高扬人的主体意识的思想；另一方面他却无法认同尼采关于"上帝死了"的论断，东正教的文化传统已经在梅氏的思想中根深蒂固，并且使梅列日科夫斯基认为解决俄罗斯民族精神危机的唯一道路就是宗教的救赎，只不过这种宗教完全不同于现实的东正教会。从这一点可以看出，梅列日科夫斯基的宗教思想与前文提到的罗赞诺夫是一脉相承的。而梅列日科夫斯基的独特之处在于，他所关注的不仅仅是某一个个体或某一个家庭在宗教教会中的地位和待遇，而是将目光投放到整个社会生活大环境中，在他看来罗赞诺夫的宗教思想仅仅限制在家庭的宗教层面，而他自己的宗教理想是建立一种崭新的社会的宗教。由此，他提出了融合精神与肉体、基督与反基督、基督教与多神教多方面融合的"新宗教意识"。在对未来的预期上，罗赞诺夫希望能够实现倒退回《旧约》中的宗教世界，而梅列日科夫斯基则是大胆提出了建立"第三约"的构想。可以说，梅列日科夫斯基的思想既是建立在文学创作基础上的文学价值观，同时也是立足于改革现实生活的社会思想观，形成了他的象征主义、宗教情感和社会拯救三位一体的"新宗教意识"。

第三节　"新宗教意识"从文学建构到文化建构

对于宗教文学批评来说，反叛传统宗教束缚、尊重个体真实需求就是"新宗教意识"的核心理念。以此为基础，宗教文学批评者首要的任务就是将这一思想运用于具体的文学和文学批评理论的建构，在他们看来，"新宗教意识"在文学艺术的范畴中才能体现得最为直白，当然这里一个重要的原因也来自宗教文学批评的许多代表人物本身就是优秀的文学家，文学及其批判理论对于他们思想的表达显得更为充分有力。宗教文学批评希望在文学中将"新宗教意识"相对虚幻的理论呈现得更为具体生动，从而使其思想被更多的俄罗斯人所接受。但是，从宗教文学批评者的众多批评文章中我们也可以清晰地看到，在具体的作家和作品解读中所体现的"新宗教意识"往往与其对整个社会文化大环境的认识相结合，可以说，宗教文学批评在利用"新宗教意识"进行文学及其理论建构的同时，更为关注对整个民族文化体系的建构。在整个社会都崇拜西方理性主义和无神论的文化环境下，宗教文学批评力图通过对传统宗教的继承和革新，来恢复俄罗斯民族正在逐渐失落的精神信仰。这种从文学建构进而发展为文化建构的"新宗教意识"成为"白银时代"宗教文学批评观难能可贵的历史品格。

一、"新宗教意识"统摄下的象征主义文学建构

"新宗教意识"对于宗教文学批评的重要作用，首先体现在具体的文学创作领域，其代表就是梅列日科夫斯基。他的象征主义文学创作的主题和作品特色完全是在"新宗教意识"的浸润下形成的，尤其是其早期的《基督与反基督》小说三部曲，其中包括《诸神之死：叛教者尤里安》（1896）、《诸神的复活：列奥纳多·达·芬奇》（1901）、《反基督：彼得和阿列克赛》（1905），这三部小说均发表于梅列日科夫斯基《论当代俄国文学衰落的原因和新思潮》（1892）之后，堪称梅氏象征主义思想和宗教哲学思想的集中体现，同时也成为他小说创作中的顶峰。就三部小说的总体意蕴看来，它们体现着梅列日科夫斯基"新宗教意识"的基本认识，即位于两种世界对立与冲突间的，两种人性、两种世界观的对立与融合。此后，尼采的影响使梅列日科夫斯基对古希腊宗教思想产生了极大的兴趣，并创作了关于古希腊和古埃及系列的著作，如《三的秘密：埃及与巴比伦》（1925）、《诸神的诞生：克里特岛上

的图坦卡蒙》（1925）、《保罗·奥古斯丁》（1936）。他认为相比于禁欲主义的基督教来说，古希腊的多神教更注重对人类肉体的赞美，对凡人个性的重视，代表着人间的快乐和对生活的赞美。

可以说，纵观梅列日科夫斯基的系列作品，基督教与多神教（反基督）之间的根本区别也代表着基督教里一个著名的神学论题——灵与肉的对立与融合，成为他小说创作的基本主题。而在梅列日科夫斯基的"新宗教意识"中给出的解决答案是二者本质上的相互融合。他大胆地指出"灵并非无肉体的神圣，而是神圣的肉体"①。灵与肉的结合成为梅氏基督与反基督之间对立与融合的实质问题，其象征主义小说就是对这一主题的多角度注解。尤里安、达·芬奇和彼得大帝，这些在历史上真正出现过的人物，在梅列日科夫斯基笔下被冠以"反基督"和"多神教"的标签，并且通过对他们精神世界中不同信仰之间的矛盾冲突，以及他们与所处时代之间的对立关系的刻画，将自己的宗教认识进行生动再现。

（一）系列小说的设置构成梅列日科夫斯基象征精神的基本骨架

正如上文所提到的，梅列日科夫斯基创作了众多长篇历史小说，而且这些历史小说基本上是以系列小说的整体形态呈现出来的。例如基督与反基督三部曲、野兽王国三部曲（《亚历山大一世》《十二月十四日》《保罗一世》）和东方系列小说，基本上每一个系列都包括两部到三部长篇小说。同时期俄国象征主义大师别雷就曾这样评价梅列日科夫斯基的作品结构，认为他的作品"如同法国巴黎的埃菲尔铁塔。铁塔有四个坚实的支撑，而梅列日科夫斯基的作品结构虽不如铁塔那般高大，却也十分巧妙"②。从表面上看来，每一部长篇小说都描述了各不相同的历史人物和历史事件，看似是彼此相对独立的叙述结构。而如果从内部深层的思想发展脉络来看的话，小说实则是对作者象征主义宗教思想的系统论述。每一部小说都在思想脉络上延续了前一部小说的精神线路，尤其是一个系列中后一部作品往往带有前一部作品的记忆，是对前一部作品思想发展历程上的进一步完善。"他所有作品的惊人的高度一致性，总是在某种统一的轨道上前进的方向性，几十年一贯善于体现最丰富构思的能力，让最初读梅列日科夫斯基作品的人都震惊不已。与此同时，他的作品总是表现一种固有的并且是非常明确的发展规律"③。正是在这个意

---

① ［俄］梅列日科夫斯基：《托尔斯泰与陀思妥耶夫斯基》，杨德友，译．沈阳·辽宁教育出版社，2000年版，第11页。

② Адрей Белый. Критика Эстетика. Теория символизма.М.1996.с21.

③ ［俄］俄罗斯科学院高尔基世界文学研究所：《俄罗斯白银时代文学史》（第二卷），谷羽，王亚民，等，译．兰州·敦煌文艺出版社，2006年版，第274页。

义上，俄国当代思想界将梅列日科夫斯基的作品风格确定为"世界观型思想小说的变体"，即他的所有作品都是为统一的思想主旨服务的，是构成梅列日科夫斯基象征主义精神的骨架。

以其早期系列长篇小说，也是最为著名的代表作《基督与敌基督》三部曲为例。这三部长篇小说分别讲述三个不同历史时期的人物和事件，他们是古罗马的皇帝尤里安、文艺复兴时期的著名画家达·芬奇，以及18世纪俄国的彼得大帝和他的儿子阿列克赛。这些作品中的人物都是历史上真实存在的，并在世界范围内拥有较高知名度的人物，而且，梅列日科夫斯基在创作的过程中，为了追求历史和人物的真实性，不惜多次跟随主人公的足迹探寻其生活经历，可以说梅列日科夫斯基的历史小说是在忠于历史真实的基础上完成的。但另一方面，也正如梅氏本人所说的，他是将众多题材的历史小说作为一个整体来进行创作的，而相距万里，甚至是时间相隔千年的不同人物之间如何构成联系？具体到这三部曲来说，联结不同人物和迥异命运之间的纽带就是"基督"与"敌基督"之间的对立与统一。三部小说从其题目上就体现出了一种主题的延续，诸神之死、诸神复活、反基督，这正如梅列日科夫斯基自己所提出的，是两种截然不同的宗教思想之间的矛盾与冲突，"基督与反基督是代表了两种不同的宗教思想，即基督教思想和多神教的思想，基督教代表正统的、高尚的价值，而多神教则象征着尘世间的一切。"[①]基督教宣扬禁欲主义，认为人生来就有原罪，而多神教则更贴近人世间的生活，代表着对人类肉体和欲望的认可。所以，在梅列日科夫斯基眼中，所谓的"敌基督"已经卸掉了《圣经》当中赋予其的虚假、邪恶的含义，进一步成为代表人类真实情感，并且作为传统基督教有益补充的代名词。梅列日科夫斯基希望将基督教与多神教进行融合，而他笔下这三部作品则是这种融合的三个不同发展阶段。

第一部所谓的诸神之死，是通过古罗马皇帝尤里安的生平和经历来表现的。在西方的历史上，尤里安是作为基督教叛教者的形象载入史册的，可以说对于正统的基督教来说，尤里安是一个叛徒。而梅列日科夫斯基对他却与众不同，充满了同情和惋惜。在梅氏的笔下，展现了幼年时期经历过丧父和丧兄之痛的尤里安，内心充满着恐惧和憎恨，他的叔父也就是当时的罗马皇帝君士坦丁大帝，是制造这一切悲剧的罪魁祸首，也由此使得幼年时期的尤里安产生了对罗马皇帝所代表着的正统基督教的憎恨。当然，随着老国王的去世和尤里安的屡建战功，他终于在公元3世纪成为罗马的皇帝，并且尤里安在位期间大胆地进行了宗教改革，宣布宗教自由，从而改变了基督教一教

---

① Мережковский.Избранные статьи.М.1990.c132.

独尊的局面。可是，随着东征的失败、尤里安战死沙场，短短二十个月的执政时间在历史上留下了"叛教者尤里安"的恶名。不过，在梅列日科夫斯基的笔下，尤里安成为创建地上的宗教，敢于同正统基督教宣战的第一位勇士。

第二部的主题是诸神的复活，这里所谓的诸神就是尤里安为之奋斗的，希望与传统基督教分庭抗礼的古希腊多神教。从公元 3 世纪的第一次失败，到文艺复兴时期，它又在意大利的艺术巨匠这里得以再次复苏。从这里可以看出，第一部的思想就深埋在第二部的肌理中，只是表现的具体形式发生了变化。第一部是表现在政治领域，第二部则是文化艺术层面。众所周知的文艺复兴时期的艺术巨匠达·芬奇成为这一部中梅列日科夫斯基笔下的主人公。在小说的开篇，作者借达·芬奇堂弟安东尼奥之口点明了达·芬奇的精神特征："列奥纳多先生——就是个分门结党的人和不信神的人。他的思想被撒旦的骄傲给弄得失去了光辉，他想要用数学和妖术的方法洞悉大自然的奥妙……"①这就为其"诸神复活"的主题奠定了基调，经过对主人公科学发明、绘画创作等一系列真实历史事件的描述，以及其学生的心理疑问和困惑的描写，向读者展示出了一个冷静面对宗教，并不断进行科学探索的艺术家形象。当然，小说着重刻画了达·芬奇在面对艺术之美与宗教之善时精神上产生的艰难抉择。在他生命接近尾声的时候，面对自己一生的探索和这种探索所能给人们带来的精神自由的问题时，产生了深深的困惑。可以说，在小说的最后、在达·芬奇临终的时候他开始反思，也开始对上帝忏悔，并且最终意识到，不论是宗教信仰抑或科学知识，都只不过是人类实现精神统一的不同途径，而它们的目的就是"人的意志与神的意志的合一"，只可惜达·芬奇只做到了其中的一半，他还是没有能够完成将天上的宗教与地上的宗教相结合的精神使命。

18 世纪俄国彼得大帝的改革与国内的各种矛盾是梅列日科夫斯基第三部小说《反基督：彼得和阿列克赛》的历史背景。众所周知，彼得大帝在位期间是俄国与欧洲社会文化进行全面交流的时期，欧化不仅体现在政治、经济和军事上，当然也表现在宗教和精神领域。小说中一方面描写了锐意改革但又崇尚独裁的彼得大帝；另一方面也展现了思想保守不思进取的俄国旧势力的代表皇太子阿列克赛的矛盾与彷徨。彼得大帝将俄国的教会变成他个人独裁的统治工具，因此在梅列日科夫斯基的笔下，彼得大帝纯粹是"反基督"的代表，同时也是反俄国、反人民的代表。可以说，梅列日科夫斯基对他的态度是矛盾的，他将彼得这种反基督的思想视作宗教思想探索过程中的一个

---

① ［俄］梅列日科夫斯基：《诸神的复活：列奥纳多·达·芬奇》，刁绍华，译．哈尔滨·北方文艺出版社，2002 年版。第 9 页。

组成部分。作者的深刻目的就是要探讨前两部中，经过欧洲不同时代人类努力追寻的宗教理想，在进入俄国之后会经历何种的命运。彼得大帝将教会作为其独裁统治工具的同时，也对传统东正教会作出了彻底的变革，他虽然被冠以了"反基督"的恶名，正如古罗马的尤里安那样，但他的做法也开辟了一条探索真正宗教真理的道路，尽管他本人仅仅是这条道路上的一个坐标，但这对于梅列日科夫斯基的"新宗教"来说也是至关重要的进步。

当然，《基督与反基督》三部曲的思想不仅仅限制在这三篇小说中，梅列日科夫斯基日后创作的《野兽王国》三部曲也延续着相同的宗教追问。基督教与多神教的对立与融合成为梅列日科夫斯基所有作品所要表达的象征元，这也正如他自己所说的，"三部曲《基督与敌基督》描写两种本原在世界里的斗争，写的是过去。《列夫·托尔斯泰与陀思妥耶夫斯基》《莱蒙托夫》《果戈理》描写的是俄国文学中的这个斗争，说的是现在。《未来的下流人》《不是和平而是刀剑》《在平静的洄流中》《患病的俄罗斯》描写的是俄国社会生活中的这个斗争。《古老的悲剧》《意大利故事》《永恒的旅伴》《诗集》则分别是引导我走到一个问题的道路上的各个路口的路标，这唯一的、涵盖一切问题的问题就是关于两种真理——上帝的真理和人类的真理在神—人现象中的关系。最后，《保罗一世》和《亚历山大一世》则是从两个本原的斗争对俄国未来命运的关系中来研究这个斗争的。"① 可以说，这些作品中的时空共同构成了作者象征主义思想的骨架，是它精神链条上的各个环节。

（二）作品中的历史和人物成为象征精神的具体体现

综观梅列日科夫斯基的这些系列长篇历史小说，尽管它们都是源于真实的历史事件和历史人物，但从其中诸多的行为、对话和思维描写上可以看出，作者写作的目的不仅仅是现实生活，而恰恰是内部的精神活动，也就是他一直明确提出的——两个本原间存在的相互矛盾和斗争。也由此，诸多大部头的长篇著作仅仅是梅列日科夫斯基宗教精神下的象征性的载体，是组成其象征主义宗教世界的具体骨架，正是在这些骨骼的共同作用下，建立起了梅列日科夫斯基带有象征主义特色的新宗教意识。与此同时，梅列日科夫斯基笔下诸多典型人物的刻画上，也体现了作家明确的象征意识，可以说，尤里安（古罗马的帝王）、达·芬奇（文艺复兴时的艺术之王）、彼得一世（俄罗斯的帝王）并不仅仅代表着历史曾经出现过的那些真实人物，他们统统都是作者笔下"反基督"的代名词，每一个人物都是象征，梅列日科夫斯基将他的新宗教意识

---

① ［俄］梅列日科夫斯基：《诸神死了：背教者尤里安》，谢翰如，译. 沈阳·辽宁教育出版社，1997年版，第14页。

附着在这些具体的人物身上，展示出了一个个鲜活的生命在两种不同本原的宗教精神领域中的挣扎和彷徨，而这些象征型的人物在作者看来才是具有精神深度的人物形象，这样的历史才是他所谓的真实的历史，也在这个意义上，梅列日科夫斯基历史小说所追求的历史真实并非现实的真实，而是宗教的真实、主观的真实，因而象征主义在梅列日科夫斯基的小说创作中也不是作为一种艺术创作方式，而是被当作一种思想形态存在的。

以彼得大帝为例，这个人物出现在梅列日科夫斯基的小说《反基督：彼得和阿列克赛》当中，相比于该系列著作的前两部主人公而言，彼得大帝的塑造更加突出了人物的矛盾性和思想的不确定性，从而其作为象征典型的存在也具有更加独特的意义。作为一个在俄国历史上产生了巨大影响的一代帝王，彼得一世的改革将俄罗斯的社会和文化带入了一个彻底变革的时代，使得俄国从一个传统落后的封建农奴制国家迅速赶上了西方发达国家。在一系列的改革过程中，彼得一世的举措也极大地动摇了封建贵族们的既得利益，为此彼得一世实行了一系列独裁手段，来维护他的既得利益和现有改革举措。应该说，梅列日科夫斯基选择彼得一世作为自己第三部《基督与反基督》作品的主人公是有着深刻寓意的。

在梅列日科夫斯基的眼中，彼得一世虽然独裁、残忍，但他的许多行为都类似于尼采笔下的"超人"，而且在梅氏看来这位"超人"的出现又带有很多的矛盾性和未解的疑惑，为了更突出其所谓"反基督"的形象，梅列日科夫斯基在作品中不惜笔墨地描写出与彼得一世相对立的另一个角色——皇太子阿列克赛，保守的东正教的信徒。二者的对立与冲突首先构成了整部作品最主要的象征结构，即梅氏本人所说的上帝的宗教与人间的宗教、基督教与多神教之间的关系。相对于锐意改革、打破一切旧有秩序的彼得一世，他的儿子阿列克赛则对一切传统规则抱有浓厚的依恋，是俄罗斯东正教的忠实代表。梅列日科夫斯基特意将其故事锁定在皇太子生命的最后三年，也就是他与自己的父亲矛盾最为激烈的时间段，在剧烈的矛盾冲突中，挖掘二者所代表的不同宗教精神之间的深刻对立。在全书的第一章"彼得堡的维纳斯"当中，面对彼得一世不远万里从罗马运来的雕塑，并且将 6 月 26 日定为维纳斯节时，阿列克赛表现得时而愤怒、时而恐惧，这些巨大的古罗马雕塑在阿列克赛和保守派的眼中就是"白色魔鬼"，而彼得一世在他们看来就是一个"用偶像取代圣像，用圣像创造偶像"① 的始作俑者。彼得狂热地崇拜古希腊的多

① ［俄］梅列日科夫斯基：《基督与反基督：彼得与阿列克赛》，刁绍华，赵静男，译．哈尔滨·北方文艺出版社，2002 年版，第 19 页。

神教，并认为俄国教会只会编造关于奇迹的骗人假话。在描述彼得的同时，作品中反复提到了"火"的意象，这一意象也是作者用来表现彼得一世摧毁一切宗教体系的象征性元素，代表着彼得一世毁灭一切旧有宗教秩序的决心。在作品中，"焰火"成了彼得的最爱，"无数颗焰火呼啸着腾空而起，像是一捆捆火的谷穗，直奔天际，在黑暗的天空中散开红蓝绿紫等各种颜色的星星，缓缓地下降，消失"①。灿烂夺目的焰火，将彼得本人和古希腊神怪的形象展示在漆黑的天际，这种象征意义可谓是再直白不过了，伴随着焰火的升空和熄灭，彼得手中的圣像在他看来成为可以被科学原理所解答的愚昧无知的象征。由此，梅列日科夫斯基借助古希腊神话和《圣经》中关于"基督与反基督"（创造者和破坏者）的言说将彼得一世既残暴、独断专权，同时又崇尚理性和科学精神的个性特征清晰地描绘出来。而彼得与阿列克赛这一对带有典型二元对立结构的人物设置，则成为理性与信仰、有力与软弱、肉体与灵魂的象征。

与此同时，不论是皇太子阿列克赛还是彼得一世本人，又同时陷在精神矛盾的自我对立与冲突之中。在长老们的眼中，在平民百姓们的眼中，甚至在前任沙皇的寡妻玛尔法·阿列克塞耶维奇的眼中，彼得一世已经不是真正的沙皇，大家认为他是犹太人，是冒牌货，是上帝的罪人，而阿列克赛则成为保守派的精神依靠，大家将恢复旧教的希望寄托在阿列克赛的身上，认为只有他才能带领大家回到真正上帝的王国。但在熟悉阿列克赛的人眼中，例如作品中通过皇妃宫廷女官阿伦海姆的日记中反映出，阿里克赛是一个"最猜不透的人"。他总是以两种自相矛盾的形象出现在切近人的身边，当他喝酒之后就会变得狂躁，甚至殴打自己的妻子，"当他没有喝酒的时候，总是关起门来，坐在屋子里读他的古书和抄本；据说是在研究世界史、神学，不仅是俄国的，而且也有天主教的和新教的……"②对东正教的绝对信仰与自身的软弱逃避形成了阿列克赛的矛盾对立的性格特征，这样的描写也正代表着作者对传统基督教会的看法，它重视信仰、肯定圣灵，但行为方式落后而懦弱，根本无法担负起改变俄国社会的命运。另一方面，彼得一世的性格中也出现水火不容的两个极端，"他的天性是火和水。他爱它们，也爱它们所产生的物质：水——和鱼，火——和中世纪的火怪"③。这里的"火"象征着彼

---

① ［俄］梅列日科夫斯基：《基督与反基督：彼得与阿列克赛》，刁绍华，赵静男，译. 哈尔滨·北方文艺出版社，2002 年版，第 26 页。

② 同上，第 101 页。

③ 同上，第 112 页。

得与所有俄国传统信仰之间的决裂，"水"则象征着航海，代表彼得将反基督的、多神的、人间的、肉体的信仰带到曾经封闭的俄罗斯。但对于彼得的这种力量在作者看来也充满了两极性——神的力量和魔鬼的力量，在梅列日科夫斯基看来，彼得的社会改革的实质就是宗教改革，他在改变一切俄国社会原有行为规则的同时，更为内在地改变了俄国人信仰上帝的态度。面对现实中的抉择，是承袭历史教会的禁欲主义，还是引进古希腊多神教的宗教信仰，哪一种选择对俄国更有价值，成为贯穿《基督与反基督》三部曲的基本思想。

正如俄国学者 M. 叶尔莫拉耶夫所说："梅列日科夫斯基的基本主题之一是现代人信仰上帝的能力。这一主题贯穿于梅氏的整个创作。在他的优秀的三部曲《基督与反基督》中有大量篇幅是描写这一主题的。这三部长篇小说所描写的事件好像不是同人，而是同神相关。小说中历史被看作是无限重复的提坦之战，并且选择的都是战斗最激烈的时刻，梅氏特别感兴趣的是单个人陷入历史灾难的磨盘中的情况，不是军事的或政治的灾难，而是更深刻的神话危机的磨盘中。"[1] 在他的作品中，不论是对历史基督教会的信仰抑或是对多神教的引进，其目的都不是用一种宗教来取代另一种宗教，而是希望通过多神教的引入，改革原有基督教中不重视人类真实需求，带有明显禁欲主义、舍弃肉体需求的宗教戒律，为僵死的基督教信仰注入多神教的生命活力，尤里安、达·芬奇和彼得一世就是他这种思想的具体实验。于是，历史事件在梅列日科夫斯基这里仅仅是新宗教精神在不同历史时期、在不同历史人物手下的一次次尝试，不论是在远古时代的古埃及、古罗马，还是在文艺复兴时期的意大利，以及后来的沙皇俄国，所有影响人类历史命运的重要事件实质上都是人类精神上的宗教事件在现实社会中的反映，而解决这些问题的根本对策就是建立一个不同于传统基督教的崭新宗教，当然上帝仍是新宗教信仰的主角，"在他所有的文学、批评和政治作品中，梅列日科夫斯基始终与宗教问题相关，始终表达自己的宗教和哲学观点。他总是希望不仅仅制定一些具体的理论宗教学说，而且还希望这种学说能对教堂、传教士和一般大众产生影响"[2]。如果说梅列日科夫斯基的文学创作只是他这种宗教学说的象征性体现的话，那么他的文艺批评思想则是这种新宗教学说的直接体现。

---

① [俄]M. 叶尔莫拉耶夫：《梅列日科夫斯基之谜》，车晓冬，译．载《俄罗斯文艺》，1999 年第 1 期。

② Н.О.Лосский.История Русской Философии.Москва Совесткий писатель.1991.С392.

二、从文学批评向文化批评的进阶

作为早期象征主义流派代表人物，梅列日科夫斯基的文学批评思想带有整个象征主义文学批评的总体特点，即对两个世界对立与冲突的认识融入自己的文学批评，并且由于对创立"新宗教意识"的强烈渴望，使得梅列日科夫斯基在这方面表现得更为明显。他将自己在长篇历史小说创作过程中形成的对待人类与文化的态度融入文学批评中，并且形成了这样一种认识：存在于梅列日科夫斯基本人思想中的困惑，以及存在于同时代俄国人民精神世界中的困惑，甚至是不同历史时代、不同国度的思想家和作家思想中出现的困惑在实质上都是相同的，而不同时代、不同环境的人们所遭遇到的精神抉择只不过是某种共同原则制约下的具体显现。这一困惑就是社会发展与人类精神完满之间的对立统一。梅列日科夫斯基通过其历史题材小说反映了自己对这一问题的思索，隐晦地表达了他希望建立一个融合基督教和多神教在内的新宗教精神，用以拯救被实证主义和功利思想所毒害的当今人类。与此同时梅氏还希望通过对不同国家、不同时期伟大作品的解读，来印证，或者说是进一步完善自己原有的革新思想，这就产生了梅列日科夫斯基众多的批评文章和文集。也正是因此，评论界认为梅列日科夫斯基的批评文章比他的诗歌作品更为成功。

梅列日科夫斯基的评论著作主要有长篇论文《托尔斯泰与陀思妥耶夫斯基 —— 生活与创造》（Л.ТостойиДостоевский.Жизньитворчества）、《果戈理与鬼》（Гогольичёрт）、《先知》（Пророк）、《永恒的旅伴》（Вечныеспутники）、《尤·莱蒙托夫——一个超人诗人》（М.Ю.Лермонтов. Поэтсверхчеловечества）等，当然最为重要的是早期的代表文章也是象征主义理论宣言的《论现代俄罗斯文学衰落的原因与若干新流派》（ОПричинаху падкаиновыхтеченияхсовременнойрусскойлитературы），其中已经有相当一部分翻译成中文，此外近些年我国也有十多篇研究梅列日科夫斯基评论思想的学术论文和研究著作面世，这为我们进一步了解梅列日科夫斯基的文学批评思想提供了帮助。

针对自己文艺批评的特点，梅列日科夫斯基在其文集《永恒的旅伴》的前言中坦言，他"希望能够通过作品展示作家的活的灵魂——那种与众不同的、独一无二的、永远不会重复的生存方式"①。这代表着梅列日科夫斯基希望开辟一种不同于当时风靡欧洲并已经开始影响俄罗斯的实证主义的文学批评道

---

① ［俄］梅列日科夫斯基：《永恒的旅伴》，傅石球，译．上海·学林出版社，1999年版，第1页。

路，即他自己所说的主观文艺批评路线，因为在梅氏看来，文学纯粹是属于精神领域的产物，而对于文学的评价也应该被保存在形而上学的层面，只有与作者产生精神上的交流与沟通这样的作者和作品才会跨越时代和民族的局限，生发出新的思想价值。

首先，"象征"广泛存在于一切艺术作品中。

从前面对诗歌和小说的论述中，我们可以清楚地看到，梅列日科夫斯基所创作的诗歌和历史题材小说，即便故事情节各异、人物设置不同，但都是作者象征主义精神在不同历史时期的具体体现。当然，梅列日科夫斯基不仅创作象征主义的文学作品，他还广泛应用象征主义的思想来审视不同时代、不同国度的作者和作品，在他看来，这些作品虽然之前被贴上现实主义、自然主义的标签，但其实质都是采用了象征主义的表现手法，可以说，"象征"广泛存在于欧洲悠久的文学传统中。

在他被誉为俄罗斯象征主义纲领的《论现代俄罗斯文学衰落的原因与若干新流派》一文中，梅列日科夫斯基用两个例子来描述所谓的"象征"：其一是在帕提侬神庙中的一个不起眼的浮雕，"一些赤身裸体，体态匀称的年轻人牵着些青壮的马匹，用肌肉发达的双臂镇静而兴奋地调训着它们"①。其二则是易卜生作品中的一个典型细节，"在对于全剧十分重要的两个剧中人对话期间，一个女仆端着一盏灯走了进来。在被照亮了的房间里谈话的声调立刻有了变化"②。在梅列日科夫斯基看来，从这些作品的外在表现形态来说，都属于现实主义，甚至是自然主义的范围，前者真实再现了古希腊的人体美和自然美，后者体现了人物心理与外在环境之间的相互影响，则是科学解释的范畴。但是，恰恰在现实主义的外表下，梅列日科夫斯基却解读出了其中的象征主义内涵，跨越千年的雕塑与古希腊先民追求精神的自由紧密相连，《玩偶之家》中的主人公娜拉的心境仿佛也与明暗的光影形成了对应关系，经过这样的解读，梅列日科夫斯基则将这些作品都归入了象征主义的麾下。不过，梅列日科夫斯基所说的"象征"并不是包罗万象的，他在这篇论文中明确指出，作为一种"新兴艺术"的象征主义，要包括三个基本要素，这就是：神秘的内涵、象征的表现方式和艺术感染力的扩展。其中，前两点是象征主义的核心，而艺术感染力的扩展则是前两点的自然延伸，梅列日科夫斯基正是依此来评判众多艺术作品，在他看来，优秀的象征主义作品都是作者在无意识当中使

① ［俄］梅列日科夫斯基：《论当代俄国文学的衰落原因及其新兴流派》，载《俄罗斯白银时代诗选》，顾蕴璞编选，广州·花城出版社，2000年版，第533页。

② 同上，第534页。

象征的手法自然而然地展示出来，"如果作者为表达某种思想而人为地把它们臆造出来，它们就会变成僵死的寓意"①。从这里我们也能清楚地发现，梅列日科夫斯基所谓的主观文艺批评的一个最为重要的特点，那就是读者对于作品的解读拥有着更为主动的权利，作品一旦被生成，它就成为不同时代读者二次阐释的对象，而阐释出的意义则会因人而异、因时而异，这也正如梅列日科夫斯基自己所说的主观文艺批评是"一种心理的、无限的、就其实质而言像生活本身一样永不枯竭的批评，因为每个时代、每一代人都要求从自己的观点、自己的精神、自己的视角出发，对过去的伟大作家作出阐释"②。应该说，这种解读方式成为梅列日科夫斯基主观文艺批评的首要特点，他从欧洲文学和艺术历史中选取了众多代表作家，其中既有俄国的普希金、屠格涅夫、果戈理、托尔斯泰、陀思妥耶夫斯基等，也囊括了欧洲的蒙田、歌德、塞万提斯等众多作家和作品，可以说，在评价他们的创作思想和作品特色时，梅列日科夫斯基都努力探寻这种潜藏于作者内心深处，有些甚至是连作者本人都无法捕捉到的精神发展脉络，而这正是与他的"象征"手法紧密相连的，由此"传统学院派文艺学崇拜事实、注重实证、轻视概括、避免美学判断的客观主义批评方法，和梅列日科夫斯基注重主观心理分析和精神本体建构的主观主义批评方法呈现截然对立的形态"③。

　　古希腊的文学和艺术始终是梅列日科夫斯基膜拜的对象，与很多俄罗斯人一样，他坚定地认为俄国宗教和文化才是古希腊罗马的正宗接班人。在他的评论文集《永恒的旅伴》中，面对古希腊的建筑、雕塑和古希腊的悲剧，梅列日科夫斯基给出了自己独特的象征主义解读。透过古希腊卫城的神庙，即便是残破的大理石建筑和几块破石块也让梅氏感受到了古希腊建筑师的伟大，更重要的是，梅列日科夫斯基认为古希腊的建筑师充分利用了大自然的元素，比如空气、阳光、天空和大海作为自己建筑设计中的素材，而此后的人类再没有人能像古希腊人一样师法于自然。而这些自然因素也在古希腊的建筑群中显现出崭新的含义，"这根本就不是有铁甲舰和当代工商业轮船游弋于其上的那种实用的'水面'，这是永恒的、浪花翻滚的蓝色地中海，司美女神维纳斯就是从这里走出来的"④。与此同时，在谈到古希腊悲剧时，梅

---

　　① ［俄］梅列日科夫斯基：《论当代俄国文学的衰落原因及其新兴流派》，载《俄罗斯白银时代诗选》，顾蕴璞编选，广州·花城出版社，2000年版，第534页。

　　② ［俄］梅列日科夫斯基：《永恒的旅伴》，傅石球，译．上海·学林出版社，1999年版，第2页。

　　③ 张冰：《白银时代俄国文学思潮与流派》，北京·人民文学出版社，2006年版，第39页。

　　④ ［俄］梅列日科夫斯基：《永恒的旅伴》，傅石球，译．上海·学林出版社，1999年版，第11页。

列日科夫斯基认为不能用现代人的理性、精细的意识来分析古希腊的文学，而只有用象征的方式来感知它，从而才能看清阿佛洛狄忒和阿尔忒弥斯之间的性欲与贞洁的对立。在他看来，二者之间的斗争本身就是一个象征元，它通过后世诸多文学作品和主人公内心的挣扎得以体现，甚至也表现在不同宗教之间的相互对立，而这一隐含的象征是无法通过科学的评价方式展现出来的。当然，梅列日科夫斯基的主观文艺批评并不是单纯对作品的望文生义，他认为带有深邃象征内涵的作品主要源于作者内心与众不同的心理特征，而且这种心理特征往往带有不可言说的神秘性。在评价普希金时，他认为在众多评论家眼中的普希金是以美的形式、天才的诗人气质而享誉文坛，但梅列日科夫斯基却体会到不一样的哲人普希金，通过对普希金短暂生命经历的回顾，以及普希金与朋友和亲人之间的书信，使得梅列日科夫斯基确定"他的政治热情是表面性的。最终他真诚地把这些热情当作青年时代的错误来加以忏悔。……他珍惜自由，把它看作是天赋发展必需的内在的本性"[1]。在梅列日科夫斯基眼中，普希金并不如大家所看到的那样光鲜和明朗，恰恰相反，普希金的思想中充满了忧郁，一种对待当时被庸俗性的文化环境充满了担忧，而且在梅氏看来这种以政治立场作为主要参考要素的庸俗化的批评倾向，在普希金死后依然存在。在文中，梅列日科夫斯基转引的普希金对于公众的冷漠，以及像评判政治经济学一样来评判文学艺术的方式，也引起了梅列日科夫斯基的强烈共鸣，他认为时代发展了，但俄罗斯文化的荒漠并未改变。从这里可以看出，梅列日科夫斯基从民族和国家的整体文化特征入手，来分析形成普希金独特精神品质的原因，着力发掘一个不同于当下批评视野中的普希金的精神品格，对于俄罗斯人来说，普希金不仅仅是一个优秀诗歌文学的代表，还应该是一个充满哲理思维的精神象征。由此，梅列日科夫斯基眼中的普希金诗歌也带有了不同寻常的象征特色，《高加索的俘虏》中象征着生命之泉的枯竭，象征着庸俗性和功利主义的社会带给人类的精神枷锁；而他的代表作《叶甫盖尼·奥涅金》则是延续了其《高加索的俘虏》《茨冈人》《噶卢勃》的哲理主题，主人公之间的对立代表着也延续着前几部诗歌中的对立，这就是诗人对自然的、自由的美的渴望与对俄罗斯功利主义的，甚至是落后文化间的叛逆，这种叛逆正是由普希金第一个发起的。

其次，以二元对立的世界观来评判作者和作品。

灵与肉的对立始终是梅列日科夫斯基关注的问题，也是梅列日科夫斯基眼中所有优秀文学作品都在隐晦地表达的主题。这一问题从其表面上看来是

---

[1]　［俄］梅列日科夫斯基：《先知》，赵桂莲，译．北京·东方出版社，2000 年版，第 181 页。

基督与反基督之间相互斗争的宗教问题，而实质却是具有强烈现实性的社会文化问题。因为在 20 世纪头十年的俄罗斯，教条主义和功利主义充斥在俄国文化的各个领域，这在梅列日科夫斯基《俄国革命的先知》（1906）一文中就曾提出，过去被认为是俄国文化赖以生存的三块基石的：正教、君主专制和民族性，恰恰是当前制造俄国文化巨大谎言的三块碎片，作为正教代表的历史基督教会通过禁欲主义的教义压制人们的正常肉体需求，压抑人对美的渴求；君主专制则是政治形态对个体的精神压抑；民族性则在这两方面的影响下体现出虚无主义、功利主义，市侩气息浓重的特点，这一方面来源于国内长期的社会环境，同时也受到了欧洲小市民习气的影响。在梅列日科夫斯基看来，出现这些社会问题的根源是宗教问题，而且就是宗教中灵与肉之间的矛盾冲突。这里的"灵"所代表的就是历史上的基督教片面强调禁欲主义，强调精神世界的纯洁性，正统的基督教会认为只有自己是绝对权威的，是"神圣的""善的"，而与之相对的另一极的"肉"则是"罪恶的""不洁净的"代表，这里的肉相对于精神性而言，它代表着人类的躯体、欲望和对美的追寻。梅列日科夫斯基认为，正是长期以来控制俄罗斯和欧洲的基督教会，才形成了现在各个国家社会文化方面的巨大危机，这种现象不光是梅氏本人发现，而在他之前的很多优秀的知识分子早已认识到了这个问题。可以说，灵与肉的对立与冲突成为很多欧洲知识分子精神世界中永恒的矛盾，"不仅仅在每一个个人，而且在全人类的生活之中，都发生了无尽的两分现象，没有出路的、悲剧性的矛盾"[1]。在梅列日科夫斯基看来，这种悲剧性的矛盾就体现在作者和作品中的二元对立的世界观上。

　　梅列日科夫斯基分析作品和作者的一个主要特点就在于，他通过收集作者生活过程的众多一手材料，包括信件、日记、随笔，以及身边亲人和友人的回忆录，来还原一个真实的作者本人，并通过纷繁的生活经历来发掘其中深藏着的作者内心的心路历程。在梅列日科夫斯基看来，众多伟大作者的精神世界中实质上都拥有一个共同的特点，这就是两个自我之间的矛盾与挣扎，它们分别是对肉体的爱和对精神的爱。正是由于二者的存在，才使得作者出现巨大的精神矛盾和斗争，也因此才会创作出众多优秀的文学作品。《托尔斯泰与陀思妥耶夫斯基》是梅列日科夫斯基文学批评作品中最为成功的著作，在这部论著中，梅列日科夫斯基系统分析了托尔斯泰和陀思妥耶夫斯基的成长经历和他们的艺术特征，有意义的是，在对作者的生命观照的同时，梅氏

---

① ［俄］梅列日科夫斯基：《托尔斯泰与陀思妥耶夫斯基》，杨德友，译．沈阳·辽宁教育出版社，2000 年版，第 11 页。

也借鉴了许多他们的作品，可以说作者和作品中的主人公在梅列日科夫斯基这里成了互为佐证的参照物，例如《安娜·卡列尼娜》中列文对待死亡的领悟实质上就代表着托尔斯泰对生命最后终结以及终结之后的恐惧和疑惑，托尔斯泰是将自己内心深处最隐秘的担忧，而且无法向世人坦白的心思通过文学的手法隐晦地表现在自己的作品中。而这种隐秘的担忧在梅列日科夫斯基看来就是深藏在托尔斯泰精神角落中的所谓"两个自我"的存在，"一个托尔斯泰有自我意识，善良、软弱、平和、悔过、厌恶自己和自己的罪恶；另一个托尔斯泰则无自我意识，凶狠，强有力"①。前者是作者精神世界中的有意识的部分，尽管这在梅列日科夫斯基看来仅仅占据托尔斯泰很少的一部分，但托尔斯泰的后半生还是尽力让自己的本性服从于自己的意识，这就是对于上帝的忏悔、对于基督的热爱，并且用这种热爱来深刻忏悔自己精神上曾有的堕落。而后者则是托尔斯泰内心中最为真实的精神诉求，即对自我的热烈的爱，甚至在某种程度达到了自恋的地步，尤其是当面对自己兄弟的死亡时，托尔斯泰表现出动物性的对生命的眷恋和对死亡的恐惧。《哥萨克》中的叶罗什克叔叔就是托尔斯泰动物性心理的最好诠释，他呼喊出了幸福与自然同在。而生命的意义就在于诞生、交媾、死亡、争斗、大吃、享乐这一系列的循环之中。由此，梅列日科夫斯基认为托尔斯泰生命的历程分为两个部分，而对肉体的恨（意识）和对自我的爱（无意识）之间深刻的不协调使得托尔斯泰只能在二者之间选择徘徊，"或者令自己的意识服从于本性，这就是他前半生的所作所为；或者，相反，令自己本性服从于意识，这是他后半生的尽力而为"②。但是，在梅氏看来，托尔斯泰最终也无法抗拒自己的无意识，抗拒对死亡的恐惧，即便是在他晚年写下《忏悔录》之后，在决定散尽自己的家产的时候，托尔斯泰依然生活在精神的挣扎之中，所以，梅列日科夫斯基认为，作为基督徒存在的托尔斯泰实质上是个异教徒。沿着对作家的这种既定的认识，梅列日科夫斯基在分析其众多作品时总结了一个托尔斯泰式的文学创作方法——心理生理学。这里所谓的"生理"是指托尔斯泰在描写人物时表现出的对肢体和面部表情的精湛的表现才能，不论是对《战争与和平》中安德列公爵夫人上唇的描写、还是对安娜·卡列尼娜"有劲的小手""丰满的双肩和酥胸"的刻画，在梅列日科夫斯基看来都堪称托尔斯泰一人独有的卓越才能，他将这种才能称为"对肉体的洞察力"。但是，相对于肉体的

---

① ［俄］梅列日科夫斯基：《托尔斯泰与陀思妥耶夫斯基》，杨德友，译. 沈阳·辽宁教育出版社，2000 年版，第 46 页。

② 同上，第 73 页。

细致甚至是不厌其烦的反复描写而言，托尔斯泰对历史精神、日常生活或者是自然的相关描写则显得苍白稀少，以至于梅列日科夫斯基认为由于缺少了对历史和生活细节的描写，使得托尔斯泰的众多作品失去了其本应具有的历史意义，而使得他的历史题材小说最终也变成了作者精神世界的直白展示，赤裸裸的精神描写就是梅列日科夫斯基笔下的"心理"描写，那么托尔斯泰对于肉体的种种细致描写在梅列日科夫斯基看来当然只是其先在精神世界的一种独特象征，因为只有肢体和表情的种种无意识的活动才更能真切地展现出主人公，甚至是作者内心的无意识心理。能够明白这一点的人并不多，其中就有托尔斯泰，所以，梅列日科夫斯基认为"托尔斯泰是人之肉体的伟大创造者，部分是人的灵魂及其转向肉体、转向生命无意识的、动物性自发性之根的那方面的灵魂的创造者"[①]。

　　在梅列日科夫斯基眼中，陀思妥耶夫斯基是作为托尔斯泰相对立的另一面存在的："在托尔斯泰那里，是因为肉的重量超过灵，而在陀思妥耶夫斯基那里，则是灵的重量超过肉。"[②] 如果我们结合上文所指出的，托尔斯泰是对肉体无意识的热爱和对基督有意识的虔诚，那么，这里所说的陀思妥耶夫斯基的灵，则是对基督无意识的虔诚和对肉体的有意识的热爱。梅列日科夫斯基通过对陀思妥耶夫斯基幼年和青年时期坎坷经历的观察，同时细致分析了陀思妥耶夫斯基流放西伯利亚甚至被押上刑场面临死亡时的心理活动，继而展现出一个饱经世间风霜、饱经生活摧残、一生穷困潦倒的陀思妥耶夫斯基。可以说，正是因为其生活的磨难，才使得忠实的基督徒（流放期间仍然随身携带并诵读《圣经》）陀思妥耶夫斯基为了基本的生存而拼命写作来挣得基本的稿费。梅列日科夫斯基认为，正是出于对基督的无限的热爱，才使得陀思妥耶夫斯基更加明白生命的珍贵，明白了金钱的价值，体会到夫妻、父子、兄弟之间的人间真情。而不论是生活经历，抑或是崇敬基督的出发点，托尔斯泰和陀思妥耶夫斯基二人是截然相反的。所以，梅列日科夫斯基认为，始终热爱人民、关心老百姓疾苦的托尔斯泰本质上还是一个贵族，他永远是旁观者，永远是在观察穷人的生活、观察死亡的过程；陀思妥耶夫斯基则是真实的苦役犯，甚至是死刑犯，贫穷、饥饿、死亡都是他的亲身经历，所以陀思妥耶夫斯基是死亡和百姓困苦的亲历者，这种不同于贵族托尔斯泰的经历，使得死亡不仅内化于陀思妥耶夫斯基本身，也内化于他的作品之中。也正是

---

　　① ［俄］梅列日科夫斯基：《托尔斯泰与陀思妥耶夫斯基》，杨德友，译. 沈阳·辽宁教育出版社，2000 年版，第 209 页。

　　② 同上，第 133 页。

因为这种强烈的死亡意识，让陀思妥耶夫斯基与我们每一个读者、每一个普通人民的心理联系异常紧密，他了解困苦的普通人民的生活、他真切地体会过死亡来临前的滋味，他也看到了人世间种种的恶，但是梅列日科夫斯基认为，即便这样，陀思妥耶夫斯基的作品总也丝毫没有体现出任何想要回避现实罪恶、想要谋求精神救赎的举动，不论是《卡拉马佐夫兄弟》中那个昏庸、多情、纵欲的父亲费奥多尔·巴甫洛维奇·卡拉马佐夫，还是性格暴躁、生活放荡的大哥德米特里·卡拉马佐夫，他们对金钱和女人的占有欲都被陀思妥耶夫斯基赤裸裸地描绘了出来。当然这种描写还大量地出现在陀思妥耶夫斯基其他诸多文学作品中，这些在梅列日科夫斯基看来并不是反自然的，恰恰是真实人物的真实心境的写照，这也正如《罪与罚》中杀人的大学生拉斯柯尔尼科夫和靠自己女儿充当妓女养家的九品文官马尔梅拉多夫，在托尔斯泰眼中，这些人都是让人嗤之以鼻的罪人，但在陀思妥耶夫斯基看来，他们的罪恶却与整个社会的罪恶紧密相连，不能因为他们犯下的罪，而成为宗教惩罚的对象。于是，在对比分析了托尔斯泰和陀思妥耶夫斯基的生活创作之后，尽管梅列日科夫斯基多次明确提出自己对这二者毫无相互比较的意思，他们都是俄罗斯伟大的作家，但我们从梅氏的文字中还是能够清晰地看出他的好恶，这就像梅氏在其《永恒的旅伴》中所指出的那样，"正直的人并不是那种以自己的力量、头脑、知识、功绩、清白而感到骄傲的人，因为这一切都会与对人们的蔑视和憎恨联结在一起的，而是那种比众人更清楚地意识到自己身上的人类弱点与恶习的、因而也比众人都更怜悯和更爱人们的人。"① 因此，从这个意义上看来，相比于托尔斯泰对基督教虚伪的爱，陀思妥耶夫斯基的文学和思想更接近梅列日科夫斯基心目中的宗教理想，是"新宗教的预告者"。

最后，"新宗教意识"——由文学到文化的进阶。

从以上梅列日科夫斯基对托尔斯泰和陀思妥耶夫斯基的文学批评可以看出，不论是在分析作者内在的精神世界，还是评价作品中的主人公，梅列日科夫斯基都会尽力寻求隐藏在事实背后的隐秘的原因，作者对待生活、对待人民的不同态度，恰恰与其深刻的宗教内涵紧密相连。他认为"陀思妥耶夫斯基是个伟大的现实主义者，同时又是个伟大的神秘主义者，所以他感觉得到现实的虚幻性；对他来说，生活只是一种现象，只是一块幕布，幕布背后

---

① ［俄］梅列日科夫斯基：《永恒的旅伴》，傅石球，译．上海·学林出版社，1999 年版，第 216 页。

隐藏着人类永远也无法了解的情况"①。应该说，这种对作者和作品二元世界观的双重探索既是梅列日科夫斯基文学批评的方法，更重要的也是他阐述自己的"新宗教意识"的一种手段，而后者才是梅列日科夫斯基进行文学批评的主要出发点。

　　综观梅列日科夫斯基的思想和创作，笔者认为作为诗人、文学家、文艺批评家的梅列日科夫斯基远远超过了作为哲学家、思想家的梅列日科夫斯基，这一方面源于他本身所创作的大量的文学和批评作品；另一方面也直接体现着俄罗斯宗教哲学反对理性思辨、提倡生命体验的思维特征。以梅列日科夫斯基为代表的众多世俗宗教思想家从生存的视角，以生命意识来观照彼岸世界，因此，梅列日科夫斯基在自己的著作中明确指出，他所谓的象征已经不仅仅局限于文学艺术的一种表现手法，而是联结此岸世界与彼岸世界的一座桥梁，"我要再次提醒，希腊语中的象征就是联合"②（символ значит соединение）。"соединение"在俄文中的本义就是联合、将两端连接在一起，可以说，梅列日科夫斯基选择这一个名词的目的就是说明彼岸世界与此岸世界、精神与肉体、善与恶、个体与宗教、现实与神秘这些相互对立的要素之间都是因为有了象征的关系，才将彼此之间联合在一起，而梅列日科夫斯基的"新宗教意识"正是努力实现两种对立矛盾之间的融合，"梅列口科夫斯基创立了一个体系，这个体系的特点是，在第三者中可以为两种对立因素寻找出路并和解，从而消解两种相互排斥的对立命题之间的矛盾"③。而且在梅列日科夫斯基看来，两种对立思想的消解恰恰是在人类无意识的影响下，才会实现的理想宗教形式。他将自己对基督教这种崭新的理解投射到具体的文学批评中，许多作家的经历和他的写作过程也都是在向这种理想宗教进行着无意识的靠近。而梅列日科夫斯基评析作品的切入点也显得与众不同，更多的类似于蒙太奇的画面穿插将其认为具有共同象征内涵的情节拼接在一起，例如，托尔斯泰在屠宰场中看到被宰杀前后的牛、小羊和母鸡的目光，与《安娜·卡列尼娜》中躺在太平间里已去世的安娜那半闭着的双眼，她（它）们的眼睛在此之前都曾"闪耀着美丽的光芒"，通过对这系列目光和画面的捕捉，梅列日科夫斯基深信，托尔斯泰正是在这一过程中无意识地靠近了灵与肉最

----

① ［俄］梅列日科夫斯基：《永恒的旅伴》，傅石球，译．上海·学林出版社，1999年版，第193页。

② Д.С.Мережковский.Л.Тостой и Достоевский.http://www.litres.ru/pages/bibio_book/?art=175068.c46.

③ 刘琨：《圣灵之约：梅列日科夫斯基的宗教乌托邦思想》，哈尔滨·黑龙江人民出版社，2009年版，第240页。

后合一的秘密。当然，在他看来所有优秀的作者都是在无意识地寻找上帝，只不过这个上帝已然不同于历史基督教中宣扬禁欲主义、宣扬唯灵论的上帝，而是梅列日科夫斯基"第三约"中的上帝，既重视灵魂，也热爱身体；既探求宗教，也重视自由个性。也正是因此，"梅列日科夫斯基的文艺批评和他对经典著作的诠释，与他的小说作品一样，都在世纪之初让欧洲人加深了对俄罗斯的宗教思想以及俄罗斯文学的宗教探索的兴趣"①。

应该说，梅列日科夫斯基对托尔斯泰、陀思妥耶夫斯基、普希金、果戈理等众多俄国作家的分析还是较为生动的，他看到了潜藏于俄国人内心深处的对基督教的爱与恨，并且将这种矛盾的民族宗教性全面地展示了出来。但不可否认的是，梅列日科夫斯基这种主观的文艺批评方式必然伴随着批评者一厢情愿的武断，在对具体的作品进行分析的时候，梅列日科夫斯基的文字带有明显的个人主义倾向，使得所有的作者和主人公都成为其新宗教意识下的一个个论据。不过，梅列日科夫斯基进行文学批评的最终目的并不是就事论事地来审视俄罗斯文学，而是着力将文学革命导引到宗教革命，甚至是社会革命的层面，正如西方学者罗森塔尔所指出的："'新宗教意识'不是一种宗教，而是对于一种宗教的探索，是由梅列日科夫斯基寻求对世界的一种特殊的、以基督教为基础的理解愿望所推动的。"②可以说，他的诸多文学批评都显示了作者改革现有不合理社会文化和制度的想法，只不过他的改革方式完全不同于历史上任何一个国家的政治革命，也不同于布尔什维克的人民战争，而是希望将俄罗斯建成一个既具有基督教的普世价值观，又带有多神教对个体价值肯定的宗教思想在内的宗教国家，"不管怎样，我们无限的宗教希望只存在于我们无限的政治绝望中，只存在于绝对的国家组织结束而绝对的宗教社会组织开始的时候。我们寄予希望的不是国家的顺利发展和万寿无疆，而是巨大之极的灾难，或许，是俄罗斯作为一个独立政体的灭亡和它作为全球教会、神权国家躯体的复活"③。从这里可以看出，梅列日科夫斯基对于建立一个新宗教，乃至于建立一个新国家的愿望是异常强烈的，但这种带有明显改良主义倾向和浪漫主义思想的改革理念，注定只是宗教乌托邦的美丽幻想。

---

① ［俄］俄罗斯科学院高尔基世界文学研究所：《俄罗斯白银时代文学史》（第二卷），谷羽，王亚民，等，译. 兰州·敦煌文艺出版社，2006 年版，第 276 页。

② ［美］罗森塔尔：《梅列日科夫斯基与白银时代》，杨德友，译. 上海·华东师范大学出版社，2014 年版，第 124 页。

③ ［俄］梅列日科夫斯基：《先知》，赵桂莲，译. 北京·东方出版社，2000 年版，第 57 页。

三、别尔嘉耶夫对俄罗斯文化的精神复兴

梅列日科夫斯基将"新宗教意识"革新理想从文学艺术中带到了更为广阔的社会文化领域,与此同时,宗教文学批评中的另一位代表人物别尔嘉耶夫也不约而同地将俄罗斯文化的批评和建构作为自己理论的终极目标。对于梅列日科夫斯基提出的"新宗教意识",别尔嘉耶夫既是这一理想积极的倡导者和参与者,同时他们之间也有明显的区别。其中主要的区别就体现在梅列日科夫斯基眼中的"新宗教意识"就是一种文化的革命,而别尔嘉耶夫则认为它应该是文化的复兴。前者在别尔嘉耶夫看来只是盲目从外在表象上僵化地理解了"新宗教意识",别尔嘉耶夫认为梅列日科夫斯基力图通过建立各种宗教革命组织的做法无异于将知识分子再次带入宗教奴役的囚笼,"他从来没能让知识界接受他的宗教意识,因为他过于依赖他们从旁唤起他崇拜感的社会革命拯救的积极性"①。可以说,在别尔嘉耶夫看来,梅列日科夫斯基的文化革新并没有对俄罗斯民族文化起到真正的推动作用,因为它只是一种外在的革命形式,二元对立的理论思维也显得过于机械,所以无法真正在思想意识层面影响俄罗斯的知识分子。与此同时,别尔嘉耶夫提出了自己对"俄罗斯思想"的独特认识。

正如别尔嘉耶大本人不愿意就事论事地来评价具体的文学作品一样,他的文学批评从根本上来说是其文化批评的一个组成部分,而且别尔嘉耶夫的文学批评本身就带有文化批评的特点,解读"俄罗斯思想"才是别尔嘉耶夫所有文学批评的最终指向,因为19世纪到20世纪初的众多作家和作品深刻地体现着俄罗斯剧烈变革时期的思想走向,在别尔嘉耶夫看来这场思想上的剧烈变革就是一种"文化复兴",对文化复兴的召唤是别尔嘉耶夫进行文学批评的主要目的。

别尔嘉耶夫在自己文章中每次提及19世纪末20世纪初的俄罗斯时,都会用到一个词——文化复兴(культурный ренессанс),而在俄文中ренессанс这个单词就是欧洲文艺复兴(Renaissance)的音译,仅从二者的字面结构我们便可清楚地看到,别尔嘉耶夫对白银时代俄罗斯文化艺术的重视程度。并且,这一时期对于别尔嘉耶夫本人来说也具有十分重要的意义,因为他的思想成长和成型恰巧也是发生在此时,应该说,"文化复兴"的评价不仅仅是别尔嘉耶夫对世纪之交俄罗斯文学艺术的一种积极召唤和回应,同时也是别尔嘉耶夫亲身体验到的时代文艺脉搏。

---

① [俄]别尔嘉耶夫:《文化的哲学》,于培才,译. 上海·上海人民出版社,2007年版,第259页。

　　无疑，时代和国家的巨大动荡使别尔嘉耶夫和他同时代众多思想家充分体验到了个体的渺小，也领略到了精神的伟大。在他晚年写下的带有自传性质的哲学回忆录《自我认知——哲学自传的体验》一书中，别尔嘉耶夫对自己的经历进行了这样的描述："我生逢一个对祖国而言，对整个世界而言的灾难深重的时代。我亲眼看见了整个世界的毁灭和新生事物的诞生。我可以观察到人类命运的非同寻常的意外变故。我见到了人们的变迁、适应和背叛，或许，这就是生命中最沉重的东西。"①世界大战、国家巨变、欧洲文明的涌入、民族精神危机的集中爆发，以及对俄罗斯传统文化的弃绝与传承等问题严重影响着这一时期俄罗斯众多文化精英们在现实与精神方面的取舍，正如格奥尔基神父所指出的，俄罗斯20世纪二三十年代，出现了一批名为"30年代人"的哲学家，面对社会现实造成他们精神上的分裂。而以别尔嘉耶夫为代表的这些俄国知识分子具有其独特的历史价值，"俄国的知识分子是与俄国历史上的许多重大事件联系在一起的，它已完全超出了思想或文化本身的范畴，正如别尔嘉耶夫所认为的那样，俄国的知识分子不是任何一种社会实体，把他们结合在一起的只是某种社会理想"②。这种社会理想在别尔嘉耶夫这里则主要体现在他对文化复兴的观点上，这个文化复兴首要表现在文学艺术领域对19世纪所谓的"黄金时代"文学作品价值的再解读，涌现出了一批包括罗赞诺夫、梅列日科夫斯基、舍斯托夫等人在内的宗教文化批评学者，也表现为新世纪以梅列日科夫斯基、别雷、伊万诺夫等作家为代表的具有俄国特色的象征主义文学流派，同时更为重要的是以文学艺术的全面繁荣为基础的对俄罗斯传统宗教信仰的再次复兴。面对这样的危机四伏同时又充满机遇的社会文化大环境，别尔嘉耶夫自然不能置身事外，他饱含激情地赞美道："这是俄罗斯的一个觉醒时代，催生了独立的哲学思想、诗歌的繁荣、审美感觉的敏锐、宗教的不安与探索、对神秘主义和通灵术的兴趣。"③而别尔嘉耶夫本人也积极投身于其中，20世纪的最初几年，别尔嘉耶夫与布尔加科夫共同编辑出版了杂志《生活问题》，不断介绍当时社会、政治、宗教、文化等多方面的新思潮，并且在游历西方国家的同时，借鉴了中世纪雅各布·别麦的神秘主义、基督教人学等宗教思想，完成了自己向基督教和唯心主义的转向。1918年创建了"自由精神文化学院"，在各类研习班中系统介绍陀思妥耶夫

---

　　①　[俄]别尔嘉耶夫：《自我认知——哲学自传的体验》，汪剑钊，译．昆明·云南人民出版社，1998年版，第3页。

　　②　马寅卯：《别尔嘉耶夫和俄国知识分子》，载《博览群书》，2002年，第4期。

　　③　[俄]别尔嘉耶夫：《自我认知——哲学自传的体验》，汪剑钊，译．昆明·云南人民出版社，1998年版，第121页。

斯基的宗教思想，而直到 20 年代的"哲学船"事件，别尔嘉耶夫被驱逐出境，晚年即便深处异国他乡，别尔嘉耶夫仍然继续着自己的俄罗斯文化复兴的愿望进行不断的创作，直至去世。

综观别尔嘉耶夫一系列著作和评论文章，我们可以看出，他所认可并大力推动的"文化复兴"就是建立在以自由、个性和创造为基础的积极的宗教哲学思想之上的，在他看来优秀的作家不仅代表着其个人拥有深刻的思想，同时也代表着整个俄罗斯民族的精神结构，当然也包括民族的精神困惑。在对陀思妥耶夫斯基的分析中，别尔嘉耶夫就明确地指出陀思妥耶夫斯基开始"关注彼得堡人、彼得时代的俄罗斯人的命运，关注这一时期割断了与故土的联系、精神上四处流浪的俄罗斯人复杂的、悲剧式的经验和感受"[①]。在别尔嘉耶夫看来，陀思妥耶夫斯基不仅在自己的作品中走入了寻常的俄罗斯人民中间，而且还看到了潜藏于俄罗斯斯拉夫派与西欧派两种对立思想之间的根本性的问题，即如何看待普通百姓的日常生活与上层知识分子之间的关系，是单纯地关注其表面的生活状态还是深入到更为深层的俄罗斯民族精神领域，用别尔嘉耶夫的话来说就是"在日常生活的深处了解人民的精神"。由此，陀思妥耶夫斯基的文学创作实质上变成了对普通俄罗斯人内在精神的一种挖掘，其中既有俄罗斯民族本性中体现出的宗教情结，也有作为经济滞后国家民族展现出的窘迫，同时还掺杂着对欧洲文明的深切景仰。总之，复杂的俄罗斯民族精神特性在陀思妥耶夫斯基的作品中被刻画得淋漓尽致，所以别尔嘉耶夫才认为只有陀思妥耶夫斯基是最能够代表俄罗斯民族的作家。他不仅看到了俄罗斯民族复杂的精神特性，同时还深刻地描绘出了俄罗斯人内在的精神革命，这是一种不同于斯拉夫派和西欧派的第三条道路，而答案就蕴藏在陀思妥耶夫斯基的《宗教大法官的传说》一节中。可以说，在陀思妥耶夫斯基的小说中，别尔嘉耶夫看到了自由精神的重要性，但是自由却如无言的基督一样面临困境，而人间的大法官却用强权来压制人的自由个性，阻断了人与神之间的联系。从别尔嘉耶夫的批评视角可以看出，陀思妥耶夫斯基作品的最大价值就在于开启了精神自由的主题，"这是还未曾有过的，陀思妥耶夫斯基独创的对基督特征的理解。像这样把基督形象阐释为自由精神，哪怕是个别人的点到之笔也从未有过"[②]。在别尔嘉耶夫看来这才是陀思妥耶夫斯基在 20 世纪文学甚至是宗教哲学领域掀起巨大波澜的原因所在。

---

① ［俄］别尔嘉耶夫：《陀思妥耶夫斯基的世界观》，耿海英，译. 桂林·广西师范大学出版社，2008 年版，第 103 页。

② 同上，第 127 页。

综上所述，不论是梅列日科夫斯基还是别尔嘉耶夫，当然也包括宗教文学批评的其他代表人物，他们的文学批评与社会批评和文化批评紧密相连，通过对文学作品的解读，进而从中体悟到整个民族的精神特质和内在矛盾，并且力图使这一独特的思想方式得到不断发展和提炼，从而将"新宗教"的积极因素注入民族传统之中，形成具有俄罗斯民族特质的精神家园。尽管他们对社会文化的革新意识仍带有知识分子特有的单纯愿望，试图改良社会现状的理论思想显得不合时宜，在具体的社会现实中无法得以真正的体现，但是，他们这种对国家和民族发展的深切情怀却是值得我们尊重的，而且即便多年后他们中的很多人纷纷被祖国抛弃而客居异国，却丝毫没有放弃过去的奋斗理想，仍然在晚年、在异乡、在著作中描绘着自己对祖国、对民族未来文化建构的美好愿景。

第六章　白银时代文学批评的历史反思和研究价值

正如曾经鲜活的"黄金时代"和"白银时代"早已化作无声的文字珍藏在泛黄的历史书中一样，宗教文学批评也被永久定格在一百年前那个既陌生却又依稀熟悉的国度。然而，人们似乎并没有因为时间车轮的碾压而忘记它们曾经的辉煌，相反，别尔嘉耶夫、布尔加科夫、罗赞诺夫、舍斯托夫、梅列日科夫斯基等众多宗教文学批评领域的代表人物，逐渐被世人从故纸堆中发掘出来，并如获至宝。尽管，他们彼此之间在具体的哲学理论和批评观点上并不完全相同，但却不约而同地将俄罗斯传统的东正教神学思想与当下的文化艺术和社会现实联系在一起，从而生发出诸如"新宗教意识""聚合性""神人性"等带有俄罗斯思想烙印的批评话语。可以说，这种独特的话语体系也体现出基于俄罗斯独特文化传统的思维体系，其重体悟轻思辨、重宗教神秘轻现实分析的思维特点，与同时期的西方批评思想形成了鲜明的对比。与此同时，宗教文学批评学者们极具个性解放意识的反叛精神，成为他们思想品格中格外引人注目的闪光点，他们力图通过对具体文学作品的深入解读，来详尽阐述自己对个性自由的独特理解，同时也表现出对国家现状的忧患意识和对民族精神复兴的担当意识。这种精神境界对于世纪之交走在命运岔路口的俄罗斯来说，显得弥足珍贵，并且对于当今的俄罗斯，甚至包括中国在内的全世界来说，宗教文学批评所蕴含的思想价值都值得我们深刻反思。

第一节　宗教文学批评的历史反思

正如本书前面曾多次提到的，"白银时代"宗教文学批评创造性地将俄罗斯传统文化中的东正教神学思想与具体的文学批评相结合，从而将作家和作品中的宗教情结提炼出来，力求以宗教的高度来重新审视具体的文本，形成与众不同的独特批评视角。但是，综观宗教文学批评众多代表人物的思想理论，我们可以发现，他们并不是简单地将神学理论与现实批评相叠加，而是力图在文学批评的语境中，阐述更为广阔的文化现象和社会现实。神秘的宗教文化在这一批评过程中，并不是仅提供了一个批评的理论背景，而是体现为一种深层的思维范式，凭借这种思维范式，形成了宗教文学批评对待文学和世界的独特观点，从而开启了审美的新路径。

一、新宗教与旧宗教：确立分析的新视角

毋庸置疑，宗教精神对于"白银时代"宗教文学批评来说是其赖以存在的内在根源，面对世纪之交涌入国门的西方文艺理论和本国的现实主义批评传统，宗教文学批评者们集体回归宗教信仰，使之成为其确立自身批评思想特色的根本所在。不过，对于宗教文学批评来说，宗教精神决定着俄罗斯人的民族精神，更决定着俄罗斯文学的内在气质，对此别尔嘉耶夫就曾明确指出："俄罗斯文学的基本主题是宗教性的。"[①] 由此，也就形成了宗教文学批评最为根本的品评视角，即立足于宗教意义探索的文学批评视角。当然，我们需要明确的一点是，宗教文学批评观所奉行的宗教精神具有其独特的理论内核，它所建构的新宗教与历史上的旧宗教早已不是一个层面的问题，并且在某种程度上还发生了根本性变异，从被动的精神依赖转变为主动的精神探索，从而以"新宗教意识"为纲领，来建立新的"理想国"。

支撑宗教文学批评观的新宗教思想是在批判旧宗教的基础上，不断被丰富和发展起来的，那么在宗教文学批评者们看来，何谓旧宗教呢？我们认为，宗教文学批评眼中的旧宗教不仅包括传统意义上的宗教神学领域，同时还扩展到整个社会文学艺术层面。新宗教也正是在这诸多层面中逐渐被宗教文学批评者们区分和重新建构起来，并与具体的文学艺术紧密结合，以形成自身独特的批评视角。

首先，宗教文学批评建构的新宗教意识与正统的宗教神学思想既有内在联系，也有本质的区别。一方面，二者的内在联系表现在宗教文学批评所着力建构的宗教话语体系完全依托于宗教的信仰体系之下，并且这种信仰体系完全是俄罗斯化了的东正教神学思想，其中包括东正教的"三位一体"、圣母崇拜、末世论等教义成为东方基督教区别于西方基督教的根本所在。这种

---

① ［俄］别尔嘉耶夫：《俄罗斯思想的宗教阐释》，邱云华，吴学金，译．北京·东方出版社，1998年版，第77页。

信仰体系的继承使得宗教文学批评观在根本上把握住了俄罗斯精神传统的精髓，同时他们凭借对神学教义的充分解读，发展出各具特色的神学批评话语，诸如"一切统一"学说、索菲亚学说、神人类学说等，这些都直接来源于东正教的宗教教义。而且，宗教文学批评中很有许多代表人物本身就兼具神职人员的身份，如谢·布尔加科夫，他的代表作《东正教：教会学说概要》就是一部详解东正教教义教规的理论著作。此外其他的代表人物虽不是严格意义上的宗教神甫，但无一例外都笃信东正教，可以说东正教的宗教神学思想早已潜移默化地融入俄罗斯人的集体无意识之中，无处不在的上帝和无所不包的"三位一体"，成为宗教文学批评学者们审视世界的心灵之窗。另一方面，宗教文学批评眼中的新宗教也与传统的旧宗教存在根本区别，即信仰的对象从外在于人的神转变为人类自己，而且是作为具有个性意识的人类个体。应该说，出现这种区别的原因与"白银时代"所处的特殊社会文化背景紧密相关，在本书前面的章节中，我们就曾详细分析过这一时期俄罗斯所出现的诸多矛盾和危机，历史上的东正教发展到 20 世纪初已在实质上沦为政治权利的附庸，教会机构与政府集权相差无几，宗教教会也像沙皇统治一样束缚着人们的个性自由。信仰的丧失带来了精神的危机，而宗教文学批评者们无疑就是这种危机的体验者，他们迫切需要在迷茫的精神世界中寻找到俄罗斯文化自我确证的参照系。为此，很多代表人物向西方学习、也向马克思主义学习，例如别尔嘉耶夫、布尔加科夫等，但是最终他们都转向了俄罗斯传统精神世界中最为原初的起点——"罗斯受洗"，这一发生在公元 1 世纪的重要事件标志着东正教在俄罗斯得到了正式的确立，但也被后来的学者看作是俄罗斯精神从模糊到逐渐清晰的一个过程①，也就是说，"罗斯受洗"从表面上看来是宗教传播中的历史事件，但实质上却代表着俄罗斯思想开始确立自我独立价值的起点。这一点也得到了宗教文学批评者们的普遍认同，在他们看来，东正教从其本源上来说并不是深居教堂之中，远离现实而高深莫测的神学教义，相反，东正教与普通人的现实生活是紧密相连的。1901 年，宗教文学批评观代表人物梅列日科夫斯基在圣彼得堡成立的宗教哲学协会所提出的"新宗教意识"就是希望恢复东正教的这一传统，从而"试图打破隔绝文学与社会、世俗与宗教的那道壁垒，这就是'新宗教意识'运动最初的缘起"②。应该说，促使宗教文学批评扛起"新宗教意识"大旗的主要动力就在于，东正教在原

---

① 参见［俄］格奥尔基：《俄罗斯宗教哲学之路》，吴安迪，等，译. 上海·上海世纪出版集团，2006 年版，第 11 页。

② 张冰：《白银时代俄国文学思潮与流派》，上海·人民文学出版社，2006 年版，第 5 页。

初精神层面贴近普通人、贴近个性自由的力量能够最大限度地挽救世纪之交俄罗斯人的精神危机，帮助处在命运岔路口的国家寻找到一条属于自己的未来之路。当然，这一艰巨的历史任务对于宗教文学批评者来说无疑显得过于艰难，但他们以这种贯通古今、跨越不同社会层次的精神情怀来回望具体的文学作品时，必然给阐释过程增加了更为深邃的社会文化背景。也就是说，宗教文学批评在解读作品的过程中确立了一个崭新的批评视角，即不囿于文本内部的细节解读，也不纠结于作者本身的创作因素，而是大胆地跳出作品，以一种"六经注我"的批评方式，将具体的作家和作品视作自己宗教文化大视野下的一个组成部分。在他们眼中，作家对作品的意义更多地表现在作家宗教心理的生成和变化方面，作品价值的衡量也以是否涵盖丰富而深刻的宗教情结为主要着眼点。其中最为突出的分析对象就是陀思妥耶夫斯基，在对陀氏及其作品的解读中，别尔嘉耶夫从中看到了个性自由的重要性，罗赞诺夫看到了东正教会的残忍和虚伪，梅列日科夫斯基则看到了灵与肉的矛盾与冲突。陀思妥耶夫斯基曾经历的流放、险些被执行枪毙，甚至是时常发作的癫痫病，都成为宗教文学批评者们探寻其宗教情结生成和变化的佐证。此外，对于普希金、莱蒙托夫、果戈理、契诃夫等俄罗斯著名作家，宗教文学批评者们也给出了不同于以往的独特评价。

其次，宗教文学批评所反对的旧宗教不仅仅局限于宗教神学的层面，他们对于旧宗教与新宗教的理解带有更为广阔的象征意味。这一点尤其以梅列日科夫斯基的文学批评为代表。刘小枫在其《圣灵降临的叙事》一书中曾这样评价梅列日科夫斯基"新宗教意识"所要着力反对的旧宗教：

> 梅列日科夫斯基很清楚，他主张的新宗教精神与旧宗教精神的冲突，不是有神论与无神论的冲突，而是不同的宗教精神的冲突。民粹精神是社会民主主义的一种类型，而在梅列日科夫斯基看来，整个社会民主主义就是一种"神秘主义"宗教，其"无神论前提不是批判的，而是教条的；不是批判地否定上帝问题，而是教条地肯定没有上帝"。[①]

通过刘小枫的这段论述，我们可以清楚地看到，梅列日科夫斯基所致力于反对的旧宗教不只是一种宗教信仰，更是一种世界观和思维方式，即以无神论为口号，以实证主义为理论基础，僵化、教条地对待精神信仰的思维方式。这种思维方式表现在文学艺术领域就是民粹主义社会小说和"市民小说"。对此，梅列日科夫斯基在其《契诃夫与高尔基》一文中，对这两位曾经得到

---

① 刘小枫：《圣灵降临的叙事》，北京·生活·读书·新知三联书店，2003年版，第127页。

文学界高度认可的俄国作家进行了重新评价。在梅列日科夫斯基看来，契诃夫和高尔基无疑在文学领域中拥有自己独特的艺术魅力，他认为高尔基作品中成功塑造的"流浪汉"形象，开启了俄罗斯这一类型文学题材的先河，而契诃夫更是被梅列日科夫斯基形容为"伟大的俄罗斯文学法定的继承人"①，可以说，梅列日科夫斯基给予两位作家的文学创作价值以充分的肯定。但与此同时，梅列日科夫斯基更多地关注到了他们作品中的缺陷，这就是精神信仰的缺失，他在自己的评论文章中明确指出，不论是契诃夫还是高尔基，他们的作品"展示失去了一切信仰的人们的心灵状态"②。梅列日科夫斯基用"质朴"一词来总结其作品的主要特色，这一方面代表着对其深入日常生活，并形成化繁复为简单的美学特征的褒扬；另一方面也说明契诃夫的作品仅仅限制在日常生活的窠臼之中，缺乏历史的广度和精神的深度，无法与俄罗斯民族悠久的文化传统形成内在的联结，梅列日科夫斯基毫不客气地评价道："契诃夫的日常生活只是目前的日常生活，没有过去没有未来，只是凝滞不动的瞬间，是俄罗斯当代的一个死点，与世界历史和世界文化没有任何联系。"③由此我们可以清楚，在梅列日科夫斯基看来，文学作品中人物形象是否生动、情节设置是否巧妙，这些具体问题只能算是文学创作中的雕虫小技，相形之下，深邃的精神信仰，连通古今内外的人性力量才是文学艺术值得世人传颂的根本所在。

综上所述，不论是对宗教神学的执着追求，还是对作品内在精神情怀的深入挖掘，都使得"白银时代"的宗教文学批评观显示出其独特的批评视角。当然，这一视角产生的最为根本的原因就在于宗教文学批评对个体自由本性的深刻认同，这正如费尔巴哈曾提出的"神的崇拜只不过依附在自我崇拜上面，只不过是自我崇拜的一个现象"④，虽然这种思想也曾遭到别尔嘉耶夫的反对，但不可否认，宗教文学批评表现出的对作品中神性意识的渴望实则是对俄罗斯民族特性的崇拜，这是一种在更高层面得到自我确认的努力和尝试。而"新宗教意识"在具体的文学批评活动中更像是一种新的思维范式，即不受现实科学理性和社会功利思想左右，纯粹以个体意识为思维核心，来面对作家、作品和世界。

---

① ［俄］梅列日科夫斯基：《先知》，赵桂莲，译. 北京·东方出版社，2000 年版，第 302 页。

② 同上，第 299 页。

③ 同上，第 305 页。

④ ［德］费尔巴哈：《宗教的本质》，王太庆，译. 北京·人民出版社，1999 年版，第 5 页。

二、宗教救赎与现实徘徊：开启审美的新路径

思维方式的变化带来了审视视角的转换，得到的审美体验也就显得与众不同。正因宗教文学批评观在具体的批评过程中大量借助宗教神学的理论元素，并着力发掘潜藏于作品背后的深刻内涵和作家精神世界中的神秘本能，从而使这一思想在分析具体的作家和作品时更倾向于以主观和直觉的审美方式来进行情感体验，同时反对纯然客观的、毫无情感的科学理性分析。这种审美方式既与西方直觉主义和存在主义哲学思想具有一定关联，更为重要的则是受到了东正教神秘主义的影响。

应该说，宗教带给人类最为直接的体验就是神秘感，庄严的教堂、空灵的音乐，以及充满象征意味的仪式，这些因素都使得参与其中的人们得到独特的神秘体验。对此，布尔加科夫就曾这样描述东正教的神秘体验："神秘体验是东正教的空气，它像大气一样在东正教周围，虽然密度不同，但总在运动。"[①] 在布尔加科夫的笔下，东正教信仰支撑下的"神秘体验"就是一种情感力场的效应，存在于其中的每一个人都会受到强烈的影响和暗示，而且布尔加科夫认为相比于西方的天主教和新教，东正教的这种特点尤为明显。而能够感受到这种力场效应的人类个体，无疑只有其精神结构中的直觉和非理性的能力可以胜任。而在宗教文学批评者们看来，这种直觉不同于西方现代心理学意义上的概念，它是一种超越个体意识界限，能够在神与人、人与人的精神世界中相互交流的直觉体验，布尔加科夫将其命名为"宗教直觉"。通过这种直觉体验到的是在现实生活中看不到的，但是在宗教世界中"客观存在"着的宗教情感，对此，他指出：

> 东正教看见了灵性之美的异象，心灵正在寻求向这种美接近的各种道路。这种美也就是柏拉图在多神教中所直观到的理念的天国，这种美也是天使世界的形象，是精神的"天"（《创世记》1:1），它俯瞰着地上的水，这与其说是宗教伦理理想，不如说是宗教审美理想，它已经处于善恶划分的彼岸。这也是那照亮地上云游者之路的光。它号召超越现有生命的界限，改造现有生命。[②]

这里所谓的"灵性之美"在布尔加科夫看来才是文学审美活动中最为核心的部分。由此我们可以看到，宗教文学批评所带来的审美体验首要就是建

---

① ［俄］C.H. 布尔加科夫：《东正教：教会学说概要》，徐凤林，译. 北京·商务印书馆，2001年版，第179-180页。

② 同上，第190页。

立在非理性和直觉感悟基础上的神秘体验，这种体验能够超越客观现实的种种羁绊，在最为隐秘的灵魂层面，实现批评家与作家的精神沟通，从而感受到宗教信仰中的某种真实感和心灵慰藉。

布尔加科夫将探索文学作品的"灵性之美"作为其宗教审美理想的最高境界，这一点在其他宗教文学批评学者的理论中也得到了印证和发展，其中就包括舍斯托夫。作为宗教文学批评的重要代表人物，同时也是新宗教意识下存在主义倾向明显的宗教哲学家，舍斯托夫明确将西方的科学理性和实证主义作为自己理论抨击的焦点，在他看来人类精神世界中最为珍贵的就是所谓的"悲剧的领域"，只有在这一领域中人类个体才会真正摆脱现实理性的烦扰，从而进入到类似于宗教神秘体验的精神状态。在此基础之上，形成了他对具体作品的阐释视角，即以"悲剧哲学"的审视视角，来发掘文学作品中所有的非理性和无意识因素，从而提出包括陀思妥耶夫斯基在内的众多俄罗斯作家的写作过程实质上都是在对理性主义的控诉，诸如陀思妥耶夫斯笔下的"地下室人"和莱蒙托夫笔下的毕巧林，他们身上存在的显而易见的问题在舍斯托夫看来却都是人性中最有价值的地方，因为只有忠实于人类自由本性的文学创作才是文学家成功的所在，哪怕这种忠于本性的创作体现出人类的反常和病态，起码这都是人类精神世界的真实反映，它们不应该被有节制的、服从客观真理的道德框架束缚。从这一思想出发，舍斯托夫眼中的美也带上了非理性和无意识的特色。在其《美是什么》一文中，舍斯托夫针对美的本质和美的表现形式，提出了自己对美和审美的独特理解。在这里，舍斯托夫明确区分了"美的概念"和"美的事物"，他认为读者从文学艺术作品中所体验到的美感来自众多千差万别的美的事物和意象，例如古希腊神话中的美女形象、令人赏心悦目的画作和音乐，甚至是来自于自然界的蓝天和大海，这些事物都让人有审美的愉悦。但是，舍斯托夫明确指出每一种文艺形象的美是具有独特之处的，是与其他的美完全不同的，我们不能人为地将科学或是理性的道理强加于这些美的事物的身上，妄图从中找到所谓的"美的概念"，因为这种概念根本就不存在。对此，他认为："每个美的事物都是一种绝对的不可替代的，因而不允许同别的事物比较。'美'不能说是'美的事物'，所以，从美的'概念'或美的'思想'，不可能'引申出'关于艺术美或自然美的作品来。"① 从这里我们可以清晰地看到，舍斯托夫将千差万别的美的事物看作是美的真谛，而它们彼此并不存在所谓的内在本质或是

---

① ［俄］舍斯托夫：《在约伯的天平上》，董友，译．北京·生活·读书·新知三联书店，1989年版，第 207 页。

规律，并且相对于美的事物之间的联系而言，他更珍视其彼此间的差异，在舍斯托夫看来，正是在美的多样性之中，孕育着"灵性之美"的最高存在，但这种存在无法通过理性分析加以总结，只能在宗教体验中被感知。也正是在这个意义上，别尔嘉耶夫反对所谓的"唯美主义"，这种将美的对象僵化的理论认识，势必会使真正的美感远离艺术和人类，所以，别尔嘉耶夫提出"艺术不是理念世界在感性世界里的反映"①，对美的追求也不能将其作为一种理论进行理解，而是应该冲破固有意识的限制，以积极创造的心态在主观领域感受美的价值，从现实中的美上升到彼岸世界中的美。

综上所述，宗教文学批评将"灵性之美"看作是文学艺术审美的最高追求，而表现在具体文学作品中具体的美的事物和形象便是这种最高层面美的直接体现，审美也是一个从客观现实到宗教理想的精神发展过程。当然，仅从以上所论述的三位代表人物的观点我们也可以清楚地发现，他们对于审美的理解也是各有不同，相比之下，布尔加科夫更看重宗教层面中所谓的美的最高境界，而舍斯托夫则认为艺术作品中众多展现不羁个性的美才是切中了审美的要害，别尔嘉耶夫则与舍斯托夫的理论更为接近，不同的是审美对于别尔嘉耶夫来说更像是审视人类个体的创造才能，美不能成为审美的目的，实现个性自由才是审美的终极原因。

三、宗教文学批评观的理论局限

对于俄罗斯文艺批评的发展，宗教文学批评思想无疑起到了十分重要的作用。它使得俄罗斯传统精神血脉得以在 20 世纪初的动荡格局下得以延续，同时还开启了一个审视文学艺术作品的新视角和新路径，将宗教哲学阐释作为文本阐释的另一条通路，形成了与现实主义和现代主义理论截然不同的批评风貌。它充分看重作家生活的宗教人文背景，将文学作品视作宗教精神领域在具体文学创作过程中的表现，尤其是对于俄罗斯的作家和作品分析显示了其与众不同的俄罗斯精神。但是，任何一种批评思想在拥有自身理论优势的同时，也不可避免地暴露出其局限性，著名学者林精华先生曾这样评价道："俄国文学理论非常不纯粹，缺乏专业性特征：关心文学问题的，远不是从事职业研究文学的学者和文学批评家，专业性研究文学的学者很少，至于从技术层面上专门化研究文学的理论家则更少，关心文学的是整个知识界及其

---

① ［俄］别尔嘉耶夫：《论人的奴役与自由》，张百春，译．北京·中国城市出版社，2002 年版，第 285 页。

所形成的社会性氛围。"① 在对待特征各异的作家和作品时，无论哪一种批评理论都不是万能的，宗教文学批评亦是如此。

首先，表现在批评内容方面，宗教文学批评的代表人物始终将发掘文本背后的宗教意识作为文学批评的主要着眼点，这可以说，已经形成了他们分析作品的思维惯性，在这巨大惯性力量的作用下，许多宗教因素之外的艺术价值却被宗教文学批评观忽视了。这个问题基本上涵盖了宗教文学批评观中的所有代表人物，比如别尔嘉耶夫就将俄罗斯文学定位为"世界上最富预言性的文学"②，这其中所谓的"预言性"正是在宗教意义上的界定，在他的眼中，普希金的浪漫抒情、陀思妥耶夫斯基的现实苦难，以及果戈理对黑暗社会的讽刺鞭挞都不是对作者的真实解读，因为这在别尔嘉耶夫看来虽然代表了其文学作品的一部分特征，却不是最为根本的，没有深入精神领域的文学批评在他眼中显得毫无意义。所以，别尔嘉耶夫将自己对陀思妥耶夫斯基的研究著作命名为《陀思妥耶夫斯基的世界观》，这就使得他对陀思妥耶夫斯基的解读完全摒弃了一般文学批评的范畴，从而将文学批评变成了别尔嘉耶夫与陀思妥耶夫斯基在精神世界中对话。并且在具体的批评话语中，我们还可以发现，别尔嘉耶夫对陀思妥耶夫斯基的评价口吻早已超越了一般意义上的客观冷静的评价心态，这正如别尔嘉耶夫自己所写的："陀思妥耶夫斯基是伟大的思想家，我努力想通过全书证明这一点。"③ 可以说，别尔嘉耶夫对于陀思妥耶夫斯基的评价实质上就是一种精神上的膜拜，这种近乎宗教信仰式的虔诚俨然将陀思妥耶夫斯基看作是宗教文学批评在文学艺术上的开山鼻祖，但是在极度渲染陀氏作品宗教色彩的同时，相应地也遮蔽了其文学作品中其他方面的艺术价值。类似的情况不仅出现在别尔嘉耶夫的批评文章中，诸如罗赞诺夫、舍斯托夫等人也纷纷对陀思妥耶夫斯基在宗教理念上的意义无限扩大，并与他们的"新宗教"理论紧密结合起来，以至于除了陀思妥耶夫斯基的其他俄罗斯著名作家，例如契诃夫、果戈理、屠格涅夫、莱蒙托夫等作家和诗人，宗教文学批评观都是按照其不变的批评标准进行宗教解读。

其次，体现在具体的批评方法上，宗教文学批评经常用哲学思辨来代替文学批评，这就使得其批评理论具有浓重的哲学色彩，而且批评视角过于主

① 林精华：《文学理论的迁徙：俄国文论与中国建构的俄苏文论》，《文艺理论研究》，2005年第3期。

② ［俄］别尔嘉耶夫：《俄罗斯思想的宗教阐释》，邱云华，吴学金，译．北京·东方出版社，1998年版，第76页。

③ ［俄］别尔嘉耶夫：《文化的哲学》，于培才，译．上海·上海人民出版社，2007年版，第112页。

观，文学作品多数成为批评者哲学思想的备注，而缺乏应有的批评特征。对于文学批评本身应有的理论品格来说，宗教文学批评是较为薄弱的，这一方面源于其代表人物多数出身于哲学家的研究身份，哲学理论的思维方式和研究视角在很大程度上影响着他们的文学批评方式，在对具体作家和作品的品评时，他们笔下所体现出的多是对其哲学层面和宗教层面的深刻理解，诸如别尔嘉耶夫对个性、自由和创造的理论，这本身就是一种哲学的思维视角，虽然他将这些理论放置在文学批评的具体论述中，但对理论的阐述仍远远多于对具体作品的解读。同样的情况在舍斯托夫的批评文章中也屡见不鲜，其著作《悲剧的哲学——陀思妥耶夫斯基与尼采》就基本上是将陀思妥耶夫斯基的评论纳入其悲剧哲学的理论框架中。另一方面，以梅列日科夫斯基为代表，也包括罗赞诺夫等人在内，他们既是文学批评者，同时也是文学创作者。梅列日科夫斯基创作的多部长篇小说和名人传记在俄国和西方受到极高的赞誉，而罗赞诺夫的杂文集《落叶集》和《隐居》以其类似于"手稿性"的书写特征被认为是俄国后现代文学创作形式的开端。可以说，二者相比于其他宗教文学批评者来说，其文学色彩显得更为浓郁。但是即便如此，他们的文学批评依然无法跳出主观主义批评的桎梏，尤其是对于梅列日科夫斯基来说，他在文学创作中就以非此即彼的二元对立观来统辖作品主旨，基督与反基督、灵与肉、神与人的对立与调和成为其所有作品的主线，而这种二元对立的观点同样成为他评价文学作品的参照系。梅列日科夫斯基文学评论的代表作《托尔斯泰与陀思妥耶夫斯基》就是明显将托尔斯泰和陀思妥耶夫斯基作为灵与肉两种神性元素的代表，就此形成一个先入为主的理论出发点，来对二人的文学作品进行有目的的"归队"和整理。

综上所述，俄罗斯宗教文学批评既具有鲜明的宗教阐释特点，同时在这特点之下也暴露出其显而易见的理论局限，但是这些局限依然无法抵消宗教文学批评应有的历史价值。它对于本民族传统文化的坚持与发展，对于作品内在精神信仰的重视，以至于对外来文化的借鉴与批判，不仅对于当今俄罗斯文学艺术的发展依然具有极大的启发意义，而且对于我国的文学批评甚至是知识分子的自我精神发展都有一定的启发意义。

第二节　宗教文学批评的研究价值

尽管白银时代早已远去，宗教文学批评思想的诸多代表人物也相继离世，但是，不论对于当今的俄罗斯，还是曾经深受苏俄文艺思想影响的我国在内，都不约而同地将关注焦点重新转移到百年前这些思想家和哲学家的身上。可以说,俄罗斯白银时代的宗教文学批评思想所带给后人的价值,除了众多内容深刻的理论著作和发人深省的论点学说之外,还应该包括其对本国文化前后相继的内在承载,以及对西方文化辩证接受的自我转化。宗教文学批评观的出现,不仅使黄金时代的文化繁荣得以再度复兴,同时也在更高的层面对传统与现代、俄罗斯与西方的思想进行了重新整合和再度创造。也正是在这个意义上,研究宗教文学批评观的思想和理论才对今天的俄罗斯和我国来说,具有重要的理论价值和现实意义。

一、推动俄罗斯本国文化思想的再次复兴

毋庸置疑,白银时代的宗教哲学理论以及在这一理论影响下所形成的宗教文学批评观都是俄罗斯文论思想中的重要组成部分,并且对于当今的俄罗斯仍然具有重要的理论价值。尽管白银时代的宗教文学批评思想在很长一段时间里淡出本国的学术视野,但近几年随着苏联解体和俄罗斯相对宽松的文化环境的形成,这种批评思想与白银时代整体的文学艺术一起又再度回到祖国的怀抱。对于俄罗斯人来说,白银时代的文学艺术和批评思想是他们失而复得的文化瑰宝,对它的回归在一定程度上也代表着又一次文化复兴的开始,其价值主要体现在两个方面。

首先,回归宗教信仰,重塑俄罗斯人的精神品格。可以说,面对新旧政治体制的再次巨变,20世纪初的精神迷茫重又回到解体后的俄罗斯人身上,对此,俄罗斯的著名学术期刊《社会人文科学》就曾刊登文章专门论述该文化现象。它将这一时期俄罗斯人主要的文化特征定义为"现代人"的类型,文章中指出"现代人"最为明显的特征就是对祖国的极度鄙夷和对西方文化的盲目崇拜,弱肉强食的竞争意识成为他们为人处世的基本原则,由于苏联在文化意识形态上的长期影响,原有的宗教精神对于这些年轻的"现代人"来说早已变得遥远而陌生,他们更多地将宗教视作落后和消极的思想来对待。但是,随着"现代人"数量的逐渐增多,俄罗斯人才迫切地意识到在原有价值体系崩塌后需要重新建立一种符合民族特征的道德评价标准,而缺少民族传统文化的熏陶、失去民族精神信仰的洗礼才是解体后的俄罗斯最急切需要解决的问题,它与经济发展等量齐观。"随着宗教优先地位的削弱,精神抵制能力持续降低,即社会失掉了真理的标准,失掉区分真理和谎言的能力"。[①]

---

① 《东正教与今日俄罗斯文化的发展》,潘军译自《Социально-гуманитарные Знания》2007年第2期,《俄罗斯文艺》,2008年第3期。

将近一个世纪世俗化的社会改革使得原本根深蒂固的宗教信仰在当今俄罗斯人民的精神结构中被人为地抹去了，而俄罗斯国内普遍认为正是因此才诞生出这么多的"现代人"。所以在 20 世纪末，俄罗斯又掀起了回归东正教的热潮，而以东正教为精神向导的白银时代的文学艺术和宗教文学批评思想也就自然而然地回到俄罗斯人的研究视野中。对文学作品进行的宗教批评解读成为俄罗斯人着手重塑民族精神品格在文学艺术领域的直接体现。

　　其次，在东西方文化的对撞中，重新寻求自我价值的确证。应该说，俄罗斯对于自己文化地位的认同是充满矛盾的，由于地域特点，以及历史上的诸多改革和战争，使得东方和西方的文化思想同时对俄罗斯产生影响。一方面来自欧洲的文化艺术是俄罗斯始终崇拜的对象，彼得一世的改革将俄罗斯与西方紧密联系起来，此后随着俄罗斯知识分子阶层的诞生，西方的哲学思想和先进理念成为他们谋求改革国家命运的思想武器。以白银时代为例，当时许多贵族知识分子、思想家和文学家都有深厚的西方文化教育背景，青年时期普遍有过在欧洲游历和求学的经历；另一方面，由于历史上曾经被鞑靼人占领过，并且因为地域的原因不可避免地受到来自亚洲的思想影响，使得俄罗斯的文化特征也在某种程度上带有一些东方思维的特点，别尔嘉耶夫就曾这样分析指出："俄罗斯精神所具有的矛盾性和复杂性可能与下列情况有关，即东西方两股世界历史之流在俄罗斯发生碰撞，俄罗斯处在二者的相互作用之中。俄罗斯民族不是纯粹的欧洲民族，也不是纯粹的亚洲民族。俄罗斯是世界的完整部分，巨大的东方—西方，它将两个世界结合在一起。在俄罗斯精神中，东方与西方两种因素永远在相互角力。"[①] 不过，即便别尔嘉耶夫等人较为客观地认识到了俄罗斯文化的这种悖论式存在，但不可否认的是，处在东西方思想冲撞中的俄罗斯始终无法形成对自身文化价值的足够自信，西欧派和斯拉夫派的争论就是这种矛盾心理的集中体现。白银时代的众多思想家对此的体会最为直接，索洛维约夫的《俄罗斯与欧洲》，梅列日科夫斯基的《重病的俄罗斯》、舍斯托夫的《钥匙的统治》、别尔嘉耶夫的《俄罗斯思想》等著作和文章都从历史、哲学和文化等不同角度对东西方文化的影响进行了阐释。当然，阐释的目的还是重新确认俄罗斯民族文化所应具有的独立价值，在这一过程中，自视为"第三罗马"的俄罗斯将东正教作为自己民族精神的立足之本，而白银时代众多思想家、文学家和批评学者们则把宗教神学思想作为理解俄罗斯民族所有文化现象的参照物。而随着 20 世纪 90 年

①　[俄]别尔嘉耶夫：《俄罗斯思想》，雷永生，邱守娟，译．北京·生活·读书·新知三联书店，2004 年版，第 2 页。

代末政治体制的再次巨变，20世纪初所面对的种种精神困惑又成为当前俄罗斯人的普遍心态，在全球经济文化密切作用的今天，俄罗斯人急切地寻求对自我价值的身份认同，无疑，从东正教视角来对俄罗斯文化和具体文学作品进行评价符合了俄罗斯民族这种心理需求。况且，宗教批评的许多代表人物都在晚年流亡国外，他们的思想得到了西方学界的认同，享有较高的国际声誉。这些人以其对俄罗斯文学的宗教解读成为现代俄罗斯人打开自己传统文学宝库的金钥匙，对他们的研究不仅仅是一种知识的获取，而更是一种文化的自我确证，带有强烈的理论自信和文化自信。

二、重新审视俄罗斯文学的价值

对于俄罗斯本国的学术界来说，白银时代的宗教文学批评观具有重塑民族精神品格和确认自我存在意义的重要价值。同样，以中国的视角来研究俄罗斯的宗教精神，以及在这一精神引导下所形成的哲学和文学思想，也会得到意想不到的启发和借鉴意义。

中国对于俄罗斯的文学艺术可以说是最为熟悉的，综观我国近代文学的发展历程，俄罗斯文学的影响可谓最为深远，包括鲁迅、曹禺、巴金、郁达夫等众多知名的文学家都曾受到来自俄罗斯文学的熏陶，直至中华人民共和国成立后的很长一段时间，苏联文学也始终是我国文学创作学习的典范。但长久以来，我国对俄苏文学的接受也存在着一定的"误读"，对此，有学者就曾撰文写道："中国作家对苏联文学的接受是片面的，这也同当时苏联文学的整体氛围有很大的关系。一大批并非很优秀的作家、绝非文学经典之作进入中国，并对中国作家产生影响，国家乌托邦主义也成为当时中国作家创作的主旋律，而许多经典作家，如阿赫玛托娃、布尔加科夫、普拉东诺夫、曼德尔施塔姆、茨维塔耶娃、帕斯捷尔纳克等，都无法进入中国作家的视野……"[①] 与此同时，在文学评论方面，我国虽然深受苏俄文学理论的影响，但是由于历史客观条件的制约，我们主要接受了来自苏俄文论中的现实主义文艺思想，车尔尼雪夫斯基、别林斯基、杜勃罗留波夫成为俄罗斯文艺学的代表人物，包括别尔嘉耶夫、舍斯托夫、罗赞诺夫、梅列日科夫斯基等众多白银时代的思想家和批评家的理论则根本无法进入国人的视线，所以对于俄罗斯文学的解读也多偏重于现实主义的批评方式。由此可见，尽管苏俄文学及其理论在我国的传播面非常广，但是我们对它的认识并不全面，其中就缺失了对宗教精神层面的认识和理解。综观俄罗斯的文学、音乐和绘画等艺术，

---

① 王立业主编：《俄罗斯文学：传统与当代》，北京·北京大学出版社，2012年版，第32页。

东正教的神秘元素在其中占据了相当重要的地位，可以说，没有俄罗斯民族对东正教的强烈信仰，也就不会产生众多伟大的俄罗斯文学艺术作品，而此前我们在分析批评俄罗斯作品时恰恰正是遗漏了这一最为丰富复杂的精神元素，在具体的作品阐释和解读方面，显得机械而呆板。

随着苏联解体和我国改革开放的不断深入，对于俄罗斯文学及其理论的研究领域不断得以扩充，白银时代不仅在解体后的俄罗斯得到学术界的认可，随后也源源不断地被介绍到国内。通过对别尔嘉耶夫、罗赞诺夫、舍斯托夫等人批评理论的研究和解读，为我们开启了一扇重新认识俄罗斯文学大师及其作品的窗户，展示出我们未曾真正理解的崭新一面。俄罗斯当代著名语文学家、文化学者、圣经学者 C.C. 阿维林采夫就曾指出，俄罗斯文学家们在其文学作品中所表现出的悲剧意识和自我牺牲精神，正是一种宗教原型在具体作品中的体现，"这种不可避免的牺牲成为作品题材的神话成分，它同基督教关于人能够为世界牺牲的观念相联系"①。这也就意味着，不了解基督教和东正教、不了解俄罗斯民族内在精神的发展脉络，就不会从根本上理解俄罗斯文学的悲剧意识和深远的价值。

当然，如果仅从宏观视角来理解俄罗斯的宗教精神仍是十分宽泛的，面对具体的文学作品时仍会显得无从下手，而本书所研究的宗教文学批评思想则为这种解读提供了具体的支撑点，其中所涉及的聚合性、神人性和新宗教意识等批评观点既具有东正教的神学特性，同时也融合于诸多的文学批评文章之中，成为阐述俄罗斯文学宗教精神的切入点，这为我国学界进一步理解东正教，从而为在宗教精神层面理解俄罗斯文学提供了可能。东正教信仰在俄罗斯民族的精神世界中占据着异常重要的地位，可以说，它实际上已经成为塑造俄罗斯民族人格思想的深层原因，当然也积淀为俄罗斯民族的集体无意识，从而构建为一个个原型结构，深藏于俄罗斯民族的整体精神世界中，成为他们认识世界、表现自我的出发点，从而也深刻地影响着文学活动的创作与接受。正如前边引文中所论述的，宗教中的自我牺牲精神内化为一种宗教原型，使得俄罗斯的文学创作带有一定的悲剧意识，而神人性、聚合性等宗教文学批评观点则更具有宗教原型的特征。其一方面来源于东正教的神学概念，长期积淀于俄罗斯民族的发展历史中，从而早已形成固定的认知模式；另一方面白银时代宗教批评学者将这种认知模式应用于对具体作家和作品的批评阐释上，相似的原型结构使得俄罗斯的宗教批评观能更加深刻地揭示俄

---

① ［俄］C.C. 阿维林采夫：《俄罗斯的宗教、文学和美学》，金亚娜，译. 载《哲学译丛》，1989 年第 6 期。

罗斯文学的内在精髓。可以说，对于白银时代的宗教文学批评思想来说，聚合性、神人性，以及新宗教意识的宗教哲学思想早已成为他们打开俄罗斯文学宝库的钥匙，这些神学观点本身具有深厚的群众理解基础，其内在含义早已不言自明。而与此同时，宗教批评学者将这些宗教神学概念重新进行个性化的解读，提取出他们认为更具有时代性和进步性的因素，例如，在东正教神学思想中，神人就是指耶稣基督，人性可以通过道成肉身的方式具有神性的特质，但是再进一步的认识则较为模糊。对此，宗教文学批评观敏锐地吸纳了东正教神学思想中重视人性价值的理论观点，并且进一步由索洛维约夫、弗兰克和别尔嘉耶夫等人生发出了积极的神人性学说，认为人只有经过个性自由和创作自由才会真正具有神性的特质，并且通过对陀思妥耶夫斯基、托尔斯泰、果戈理的评论将这一认识注入原有的宗教原型结构之中，这种认知评价模式既符合俄罗斯民族的传统审美观，也具有时代发展特色，这也是宗教文学批评思想在当今俄罗斯再度复兴的重要原因之一。

这一批评观对我国的最大价值就在于寻找到了重新审视俄罗斯文学价值的新途径。当然，需要明确的是，宗教信仰在我国固有的文化结构之中并不占有很大的比例，钱穆先生就曾提出："宗教为西方文化体系中重要一项目。中国文化中则不自产宗教。凡属宗教，皆外来，并仅占次要地位。其与中国文化之传统精神，亦均各有其不相融洽处。"① 可以说，宗教性的有无成为中国和西方不同文化体系之间的最明显的区别，而且针对东正教来说，由于历史上在中国的传播范围更加狭小，也致使国人对于东正教的文化传统知之甚少。对此，宗教文学批评观成为我们突破原有认识局限的重要渠道，通过对聚合性、神人性、索菲亚学说、一切统一学说等诸多宗教批评观点的梳理，我们能够深入俄罗斯民族的深层心理结构之中，去了解和体悟俄罗斯民族的精神气质，从而在根本上尽可能地接近俄罗斯的民族本性，那么对俄罗斯文学的解读也就迎刃而解了。而从另一个角度来说，文化之间的巨大差别同样也是寻求新文化和新文论增长点的良好契机，面对飞速发展的社会文化和经济，人们的信仰和良知正逐渐被物质利益所蒙蔽，人类生活的终极目标和生命意义正在逐渐被遗忘，对此，回归信仰，用宗教的力量救赎灵魂是西方社会一项重要的精神使命，尽管宗教与现代理性和科学技术水火不容，这一点在俄罗斯宗教文学批评学者那里也被多次提及，但其对于人类最重要的意义在于，面对宗教"人必须首先做出相信的行动，假定信仰是全然内向性的，相信耶稣是其所宣称的，相信他为之所说的和所做的，从而相信他永恒的重

---

① 钱穆：《现代中国学术论衡》，北京·生活·读书·新知三联书店，2001年版，第1页。

要意义——即，在时间之中为生命、历史和人的命运提供了一条绝对性的线索"①。对于宗教文化的这种内在提升作用，值得今天的我们深思。

三、深刻反思传统与现代的态度

应该说，宗教文学批评对于我国相关领域研究者的价值并不仅仅限制于文学艺术层面，我们认为更为重要的还在于，宗教文学批评者们在对待西方文明和本国传统文化的取舍时，所做的探索和努力，是值得我们当前所有知识分子和研究者们深思的问题。伴随着国与国、民族与民族之间的极速交融和常态对话，我们所面对的问题似乎与百年前的白银时代具有某种共同之处，如何做到既面向世界，同时又不遗失传统，始终是我国文学理论界争论的话题。回顾历史，我国在19世纪末20世纪初的思想领域也经历过中西文化的正面交锋，新文化运动对传统文化进行彻底清算，以儒家思想为代表的国学逐渐退出了中国的思想文化舞台，此后我们经历了向西方学、向苏俄学的思想历程，但我们国家传统文化中的精髓似乎总是被国人有意无意地忽略了。直至现今，西方的文化和哲学思潮对我国的影响依然是巨大的，表现在文学理论方面就更是如此，"就文论而言，形成了源于苏俄的马克思主义文论、源于欧美的西方文论与源于中国本土的中国古代文论的并立。尽管这三种文论在长期的并存过程中彼此相互影响，不断进行某种程度的整合渗透，但是由于中国文化及文论传统的弱势地位以及多年来形成的力图以外来文化整合本土文化的思维误区，致使并没有实现真正跨文化的整合与熔铸，因而没有产生出一种全新的文艺理论形态"②。面对这种状况，如何更好地整合中西文论的不同思想，从我国悠久的传统文论中发掘带有中国特色的批评话语和评价标准，进而形成全新的文艺理论形态，成为我国当前文学理论发展过程中亟待解决的问题。

对此，研究俄罗斯白银时代的宗教文学批评思想对于我国具有重要的启发和借鉴意义。综观白银时代的俄罗斯，这一阶段正是其自身传统文化面临转型和发展的关键时期，来自西方的马克思主义、理性主义和各种哲学思潮此消彼长，许多知识分子不断地向外来思想靠拢，力图找到解决当前复杂社会问题的办法。但在向西方学习的过程中，俄罗斯的知识分子越来越感受到了来自精神上的巨大危机，别尔嘉耶夫就曾在30年代撰文回忆这一时期知识

① [美]霍珀：《信仰的危机》，瞿旭同，译. 北京·宗教文化出版社，2006年版，第208～209页。

② 周波：《跨文化整合与创新——关于中国特色文论建设途径问题的思考》，载《江西社会科学》，2011年第1期。

分子的心路历程，"在俄罗斯那部分最有文化、最有教养和才华的知识分子中，出现了精神危机，发生了向另一种可能对 19 世纪前半叶比后半叶更亲近的文化的转变"①。这就意味着，尽管以西欧派为代表的部分知识分子将俄罗斯未来的社会进步奠基于向西方文明学习的基础之上，但是否认俄罗斯传统的宗教和文化进而西化的思维方式也逐渐令俄罗斯的知识分子感受到精神上的迷失。由此，他们中的很多人开始从自身文化的传承中搜寻到东正教这一古老的精神传统，并尝试用东正教的世界观来认识世界和人类自己，与此同时还大量借鉴东正教神学传统中的学说和概念，建构出了带有俄罗斯本国民族特色的批评话语体系，并且意识到唯有坚持自己民族传统思维中的认知范式和思维方式，才会在根本上寻找到一条适合本国文化发展的独特道路。当然，这种建构并不仅仅是对东正教神学术语的机械摘抄，而是在与西方哲学思想进行深度融通之后的提炼和创新。

白银时代秉承宗教精神的诸多思想家都对西方哲学和文化进行过深入的研究，舍斯托夫对西方的现象学和存在主义哲学极为重视，并且与胡塞尔、马克斯·舍勒、海德格尔交往密切，也正因如此，后世的批评学者往往将其归入存在主义哲学的理论阵营。别尔嘉耶夫早年更是以马克思主义者的身份参与到社会民主党的革命活动之中，而此后也是在德国唯心主义哲学的影响下逐渐从马克思主义转向东正教和神秘主义。此外，罗赞诺夫、梅列日科夫斯基、布尔加科夫等人也都接受过西方文化思想的熏陶。也正是建立在对西方文化深入了解的基础上，从而促使白银时代的宗教文学批评者们赋予原有的宗教神学主题以崭新的含义，别尔嘉耶夫的神人学说就带有明显的马克思主义异化理论的色彩，聚合性则更具有连通不同文化、并在彼此交融中实现内在统一的现代思维特点。新宗教意识的确立也代表着宗教文学批评思想立足于社会文化现状，对传统宗教文化的一种革新和建构。可以说，通过对白银时代宗教文学批评观的深入剖析，我们可以发现，所谓独特的批评思想，甚至是批判理论的诞生，绝对不能仅仅建立在单纯吸纳本民族传统文化思想的基础上，而是应该在寻求传统批评理论着眼点的同时，积极与西方文化思想相比较、相融合，从而使传统的思想观点焕发出现代文化的光芒。这一点对于我国的传统文化，特别是形成中国特色的文学批评理论具有重要的借鉴意义。

可以说，在全球经济、文化逐渐趋于一体化的今天，我国在漫长历史岁月中所积淀下来的传统文化品格并没有失去其存在的价值。相反，对于日渐浮躁的现代人来说，这种传统的文化品格往往具有重塑自我完美人格的巨大

---

① ［俄］别尔嘉耶夫：《文化的哲学》，于陪才，译．上海·世纪出版集团，2007 年版，第 221 页。

作用。我国学者就曾对此明确指出，中国传统人格美学的主要特征就是"刚健进取与隐退自足和谐统一的双重品格"①，而相比之下的西方人格则主要体现为强力进取的单向度特征，可以说，传统文化中儒道互补的思想形成了中国多向度的人格类型，从而形成中国独特的文化品格。在此基础上所形成的中国传统批评理论也展现出内容丰富、形式多样的理论特点，并且拥有大量特色鲜明、内涵隽永的批评话语，这些都是我国传统文学批评思想宝库中的巨大财富。但是，不可否认的是，当前由于我国学术界普遍向西方学习的风潮，使得中国传统批评理论面临着"失语症"的尴尬现状，一大批学者争相用西方文论中的学术话语来重新建构我们自己的文论思想，这尽管开辟了中国文论发展的新视角，但与此同时也导致了我国传统文化和批评思想的断代。对此，我们迫切需要探索一条既能充分发挥我国传统文化特色，同时又能有效吸收西方先进文化理念的发展道路，兼容中西、贯穿古今的"会通"之路，充分发掘古代文论思想中最有代表性的批评话语，进而形成我们自己独特的批评主题和话语体系，这也许才是俄罗斯宗教文学批评观对我们的最大启示。

---

① 周波：《中西方人格思想的文化比较》，载《山东师范大学学报》（人文社会科学版），2015 年第 5 期。

余 论

虽然作为一个特定历史阶段的白银时代早已消失在浩渺的历史征程中，但以东正教为基本认知范式的宗教文学批评观却依然深沉而有力地叩击着当代人的心门。相比于西方具有漫长历史传统和成熟体系流派的文学批评理论而言，俄罗斯的文学理论则更具有东方文化的思维特点，这或许是俄罗斯文学理论遇到的最大桎梏，但也可能是其摆脱束缚的新契机。具体到宗教文学批评，这一契机就体现得更为明显。在众多从宗教领域切入文学评论的批评家中，只有梅列日科夫斯基、索洛古勃、别雷等这些象征派作家可以算是文学领域的专家，其余诸如索洛维约夫、别尔嘉耶夫、舍斯托夫、罗赞诺夫等人均出自哲学家的行列，而布尔加科夫更兼具宗教哲学家和东正教神职人员的双重身份，这种人员的构成尽管带来"缺乏专业特征"的问题，但也使得宗教文学批评具有了宏大的社会文化视野和宽广的理论覆盖面。而在文学批评的具体操作层面我们也可以发现，由于受到尼采、克罗齐等现代哲学思想的影响，大部分宗教文学批评学者无意构建恢宏的理论体系，反而将视角凝注于作品中的某个意象或是作家的某种情感倾向，在他们的批评文章中，东正教的神学理论是其理论的出发点和落脚点，而东正教重信仰、重体验的思维特点也影响着他们的具体批评范式，他们以直抒性灵的方式来表达自己对文学艺术和社会文化的主观情感。

当然，20 世纪的俄罗斯也出现了影响更为广泛的形式主义、巴赫金的对话理论，以及洛特曼的符号学等理论，它们都与西方诸多文学批评理论一起成为世界现代文学理论中的重要组成部分，并且始终是当前文论界研究的热点。可以说，我国对俄罗斯文论的认识也更多地涉足于这些理论领域。但不可否认的是，宗教文学批评尽管不具备系统的理论形态，没有固定的成员构成，甚至更谈不上有明确的批评纲领，可它对于俄罗斯本国，甚至是全世界的文学理论来说，都具有不可小觑的价值和意义，其价值并不体现在某种具体的批评方法的建构上，而是作为从宗教的高度来重新认识人类文化，以及在这一文化影响下所造就的文学表达方式。综观众多宗教文学批评代表人物的理论主张，我们可以清晰地感受到，他们的文学批评实质上是其文化批评的一个组成环节，他们对待文学的态度始终与俄罗斯民族性的建立和发展息息相关。19世纪末20世纪初的俄罗斯面临着西方先进思想与本国落后沙皇专制之间的巨大矛盾和冲突，学习西方抑或坚持传统不仅是这一时期执政者面临的艰难抉择，同样也牵引着每一个有良知的俄罗斯知识分子的心。

　　而当时间踏入20世纪末，同样的抉择和变革再次展现在俄罗斯人的面前，对于众所周知的政治巨变，世纪之交的再次选择似乎又让俄罗斯知识分子回溯到百年前的精神困惑和茫然探索之中，此时，作为俄罗斯民族本性的宗教性尤为明显地突显了出来，东正教的神学理论再一次被当作俄罗斯人精神世界中的重要支柱。巨变之后的俄罗斯开始寻求借助东正教的巨大精神力量来实现复兴国家的强国目标。而在文学艺术领域，白银时代和其中具有代表性的宗教哲学，以及文学理论的众多代表人物都纷纷由原来在本国的销声匿迹转为学术界争相探讨的焦点。学术界普遍认为白银时代的文学和思想流派不仅仅具有文学史的价值，它更是一种独特的具有俄罗斯特色的思维方式，并且这种方式被延续至今。对此，俄罗斯学者曾这样指出："在当今的批评界依然存在着这种倾向：捍卫文学整体统一性的思想无疑是需要的，但是，构成这个整体的各个部分非常复杂，各具特点，它们都有不可替代的功能，它们的相异性最强烈地表现着独具一格的特色，而它们的根源都可以追溯到白银时代。"[①]无疑，在当今的俄罗斯学术界看来，白银时代堪称百花齐放的文学艺术流派在今天依然具有旺盛的生命力，而宗教文学批评就是其中的代表。并且，宗教文学批评中的众多思想家均具有海外生活的历史背景，这也直接影响着俄罗斯现代文学艺术史上"侨民文学"的产生和发展，他们不仅在国内期间写下了众多的理论著作，在生命的后期、在离开故国的他乡，依然饱含着对祖国和民族的眷恋，而继续进行辛苦的耕耘，这对于今天的俄罗斯文学艺术也是一笔巨大的精神财富。

　　实际上，以宗教视角来审视文学作品的批评思想在西方文学理论的发展历程中并不鲜见。如果将带有巫术色彩的原始宗教也算在内的话，从古希腊的悲剧理论、柏拉图的"迷狂说"和亚里士多德的"净化说"等思想开始，

① 俄罗斯科学院高尔基世界文学研究所集体编：《俄罗斯白银时代文学史 1890年代—1920年代初4》，谷羽，王亚民，译.兰州·敦煌文艺出版社，2006年版，第296页。

人类就已经着手从宗教角度来理解现实生活中的文学和艺术了。可以说，这种对于未知世界的憧憬和向往，以及对人类自身终极价值的追寻与自我实现，从人类的童年时代直至我们现在，都始终深刻地影响着精神文化的发展。如果说哲学源于理性地认知自我，那么宗教则展现出人类思想的另一个侧面，即更趋向于非理性认识的思维特点。它在一定程度上表达了人类渴望超越客观现实，并在更高的精神层面实现自我价值的完美理想。所以，尽管我们一直以来都将宗教视作颠倒的、虚幻的认识世界的方式，从而作为落后的思想予以批判和摒弃，但不可否认的是，宗教与文学之间的关系的确具有深邃的内在联系，在此基础上所形成的文学理论和批评思想也往往渗入了宗教的思维方式，从而展现出独特的批评视野。在这一点上，瑞士天主教神学思想家、古典学家巴尔塔萨甚至断言，宗教与对艺术的审美本身就是内在合一的，他指出："只有在宗教里才存在着真正的美，那种把美的原始表象世界远远抛在脑后的震惊即是对这种唯一真正的美的观照。"[1] 这也就是说，在巴尔塔萨看来，宗教成为文学艺术具有美学价值的本质特征，正因为有了宗教精神，人们才能感知到美的存在。

所以，按照这一思路，不仅是宗教徒创作出的宗教文学才具有美的特质，而世俗世界中所产生的文学创作，也都是"内在的美的结构"的外在显现，即宗教才是文学艺术令人产生美感的根本原因。显然，他的看法也过于绝对，但毋庸置疑，宗教思想确实在文学活动产生和发展的过程中起到了重要的促进作用，尤其是对人类自我非理性的探寻更与西方的现代文学艺术思想不谋而合。可以说，宗教不仅仅是一种颠倒的世界观，同时也可以被看作是直面人类自我精神内核的认识观，它为人类审美地、超越地认识世界和自我，提供了一条有效的通路。也正是在这个意义上，白银时代的宗教文学批评观在俄罗斯文学批评领域拥有独特的批评视野，它充分发掘了潜藏于俄罗斯文学作品的东正教精神，为我们展开了一幅充满神秘色彩的异国文化的图景。为了能更深入地展示这一异域宗教文化图景，本书在写作过程中一方面学习和了解俄罗斯东正教的历史沿革和宗教教义；另一方面研读俄罗斯宗教哲学的主要理论著作，希冀从更本原的层面理解宗教文学批评思想。

独特的民族和时代孕育出与众不同的文化思想，越是深入研读宗教文学批评的理论学说，便越能抛开众多政治和意识形态的干扰，而真正从精神层面来解读俄罗斯的民族本性与文化特征。正如本书在文献综述中所提到的，

---

[1]　［瑞］巴尔塔萨：《神学美学导论》，曹卫东，刁承俊，译. 北京·生活·读书·新知三联书店，2002 年版，第 12 页。

俄罗斯当代对白银时代宗教哲学和文学的众多研究著作中，大都以社会文化的宏观视角为研究背景，既注重理论的文本解读，同时更为看重理论的文化阐释。无疑，这种分析视角对于我们来说，更有启发意义。在宗教文学批评者的著作中，我们可以发现，虽然对待宗教神学的看法不尽相同，可有一点不容置疑的是，他们全部具有强烈的宗教信仰，不论这个信仰的对象是正统的东正教教义，还是经过他们理论改良过的东正教精神，都是宗教文学批评思想得以最终形成的文化根源。如果从这种批评理论再向文学艺术领域拓展来看的话，包括俄罗斯黄金时代、白银时代在内众多的文学著作和艺术作品也都蕴含着相似的宗教内核，它们共同展现出俄罗斯民族独特的民族气质与文化内涵。这正如美国学者克利福德·格尔茨所说："在宗教信仰和实际中，一个群体的气质被认为是合理的，因为它代表了一种生活方式，其在观念上适应了世界观所描述的事物的实际情况，而世界观具有情感上的说服力，因为它被看成是事情的实际情况的意象，它特别安排为适合这样一种生活方式。"[1] 这就意味着，宗教精神对于一个民族而言，已经不单单是一种被规定了的仪式行为，而早已深入到民族的思想体系中，从而在认识世界和自我的过程中发挥着潜移默化的作用。可以说，浓厚的宗教特性决定了俄罗斯民族坚韧的民族本性和强烈的文化自信，使得他们在面对西方外来文化和本国传统文化并行交错的同时，能够清醒地审阅自我，既不盲从，也不守旧，以独特、强大的民族本性来重塑崭新的罗斯神话，同时也缔造了俄罗斯作家独特的审美视角。

应该说，本书所涉及的内容和思想是异常丰富和宽广的，仅仅就目前的论说结构来看，距离理想的论述目标仍有相当一段距离。并且，由于个人能力和论文篇幅的限制，诸如末日论、索菲亚、一切统一等具体的宗教批评思想尚无法得以系统、全面的分析，只能简要提及或者被迫干脆省略，此外，对于具体文学作品的细读仍有欠缺，这也是本书在写作过程中的一个遗憾。今后，我会着力在发掘一手批评资料和细读批评文本的基础上，进一步开展研究，希望通过我的努力，在宗教批评的道路上探寻独特的俄罗斯文学之美。

---

[1] ［美］克利福德·格尔茨：《文化的解释》，韩莉，译. 上海·译林出版社，2008 年版，第 95 页。

参考文献

一、学术著作

［1］[俄]索洛维约夫.爱的意义[M].董友，杨朗，译.北京.生活·读书·新知三联书店，1996.

［2］[俄]索洛维约夫等.俄罗斯思想[M].贾泽林，译.杭州.浙江人民出版社，2000.

［3］[俄]索洛维约夫.西方哲学的危机[M].李树柏，译.杭州.浙江人民出版社，2000.

［4］[俄]索洛维约夫.神人类讲座[M].张百春，译.北京.华夏出版社，2000.

［5］[俄]索洛维约夫.俄罗斯与欧洲[M].徐凤林，译.石家庄.河北教育出版社，2002.

［6］[俄]索洛维约夫.爱拯救个性[M].方珊等，译.济南.山东友谊出版社，2005.

［7］[俄]索洛维约夫等.精神领袖[M].上海.上海译文出版社，2009.

［8］[俄]别尔嘉耶夫.俄罗斯思想[M].雷永生，邱守娟，译.北京.生活·读书·新知三联书店，1995.

［9］[俄]别尔嘉耶夫.俄罗斯思想的宗教阐释[M].邱云华，吴学金，译.北京.东方出版社，1998.

［10］[俄]别尔嘉耶夫.自我认知——哲学自传的体验[M].汪剑钊，译.昆明.云南人民出版社，1998.

〔11〕[俄]别尔嘉耶夫.别尔嘉耶夫集[M].汪剑钊，译.上海.上海远东出版社，1999.

〔12〕[俄]别尔嘉耶夫.自由的哲学[M].董友，译.上海.学林出版社，1999.

〔13〕[俄]别尔嘉耶夫.俄罗斯灵魂[M].陆肇明，东方珏，译.上海.学林出版社，1999.

〔14〕[俄]别尔嘉耶夫.论人的使命[M].张百春，译.上海.学林出版社，2000.

〔15〕[俄]别尔嘉耶夫.精神王国与恺撒王国[M].安启念，周靖波，译.杭州.浙江人民出版社，2000.

〔16〕[俄]别尔嘉耶夫.历史的意义[M].张雅平，译.上海.学林出版社，2002.

〔17〕[俄]别尔嘉耶夫.精神与实在神人精神性基础[M].张百春，译.北京.中国城市出版社，2002.

〔18〕[俄]别尔嘉耶夫.美是自由的呼吸[M].方珊，等，译.济南.山东友谊出版社，2005.

〔19〕[俄]别尔嘉耶夫.文化的哲学[M].于培才，译.上海.上海人民出版社，2007.

〔20〕[俄]别尔嘉耶夫.创造的意义[M].李建刚，王超林，译.上海.上海人民出版社，2007.

〔21〕[俄]别尔嘉耶夫.神与人的生存辩证法[M].张百春，译.上海.上海人民出版社，2007.

〔22〕[俄]别尔嘉耶夫等.哲学船事件[M].广州.花城出版社，2009.

〔23〕[俄]别尔嘉耶夫.论人的奴役与自由[M].张百春，译.北京.中国城市出版社，2002.

〔24〕[俄]别尔嘉耶夫.末世论形而上学[M].张百春，译.北京.中国城市出版社，2003.

〔25〕[俄]别尔嘉耶夫.别尔嘉耶夫集：一个贵族的回忆和思索[M].汪剑钊，等，译.上海.上海远东出版社，2004.

〔26〕[俄]别尔嘉耶夫.自由精神的哲学[M].石衡潭，译.上海.上海三联书店，2009.

〔27〕[俄]别尔嘉耶夫.陀思妥耶夫斯基的世界观[M].耿海英，译.桂林.广西

师范大学出版社，2008.

〔28〕[俄]别尔嘉耶夫.俄罗斯的命运[M].汪剑钊，译.北京.北京联合出版公司，2014.

〔29〕[俄]别尔嘉耶夫.别尔嘉耶夫论自由与奴役珍藏本[M].石磊，译.北京.中国商业出版社，2016.

〔30〕[俄]舍斯托夫.在约伯的天平上[M].董友，等，译.北京.生活·读书·新知三联书店，1989.

〔31〕[俄]舍斯托夫.旷野呼告：克尔恺郭尔与存在哲学[M].方珊，李勤，译.北京.华夏出版社，1991.

〔32〕[俄]舍斯托夫.悲剧的哲学——陀思妥耶夫斯基与尼采[M].张杰，译.桂林.漓江出版社，1992.

〔33〕[俄]舍斯托夫.开端与终结[M].方珊，译.昆明.云南人民出版社，1998.

〔34〕[俄]舍斯托夫.无根据颂[M].张冰，译.北京.华夏出版社，1999.

〔35〕[俄]舍斯托夫.以头撞墙——舍斯托夫无根基生活集[M].方珊，等，译.西安.陕西师范大学出版社，2003.

〔36〕[俄]舍斯托夫.舍斯托夫集[M].张冰，等，译.上海.上海远东出版社，2004.

〔37〕[俄]舍斯托夫.雅典与耶路撒冷[M].张冰，译.上海.上海人民出版社，2004.

〔38〕[俄]舍斯托夫.钥匙的统治[M].张冰，译.上海.上海人民出版社，2004.

〔39〕[俄]舍斯托夫.思辨与启示[M].方珊，等，译.上海.上海人民出版社，2005.

〔40〕[俄]舍斯托夫.深渊里的求告[M].方珊，等，译.济南.山东友谊出版社，2005.

〔41〕[俄]舍斯托夫.舍斯托夫荒谬抗争集[M].方珊，等，译.天津.天津人民出版社，2009.

〔42〕[俄]洛扎诺夫.自己的角落：洛扎诺夫文选[M].李勤，译.上海.学林出版社，1998.

〔43〕[俄]洛扎诺夫.隐居及其他：洛扎诺夫随想录[M].郑体武，译.上海.上

海远东出版社，1997.

　　［44］[俄]罗赞诺夫.落叶集[M].郑体武，译.昆明.云南人民出版社，1998.

　　［45］[俄]罗赞诺夫.陀思妥耶夫斯基的"大法官"[M].张百春，译.北京.华夏出版社，2002.

　　［46］[俄]洛扎诺夫.灵魂的手书[M].方珊选编.济南.山东友谊出版社，2005.

　　［47］[俄]罗赞诺夫.陀思妥耶夫斯基启示录[M].田全金，译.上海.华东师范大学出版社，2013.

　　［48］[俄]谢·布尔加科夫.亘古不灭之光——观察与思辨[M].王志耕，李春青，译.昆明.云南人民出版社，1999.

　　［49］[俄]C.H.布尔加科夫.东正教：教会学说概要[M].徐凤林，译.北京.商务印书馆，2001.

　　［50］[俄]梅列日科夫斯基.未来的小人[M].杜文娟，译.昆明.云南人民出版社，1999.

　　［51］[俄]梅列日科夫斯基.宗教精神——路德和加尔文[M].杨德友，译.上海.学林出版社，1999.

　　［52］[俄]梅列日科夫斯基.永恒的伴侣——梅列日科夫斯基文选[M].傅石球，译.上海.学林出版社，1999.

　　［53］[俄]梅列日科夫斯基.先知[M].赵桂莲，译.北京.东方出版社，2000.

　　［54］[俄]梅列日科夫斯基.反基督：彼得和阿列克赛[M].刁绍华，赵静男，译.哈尔滨.北方文艺出版社，2002.

　　［55］[俄]梅列日科夫斯基.诸神的复活：列奥纳多·达·芬奇[M].刁绍华，赵静男，译.哈尔滨.北方文艺出版社，2002.

　　［56］[俄]梅列日科夫斯基.但丁传[M].汪晓春，译.北京.团结出版社，2005.

　　［57］[俄]梅列日科夫斯基.托尔斯泰与陀思妥耶夫斯基[M].两卷本.杨德友，译.北京.华夏出版社，2009.

　　［58］[俄]梅列日科夫斯基.诸神死了：叛教者尤里安[M].刁绍华，赵静男，译.哈尔滨.北方文艺出版社，2009.

　　［59］[俄]梅列日科夫斯基.果戈理与鬼[M].耿海英，译.北京.华夏出版社，2013.

［60］[俄]梅列日科夫斯基.拿破仑传[M].杨德友，译.北京.生活·读书·新知三联书店，2014.

［61］[俄]恰达耶夫.哲学书简[M].刘文飞，译.南京.译林出版社，2014.

［62］[俄]别林斯基.别林斯基选集[M].第1卷.满涛，译.上海.上海译文出版社，1979.

［63］[俄]陀思妥耶夫斯基.书信选[M].冯增义，徐振亚，译.北京.人民文学出版社，1993.

［64］[俄]陀思妥耶夫斯基.地下室手记[M].陈尘，译.北京.解放军文艺出版社，1997.

［65］[俄]陀思妥耶夫斯基.陀思妥耶夫斯基论艺术[M].冯增义，徐振亚，译.桂林.漓江出版社，1988.

［66］[俄]陀思妥耶夫斯基.作家日记（上）[M].张羽，译.石家庄.河北教育出版社，2010.

［67］[俄]陀思妥耶夫斯基.群魔（上）[M].冯昭玙，译.石家庄.河北教育出版社，2010.

［68］[俄]陀思妥耶夫斯基.陀思妥耶夫斯基自述[M].黄忠晶，阮媛媛，译.天津.天津人民出版社，2013.

［69］[俄]陀思妥耶夫斯基.冬天里的夏日印象——陀思妥耶夫斯基随笔集[M].刘孟泽，李晓晨，译.上海.三联书店上海分店，1990.

［70］[俄]陀思妥耶夫斯基.卡拉马佐夫兄弟[M].徐振亚，冯增义，译.北京.中国书籍出版社，2006.

［71］[俄]弗兰克.俄国知识人与精神偶像[M].徐凤林，译，上海.学林出版社，1999.

［72］[俄]弗兰克.实在与人[M].李昭时，译.杭州.浙江人民出版社，2000.

［73］[俄]谢·弗兰克.社会的精神基础[M].王永，译.北京.生活·读书·新知三联书店，2003.

［74］[俄] 奥夫相尼科夫.俄罗斯美学思想史[M].张凡琪，陆齐华，译.北京.中国人民大学出版社，1990.

［75］[俄]杜勃罗留波夫.杜勃罗留波夫选集[M].辛未艾，译.上海.上海译文

出版社，1983.

［76］[俄]尼古拉·古米廖夫等.复活的生活：俄罗斯文学大师开禁文选[M].乌兰汗，等，译.广州.广州出版社，1996.

［77］[俄]吉皮乌斯.往事如昨——吉皮乌斯回忆录[M].郑体武，岳永红，译.上海.学林出版社，1998.

［78］[俄]安年斯基等.白银时代诗选[M].汪剑钊，译.昆明.云南人民出版社，1998.

［79］[俄]弗拉季斯拉夫·霍达谢维奇.大墓地——霍达谢维奇回忆录[M].袁晓芳，朱霄鹏，译.上海.学林出版社，1999.

［80］[俄]A.阿赫玛托娃.阿赫玛托娃诗文集[M].马海甸，徐振亚，译.合肥.安徽文艺出版社，1999.

［81］[俄]H.O.洛斯基.俄国哲学史[M].贾泽林，等，译.杭州.浙江人民出版社，1999.

［82］[俄]叶夫多基莫夫.俄罗斯思想中的基督[M].杨德友，译.上海.学林出版社，1999.

［83］[俄]亚·勃洛克.知识分子与革命[M].林精华，黄忠廉，译.北京.东方出版社，2000.

［84］[俄]津科夫斯基.俄国哲学史[M].张冰，译.北京.人民出版社，2013.

［85］[俄]瓦列里·勃留索夫.勃留索夫日记钞[M].任一鸣，译.天津.百花文艺出版社，2005.

［86］[俄]格奥尔基·弗洛罗夫斯基.俄罗斯宗教哲学之路[M].吴安迪，等，译.上海.上海人民出版社，2006.

［87］[俄]曼德尔施塔姆.时代的喧嚣[M].刘文飞，译.兰州.敦煌文艺出版社，2014.

［88］[古希腊]赫西俄德.工作与时日——神谱[M].张竹明，蒋平，译.北京.商务印书馆，1991.

［89］[美]雷纳·韦勒克.20世纪西方文学批评[M].刘让言，译.广州.花城出版社，1989.

［90］[美]T.S.艾略特.基督教与文化[M].杨民生，陈常锦，译.成都.四川人

民出版社，1989.

［91］[法]魏尔伦等.多情的散步——法国象征派诗选[M].飞白，小跃，译.北京.中国文联出版社，1992.

［92］[德]费尔巴哈.宗教的本质[M].王太庆，译.北京.人民出版社，1999.

［93］[德]赫尔曼·海塞等著.陀思妥耶夫斯基的上帝[M].斯人，等，译.北京.社会科学文献出版社，1999.

［94］[法]加缪.西西弗的神话[M].杜小真，译.北京.西苑出版社，2003.

［95］[美]苏珊·李·安德森.陀思妥耶夫斯基[M].马寅卯，译.北京.中华书局，2004.

［96］[美]霍珀.信仰的危机[M].瞿旭同，译.北京.宗教文化出版社，2006.

［97］[美]莫斯.俄国史[M].张冰，译.海口.海南出版社，2008.

［98］[美]克利福德·格尔茨.文化的解释[M].韩莉，译.南京.译林出版社，2008.

［99］[美]罗森塔尔.梅列日科夫斯基与白银时代[M].杨德友，译.上海.华东师范大学出版社，2014.

［100］俄罗斯科学院高尔基世界文学研究所集体编.俄罗斯白银时代文学史（1880年代—1920年代初）[M].谷羽，王亚民，译.兰州.敦煌文艺出版社，2006.

［101］张京媛.新历史主义与文学批评[M].北京.北京大学出版社，1993.

［102］马新国主编.西方文论史[M].修订版.北京.高等教育出版社，1994.

［103］刘小枫.走向十字架的真[M].上海.上海三联书店，1995.

［104］刘小枫.圣灵降临的叙事[M].北京.生活·读书·新知三联书店，2003.

［105］李辉凡，张捷.20世纪俄罗斯文学史[M].青岛.青岛出版社，1998.

［106］周启超.俄国象征派文学理论建树[M].合肥.安徽教育出版社，1998.

［107］周启超主编.白银时代·文化随笔[M].北京.中国文联出版公司，1998.

［108］周启超主编.白银时代·名人剪影[M].北京.中国文联出版公司，1998.

［109］张冰.白银悲歌[M].北京.中国电影出版社，1998.

［110］刘宁主编.俄国文学批评史[M].上海.上海译文出版社，1999.

［111］乐峰.东正教史[M].北京.中国社会科学出版社，1999.

［112］顾蕴璞编选.俄罗斯白银时代诗选[M].广州.花城出版社，2000.

［113］张杰，汪介之.20世纪俄罗斯文学批评史[M].上海.译林出版社，2000.

［114］许志伟，赵敦华主编.冲突与互补：基督教哲学在中国[M].北京.社会科学文献出版社，2000.

［115］张百春.当代东正教神学思想[M].上海.上海三联书店，2000.

［116］林精华.想象俄罗斯[M].北京.人民文学出版社，2000.

［117］林精华.西方视野中的白银时代[M].北京.东方出版社，2001.

［118］钱穆.现代中国学术论衡[M].北京.生活·读书·新知三联书店，2001.

［119］刘祖熙.改革和革命——俄国现代化研究（1861—1917）[M].北京.北京大学出版社，2001.

［120］刘象愚等主编.从现代主义到后现代主义[M].北京.高等教育出版社，2002.

［121］曹维安.俄国史新论：影响俄国历史发展的基本问题[M].北京.中国社会科学出版社，2002.

［122］汪介之.远逝的光华——白银时代的俄罗斯文化[M].南京.译林出版社，2003.

［123］朱秋达，周力.俄罗斯文化论[M].重庆.重庆出版社，2004.

［124］白晓红.俄国斯拉夫主义[M].北京.商务印书馆，2006.

［125］张冰.白银时代俄国文学思潮与流派[M].北京.人民文学出版社，2006.

［126］任光宣.俄罗斯文化十五讲[M].北京.北京大学出版社，2007.

［127］雷永生.东西文化碰撞中的人——东正教与俄罗斯人道主义[M].北京.华夏出版社，2007.

［128］徐凤林.俄罗斯宗教哲学[M].北京.北京大学出版社，2006.

［129］徐凤林.索洛维约夫哲学[M].北京.商务印书馆，2007.

［130］李辉凡.俄国"白银时代"文学概观[M].北京.中国社会科学出版社，2008.

［131］张建华.俄国知识分子思想史导论[M].北京.商务印书馆，2008.

［132］乐峰.东方基督教探索[M].北京.宗教文化出版社，2008.

［133］邓晓芒.西方美学史纲[M].武汉.武汉大学出版社，2008.

［134］颜敏.约翰福音解读[M].北京.宗教文化出版社，2009.

［135］刘锟.圣灵之约：梅列日科夫斯基的宗教乌托邦思想[M].哈尔滨.黑龙江人民出版社，2009.

［136］任光宣等编著.俄罗斯文学的神性传统——20世纪俄罗斯文学与基督教[M].北京.北京大学出版社，2010.

［137］张百春.风随着意思吹——别尔嘉耶夫宗教哲学研究[M].哈尔滨.黑龙江大学出版社，2011.

［138］张杰.走向真理的探索[M].北京.北京大学出版社，2012.

［139］杨守森，周波主编.文学理论实用教程[M].北京.中国人民大学出版社，2013.

［140］汪介之.俄罗斯现代文学批评史[M].北京.中国社会科学出版社，2015.

二、外文文献

［1］В.С.Соловьев.Собрание сочинений.С-петербург.1911.

［2］Николай Бердяев.Дух и Реальность.Филио.Москва.2003.

［3］Николай Бердяев.Диалектика Божественного и человеческого.Филио.Москва.2003.

［4］Н.А.Бердяев.Духирусскойреволюции.http://www.yabloko.ru/Publ/Articles/berd-1.html.

［5］Н.О.Лосский.История русской философии.Москва Советскийписатель.1991.

［6］Булгаков С.Н.Интеллигенция и рулигия.Москва.1903.

［7］Булгаков С.Н.Свет невечерний.Москва.1917.

［8］М.А.Маслин. Русская идея . Москва Издазтельство Република 1992.

［9］А.С.Хомяков.Сочинияв2-хт.Т.2.Работыпобогословию.-М.,Изд-во"Медиум",журнал"Вопросыфилософии",1994.

［10］В.В.Розанов.Люди лунного света.В.В.Розанов.В2т.Москва:ИЗД.《ПРАВДА》,Москва.1990.

［11］В.В.Розанов.О писательстве и писателях.Москва.Иэдательство《Республика》.Москва.1995.

［12］С.Н.Булгаков.Венец терновый.ПамятиФ.М.Достоевского.Типография ОттоУнфуг С-Петербург.ул.1907.

［13］В.И.Иванов.По звездам.Издательство"ОРЫ" С.Петербург.1909.

［14］Б.Грифцов.Три мыслителя.Издание В.М.Саблина.Москва.1911.

［15］Мережковский Д.С.Избранные сочинения.Москва.1992.

［16］Адрей Белый. Критика Эстетика. Теория символизма.Москва.1996.

［17］Мережковский.Избранные статьи.Москва.1990.

［18］В.В.Розанов.О писательстве и писателях.《Республика》.Москва.1995.

［19］В.В.Розанов.Опавшие Листья.С-Петербург.1913.

三、学术论文

［1］[俄]C.C.阿维林采夫.俄罗斯的宗教、文学和美学.金亚娜译[D/OL].哲学译丛，1989（6）.

［2］顾蕴璞.时代的"弃儿"历史的娇子——试论苏联现代悲剧诗人曼德尔什塔姆[D/OL].外国文学评论，1990（4）.

［3］周启超.俄国象征派的象征观[D/OL].外国文学评论，1992（1）.

［4］邓理明.瓦·罗赞诺夫简论[D/OL].俄罗斯文艺，1998（1）.

［5］[俄]M·叶尔莫拉耶夫.梅列日科夫斯基之谜[D/OL].车晓冬，译.俄罗斯文艺，1999（1）.

［6］张百春.罗赞诺夫的宗教哲学[D/OL].哈尔滨市专学报，1999（6）.

［7］王志耕.宗教文化语境下的陀思妥耶夫斯基诗学[D/OL].北京师范大学博士论文，2000年.

［8］方珊.绝望的歌唱家——舍斯托夫论契诃夫[D/OL].俄罗斯文艺，2001（2）.

［9］赵桂莲.对《罪与罚》的重新解读：法与恩惠的对立[D/OL].欧美文学论丛.2002（1）.

［10］马寅卯.别尔嘉耶夫和俄国知识分子[D/OL].博览群书，2002（4）.

［11］陈建明.基督教普世主义及其矛盾[D/OL].世界宗教研究，2004（2）.

［12］马寅卯.霍米亚科夫和俄罗斯的斯拉夫主义[D/OL].哲学动态，2004（10）.

［13］王彦秋.漫谈俄国象征主义的音乐精神[D/OL].国外文学，2004（1）.

［14］金亚娜.索洛维约夫的长诗《三次约会》中的永恒女性即索菲亚崇拜哲学[D/OL].中外文化与文论，2005（1）.

［15］张冰.索洛维约夫美学文艺学思想及其影响[D/OL].天津师范大学学报（社会科学版），2005（2）.

［16］林精华.文学理论的迁徙：俄国文论与中国建构的俄苏文论[D/OL].文艺理论研究，2005（3）.

［17］金亚娜.B.罗赞诺夫的哲学和文学创作中的女性崇拜主题[D/OL].外语学刊，2005（6）.

［18］耿海英.别尔嘉耶夫与俄罗斯文学[D/OL].郑州大学学报，2006（3）.

［19］孔许友.复调与象征的背后——巴赫金与梅列日科夫斯基的陀思妥耶夫斯基诗学观之比较[D/OL].俄罗斯文艺，2008（3）.

［20］耿海英.别尔嘉耶夫论俄罗斯文学的末日论意识[D/OL].中州大学学报，2008（8）.

［21］张百春.论俄罗斯哲学的宗教性质及其悖论[D/OL].求是学刊，2009（5）.

［22］徐凤林.悲剧哲学的心理解读[D/OL].浙江学刊，2009（6）.

［23］[俄]C.C.霍鲁日.俄罗斯索菲亚论的歧路[D/OL].张百春，译.俄罗斯文艺，2010（4）.

［24］周波.跨文化整合与创新——关于中国特色文论建设途径问题的思考[D/OL].江西社会科学，2011（1）.

［25］纪薇.罗赞诺夫文学批评中的莱蒙托夫[D/OL].俄罗斯文艺，2014.（3）.

［26］耿海英.从美学革命到宗教革命和社会革命[D/OL].中州大学学报.2015（4）.

［27］耿海英.别尔嘉耶夫论陀思妥耶夫斯基[D/OL].中州大学学报.2015（8）.

［28］周波.中国当代人格美学思想的建构思路[D/OL].山东师范大学学报，2017（1）.